ヘンダーソンスケール

【Henderson Scale】

タイトルのヘンダーソン氏とは、海外のTRPGプレイヤー、オールドマン・ヘンダーソンに因む。

殺意マシマシのGMの卓に参加しつつも、奇跡的に物語を綺麗なオチにしたことで有名。

それにあやかって、物語がどの程度本筋から逸脱したかを測る指針をヘンダーソンスケールと呼ぶ。

じっとりと濡れた粘膜が
粘膜を舐め上げていく感覚。
左の耳。
耳を、外耳道に、
舌が。

「気合いが入っていない子には、
導きが必要ですわね」

マルギット
Margit

エーリヒ
Erich

猫は家につく。
彼女にとって、
このマルスハイムこそが家なのか。

「だから、あんま気にせんといて。
居着いたもん同士、
仲良うしようや」

シュネー

Schnee

「応よ!!」
ジークフリート
Siegfried

「ジークフリート、
そのまま、私の背後!!」

ヘンダーソンスケール

【 Henderson Scale 】

◆ -9 ： 全てプロット通りに物語が運び、更に究極のハッピーエンドを迎える。

◆ -1 ： 竜は倒れ、姫は国元に帰り、冒険者は酒場でエールを打ち合わし称え合う。

◆ 0 ： 良かれ悪かれGMとPLの想像通り。

◆ 0.5 ： 本筋に影響が残る脱線。
EX）今回は参加人数が多いなぁ。え？　デスゲーム？　聞いてないよ？　学園ものじゃ？

◆ 0.75 ： 本筋がサブと入れ替わる脱線。
EX）プロットで日常物だと思って、PC間で絆ガッチガチなんだけど……。

◆ 1.0 ： 致命的な脱線によりエンディングに到達不可能になる。
EX）あー、しかも一人しか生き残らない系？　GM殺意高い……ん？

◆ 1.25 ： 新しいセッション方針を探すも、GMが打ち切りを宣告する。
EX）リアルINTが高いPC1が成功条件を破綻させずゲームをクリアする方法を思いついてしまった……。

◆ 1.5 ： PCの意図による全滅。
EX）涙目のGMが可哀想なので、乗ってやって死のうとしたPC4が心理学で説き伏せられちゃったか……。

◆ 1.75 ： 大勢が意図して全滅、或いはシナリオの崩壊に向かう。GMは静かにスクリーンを畳んだ。
EX）事前告知なくデスゲームにされたから焦ったけど、このGM出すゲーム出すゲーム微妙に穴があるぞ。突っつけ突っつけ!!

◆ 2.0 ： メインシナリオの崩壊。キャンペーンの終了。
EX）GMは無言でシナリオを鞄へとしまった。

◆ 2.0以上 ： 神話の領域。0.5～1.75を経験しつつも何故かゲームが続行され、どういうわけか話が進み、理解不能な過程を経て新たな目的を建て、あまつさえ完遂された。
EX）えー、かく言うコトで妙な隠喩や暗喩まみれの推理デスゲームの穴を散々に突かれ、ルールを無視して殺そうとすると煽り勢のPC達に散々煽られて泣く泣く認める可哀想な主催者を精神的に嬲り、PC達はファミレスで打ち上げをしましたっと。何がしたかったんだい、GM？

Aims for the Strongest
Build Up Character
The TRPG Player Develop Himself
in Different World
Mr. Henderson
Preach the Gospel

CONTENTS

It is the Story,
Data Munchkin
Who Reincarnated
in Different World
PLAY REAL
TRPG

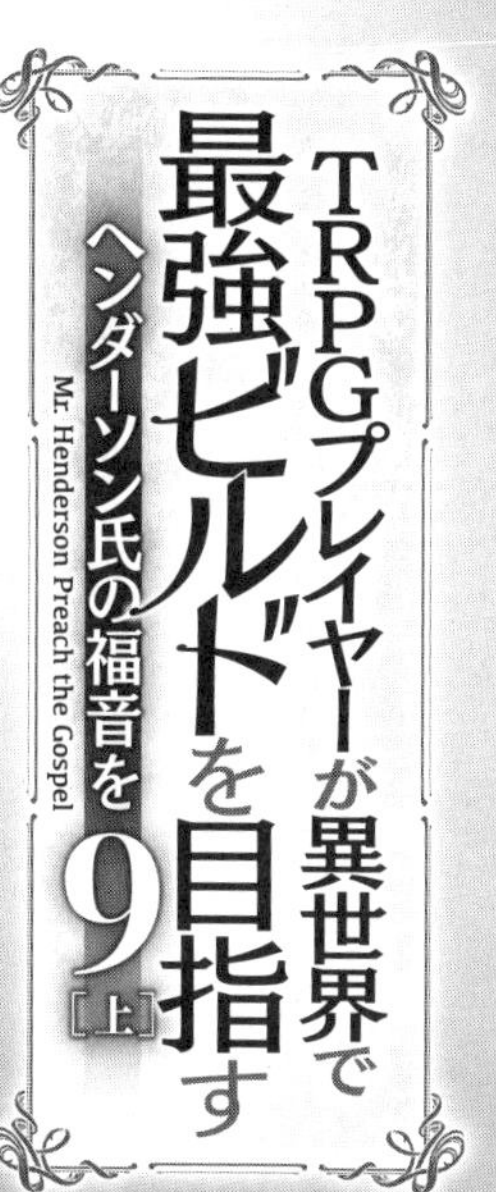

Aims for the Strongest
Build Up Character
The TRPG Player
Develop Himself
in Different World

Author
Schuld

Illustrator
ランサネ

【Munchkin】

①自分のPCが有利になるように周囲にワガママをがなりたてる、聞き分けのない子供のようなプレイヤー。
②物語を楽しむことよりも自分のキャラクターのルール上での強さを追求する、ルール至上主義者なプレイヤー。和マンチとも。

序章

テーブルトーク　ロール　プレイング　ゲーム
TRPG
【 Tabletalk role-playing game 】

いわゆるRPGを紙のルールブックとサイコロなどを使ってアナログで行う遊び。

GM（ゲームマスター）と呼ばれる主催者とPL（プレイヤー）が共同で行う、筋書きは決まっているがエンディングと中身は決まっていない演劇とでも言うべきもの。

PLはPC（プレイヤーキャラクター）をシートの上で作り、それになりきってGMが用意した課題をクリアしつつエンディングを目指す。

現在多数のTRPGが発行されており、ファンタジー、SF、モダンホラー、現代伝奇風、ガンアクション、ポストアポカリプス、果てはアイドルとかメイドになるイロモノまで多種多様。

本日幾度目になるかも分からない何故を繰り返しながら、詩人は詠いすぎてヒリつく喉を酒で癒やした。

望外に美味い酒であった。

本来は数回に分けて詠い上げる英雄詩を一回で詠いきったせいで喉は荒れ、作曲者が模倣するであろう演者を煽るかの如く、超絶技巧を要求する運指に応えたせいで、弦を押さえる左も、つま弾く右も爪が何枚か剝がれかかっている。

しかし、この酒の旨さは、なにも体を削るような激しい演奏のせいではないだろう。

「……美味い。喉に雨が降ったみたいだ。詩歌神の思し召しか？」

すっきりした飲み口の白い葡萄酒。口当たりはまろやかに甘く、しかし諄さは全くない。舌の上を撫でるように馥郁たる葡萄の味が一瞬で抜け、蜂蜜を思わせる後味が淡い雪のように去って残らない。隊商で雑事を請け負って口を糊する詩人には、不釣り合いな酒であった。

ふと、彼が一時師事していた老詩人の教えを思い出す。

神々は素晴らしい演奏が叶った時、その褒美として最初に呑む一口を甘露もかくやの美味さに昇華してくださると。

そんな信心深く、古の習わしを覚えている老人の言葉を当時の詩人は、また黴の生えたような物言いだと忘れていたが、今宵の一献を堪能して疑うことはなくなった。

なにせ、今の快楽をもう一度と願い次の一口を含んだならば、もうただの上等で美味いだけの酒でしかなかったのだから。

「美味いだろう？　今夜の礼だよ」

言って酒を注いでくれる妙に親身な初老の男性。

「ああ、最高だ。きっと、金の髪も戦が終わった後、こんな美味い酒を呑んでいるんだろうな」

ただ、彼は神々から与えられた甘露のことを秘した。

こういった情感は、口にせず心の中でじっくり咀嚼してこそ甘い。そして、いつの日かとっておきの自慢話として、後進にしてやるのが最上であるから。

じくじく痛む爪は、治るまでかなり時間が要るだろう。しばらく練習を控えめにしなければならないし、次の巡業先で弾けるかは微妙だったが、詩人は酒の旨さに大いに満足する。

また、客を奪ってしまう形になった、隊商の面々にも面目が立ったことが満足をいや増していく。詩を聞いて上機嫌の調子を外したケーニヒスシュトゥールの人々は、折角だからと隊商の面々も巻き込んで宴会を始めたのだから。

二回目の春の祝祭をやっているにも等しい大盤振る舞いには、商売人どももニッコリである。追加の料理を求める彼らに持ち込んでいた商品も良く捌けたし、無料の振る舞い酒もあって文句を溢す者は帝国広しといえどどこにもいるまい。

今日は本当に望外のことがある日ばかりだと感慨に耽りつつ、ふと思い立って詩人は懐に呑んだネタ帳を取り出した。各地の詩人が詠う詩の歌詞や譜面が書いてあるのみならず、いつか自分で完全自作の詩を作って公開するためのネタを温めている、命の次に大事な商売道具だ。

彼に機嫌良く貴種が呑みそうな酒を振る舞う男は、終わった直後に詩人の手を取って「息子の物語を届けてくれてありがとう」と熱烈な感謝を述べていた。

つまり、この農家にしては些か力強すぎる男は英雄の父親。他の詩人が絶対に知らないネタを握っているということだ。

同じ詩にしても詩人のセンスや知識によって細部を変えたり、細かな追加をすることは多い。そして世の聴衆というのは、入れ込んだ英雄に対しては本人の人となりを知れる話、こと幼少期の話となると大変喜んでくれるものだ。

彼自身は〝金の髪のエーリヒ〟の知己でもなんでもないが、こうやって生地で聞き取りができるのは大変な強みとなる。この隊商の順路には西方も入っているので、いずれ新しいネタを仕入れることもできよう。

さすれば、それだけ他の詩人が知らぬ要素で詩を自分なりに高みへ持っていくことができるだろう。どの詩人もまだ詩の精度を高めようと聖地巡礼――時に冗談のように取材旅行をこう呼ぶことがある――に訪れていないのだから、彼の詩の名手として名を売る機会には恵まれている筈だ。

それに上手くいけば、そう、上手くいけばだ、最新の英雄だけあって存命の彼と彼の血族を通じて直接的な繋がりを作ることもできる。

生の英雄から聞いた英雄譚を血族からの取材で飾る。これほど人気が出そうなことがあるだろうか。

英雄の幼き日の話を聞きたいといえば、頼んでもいないのに大勢が代わる代わる幼い頃の逸話を聞かせにやってきた。

いわく、手先が非常に器用で五つの頃に兵演棋の駒を一揃い作り――実物まで持ってきた――集会所に寄付した。聖堂に見事な豊穣神の像を寄進するほど敬虔である。自警団訓練で数十から囲まれても涼しい顔をしていた。面倒見が良く同年代から年下にまで広く好かれていたなどなど。

事実として、詩人が取材を始めたと知ったからだろう。何人かの子供は、一五の時に帰郷したエーリヒが作ってくれたという、かなり質の良い玩具を持って来て見せびらかしてくれた。

「おじちゃんね、凄いんだよ！　この杖！　振ると光るの!!」

「俺の剣だって凄いぜ！　振ったらな、音がするんだ！　ぶぅんって!!」

「僕！　俺の槍も見て！　これ、背中にくっつくの！」

「わたしの弓もいいのよ！　間違ってお友達に当てちゃっても、全然いたくないの！　でも、びゅーんって飛ぶのよ!!」

そうだよ、こういうのが聞きたかったんだよと詩人は大きな収穫に笑みを作った。

日常部分を「盛り上がりに欠ける」として好まない者もいるが、連作にして主人公に肉付けをするなら欠かせない。英雄は仰ぎ見る存在ではあるが、時に身近に感じることによって親しみが増し、詩への没入感を増してくれる。

そして、人々に愛される英雄像が共有されたならば、その詩は一時の流行ではなく不朽の鉄板演目となる。

実際の英雄を取材していると、まぁ色々…… 〝アレ〟な部分があるのも事実だが、良いことを選(よ)って詠うのも詩人の仕事だ。この点に関し、親族以外も極めて好意的かつ、悪い噂(うわさ)が「たまにスゲー気障(きざ)なことを、何の恥ずかしげもなく言うんだよな……」くらいしかなかったので、金の髪のエーリヒは実に調理しやすい人物であった。

絶対に欠かすことのできない情報が、黙っていても入ってくる状況に笑いが止まらない詩人。ネタにできそうな話が入って来る度、むしろ肉付けだけでは惜しいと感じるようになった。

これだけ濃密な取材ができたなら、完全自作の詩が幾つか仕立てられるのではなかろうか。牧歌的な旋律を添えて幼少期の物語とし、無二の相方として語られる〝音なしのマルギット〟も絡めて甘い恋歌なんぞ作れば、女性層を勝ち取れるやもしれぬ。

他にも剣の名手で気付けば掌中より痛みも無く剣を弾(はじ)き飛ばされた話や、狩猟の種族である蜘蛛人(アラクネ)とでも狐(きつね)とガチョウの遊びで五分五分に持ち込む逸話、そして極めつけは〝最愛の妹〟を護(まも)った話と大収穫である。

「では、一人で？」

「ああ、そうだ！　何十人もの大悪党を前にバッサバッサ……」

「ちょっと、アナタ、そんなに多くなかったでしょう」

　金の髪のエーリヒが一二の頃に人攫(ひとさら)いに攫われた妹を助けるべく、単身斬り込んだ話は少々盛りすぎだろうと彼の兄が語るのを聞いて思った詩人は、妻らしき人物が止めたのを見てやはりと頷(うなず)いた。

　親類からの話は、五分の一くらいに削って聞くべし、と師事した老詩人も言っていた。

「捕まったのは一〇人くらいだったはずよ。あの子がやっつけたのは、もっと少なかったんじゃないかしら。ねぇ、ランベルトさん」

「五人くらいだったか。あの年で狙って死人を出していなかったのだから、大したもんだ。肩口に深く入ったヤツは、指一本ズレてたら死んでたがな」

が、かなり削っても信憑性(しんぴょうせい)が疑わしくなってしまう話を、妙に信頼できそうな武人からも肯定されてしまうと反応に困る詩人であった。

　幾ら自警団に幼少期から参加し、血の滲(にじ)むような鍛錬を積んだという背景(バックボーン)を詠おうが、一二歳で人攫いを生業とする悪漢を五人から倒したと言っては、観客から盛りすぎ盛りすぎと怒られよう。

「アレは代官様に報告したから、書類が残ってたな」

「あったあった。野盗を捕まえた届け出な。たしかお貴族様が先払いしてくれたっけか、気前が良いことに。えーと、なんつったっけ、ほれ、アレ……」

「ア、アグネス？　アンゲーリカ？　なんか、そんな感じの」

「帝国語じゃない名前じゃなかったか？　上古語っぽい」

「違うわよぉ。上古語だったら、もっと雅やかでしょ。何かもっと、古風というか……」

しかも、公的書類が残っていることが凄まじい。身内自慢をしたい兄が盛りに盛った思い出話ではなく、本物の英雄詩とは。

「これこれ、高貴な方のお名前を簡単に口にするものではありませんよ」

人攫いを退治した話が盛り上がるにつれて、事件を平らかに――面倒な事務処理を省いてくれたという意味――納めてくれた貴族の名前への言及を、近くで楽しそうに呑んでいた荘園の顔役がやんわりと押し止めた。

高貴なる人が何処で何に関わったかなど、庶民が知らない方が良いことの筆頭だ。貴族との付き合いがある名主は勿論分かっていたし、話題をどう止めようかと考え倦ねていたらしいエーリヒの親族も同じ考えだ。良い所で止めてくれたと、胸を撫で下ろしているのが見えた。

それに詩人も、そこら辺はあまり突っ込んで聞きたくなかった。

王家や貴族の醜聞を、それと知らず詩として詠い上げ処刑された話なんぞ、市井に幾らでも転がっているではないか。

だから誰もが、さる高名な貴族だとか、とある高貴な御姫様、なんて主語を暈かして詠うのだ。何も詳しく知らなかったり、口伝の内に失伝してしまうからではない。うっかりで両手の指を全部切り落とされては堪った物ではないので、詩人なりの自己防衛手段なのだ。

　なので、詩人は締めの件は、魔法が使えるお貴族様が全てを上手く納めてくださいました、めでたしめでたしにしようと決めた。

「丁稚に行ってからも色々あったよなぁ」

「おじちゃん、妖精さんのお話を手紙でしてくれたんだよ！　冬が来るごとに、ご、ごくよー？　でお祈りしてあげてって」

　誰も詠っていなかった、半妖精の妹を助けるため魔導師の丁稚として帝都へ出稼ぎに出たという話は、話題の切り替えを含めて実によい。詩人は身振り手振りを交え、わーっと擬音語が多い子供の話を聞きながら、親族へ更なる取材を敢行した。

「それも一二の時だな。至らなかったからと、手紙の墨が涙で汚れていたぜ」

「ありゃあ思えば、何があったかを文章にして、自分の頭の中で整理してたんだろうなぁ……」

　兄弟の発言に父親が補足しながら頷く様を見て、詩人はこういう時、斯様な話を聞いても感動するより「人物の深掘りになる！」なんて喜ぶのが、自分達が賤業だと侮蔑される所以なのやもしれぬなと自嘲した。

　だが、慈悲深く愛に満ちた英雄というのは、いつの時代でも聴衆に人気である。美姫や冒険者仲間との恋愛に次いで、誰でもなかった一人の男が勇気を出し、英雄として立つ場面は盛り上がる。

これは是非使いたいと思い、それはもう一番盛り上がっている親族勢に根掘り葉掘りの勢いで取材が続く。

冒険者の割に筆忠実で達筆らしい彼は——流石に手紙は見せて貰えなかった——様々な報せを故郷に届けていた。こと嬉しかったことに対しては妙に記述が長く、色々な小ネタが集まったが、それだけでは設定資料集ならばともかく詩劇に落とし込むのは難しい。

ここは腕の見せ所だな。そう腹を括った詩人は、別の隊商に乗り換えるのを覚悟でケーニヒスシュトゥール荘に居残ることを決めた。

こんなもの、もっと色々聞き込んで創作の種にしなければ、愛用の六弦琴が音色以外の音を立てて悔しがろう。

それにどうせ、爪が剥がれたせいで隊商の仕事は碌に手伝えぬ。飯代や宿代代わりに雑役をして乗せて貰っていたのだから、むしろここでネタを披露して回った方が旅費も貯まろうというものだ。

しかし、少し不思議に思うこともある。

金の髪のエーリヒは悍馬に跨がり剣を縦横に振るう英雄だ。武など欠片も知らぬ詩人でさえあまりの武威に震えそうになる自警団長殿のお墨付きなので間違いない。自分の子供でも褒めているような誇らしげな口調と、実演を交えた動きの見事さには口では語りきれない重々しい説得力もあった。

ただ、実に昂然として叔父がくれた手紙の冒険を語る甥っ子殿、彼が頻りに褒める魔法の腕前には首を傾げるばかり。

魔法を使う英雄も世には多いが、金の髪のエーリヒが魔法を使う描写は唯一知っている詩の中にはなかった。普通、生け捕りの褒賞として一〇〇ドラクマもの大金を与えられるような大敵を前に、魔法という特別な強みを出さずして挑むだろうか？

仮に自分の身に置き換えてみると、ちょっと間違っただけで死ぬ場面で、それは難しいのではないかというのが正直なところ。

詩人が金の髪のエーリヒであったなら、むしろ全力で使って目立ちに行くところだろうに。魔法も使えて剣も達者など、神代の英雄でも中々いない。有名所を挙げれば、彷徨えるカルステン卿あたりが魔法も剣も使えて、最終的には奇跡を賜った超人だが、文字通りの規格外なので普通の人類の枠で語る訳にもいかぬ。

世の中には、不思議なことに兵演棋の極まった指し手の中で、拘りを拗らせた一部の玄人が「この駒を使わず勝つ！」などと宣って対局することがあるらしい。詩人は英雄詩や冒険譚畑の人間なので覚えがないが、名曲を詠った物を聞いたことがあった。

されども、所詮は盤上遊戯だ。余程の事情がなければ負けても命は獲られぬ。

だが、それを実戦でやる者がいるのか？

「おじちゃんの魔法ね、凄かったよ！　煙がね、お船の形になってばーって飛ぶの!!」

「俺も見たー！　雪で遊んでた時、吹雪攻撃ーって、ぶわーって!!」

いたとしたら、狂人であろう。

子供達の語り口からして嘘ではないし、手妻の類いではなかろう。煙草の煙を輪っかにするくらいならたまに見るが、外洋船の形は複雑に過ぎる。

なにより天井を直したり、光源を作ってくれて内職が助かったという家人の証言は、多彩過ぎて〝ちょっと使える〟程度の物ではない。

興味深くはあるが、詩人はこのネタを使えるか悩む。

美麗な金髪を靡かせ魔法と剣を同時に操る剣士は、さぞ画面映えすることだろうが……如何せん、では何故、悪徳の騎士を退治する際に使わなかったのかという疑問が湧くのだ。冒険詩は虚実と誇張が入り交じる娯楽ではあるものの、元ネタから離れすぎてもいかん。魔法を全く使わない英雄の物語に一人だけが魔法を添えて詠ったなら、それどこ情報だよと突っ込まれかねないのだから。

それでも、いつか使えるネタかと思いながら詩人は一言一句を逃さず、全て自分の肉に変えてゆく。

「あ、そうだ！　俺達だけが聞いてても狡いだろ！　他にもあるんだろ!?」

「そうだそうだ！　隊商について回ってるなら、噂だけでも！」

「ないなら今聞かせたので一曲やってくれ！　指が駄目でも声は出るだろ!!」

酔っぱらい達への取材を続ける詩人であったが、ここで無茶振りに困惑することとなる。

彼が知っているケーニヒスシュトゥールのエーリヒが物語は、本当にこれっきりなのだ。もっと色々と言われても反応に困る。

今聞かせた内容を即興詩にしてくれと頼まれ、詩人は再び詩歌神に祈ることとなった。ネタ帳を浚(さら)いながら頭の中身を捏(こ)ねくり回し、その場で作るのはかなりの思考速度とネタを活(い)かす柔軟さが不可欠。

なにより、模倣ではなく一から作曲した物を衆目の下で詠い上げるのは、実は初めてのことなのだから。

これは多分、色々交じって本人に聞かせたら「なにそれしらない。こわい」と憮然(ぶぜん)とした反応が返ってくるのだろうなと思いつつ、詩人は不思議と潤いを取り戻した喉の調子を確かめるべく声を張った………。

【Tips】時に英雄の物語は詩人達が面白がって肉付けをした結果、地方によって全く違う内容に成り果てることもあるという。

青年期

十六歳の初春

PC達の活動地

ファンタジー系システムにおいて、往々にして移動の不便もあってPC達は一地方を活動拠点と定めることが多い。しかし、GMがその土地に不穏なイベントを引き起こした場合、PC達がどのような反応を示すかは背景次第で様々だ。PCの生い立ち如何によっては、割に合わないと河岸を変える可能性も十分にありうる。縛られない冒険者を如何に縛るかが、卓を回す者の力量の見せ場だ。

手紙に締めの定型句を書き添えて、ふと思うことが一つ。

そういえば、過去の偉人って割と手紙晒（さら）されがちだよな、なんて。

ライン三重帝国は、周辺国家より市民層が厚いため識字率は高い傾向にあり、裕福な農家であれば——我が実家のように、水準よりちょい上くらい——親戚間で時候の挨拶をするくらいなので、かなり筆忠実な国民性と言えよう。

これは貴族でも同じで、公式な手紙には態々（わざわざ）花押を捺（お）して家紋の蠟印（ろういん）を施す物だから、中には達筆さに感銘でも受けたのか「美術的価値がある！」と文を保存するという、送り主からすると怒鳴つけてやりたくなる行為に手を染める者もいる。

なので、帝国公文書館や帝立大図書館、あと魔導院大書庫には過去の人々が遺（のこ）した手紙が保存されていたりする。貴族間でやりとりされる手紙は、我々庶民の使う雑紙と違って質も良いからか、綺麗（きれい）な形で残りやすいのだ。

たしか前世でも有名人は維新の頃だろうと平安の昔だろうと手紙を保存された上、現代語訳されて晒されたりしたっけか。

伊達政宗（だてまさむね）とか、清書しない勢なので勢いのまま書いて、末尾に即火中、つまり読んだらソッコー燃やせよと但し書きをしたのに、代々とっておかれたそうな。有名税というには過酷すぎやせんかね。

それはさておき、時候の挨拶がてら近況報告を認（したた）めた手紙の余白を見て、何となく思ったのだ。

私も、読んだら燃やしておいてくださいねって補記しといた方が良いかな。凄(すご)い今更だけども。

「いや、流石に自意識過剰か」

一つ笑ってペン先から墨を拭い、手紙を丁寧に畳んだ。

公文書でもあるまいし、私も未(いま)だ一介の冒険者。階級こそトントン拍子に上がったけれど、手紙の一筆すら聖遺物もかくやの保管を受ける立場ではない。

でも、他人事(ひとごと)ながら可哀想(かわいそう)だよな。開闢(かいびゃく)帝なんて戦地から嫁さんに宛てた、めっちゃ長文の恋文が額装されて帝城に飾られちゃってるんだし。

しかも、それを持った使番が敵に捕まって肝心の嫁さんには届かず、開闢帝の死後うん百年かしてから発見された挙げ句、当の本人は死んでるから有り難がられるばかりで、処分してやろうと考える人間がいないときた。

私なら死霊(レイス)になってでも焼きに行くな。うん。

「さて、問題はっと……」

特に印は捺さず糊(のり)で封をした手紙を置き、指を一つ鳴らして独り言(ひとりごと)つ。

取り出したるは〈空間遷移〉の箱に秘めておいた、貴族様御用達(ごようたし)の上等な手紙用品。蠟印さえあれば、何処(どこ)の家に送っても恥じない品質のそれは、家族に送る手紙に使う物ではない。

今のところ、私がこれを使う相手は一人だけ。

とどのつまり元雇用主にお伺いを立てねばならなくなった。

「なーんで、〆切りが決まってるヤバい物がある時ほど、他の手紙は筆が乗るかね……」

時は忌み杉の魔宮から少し流れ、麗らかな春がマルスハイムにもやって来た。今頃はやれ畑起こしだ植え付けだと、農家も酪農家も大忙しであろう。我が実家も例には漏れず、きっと皆、必死に農作業に励んでいよう。

「あー……書き出しどうすっかなー……流石に時候の挨拶に纏めて、追伸、組合長に呼び出されました、とはできんよな」

くしゃみと鼻水に塗れ、頭皮が瘡蓋だらけになるくらい風呂に入れぬ地獄の冬を乗り越えた私達一党は――ジークフリートは、今も頑なに否定してくるが――マルスハイムへの帰還早々、結構厄介な立場に置かれていた。

忌み杉の魔宮を打破した、長い長い冒険に不備があった訳ではない。

あとで聞き込みをしたが現地に流れ弾が飛ぶこともなく、精々「アイツら帰って来ないな。群狼か冬眠し損ねたクマにでもやられたかな」なんて噂話を、冬になって暇をしている農民に提供してしまったくらいだ。

にも拘わらず、とりあえずの生還報告をしただけの組合から、真面目な呼び出しを食らってしまったのだ。

いわゆる「ちょっと面貸せよ」の上品版。

来ちゃったのだよ、口頭じゃなくて文書で。しかも執筆者直々の判を捺してある上、用紙の上下に割り印までしてあるヤツ。

ガチもガチ、帝国行政府の基準だと原本を最低でも五〇年は保存してやるからな、という脅しが秘められた呪いの手紙だ。冒険者同業者組合で公文書がどう取り扱われているかまでは知らぬが、この仰々しさからして単なるお茶会の誘いでは絶対にない。

新人の有望株に良い仕事を回してやろうだとか、昇格の参考にするための面談なら、受付の女史勢を通して、もうちょっと軽い雰囲気で投げてくるだろうからな。

正直言って、かなりどころではなく臭い。物理的な臭さを伴っていたならば、鼻を摘まむどころかさっさと〈焼夷テルミット術式〉で焼却している臭さだ。

生きて還ってこられたー！　という心からの喜びで一瞬忘れていたのだけど、今になって思い返すと、忌み杉の魔宮にブチ込まれる原因となった依頼のキナ臭さはとんでもなかった。

地元民は特に困っているようでもなく、更には辺境伯と絶不賛抗争中の土豪が根っこに関わっていたから、そりゃもうマルスハイムに着いてからの方が下手すると大変だってことを忘れてたんだよ。

だって二ヶ月前だぞ、二ヶ月。死ぬ思いで連戦しまくって、年跨いで這々の体で帰ったら記憶の一つ二つ飛ぶだろ。

ジークフリートとした賭けの勝ちを受け取って、マルスハイムで二番目くらいに上等の風呂屋に皆で行ったし、その足でしこたま良い物食べてお酒もたらふく飲んだけど、これくらいハメを外したくなるような修羅場だったのだから仕方ないと思うのだ。

ミドル戦闘が何回あったか忘れるような長期卓（ロングキャンペ）だぞ。導入一話のシナリオフックを覚えてるヤツの方が少なくないか？

　これを責めるというのなら、年の瀬の「いや、どうやって休めってんだ」ってな地獄進行（デスマーチ）の中で発生した、ちょっとした地雷案件をゴールデンウィークくらいに発掘されても正しく思い出せるくらいの人間でなければ、さしもの私も文句を言うぞ。

　お家（うち）に帰るまでが冒険です、とよく言ったけれど、真逆のお家に帰ってからが大変ですとは思わんだろう普通。

　……いや、待てよ？　荷解（にほど）きして旅の間に出た洗い物とか、お土産の仕分けの方が下手すると旅行本体より疲れるよな。もしかして、これってその親戚か？

　あまりの嫌さから思考が上滑りしまくっているが、手だけは正しく動いて綺麗な筆致の宮廷語を出力していくのだから、宮仕えの下僕根性は笑えない。下手すると、この紙一枚で実家の内職一年分くらいはするから失敗できんのだ。

　あーでもない、こーでもないと体と脳味噌（のうみそ）を捻（ひね）り倒した結果、出力されたのは、要約するとなっさけないこと極まりないが、助けての一言に尽きる。

　だって、もう私の容量（キャパ）を明らかに超えてるんだもの。もっと地元に強い情報網があったり、有力者に貸しがあったりしたら動きようもあるけれど、どうにもならんよ。

　だって、私が持ってるコネクションの半分以上は、脅威を物理的に潰すことで今の地位を安泰にしている人達だぞ。ロランス組なんぞ半分が脳筋で残りの半分は彼女の追っかけだし、一番頼りになるフィデリオ氏も政治や行政からは距離を置いているため、助言は貰(もら)えても正答に導いてもらうのは難しかろう。

凄(すさ)まじく業腹ながら変にお得意さんになりつつある、ヤクの売人が一番情報に詳しかろうが……こっちは本当に深入りしたくない。

私がしたいのは普通の冒険なのだ。陰謀や愛憎渦巻く、終わった後へトへトになってファミレスで感想会をやる余裕もないシャドウランではなく、快刀乱麻を断ちスカッと悪役が高い所に吊(つる)されて終わる英雄譚(たん)。

バルドゥル氏族は正に劇物だ。しかも薬か毒かの閾値(いきち)が恐ろしく狭い鳥頭(トリカブト)の如(ごと)く、ほんの数㎎でも処方を誤れば方向性を狂わせる。

せっかくのおファンタジーな世界なのだから――たまに世知辛さと所帯臭さに泣くけど――暗黒街とは関わらぬのが吉。暗殺者や用心棒として名が売れたとして、全く以(もっ)て嬉(うれ)しくないからね。

いや、嫌いじゃなかったけどさ、そういうロール。でも、今求めてるのは違うんだよ。いささか編成が尖(とが)っている気があるが、念願叶(かな)って初心者冒険者の一党が旗揚げできたのだ。ここで要らんことをして闇に落ちるのも、下手を踏んでお貴族様の世界に足を踏み込むのも断じてご免である。

だから、使える物は何でも使おう。厄介事から逃れる最適の方法は、事態を俯瞰(ふかん)して舞台となる街でどんな事件が起こっているかを知ることだ。

それさえ分かっていれば、ケツを捲(まく)るにしても、事件から遠ざかるにしても選択肢が増える。

元雇用主の方が反動も大きいかもしれんが、副作用が分かっている薬の方が飲んでも気が楽というもの。

手紙を推敲(すいこう)し、脱字や誤字、貴人相手に使ってはならぬ文言などがないかを併存した思考も動員して再確認する。

こういった作業において、思考の高速化ではなく併存化を選んだのは、流石(さすが)私と自画自賛してやりたくなった。同時進行するだけのマルチタスクと違って、併存する思考は自分で自分に現在進行形(リアルタイム)でツッコミを入れられるため、些細(ささい)な間違いを完全に潰せるのが強い。

まぁ、魔法を沢山操ろうと思ったら、哲学とか自己同一性的に不安にならない？　なんて心配されそうな特性でもなければ、余程の地の思考速度が速くないと無理だったので、本当に思わぬ所で技能が活躍してしまった形だが。

仕上がりは上々。元雇用主の祐筆(ゆうひつ)もやっていた腕前は錆(さ)び付いていないな。

書き終えた手紙を持ち上げて、術式を通し魔法を練る。

これはただの上品な便箋ではない。二枚の紙に術式陣を刻み込んで圧着することで一枚の紙にした、魔法を使う専用の用紙。元々そうなるよう調整されていたこともあって、疑似生命の術式は非常に通りがよく、専門家でない私が操ってもしっかりと金糸雀(カナリア)を模した折り紙になってくれた。

あとは〈空間遷移〉にて開いた門を通し、アグリッピナ氏に送りつける。工房には直接門を開く権限を与えられていないけれど、手紙だけなら通れる専用の〝箱〟に標を打つ許可を得ているので届くのは一瞬だ。

問題は、あの多忙な魔導宮中伯閣下が工房にいらっしゃるかだが。

ここは本当に運なんだよな。時折手紙で愚痴をお溢し遊ばす、表面上だけ見れば才色兼備の能吏は実に多忙で、方々を飛び回る大役を押しつけられているようなので。

実際、ウビオルム伯爵領の運営から魔導宮中伯としての公務、そして教授職に付きまとう義務や航空艦の技術研究会を片付けるとあらば、並大抵の官吏では音を上げるのを通り越して、過労死不可避の激務が襲いかかってくるだろう。

現地に行かねば解決できない問題も多かろうし、仮に到着をすぐ知って貰えても返事が来るまでどれだけ掛かるかは、本当に運次第。

エリザも私信が届く箱を勝手に開けたりはしないから、ことが円滑に運ぶ可能性を上げる方法は祈ることだけだ。

お願いします、ここで出目が腐るのは勘弁してくださいなどと切なる祈りを捧げていると、返事は恐ろしい速さで飛んで来た。

解れた空間から、我が元雇用主が愛用していた蝶を模した折り紙の手紙が返ってきたのは、まるでＧＭが「ここで躓くとシナリオ進まないから」と温情で別行動していた

PC（プレイヤーキャラクター）達を合流させてくれたかのよう。

指を伸ばしてとまらせれば、蝶は優雅に解けて一枚の手紙になった。

文面にはただ「来い」とだけ書かれていた。ご丁寧に〈空間遷移〉を助ける術式陣を刻み、私が魔力を通すだけで工房まで行けるような段取りをつけて。

あっ、あの女……こっちは丁寧に宮廷語で様式守って出したってのに。

私は色々を処理しがたい感情を無理矢理纏めて、溜息（ためいき）に含めて吐き出し、とりあえず身繕いをすることにした………。

【Tips】人はどれだけメモをしても色々と忘れる生き物である。キャンペーンが濃密過ぎた場合、以前の伏線が頭から吹っ飛ぶことなど珍しくもない。

・

ウビオルム伯爵、払暁派ライゼニッツ閥の教授、色々な技研の主宰など肩書きは増えれど、長閑（のどか）な昼下がりの温室めいた元雇用主の工房は往事から何も変わらない。

その中央に据えられた、愛用の長椅子（カウチ）に寝そべっている主（あるじ）の有り様も。

想像を絶する激務が絶え間なく押し寄せているだろうに、こうも平然としていられるのには畏敬を通り越して恐怖すら覚える。せめて隈（くま）の一つも浮かばせるか、化粧で顔色を誤魔化す可愛（かわい）げくらいあってもいいものを。

「ケーニヒスシュトゥールのエーリヒ。お召しに従い、まかり越して御座います」

「ご苦労ね、従僕」

しかし私は以前にも増して慎重に、かつ泰然と進み恭しく跪いてみせる。

「ああ、いえ、もう冒険者だったわね」

もう以前と違って、ある程度気楽に接することができた従僕ではないのだ。彼女も帝国で正式な貴族となったこともあり、対面の際は正しい振る舞いを求めてくる。

「で、一年近くやってどうだった？」

「思うところは多うございますが、日々楽しくやっております」

誰も見ていないから、なんて決め込んで気を遣わなかった場合、振る舞いはついつい普段のそれに表出する。自分の上司が許してくれるからと、許可も取らず他社のお偉いさんを前に煙草を咥える、なんて馬鹿を元配下にさせたくないので、そこらへんは割とかっちりしていらっしゃるのだ。

「……ああ、楽にしていいわよ」

「恐悦至極にございます」

なので、面倒に見えても場面を切り替えるやり取りは、絶対に必要だった。

こうでもして安全装置を掛けておかねば、アグリッピナ氏が素っ頓狂な発言をした際、ギャグ漫画めいたツッコミを入れかねんからね。私的な場所でなら彼女は鷹揚であるが、そのノリを普段の癖なんぞで出されてはお互いに差し障りがある。

頭の悪いうっかりで恥を掻いたり掻かせたりして、一頭身に転生させられたくはないし。

許可が得られたので、対面の長椅子に腰掛けて姿勢を楽にした。

そして、ふと気付く。

ああ、これは茶を淹(い)れろって無言で催促されているなと。

彼女の楽にしろとの発言は、雇用関係が終わる前と同じように振る舞ってよいという趣旨の物であろうから。

うん、いいんだけどね。私も、そっちのが気楽だし。根が小市民だから、下にも置きませんなんて扱いには慣れないんだよ。

勝手知ったるなんとやらで〈見えざる手〉を簡易厨房(ちゅうぼう)まで伸ばし、茶の用意を動かずちゃっちゃと整えた。物の配置は以前から変わっていないらしく、態々(わざわざ)〈遠見〉の術式を遣わずとも、アドオンで乗せた触覚頼りの手探りでも全ては恙(つつが)なく運ぶ。

手早く用意した茶の盆が空中を滑ってきたので——見えない力場があると分かっていても、少し怪奇現象めいている——生身の手で受け取り、脱力して寝そべっている主へと供する。

彼女は茶器を摘まんで湯気を立てる黒茶を取り、極めて優雅に口元へと運ぶ。唇に触れるまでの間に膨大な探査術式が黒茶を対象に走り、あらゆる化学的、魔導的危険がないことを探っているのが魔力の流れで分かった。

普通の毒など効かぬ身であろうに警戒だけは何があっても、誰であっても解かない為人(ひととなり)が変わっていないことに安心を覚えたのは、何かの病気だろうか。

「ん、悪くないわ」

ほっと内心で胸を撫で下ろす。よかった、まだ主人……じゃない、元主人の舌を煩わせない腕前を保てていたから。

忌み杉の魔宮じゃ最後の方は黒茶の在庫が尽きて、そこら辺の食えそうな植物を煎じて誤魔化していたからな。それと私が手伝いをしている〝子猫の転た寝亭〟は、旅人向けにかなり焙煎が強くて、味の濃い黒茶を出していることもあってアグリッピナ氏の好みからは外れていたから、感覚がズレていないか心配だったのだ。

「鈍ってないようで安心したわ、エーリヒ」

「一度覚えた下僕根性は抜けないものですね。何分、元主が大変に要求の水準が高いお方であらせられましたし」

「そう。いい主人に鍛えて貰えて幸せじゃないの」

軽い当て擦りもあっさり流され、やっぱり私は彼女に勝てないのだなと再認識させられる。

離れてたった一年ではあるものの、本質的に不朽である生物の格を見せ付けられた気分だ。普通のヒト種だったら、もっとボロボロになっていたろうに。

いや、煙草が変わっているな。煙管も別の物になっている。

愛用の逸品を私に下賜してくださって以降、愛煙家であると知られる彼女には贈り物として多数の煙管が届いているので、別の物を使っているのは当然ではある。ただ、保護術式がかなり適当にかけてあり、かつての愛用品と違って煤や傷みが絶無の領域にはない。

これは夜会で数度使ったら、使い捨てていらっしゃるな。気になったり彼女の格が落ちたりする程ではないにせよ草臥れ始めるのだから。

魔法薬の煙草葉は調整された煙管でないと、魔法の影響で劣化が早くなることもあるものだ。茄子科植物の方の煙草を吸う煙管でも、胴体にあたる羅宇は交換が前提となる木製が殆どで消耗品扱いだったしな。

アグリッピナ氏から頂いた煙管も羅宇は黒檀で、長時間使用を念頭に据えてあった。全体が金属の物は熱伝導率が高すぎて、すぐ熱くなるので長く吸うのに向いていないのだ。だのに全く劣化しない術式が付与された煙管は、彼女が手ずから長く使うべく手を入れていたに違いない。今、彼女が乱雑に扱っている物と比べるのが烏滸がましいほどに。

「今すぐ、私の従僕に戻っても問題ないくらいの腕前はある訳ね」

「……私は今、ウビオルム伯で言うなら書庫籠もりの最中みたいなものですよ」

「なら、止められないわね」

カン、と灰盆に煙管を叩き付けて燃え滓を落とす元雇用主が、火皿に煙草を詰めている姿は結構珍しい。空間拡張術式を込めていないのだろうか。

貰った煙管は今のところ、普通の手入れだけで全く傷みもせず使えているので、アレと同じくらい気に入った物と出会えていないようだ。

それにしても、強い煙草だな。副流煙の香りだけでも、魔力滋養効果を高めるべく恐ろしい濃度の魔法薬が浸されていると分かる。アグリッピナ氏が自分専用に調合しているから大丈夫だろうが、私が吸ったら卒倒するような毒の半歩手前みたいな代物じゃないか。貴族が贈り物にする品質の煙管が短時間で傷む物を嗜まれるなど、分かりづらくとも消耗はしておられるようだった。

「ですが、冒険者家業も馬鹿にしたものではありませんよ。お慰みになるかと思い、手土産をお持ちいたしました」

なので、一つ心を癒やして貰おうと、本題の前にお土産を出すことにした。

忌み杉の魔宮で私が処分する権利を貰った分け前。神聖杉の改良を試みた魔法使いの遺稿だ。

彼女は本好きを通り越した書痴。分野も内容も問わず、娯楽本だろうと昔の日記だろうと、果ては専門外の論文でも楽しく読める。

この手記は文章がとっちらかりすぎていて――個人用の覚書なので当然ではあるが――論文としての提出には耐えないが、読み物としては楽しめるのではないだろうか。惨たらしく殺されてしまった薬草医が、口語体で認めた物なので恐怖小説と解釈することもできそうだし。

日を追う毎に土豪からの納期を急かす強迫に憔悴していく文章は、自分の研究に使えるかもと写しを取っていたカーヤ嬢が顔色を悪くしていたような内容だからな。

「古い手記ね。誰の物？」

「魔宮を生成するほど凄惨に殺された魔女医の手記です。マルスハイムが土豪と殴り合っていた時代に書かれたようなので、現アルトハイム（旧州都）がマルスハイムと呼ばれていた頃かと」

「へぇ……」

　パラパラ軽く流し読みした元雇用主は、お気に召したのか納得してくださり、商業同業者組合の手形を取りだした。

「神聖杉ね、興味深いわ。二〇〇でいい？」

　お土産ではあるが進物だとは言っていないので、しっかりと自分が認めた価値を口にしてくださる。ケチ臭くない商売相手だとやりやすくていいやね。

　分配すれば一人頭五〇ドラクマの現金収入。相方の為（ため）に気張りすぎて、車輪に火が付きかけていたジークフリートは大喜びだろうな。

　色々と報酬（ドロップアイテム）を得たけれど、どれも現金化には一手間かかるか、できれば自分の強化に使いたい代物揃（ぞろ）いだったし現金収入は助かると思うんだ。

「十分過ぎるくらいかと。同輩が喜びますね」

「山分けするの？　気前が良いこと」

「冒険者の一党は、均一に成長するほど強くなるのですよ。個としてより、精鋭の群たる戦闘単位なので」

「満喫してるわねぇ……」

ええ、満喫しておりますとも。喉元過ぎれば何とやらで、あの魔宮はマジでクソだったとＤ Ｍ(ダンジョンマスター)を散々に罵りはするが、生還できたからには楽しい思い出だし。

もう一回やりたいかと聞かれたら、二度とご免だがね。帝国人から風呂と黒茶を取り上げるのは、爪の間に針を通す以上の責め苦だ。

「で、手紙で泣き付いて来たのは、その楽しい冒険者生活に影が差し掛けたからと」

「仰る(おっしゃ)通りでございます」

ちょっと待ちなさいねと断って、アグリッピナ氏は煙を一つ吐いて虚空を眺めた。忘却することはないが、思い出すのには手間がかかる長命種(メトシェラ)特有の仕草だ。この挙動が微妙に不気味なのもあって、彼等(ら)は定命から敬遠されるのだろうなぁ。

なにせ、ちょっと押し黙ったかと思えば、すっかり忘れているような情報を引っ張り出してきて上(マウント)を取られるのだから。

「思い出したわ。マルスハイムに行くって言ってたから、少し調べたのよね。マクシーネ・ミア・レーマン。前マルスハイム辺境伯オットー・リドウルフ・リウトガルト・フォン・マルス＝バーデンの庶子。結構やり手みたいね。評判良いわよ、彼女。辺境の治安維持を上手(うま)くやってたから」

うわー、こわ。元部下を放流する先だからって、調べるかねそこまで。名前だけならまだしも、貴族界隈(かいわい)での評判とか何を得手としているかまで調査したのか。

「前マルスハイム伯から溺愛された、公に名乗れぬ現マルスハイム伯の姉。ま、たしかに駆け出しには手に余るかしら」

「敵(かな)いませんね、やはり」

貴族の情報網は本当に怖い。こうやって座って煙草を燻(くゆ)らせているだけのように見えて、馬を使っても季節を跨(また)ぐような遠方の情報を探ってくるのだから。

というより、やっぱり組合長は前マルスハイム伯の庶子で確定なのか。尚(なお)のこと関わり合いになりたくなくなってきたんだけど。

「正直、呼び出されるような悪いことはしていませんので、組合長御自ら顔を合わせる意図が不穏ですね。琥珀(オレンジ)への昇進速度は異例だったそうですが……」

「その上で、手紙にあったように仲介筋を通して、卓の下で脛(すね)を蹴り合っている土豪達(たち)に関わる胡散臭(うさんくさ)い依頼を押しつけられたとくれば、ね」

「お上品に日をあけて呼び出されたので何とかなってますが、据わりが悪すぎて腰を悪くしそうです」

怒られると分かっていての呼び出しならいいのだ。当日までに覚悟を決められるし、どうやって禊(みそ)ぎをするか考えておく余裕も生まれる。

上からされて一番怖いのは、間を置いた上で用件にまるで思い当たりのない召集である。しかも、今の構図は現代にたとえるなら、人事部長から急に予定をねじ込まれたのに近い。こんなもん、身に覚えが何もなくったって怖いだろうよ。

単なる季節毎の面談とかなら良いけど、部署の成績でボーナスがとか、新支社開設のため何か聞いたこともない国に飛ばされる昇進を装った貧乏籤とか、ちょっと思いつくだけで最悪の想定が両手の指から溢れるぞ。

「よくて組合長のお手つき。下手するとマルスハイム伯の首輪が嵌まりそうね」

「ああ……やっぱり、そう思われます？」

「私が手元に置いてもいいと思ったコマよ？　そりゃそうでしょ。今、向こうの台所事情は相当に厳しいらしいわ」

「……辺境がですか？」

それは妙な話だと首を傾げてしまった。

辺境は有事において敵対国と最初に接する場所だけあって、帝国からの扱いは決して軽くないので運営が厳しいなんて考えにくい。それにマルスハイムは西方に繋がる交易路やマウザーの運河があるため関税も多く入って来るだけあって、辺境伯はかなりの金を持っているはず。

どれだけ直参の配下に年金を支給し、麻の如き治安を収めるべく軍費を割いていても困窮なんてしようがないのでは？

「人が足りないのよ。特に組頭級の前線指揮官の層が薄いわ。平時であれば何とかなる程度には揃えてるけど、面従腹背の徒が混ざってるせいで上手くいってないわね」

結果論に過ぎないけれど、宥和政策は失敗したみたいだし。そう仰るアグリッピナ氏は、合理を上回る感情論で、今も帝国に抗っている土豪達を嘲笑っているようだった。

事実としてマルスハイムの治安は割と終わっている。腕時計を盗むために手をぶった切られるような末法度合いではないが、それでも年貢の馬車を襲うヨーナス・バルトリンデンが如き奴儕（やつばら）をのさばらせていた時点で、三重帝国の基準では失格も良い所。

これらは全て、辺境伯領内が一枚岩に纏（まと）まれていない上、綱紀粛正を断行できなかった中途半端さが悪い方に働いていると言えよう。

騎士階級や男爵などの下級貴族が領内を正しく治めていれば、ああも好き勝手にやられはしなかったはずだ。

経済的な痛手になろうとも治安を正しきれなかったのは、土豪の横槍（よこやり）で領内の軍が上手く機動できず、反乱を恐れて兵役に取る兵士を増やせなかったからかな？

「支配層は後腐れなく根切り（皆殺し）にしてしまうべきだったわね、歴代マルスハイム伯も。地場に根を張った旧権力者層が、高々結婚で血を薄めたくらいでどうこうなる訳ないでしょうに」

「見通しが甘かったと」

「角砂糖五個分くらいは甘いわね。左遷人事で嫌がる人間の辺境に送り込む数を五倍以上にするのが、二個くらいだとしたら」

そりゃ甘い。甘党の私でも嫌になるわ。

「私ならサックリ五親等くらいまで始末するか、言葉を入れ替えさせ、公教育も徹底的に親帝国派しかできないようにしてたわね。どれだけ自分の血が初代から遠くなろうと

「……」

「教育されれば忘れない、ってことですね」

「そうよ。馬鹿な話よね。古豪が覇権を争う中央大陸じゃ、建国から五〇〇年ちょっとの帝国でさえ新参扱いなのに。それがどうして、たかが辺境の一欠片が独立独歩でやっていけると勘違いできるのかしら」

「民族なる概念は、合理で処理できるものではないですからね。帝国人である、そう教化できなかった政府の負けですか」

たった数ヶ月か数年かの独立のため、何十万人と死んで、直後大国からの圧力に屈して潰れた国が歴史の中にどれだけあったか。そして、ユーゴスラビアが長持ちしなかったように、民族の自認を上手いこと強制しなければ国家なんてのは上手くいかんものだ。

日本みたいに民族の根っこは一緒で、こぢんまりした島国でさえ県民性によって違いがあったのだ。地続きの国家で無理に呑み込もうとしたって、そりゃ上手くいかんよ。

となると、いよいよ以て開闢帝から数えて三代の皇帝たちがどれだけ偉大だったかと震え上がるな。よくぞまぁ、こんな多種族かつ多民族の国家を一つに纏めて、帝国人という自覚を作り出し、今日に至るまで崩壊させない体制を構築したもんだ。

「そ。争ってる時点で負けも負け。経済的観点では下の下の下。焦って使えるコマを欲しがってる時点で失敗ね。純粋に冒険がしたいなら、北か東辺りに移るのをお薦めするわ」

「……一応、愛着が湧いてきた土地なもので」

「河岸を変えるのは嫌と。なら、別の物で代償を払う必要はありそうね」

「お力添えとまでは言いません。お知恵を拝借できたならば……」

一つ唸って、アグリッピナ氏は煙草を再び灰盆に叩き付けた。

……こんなに煙管使い荒い人だっけ？　もっと上品に使っている記憶があったのだけど。

「はい、コレ」

やや考えた後、彼女は指を鳴らして一枚の用紙を取りだした。

完品の綺麗な紙ではなく、使い捨てを前提とした雑紙には〝拾遺奇譚局なる行政部〟が冒険者に向けた依頼文が書かれていた。

やっ、やりやがった!?　マジでやったのか、この人!?　ウビオルム伯爵の直轄部署じゃなくて、政府部署立ち上げやがった！　自分の趣味のためだけに!!

「あ、本当にお作りになったんですね……稀覯書を集める組織……しかも、公的な……」

「まぁね。魔導院大書庫の司書連と頑張って和解して、帝立大図書館も抱き込んで名目作って、ガッツリと予算搾り取ってやったわ。激務を頑張ってる自分へのご褒美にしては細やかでしょ？」

んなＯＬが奮発して宝石買うようなノリで、公的な組織を立ち上げられても反応に困るんだよ。文字通りの仕事しかさせてないだろうけど、絶対に後世で間諜の集団みたいに噂されて、それこそ拾遺奇譚局が伝記物のネタになるヤツじゃねーか。

「今のところ、試験的に帝都でだけ募集してたんだけど、辺境にも回しとくわ」

「本当に景気が良さそうですね……」

「で、えーと、ちょっと待ちなさいよ」

明らかにドン引きしている私を余所に、彼女は新しい紙を取りだしてから幾枚かの依頼書をでっち上げ始めた。

全て私を名指しで拾遺奇譚局が発行した、西方に眠ると噂される伝説級の書物を探せという物だ。

「エグゼリア偽典、陽導神延喜式の外典、終末招来請願詩篇……全部神代の眉唾書籍じゃないですか」

これらは全て、まことしやかに存在を囁かれるだけの都市伝説に近い書物だ。

エグゼリア偽典は神代より昔、ヒト種こそが支配種族であるなどと言い出した神格が下したとされる石板。

陽導神延喜式は僧会にすら曽孫写本しか現存しない経典……に、あったとされる外典。

終末招来請願詩篇に至っては、世界を滅ぼす方法を外神から教授された、盲目の大魔法使いが銅板の巻物に刻んだとかいう失名神祭祀韋編より怪しい代物ときた。

こんなもん、真面目な顔で探してくれって依頼されたら、どっかのあらゆる事象をノストラダムスに収束させて難癖を付け続けた連中を紹介するところだぞ。

「でもありそうなんですもの。そして、手に入るなら手元に置いておきたいんですもの」

「分からんでもないですけど……」

そりゃあね？　私もね？　手に入るなら宇宙的恐怖とおっかなびっくり対峙するシステムの初版本とか、未開封完品の状態が良い赤箱とか手に入るなら欲しいけども。

「これ見せとけば、忙しいし余所の息が掛かってるってふんわり警告できるでしょ。恩賜指輪よりは穏当じゃなくって？」

「……有り難く使わせていただきます」

「まぁ、あわよくば欲しいと思ってるのは認めるけどね。どれも最低五〇〇で買い取るから、頑張って探してちょうだい」

よろしくー、と気軽に宣う元雇用主の提案は実に助かるけれども、心底から反応に窮してしまう。

だって、この人がまがりなりに依頼の体を成すってことは、一応〝実在してる〟って確信してるということなのだろう。

然もなくば、正しい書類の体裁を整えて、報酬まで予め提示なんぞするまい。

これらの書籍に関する問題に巻き込まれることは、率先して探しに行かなければなさそうだけど、またどれもこれも揉めそうだなぁ。

「冒険者なんて自由なようで柵が多い仕事を選んで、私の誘いを蹴ったのは他ならないアナタなんだから、精々踊りきりなさいな。元雇用主として、舞台衣装分くらいはカンパしてあげるから」

中途半端な踊りより無様なことはないわよ？　と笑う彼女は、私の苦悶も愉悦の種にしつつ、更に面白さを貪ろうという姿勢を隠しもしない、相も変わらぬ外道のままだった。厄介事を片付けるために、より厄介な問題を抱えたのでは？　という懸念を抱えて前職の職場を後にする。

尚、これは余談であるが、講義に参加していて不在だったエリザから「どうして、あと一刻いてくれなかったのですか」と大変恨み節が籠もった手紙を貰ったので、お兄ちゃんとしては配慮不足を反省すること頻りであった……。

【Tips】拾遺奇譚局。アグリッピナ・フォン・ウビオルム伯爵隷下の公的組織。各地に散らばる奇譚、稀覯書、そして民俗学的価値のある資料を収集するという名目で設立され、皇帝から〝帝国全土での活動を安堵する〟なる勅許状を得ている。

その権限の及ぶ範囲の広大さから、後の世において政府の諜報組織であると陰謀論の悪玉が如き扱いを受けることとなる。

瘦身の女性は執務室の窓外に広がるアードリアン恩賜広場から颯爽と去って行く冒険者を見送りながら小さく舌打ちをした。

彼女の名はマクシーネ・ミア・レーマン。十分以上に整った外見を持つ女性であるが、見る者がまず麗しさよりも儚さを感じるような姿をしていた。

背は高いが酷く瘦せぎすで、顔色は乳白色を通り越して蠟が如く白い。貴族的に上品な細面は体と同じく肉が薄く、背負った苦労が滲み出るようだ。

まだ壮年と呼べる歳の頃であるのに、背の中程に達する長い黒髪の半分ほどが白髪になっていることが、尚悲愴さを掻き立てる。

全てはマルスハイム冒険者同業者組合の長という立場が悪かった。

大勢の冒険者を束ねる同業者組合の組合長という仕事は名誉あるものであり、年俸や付帯する権利を考えると、傍目には良い地位に映るであろう。

内情を知れば三重帝国皇帝の椅子と同じく、華美に装飾された拷問椅子に過ぎぬ。マクシーネは誰に憚ることもない内心において、そう詰って止まぬ。

冒険者同業者組合は、その成立を神代にまで遡る古い組織であり、文明規模においては珍しく国家を跨いで存在する国際組織である。

とはいえ、かつてあった総括本部は神代が終わり国が分かたれると共に喪われ、今では組合間で緩く連帯し、冒険者を国家間紛争に用いないという暗黙の約定でのみ繋がっている。

それでも官に近くとも官に非ず、僧院に近くとも神殿ならざる組織は国内において実に微妙な立場にある。それこそヤッパをぶら下げた日雇いの破落戸共を纏める組織。お上からいい目で見られないことは明白である。

更に組織の都合上、三重帝国においては組合長を貴種に任せぬことを原則としている。最早懲罰を下す者が神しかいなくなったとはいえ、神代の神々が結んだ盟約は今も生きているがため、神に障らぬよう繊細に忖度しているのだ。

これで仕事の内容にも遠慮してくれればと、専属の薬師が調合した胃痛と神経疲労を癒やす薬湯が手放せなくなった彼女は思わずにいられなかった。

「あんの愚弟……相変わらず詰めの甘い」

高位の冒険者から〝灰の女傑〟や〝朽ちぬ燃え殻〟などと、褒めているのか貶しているのか微妙な線の異名を受ける彼女は、公には弟と呼ぶことの許されぬ〝マルスハイム伯〟を下町口調で罵倒する。

何てものに触れさせやがったと。

昨今、情勢の乱れが致命的になりつつある事態を察知し、辺境伯は忠実な駒を欲しがるようになった。

今も彼に忠勤を果たしている隷下の貴族はいるが、日和見を決めている者も多く、同時に有事となると使い物になるか怪しい者達の割合も馬鹿にできぬ。

土豪との小競り合いはありつつも、帝国の史書において会戦に分類される五〇〇人以上がぶつかり合う内紛がなかったのが原因だ。また、東方の交易路再打貫戦争には、情勢不安と背後の守りのため西方の諸領地が参加できていないのが痛い。

昼は火ぶくれが起きるほど暑く、夜は凍死の危険がある砂漠を戦い抜いた勇士が辺境には殆どいないのだ。従軍経験者も荘民に少ないとあれば、やろうと思えば半月で二万の軍を用意できたとして、それらが数に見合った戦力かは限りなく微妙であった。

その上、各地で土豪を掣肘するため、信用のおける直参家臣や血縁筋を分散配置したのが今になって痛く響いてきている。

元々彼等は見張りと同時に懐柔役でもあったからだ。マルスハイム近郊だけを固めていれば、どうしても交流が減って統治が難しくなるだろうという戦略。そんな物を半ば破綻していると分かりつつも維持したツケが追いかけてきた。

万が一、土豪が激発して反乱が起こった場合、戦力が集中するまでにどれだけ削られるだろうか。

特に武門は念入りに狩られるはずだ。宣戦布告より前に館を囲み、局所的な数的優位で討ち取って辺境伯の大駒を減らす。これだけで西方はあっと言う間に火の海と化す。

かといって今更大慌てで国替えなどできぬ。敵方に焦っていますと教えるような物だし、配置転換後の混乱が大いなる隙となる。

勝つには勝てるのは、間違いない。時間を掛ければ西部の諸侯が必ず駆けつけてくれるし、帝国が本腰を入れれば田舎の小勢力が吠えたところで、子犬が大狼に突っかかっていくようなものだ。

しかし、所詮は内紛。勝ったとしても名誉は得られず、領地も増えず、土地が荒廃して人口が減るだけの徒労。背いた土豪共を上手く族滅できたとしても、領地は治まらず、むしろ軍が活動を止めた途端に流民と不逞の輩が増えるだろう。

それを嫌った辺境伯は、今の内に信用できる強力な駒を集めようとした。

だが、既存のお家から昇進させてやるのも限界があり、同時に乱が治まった後のことを考えると困難が多い。

なので冒険者の中から育成し、使い捨てても惜しくない大駒を用意しようという案が持ち上がった。

大規模な氏族を率いている者は既存の権力を持っているため危険だが、駆け出しの内から育てて忠誠を勝ち取り、忠実な家臣にできれば投資効率は段違いだ。冒険者を冒険者のまま雇うのには問題があるが、辞めさせて正式な家を興させれば誰も文句を挟めない。

その第一号として試金石を与え、試したのが〝金の髪のエーリヒ〟だったが、マクシーネは内々に会う予定の義母弟に酒をぶっ掛けてやることを決めた。

「まさか、この私が言いくるめられて辺境伯への感状推薦まで断られるなんてね。どれだけ色々見えているのかしら」

独断で動いたことも気に食わないが、アレは絶対に駄目だ。政治模様が読める頭と知識があり、目先の利益にも社会的名誉にも一切釣られない。

普通の冒険者であったなら、琥珀(こはく)への昇級が異例の速さであったため、代わりに辺境伯からの感状を出すと言えば、簡単に転びそうなものを。

腹芸も上手いとくれば、益々可愛(ますますかわい)げが足りぬ。

マクシーネが、かなり詰めた話をしても全く揺さぶられずシラを切り通す胆力。土豪との関わりや、依頼が臭いことなんておくびにも出さず、面白い冒険でしたと嘯(うそぶ)く細面の少年を簡単に飼える訳がなかろう。

況して、自分が水面下で動いていた陰謀を理解していることを、当の黒幕から臭わされてもブレない姿勢が恐ろしかった。

あの手の人間が何より厄介なところは、冒険者などという癖とアクの強い人材を扱うマクシーネが一番知っている。

筋が通った冒険者という生物には、自分の絶対的な価値観があり、根源的なところを金だの権力だのでどうしようもできないのだ。

好例がマルスハイムにはのさばっているではないか。自らが信ずる義にのみ殉じ、報復を躊躇わぬ〝聖者フィデリオ〟とその一党。

個人の武威を以てして、疎ましい全ての政治的暗闘を打破する〝不羈のロランス〟及び彼女に惚れ込んだ徒党。

そして、目溢しするしかない絶妙なやり口で、悪夢を拡大させながら自身の頭蓋で飼っている地獄に餌を絶やさぬ〝抹香焚きのナンナ〟や、彼女の悪夢にあてられて薬に浸った白痴達。

金の髪のエーリヒからは、あれらと同じ臭気がする。

自らの価値観に徹頭徹尾従って、障害を排除して妥協なく進む怪物。

仮に情や恩、柵などを巡らして取り込んだところで、あの手の人物は恨みを決して忘れない。何かしらの手段を講じ、必ず自分に都合が良く、飼い主が手に余ると悩む火種を放ってくるのだ。

あまつさえ調査段階では〝繋がりは薄くなっている〟と言われていた、ウビオルム伯との関係が全く切れていないではないか。然もなくば、あの怪物が率いる〝拾遺奇譚局〟からの高難易度依頼を名指しで幾つも受けている訳がなかろうて。

エーリヒは迂遠な辺境伯への取りなしに、既に抱えている大きな依頼があることを示して予防線を張ってきた。

今この依頼に集中したいので、喫緊の問題がなければ専属のような依頼は受けられないとキッパリ言い切ってきたのだ。

あんなものは殆ど子飼いと変わらないではないか。長い長い手綱のせいで分かりづらくなっているだけで、必要とあらば主人が紐を引っ張れば直ぐに吠え立てる。

閑居となれば不善を為す気質ではないと面談で分かったのだから、放っておけば自ら不善を潰し続けてくれよう。むしろ、冒険者とは斯くいう在り方を望まれた存在だ。

ならば恨みを内包した戦力として取り込むより、マルスハイムに愛着を抱いてもらって残らせた方がずっといい。

そうすれば、頭の悪い土豪が暴発しようと、必ずやどちらに大義があるかを判断して動くだろうから。

人を試すというのは中々の賭けだ。突っついてみた結果、蛇くらいならいいが、逆鱗を逆立てた竜が飛びだしてこないとは限らない。

マクシーネは、今回の面談は下手な突き方であったと後悔している。

マルスハイム自体に嫌気が差して河岸を変えられた場合の損失は、如何程であろうか。

既に一度、氏族の勢力関係が揺らぐようなことを金の髪のエーリヒはしでかした。にも拘わらず、政治的な暗闘を疎んじて余所に移ってしまった場合、人間一人が抜けたにしては大きすぎる空白が生まれよう。

またぞろ悪さを企む連中が元気になっては困る。

それに最近は大人しくなった漂流者協定団が、何を思ったか余所の領分を侵すようなことをし始めているとマクシーネの情報網に引っかかっていた。

十中八九、土豪の仕業であろう。

外の流民街は、何処にも居場所がない連中の吹き溜まりだ。国を捨てた者、国から捨てられた者、故地にいられなくなった者。そういった、海とも山とも知れない連中の掃き溜めは、さぞや焚き付けに丁度良かっただろう。

マクシーネとしては小悪党程度の悪さならば、認めたくないが必要悪として許容してきたが、目に余るようになれば手を打たねばならぬ。

金の髪のエーリヒを放し飼いにしておくのは、手の中でも省費用で最適の一つだと判断した。

彼は帝国に愛着がある。理由は知らないが、不義の類いを見つければ率先して叩き潰しにかかるだろう。

　漂流者協定団とは既に一度、血を見るような戦いをしているのだ。二度目となれば、尚(なお)更(さら)躊躇いは見せまい。

　会話の端々から異様な冒険への執着が感じられたため、間違いなく彼個人が〝鬱陶しい〟と判断した事象を斬りに掛かる様は容易に想像できた。

　マクシーネも伊達(だて)に長い間、煮ても焼いても食えそうにない冒険者共の手綱を握ってはいない。

　人事を尽くすまでもなく、下手なことをしないほうがことが善く運ぶ事案など、幾つも見てきた。

　此度(こたび)は間違いなく放置し、自浄作用に頼るが吉だ。

　彼女は取り急ぎ次に愚弟と会う時に渡す密書を用意する思考を練りながら、何をぶっ掛けたら心的損害が大きいかも考え、集中のため窓(シーン)の紗幕を閉じた…………。

【Tips】組合長。神代に定められた組織の掟(おきて)が現代に即している道理もなく、各国によって神々のご機嫌を忖度し、おっかなびっくり逆鱗に触れぬよう人事が差配されている。三重帝国の場合、出身はともかく現役の貴族ではないことが前提条件となっている。

　悩みごとを打ち明けるのは、存外難しい。

私が紋切り型(ステロタイプ)な男性観の持ち主なのもあって、弱音吐くのって格好悪くね？　なんて更に格好悪いことを考える気質だからだ。

相談はいい。むしろ必須だ。打ち合わせを適当にしたせいで、行動順が拙(まず)くて実質的に補助役(バッファー)や壁役(タンク)が一手損になったりした日にゃあ、私は普通にキレると思う。

だから行動値調整はあれ程……。

「っ……!?」

背筋に走る恐ろしい感覚。〈常在戦場〉の特性が、過去に思いを馳(は)せて集中を切らせた思考を無理矢理に整えさせ、〈雷光反射〉によって体感時間が引き延ばされて、弾丸の軌跡を追える緩やかさに堕(お)ちていく。

まずった、自分の立場が良くないことは分かっているのに、部屋に入った直後に気を抜くなんて。

風呂や寝床にいる時と同じくらい、無防備になる瞬間じゃないか。施錠してある、子猫の転(うた)た寝(ね)亭の自室だからといって何たる失態。

ガツンと後頭部に突き刺さるような殺気に反応し、敷居を跨(また)ごうとしている膝を脱力。前進を転倒に変えることで回避行動とし、前転することで殺気の源へ反撃を送る。

流れゆく視界の端っこを掠(かす)めた黒い影に向かって、袖口に仕込んでいた〝妖精(アールヴ)のナイフ〟を投げつけた。形状的に投擲(とうてき)には向いていないが、届かないよりずっとマシだ。

肩から着地して、殺意への応報がどうなったか確かめた刹那、自分はしくじりにしくじりを重ねたと知る。

刃が貫いたのは、襤褸の外套のみ。部屋の向かって右側の角から飛んで来た殺気は、牽制の囮。敢えて強烈な殺気を瞬間的に叩き付けた直後、素早く場所を移動して私の攻撃を虚空へ誘発させやがった。

しかも、変わり身まで用意して気配頼りの反撃のみならず、慎重に視覚情報を使ったとしても注意力を削ぐなんて。

二手損じゃないか、これでは。

次の行動に殺気はなかった。死角から飛び込んできた人物が体に強くぶつかり、そのまま寝台に突き倒される。

「ぐっ……」

あまりの衝撃に横隔膜が押し上げられ、肺から息が無理矢理に捻り出される。激突に気付いて足掻こうとした寸毫程度の間にはもう、足が床から離れていて軌道をどうあっても変えられない状態になっている。

人間とは、空中にいる時は姿勢制御くらいしかできないのだから仕方ない。

完全な不意打ち過ぎて、魔法を練る余裕もなかった。せめて思考が乱れていないか、息が落ち着けば〈見えざる手〉で背中に張り付いた影を振りほどけたのに。

そして、額に手が添えられ、強引に首を上げられる。無防備に晒される喉首は、普段着なのもあって装甲点などないに等しい。あとは、恒常化して肌から数㎜の位置に張っている〈隔離結界〉の強度が何処まで保つか。

最後に、しゅっと一本の紅い線が喉に敷かれた。

「……参った」

「ふふ、勝ちましてよ」

指先に塗られた、口紅によって。

うつ伏せに寝台へと組み伏せられて、背の上に我が相方、マルギットが跨がっている。

くそう、ぜんっぜん気付かなかった。私が帰って来る時間に合わせて、部屋の天井に張り付いて伏撃を狙っているなんて。

これが麗しの斥候ではなく、敵が放った密偵だったら死んでたな。首が泣き別れになるだけではなく、偉大なる先達の塒を事故物件にするところだった。

「まったく、暗い顔をしてるから何かと思えば。どんな気分でも殺気への警戒だけは怠っていいものではなくってよ？」

「やっぱり、君には隠しごとはできないなぁ」

また黒星が一つ。最近、彼女も死線を潜ることが増えたからか成長著しく、いつものやり取りでの勝率が三：七くらいになってきてしまった。魔法の障壁を抜いてくるとか、一体どんな技能を覚えてきたのやら。

やっぱり何時の時代も強力だよな、リアクション不可って。さりとて、全部の敵が使ってくる訳じゃないから、正直熟練度的に割に合うのか微妙な線なので後回しにしがちだが、嵌まった瞬間即死するので怖すぎる。

　これでも、結構色々と対策はしてるのだけどねぇ。

「でも、そんなに顔暗かった？　努めて普通にしてたつもりなんだけど」

「貴方が何かしてて気付かない私だと思いまして？　全く、昔から何でも自分で解決しようとするんですから」

　困った子、と器用なことに、我が幼馴染みは背に跨がった状態から、額にデコピンを送った。人差し指ではなく、硬貨を弾くように親指でやられたので結構痛い。

　……あれ？　いつもなら、そろそろ降りてくれるんだけど、何だか蜘蛛の足に拘束されて全く動ける気配がないぞ？

　しかも、背中を押さえられているので、些細な重心移動さえできぬ。

「で、何がありまして？　貴方だけ呼び出されたみたいでしたから、大人しく見守ってましたけど」

「あー、えー、まぁ……そうだねぇ」

　間違っても誤魔化しも外連もなしだぞ、という無言の脅しに屈して、私は訥々と組合長、マクシーネ・ミア・レーマンとの面会をしてきたとゲロった。

　色々あったが、端的に言うと予想通りであったのだ。露骨に囲い込もうとしてきていたのが会話の端々から覗いており、躱すのに苦労したよ。

　依頼はあくまで探索者の自由意志によって取捨選択される。その原則がなかったら、断ることすら難しい程度に話術を組み立てられていたので、誠に難儀させられた。会則を隅から隅まで読み込んでいなかったならば。先約というお断りする大義名分がなかったならば大変なことになっていたかもしれぬ。

「何とも繊細で難しい事案でしてね。事前に相談しようとは？」

「思ったけど、勘違いやら先入観でみんなに的外れな情報を流したくなかった。特にジークフリートは、ほら、ちょっと……」

「お調子者、ですものね」

クスクス笑う相方に対し、誠に申し訳ないが私は戦友への擁護ができなかった。

彼は英雄願望が強いので、酔うと自慢を漏らしがちなのだ。

だから、金の牡鹿亭は危ないから逃げるようにと促した。具体的にヨーナス・バルトリンデンの首が幾らになるかとは言わなかったが、お褒めの言葉を頂いたとか、生け捕りにしたとか、阿呆な連中の欲望を擽ってしまうようなことを口走っていたのだ。

なので、下手に貴族から褒めて貰えるかも、などと推測を言えば「今の内に潰しといた方がいいのでは？」などと物騒な思考をし始める者が出ないとも限らぬ。

上流階級におけるお褒めの言葉、ないしは感状を直に賜るというのは、唾を付けたと周囲に表明するに等しい行いなのだ。

ここで変に旗色を明確にしてしまった場合、土豪と親しくしている連中から、要らぬちょっかいをかけられる可能性が激増する。

なので不義理とは思いつつも、ある程度は貴族界隈と渡り合える予備知識がある私だけで済ませたのだ。

「そこは、何ができるでもないですけど、私くらいには相談して欲しかったですわね」

「……ごめん。君が私を裏切るなんて、爪の先程も思ってないけれど、君に落ち度なんてなくても情報が漏れることはあるからさ」

「あら、私が場も弁えず言葉を口にしたり、簡単に捕まると思いまして？」

姿勢が変わり、結構な音を立ててつむじにマルギットの顎が打ち付けられた。明らかな不満の表明はご尤もだが、この界隈だと〝何も失敗しなくても〟情報を抜かれることが頻発する。

「相手が腕の良い魔導師を抱えていたら、たとえ君が痛みに強くても抵抗は難しいんだよ。精神魔法、という禁忌があってね。私も向こうで色々勉強したけど、一級の使い手には抗えないよ」

これればかりはレベルデザインなど知ったことかと言わんばかりの、至極当たり前の世界であるため、全くの不運で突然の死！　を迎える可能性が絶無にできないように、野良の怪物にぶち当たって脳味噌を弄くられる可能性は低いが零ではない。

少なくとも、地場の貴族階級が内紛を起こしている中で、暢気にしていると宜しくない程度には危険だ。

過保護だとか心配性だとか詰られても、前世で結構洒落にならない突然の死を迎えた人間なので、どうしようもないのだよなぁ。

三十代での膵臓癌だったこともあり、瞬く間に終わってしまった私は、どうしても心から不安が拭えない。

物理的に抗うことの能わぬ、殴り殺せない相手や事象に愛する人達が襲われる恐怖は、我が身に起こったこともあって克服できんのだ。

腹を括ってぶち当たった難事の末に果てるのであれば、自己責任だから構わない。私もマルギットも、新たに絆を結んだ友人達も手前の命どうこうは、とっくに覚悟完了済みだ。

しかしながら、全く予兆のない事故みたいな不運や理不尽は、どうあっても心根が容れてくれない。紅い蛇の目に愛された男だからではなく、固定値を信仰する一種の安定主義者だからこそ。

今更ながら、それが独断しがちなことと、物事を複雑に考えすぎる病の根幹なのかもしれないな。

「それって、かけられた時に分かる物でして？」

「使い手によってピンキリだからねぇ。思考の表面だけを漁って来る術式は、精度が高かったら心を読まれたとは気付けないかな」

払暁派において我が元雇用主と並ぶ最強の個たる――なにせ、アグリッピナ氏が決闘するか無期限の巡検かで、後者を選ぶくらいにはぶっ壊れている――ライゼニッツ卿の術式は、抵抗は疎か行使された自覚すら残さない。

〈抗精神防壁〉の教授を受けた際、あの変態は度し難いが良識があるので、精神の深奥に触れられるようなことはなかったが、表層で考えていることは全て抜かれた。絶対にまぐれで当たらない一二桁の数字を考えても完璧に読まれ、尋問によって無意識に連想してしまう思考が掠われるほど、熟達した魔導師の精神魔法は悪辣だ。

まぁ、あの死霊を基準にしてしまったら、全世界の魔法使いが十把一絡げの雑魚に堕ちるので極論ではあるけど、こういった魔法があると警戒するのは大事だ。

陰謀論者の言う思考盗聴と違って、アルミホイル程度を巻いたくらいじゃ妨害にすらならんからな。

高位の貴族界隈では、常に人を招けるよう館を綺麗にしておくのと同じくらい当たり前の備えであるから、警戒だってするさ。

辺境伯が苦戦する手合いだぞ。この国でもバーデンの連枝というだけで凄まじい良血統なのに、辺境、つまるところ国の弱点を預けられている人間だ。その敵を軽んじられる方がおかしい。

だから、私は愛する相方や友人達が謀略の的にならぬよう、そもそもの情報を握っていないと内外に示しておきたかったのだが……。

「馬鹿ねぇ」

頭にまた衝撃が来た。マルギットが口を大きく開けて、歯をカチンと打ち合わせた衝撃に叩かれたのだ。

「それで貴方が標的になって、対処不能な敵から一斉に襲われたらどうするつもりですの。それこそ私、仇討ちのために情報を得るためだけに何十人も殺すか、不具にするかで両手が血塗れになりますわよ」

「……それはやだなぁ」

だが、彼女が言うとおり嫌だ嫌だを重ねては生きていけない。特に冒険者なんて生き方を選び、冒険がしたいと心から願っているのに、固定値が好きな二律背反の道楽を愛する私は。

「で、マルスハイムを出ようとか考えてましして？」

「ほんと、マルギットには何も隠せないや」

考えを見抜かれるのには慣れているけれど、こうも核心ばかり突かれるのは、嬉しいような怖いような複雑な気分だ。

理解者が人生において何より得難いことを分かってはいるけど、ここまで心が丸裸だと理想とする〝最強の構築〟がいよいよもって遠い気がしてきたなぁ。

個人で完結してしまう、最優にして最高効率をこそ愛してきたのに、どうにも上手く行かないもんだ。

でも、こうやって背中に愛おしい体温を感じていると、きっとその完成が〝つまらない〟のだろうなんて感じてしまうから、精神とは厄介なもんだね。

「一案ってだけだけどね」

先の行動を考える中で、マルスハイムから河岸を変えるという案は勿論あった。

これ以上、土豪にまつわるドタバタに巻き込まれたら冒険もへったくれもなくなる可能性は、どこからともなく絶えることなくポコポコ湧いてこよう。

まかり間違って冒険者でいられなくなったら、心が折れてしまう日が来るかもしれない。

この生き方のため、捨ててきた選択肢が幾つあったか。

志が尽きた後も私は私として続いていくだろうが、もう楽しい卓ではなくなってしまう。惰性で続く、誰も楽しくないダラダラと綴られる後日談だ。

そうなるくらいなら、いっそ……なんて、捨て鉢な案が心を過るのは無理もなかろうて。

「しかし、本当に凄いね、マルギットは。もしかして魔法が使えたりする？」

「貴方だけであれば、なぁんでもお見通しでしてよ」

相方の頭がするりと横にずれ、耳元に口が寄り、首にも手を回して全身で抱きしめられる。

この全く動けない、死に体が心地好いのは何故だろう。

「でも、どうせ貴方のことですもの。何処に行っても、どんな仕事をしても、きっと目立って似たような悩みを抱えるでしょうね」

「ぐぅ……」

「それと、貴方の言う冒険って、そんなしょぼくれた物ですの？」

言われて、まるで濁っていた視界が晴れるような気がした。

たしかにそうじゃないか。

私が今まで、前世の卓でどうしてきたのかを思い出せ。

全ての障害を排除して、やりたいことをやりたいようにやってきた。突拍子がなかろうと、脳内筋肉率が高かろうと、気に食わなかったら交渉、ないしは物理的交渉によって解決してきたじゃないの。

そのために、どれだけ一般的な倫理観からすると「何だこのクソ外道の群れは」と誹(そし)られても、逆に胸を張って「私のＰＣ(プレイヤーキャラクター)は、こういうヤツなんだよ」なんて笑っていたのに。

冒険者。その生き様に焦がれて、不可能ならばやりたいとあらゆる可能性を擲(なげう)ち、ここに立った男が何を今更。

「誓いの言葉を忘れてしまったというのなら、悲しくて泣いてしまうかもしれませんわね。抱きしめる加減を間違ってしまうかも」

「……そうだったね。半端はしない、それが私達の約束だ」

そうだ、マルギットの言うとおりじゃないか。こんな問題、何処に行ったたって少し内容が違うだけで、殆(ほとん)ど同じ物が転がっている。

最終的に世界の一個か二個救ったろうかな、と冒険に挑む無頼漢が日和(ひよ)ってどうするのだ。力量的に騎士団長どころか魔王くらいになっていておかしくない、野良の神話級英雄がゴロついて、下らない依頼に本気を出しているのが我々の巷(TRPG)だ。

なら、頓死上等。いつ死ぬか分からんのなんて、私に拘わらず、元雇用主の外道や皇帝陛下でさえ変わらんのだから、うじうじ悩んでないでかっちょよくいこうじゃないの。

「こういう時、君はいつも私を導いてくれるね。妥協が頭を過っても、昔の自分を優しく思い出させてくれる」

「言ったでしょう？　悪意を持った誰かが貴方の影を踏まないように、いつだって背中を守ってあげるって。その誰かには、貴方自身も含まれているのよ？」

まったく、我が幼馴染みは可愛らしくておっかなくて、何処までも厳しいのに蕩けるように優しい。

揺らぐ心を、甘えようとする人間のどうしようもない本性を叩き直して、しっかりと私が抱いた憧れを思い出させてくれるのだから。

「西の果てであっても、南の海の向こうでも」

たった一年前のことを懐かしんで諳んじれば、彼女は自然に応えてくれる。

「北の冠雪の上でも、東の熱砂の地であっても、ね」

しばらく二人で笑い合った。率爾として、春の陽気を帯びた温い風が花を撫でていくように。

「ああ、でも……」

「ん？　っ～～～～!?」

耳元での怪しい囁きが妙に艶を帯びたかと思えば、初めて感じる衝撃に脳が震え、体も反射で力が入る。

異物が入り込み、じっとりと濡れた粘膜が粘膜を舐め上げていく感覚。

左の耳。耳を、外耳道に、舌が。

「気合いが入っていない子には、導きが必要ですわね」

「ちょっ、なっ!? 今、何された!?」

数秒か、数分か、あるいは数時間か。脳髄を貫通して全身を突き抜ける未知の衝撃を、自我が上手く処理できていない。

窓の外が明るいままなのか、暗くなったのかも曖昧で、心地好い蟻走感が全身を包み正常な思考を不可ならしめる。

「そう言えば、男は童貞の切り方が大事だなんて、偉そうにジークフリートを揶揄ってましたわね」

「そ、それは戦陣での話であって……!!」

「フラフラしないよう、男前にしてあげようかしら」

顔同士を最接近させるべく、強引に振り向かせる手に抗う術などない。

近づいてくる幼馴染みの顔は、相も変わらず恐ろしくて、綺麗だった………。


【Tips】誘ったのは女の側であっても、男の方が処女を〝奪った〟と形容されてしまうのは、不思議なことに言語や風習が違う場所でも変わらない。

「よぉ。どうした」

「……君こそどうした、ジークフリート」

体感的に一〇年振りくらいの甘ったるく、同時に激しい一時を過ごした翌日、私達はジークフリートとカーヤ嬢の塒（ねぐら）を訪ねていた。

そこで私を出迎えたのは、酷（ひど）く景気が悪そうな顔をしたジークフリートである。

「もしかして君、また……」

「い、いや！　違うんだ！　聞いてくれ!!」

ちらと視線を後ろにやれば、真新しい薬草医の道具を弄（いじ）っている薬草医が、実に珍しいことに酷く不機嫌そうな顔をしているのが分かった。

「お、俺ぁカーヤのために……！」

「でも、調剤の道具や絹の反物を私に相談もせず買おうとするのは、どうかと思うの。ディーくん」

ジークフリートと呼べぇ！　という何時（いつ）ものやり取りなれど、戦友の声から完全に力が入っていないのも頷（うなず）けた。

こりゃ相当なやらかしだな。滅茶苦茶（めちゃくちゃ）怒られたって文句言えんわ。

「君ね、金が入ったからって、まーた……」

勿論、私だって擁護しない。さんざっぱら叱られた後だろうから説教はしないが、慰め

もしないぞ。

「ち、違う！　ちゃんと相談しようとした！　だから、商人に見本を持って来て貰って……」

「あんなに沢山持ってきてくれたら、何も要らないなんて言えないよディーくん」

頑なに彼を本名で呼ぶカーヤ嬢も普段通りだが、名前を呼ぶ際の強調や抑揚が明らかに怒っているのが何ともまぁ。

揃って幼馴染みをガチめに怒らせているとか、なんの偶然だよ。一斉に芋を洗い始めた猿か私達は。

「あーもー……君ってヤツは……」

思わず顔を覆って、何も繕わず全力で呆れた溜息を吐いてやった。

家族サービスが下手なお父ちゃんの典型みてぇな男だな。展翅して額装したら、見本品として実に多くのお母様方が同意するだろうよ。

ちょっと気を回したのはよかろう。財布をカーヤ嬢に預けて、自分は小遣い制にしてもらって、要る時に出して貰う方式にしたのは進歩していると認める。

だからといって、贈り物を買うために外商役を相談せず呼びつけるのは、流石に拙いぜ戦友。

「でも、見本持って来てくれって頼んだだけだぜ!?　金は俺の分から出すし、気に食わないなら別の店を呼べば！」

「看板商売だって、何度も言ったのはディーくんじゃない。呼んだのに要らないなんて言ったら、お商売をしている人達からの評判落ちちゃうよ。旗揚げして一年も経っていない、煤が落ちたばっかりの私達を相手にしてくれただけでも凄いことなのに……」

自分の手元から一切目線を上げず、薬研で薬草を挽いている姿は怒りを隠そうともしていない。

ああ、彼はカーヤ嬢の言うとおり〝商人を呼びつける〟という行為の重さを知らんのだ。誰が何を欲しがっているか。非常に単純なれど、この情報は凄まじく強力だ。単なる商売という観点においても、情報戦においても。

「フーフェラント商会、アクロニウム本舗、どっちも冒険者がお願いしたからって、簡単に来てくれるようなお店じゃないんだよ？　自分達で足を運ぶのも、どうかなって格のお店なのに」

「げっ、とんでもない大店を呼びつけたな、君」

フーフェラント商会は、製薬の大手で薬草だけではなく調剤機材も扱う店だ。実はバルドゥル氏族が表向きの商売をやるために立ち上げた店なので、そこは百歩譲っていいとしよう。ナンナから魔法薬の問屋を通し触媒を買うようになっているので、話が通っていても不思議ではない。

しかしながらアクロニウム本舗は、帝都に支店を出せるような本物の老舗だ。しかも富裕層向けの高級店ではなく、本物の貴族相手に服の売り買いをするマルスハイム有数の豪商だぞ。神皇の国から伝統工法によって作られる、最上品の絹を直売しているのが売りの店ときた。

普通、冒険者が相方を驚かせたいだけの理由で人を寄越してくれるところじゃない。というか君、よくあの大仰な店構えの店舗に入れたな。明らかにお貴族様以外お断りって感じだったろ。私も通りかかったことがあるから、辺境にも歴史のある店があるもんだなぁと感じ入ったくらいなのに。

何で彼はこう、変な所だけ思い切りがいいのか。

「だ、だって、受付のお姉さん方が、人生で一回はあの店の反物を手に入れてみたいもんだって……」

「それくらい凄いお店なの！　人生で、一回きりってくらい！　反物だって、一番安いのでも五ドラクマもした！　ディーくんの槍より高い!!」

魔力を受けた触媒が、凄まじい光を放ったのは調合の正しい手順なのか。それともカーヤ嬢の感情が激発した結果なのかは判断いたしかねる。

あー、こりゃ駄目だ。

嬉しいより合理的な怒りの方が勝ってる。こりゃ暫くは仲直りに苦労するな。

薬を作るのに集中して冷静になろうとしている時点で、大分キている。黒茶を供する余裕もないのは、ジークフリートが好きだから要らんことを言ってしまわぬよう、お小言で止めるべく感情の制御に必死なのだろう。

やれやれ参った。重い話の切り出しに難儀する空気に悩まされて額に手をやっていると、ジークフリートは話題を逸らしたかったからか、訝しげに私に問うた。

「ところで……お前、なんで座らねぇんだ？　マルギットまで、普段と違ってぶら下がってんじゃなくて背負われてるし」

「色々あったんですわ……殿方と話すことじゃなくってよ……」

背中から恐ろしく低く、気怠げな声が響いて戦友は押し黙った。尋常ならざる声音に驚いたのだろう。

マルギットは現在、定位置といえば定位置にいるのだが、平素と違って蜘蛛の体を後ろ手に担がれている。

まぁ、私がちょっと調子に乗りすぎたんだ。腕には自分でぶら下がるだけの力が籠もらず、下半身に至っては碌に動かないそうなので、仕方なしにこうやって移動している。

本当は半日か一日休む？　と聞いてみたのだけど、喫緊の話であるし、後回しにしていい話題ではないから、無理を押してでも行くと聞かなかったのだ。

実際、既に商売を通して情報攻勢を掛けられているようだったので、無理をした甲斐はあったという訳だ。

「まぁ、相談したいことがあってね。本当は私だけで片付けられれば、君らに余計な心配をさせずに済んだのだけど、どうやら全体の問題になってしまったようだ」

「あぁ？　全体？」

斯く斯く然々、で説明を省くのは良くあることだけども、実際に説明する側だとそれで済ませて欲しいと思って止まぬ。自分の構築が如何にＴＲＰＧを想起させる構造になっていようとも、世界自体は至極真っ当なのだから。

情報共有しました。はい、じゃあ全部踏まえて相談！ってな具合にロールに移れたのは、とても楽だったなぁ。

俯瞰的に全員が話を聞いていたので、後はＰＣ達の方針をＰＬが、どう摺り合わせてどうロールするかの話に過ぎなかったため、そもそもの意思疎通からやるのが大変だ。あと、ＧＭが意図的に嘘を吐かない限り、判定して得られた情報は真なる真だった訳だし。

「……とりあえず、これ俺、なに巻き込んでくれてんだってキレるべきか？」

「忌み杉の魔宮は全員でやったんだから、巻き込んだもへったくれもないだろ。何かおかしいっていうのは、野営の時に言ったろ？」

「あー、くそ、そうだった……完全忘れてた……コレでキレたら、俺もっと格好悪いやつじゃん……」

迷宮に挑む前日、私は確かに言った。冒険者は罠に掛けられたら、回避して仕掛けたヤツをぶん殴るか、食い破ってから仕掛けたヤツをぶん殴るかの二択だと。

ジークフリートは蛮族の所業だと貶しながらも、最終的には同意したのだ。

心底面倒臭そうに頭をガシガシ掻いた後、彼は定位置に座ると卓の上に足を放り投げた。

「上等だよ。食い破るか避けるか。どっちにせよ、落とし前は付けさせてやる」

「ディーくん」

「あっ、わり……」

　多分、昔からの癖だろう。至極当然のことをカーヤ嬢から叱られて、既に尻に敷かれる将来が見えている英雄志願者は、すごすごと足を下ろした。

　食べ物を乗せる場所に足を乗せるんじゃありません。注意の内容が至極ご尤(もっと)もなので、尚更(なおさら)格好が付ききらないなぁ、彼。

「ま、最悪、ほとぼりが冷めるまで河岸を変えることもできるとは言っておくよ。君も十分取り込み対象だ。アクロニウム本舗が融通を利かせてくれたのは、取り込みの手段だからね」

「と、取り込み……？」

「冒険者が一番身を持ち崩す要素ってなんだと思う？」

「女と酒……」

　よく分かっていらっしゃる。頷いた私は、しかしながらと視線で後ろと、調剤に集中しながらも耳は傾けているカーヤ嬢をなぞった。

「だが、私達はどっちもそういう気質じゃない。だから、別の場所に目を付けられてる。私は保守的で権威に弱いところ」

「……俺、そんな教養ねぇけど、お前が何だって？　言葉の意味が知らんうちに変わった？」

何だね失礼な。私は自分がどう見られているとか凄い気にするし、政治的な力学にはクッソ逃げ腰だぞ。これを保守的と言わずしてなんという。

「進んで刃の間に身を突っ込む人間に言われると、笑うべきか悩みますわね……あ、駄目、笑うと痛い……」

「普通にヤベー噂のある氏族と関わりがあるヤツが言うと説得力がない」

「私も、ちょっと庇えないかな」

三人揃って否定されるとムッとしてしまうが、ここで喧嘩して話題が横に逸れると延々ダラダラやって、シナリオが進まないので我慢して呑み込んでやるさ。

ああ、分かってるよ。自己認識と他人からの意識が違うくらい。けど、私かなり安定志向でやってる方なんだけどな。

そして、大人だから怒らないよ。名実共に成人したからね。怒らないよ。

忘れないだけで。

「雑音は放っておいて、ジークフリートが目を付けられたのは派手好きで、金を使う時に計算ができないところだ」

故に、これは腹いせの反撃ではない。

戦友は今正に反省している傷を突っつかれて痛かったのか、ぐぅと唸っているが、構わず言葉を続ける。

彼は担がれ、誘導されているのだろう。

　女慣れしていない彼が贈り物の相談を受付のお姉様方にするのは、想像に難くない。我々の人付き合いが狭いことなんぞ、半日もあれば容易く割れる。ジークフリートは輪を掛けてコネが少ない上、大事に想っている子に何を渡すかなんて私に問う気質でもないなんて、ちょっと読めば誰だって分かろう。

　そうくると、誘導するため話を吹き込む相手は少なくて済む訳だ。

「君、自分から訪ねて行った形だろうけど、きっと何かと折に付けて色々散財する誘いを持ちかけられると思うぞ。しかも、断りづらい方法でね」

「……カモにされるってのか」

「そうじゃなきゃ、幾ら君が琥珀に昇進するといっても、大店が物を売ってくれはしないよ。しかも、一番安い反物で五ドラクマなんて店だ。普通なら紹介がなければ、名が売れ出した程度の駆け出しなんて門前払いだよ」

　一応、私も含めてねと補足しておいた。まだ二〇にもなってない痩せたガキであることは、私もジークフリートも変わらないので高級店は雲の上。お偉いさんが紹介してくれでもしないかぎり、格式や看板の重さを考え端布一枚譲ってくれまい。

　金のあるなしの話ではないのだ。商売の活計は不勉強だけど、どんな客層を相手してるかで周囲からの目が変わることくらいは分かる。

「……ん？　ちょっと待て」

「次は宝石商あたりかな。カーヤ嬢は飾り気がないし。お首元やお指が寂しくありませんか？ってな具合に何処かで声がかかると思うよ」

「だから、待て、おい。今なんて……」

「季節毎にアクロニウム本舗も衣替えに如何ですかなんて、とんでもない値段の反物を持ち込んでくるだろうね」

「待てって！　今、俺が琥珀につったかお前!?」

卓を乗り越えて胸ぐらを摑んで会話を遮るジークフリートに、私は煽るようにゆっくりと頷いてやった。

いや、ように、というか煽りか普通に。

実は組合長との会談時に聞いていたのだ。今になってヨーナス・バルトリンデン討伐のお礼状が方々から届いたので、世論を考えジークフリートの昇格も考えていると。

多分、これは尤もらしい理由付けだ。去年の秋には例外を作りたくないからか一階級上げただけなのに、半年過ぎてから持ち出すのは奇妙と言わざるを得ない。

恐らく、囲い込みの一環として階級を上げておきたかったのだろう。

そうすれば、貴族から直接の依頼が別口で飛んでこようと、頼んだ側の格が落ちる心配もなくなるからね。

あと、一党の仲を裂きたかったのか、紐帯を深めさせたかったかは分からないけれど、私に話した以上何らかの意図もあったと思われる。

　正直、友達の一人が出世したとしても私は普通にお祝いするだけだから、嫉妬やら隔意なんぞ抱きはしないのだけどね。

　精々、私を弩級の冒険に置いていったら一生恨むくらいだ。

　それはさておき、自覚して貰いたいのは昇格が飴であると同時に尻を叩く鞭にもなることだ。

「聞けよ戦友。このままだと君達、出世が追いつかないくらい散財させられるぞ。さっきカーヤ嬢が言った通りの看板商売だ。断ったとあれば、あすこの冒険者は景気が悪くなったもんだ、とかケチを付けられる」

「んで、金を稼がにゃならんってんで、普通なら受けたくもない内容の良い依頼を投げつけられるのか」

　察しが良くて助かるよ。やっぱり彼、ちと直情的なところはあるけど、教養が身についてないだけで馬鹿じゃないんだよな。

「ああ。一回買ってしまったら、終わりだよ。気付いた頃にはマルスハイム伯とズブズブだ。どんな汚い依頼でも呑むしかなくなる。階級が上がると余所の組合にも書類が行くから、ツケまで抱えて買い物しなきゃいけない段階になったら、尚更どこにも逃げられないぜ」

「あ――――!!　も――――!!」

　こんな短い説明でも、裏で描かれているかもしれない絵図を理解できたジークフリートは、D100の転がり具合が悪かったのか頭を抱え卓に額を打ち付けた。

大丈夫かね。苦労してきたみたいだから粘り強さはあるだろうけど、流石に容量超えたかな？　一時的狂気で済めばいいんだけど。

「グ……ズお……ん」

「何だって？」

「グニタヘイズの黄金……」

地獄の底から響くような声で紡がれた単語は、戦友が肖った竜殺しの英雄シグルスの逸話に出てくるものだ。

たしか、どうしても激流を渡る必要のあったジークフリートが渡し守から詐術にかけられ、次の冒険の成果を全て渡さねばならないという法外な契約を結ばされた話。オチは敢えて呪われた黄金が眠る迷宮を踏破して、その成果物を寄越して報復する、だったかな。

「アレと同じだ。いいように使い捨てられて堪るかよ。どうにかして反撃してやる」

この件は庶民向けに改変されたジークフリートの冒険でも変わらず、いわゆるザマァ物の一種として愛されている。呪われた黄金によって破滅した渡し守にジークフリートは手を差し伸べて、また渡し守をやらせてやっているが、原典のシグルスは破滅した船頭の船を巻き上げていたはずだ。

そして、その奪った船で帰郷している最中、大河に呑まれて溺死と。

……ちょっと喩えにするには演目が悪くないか？

「元々、故郷の連中を見返してやるのが目標の一個だ。ここでイモ引いて余所に行くなんてのは問題外だ」

戦友は冒険者らしく験担ぎするのが好きなので、指摘するべきかどうか悩んでいると、彼は卓に顔を貼り付けたまま威勢良く声を上げる。

「あんな故郷でも大事に想ってる。爺(じい)さんの墓もあるし。故郷のためなら多少の労苦は問題ねぇ」

「だが、それが多少では」

「済まないってんなら、渡し守をキャンと言わせてやったのと同じで、頭の良い方法を考えりゃいいんだろ。畜生、馬鹿にしやがって」

額と卓が仲良しのままなのは締まらないが、やる気はあるようなので結構。正気度ロール(SANチェック)には成功してくれていたようだ。

「で、お前のことだ。どうせ何か考えてるんだろ。聞かせろよ。俺ぁ名前に恥じない英雄になるためなら、何でもするぞ」

「ん？　今何でもするって言ったよね？」

「言ったが？」

顔を上げて、聞こえてねぇのかコイツとでも言わんばかりの表情を見せるジークフリートに、私は咳払(せきばら)いで誤魔化した。

いかんいかん。これ何のネタだったか忘れたけど、つい言っちゃうんだよな。普通の日常会話だってのに。

多分何らかの模倣子(ミーム)汚染だろうけども、あまり褒められたネタじゃないように思うのは何でかね。

「ま、一個思いついているよ。私達の尊厳を守り、冒険者らしくあり続けて、ついでに土豪に仕置きしやすい状況を作ってマルスハイムを守る方法が」

さておき、何でもする覚悟があるなら大変結構。

些(いささ)か冒険譚(たん)の英雄らしくない手段を取ることにもなるが、これは現代の冒険者のやり口ってことで我慢して貰おう。

私は精一杯良い笑顔を作って、二人に案を披露した…………。


【Tips】ミーム汚染。無自覚に認識がすり替わってしまう現象。何でもない〝当たり前の言葉〟が〝ネタ〟になった時など顕著に発生する。

恐ろしい現象だが、己の立場、つまり存在を意図的にすり替える行為は、政治的な手法において一〇万の剣より強力に働くこともある。


「あうううう……」

貸した寝台の上で呻(うめ)いている一党の仲間を見て、以前と構図が逆になったなと薬草医は思った。

ただ、あの時は己が気恥ずかしさに悶えていただけで、物理的な苦痛に苛まれていた訳ではないのだが。

「大丈夫ですか？　最初から辛そうでしたし、これでも薬草医の端くれなので、相談していただければ薬を用意します」

「うー……いえ、痛いのは痛いけど、大した物ではないんですの。何と言うか、凄い怠さというか、背骨が全部鉛になったみたいに体が重くって……」

さて、所は変わってカーヤの私室。女衆は悪巧みをしに行った男衆を見送って、私室で休んでいた。

以前は賞金の額を聞いて立ちくらみしたカーヤがマルギットに介抱されていたが、今は逆で、蜘蛛人は骨格的に楽なうつ伏せで枕を抱いて寝そべっている。

本来ならば、悪巧みをするなら全員で行動すべきだ。集団行動は各個撃破されないようにする基本中の基本であり、今現在、直接的な攻撃を受ける危険性は少なくとも、様々な干渉が予想される中では、完成された一党が纏まって動くことこそ最大の防御となる。

然りとて、暗闘の場面で最も頼りになる斥候の足腰が立たないとあれば、最小単位の二人組で動くほかない。

それもこれも、マルギットの体調が思わしくなかったからである。

訪ねて来た時から狩人の様子はおかしかった。

彼女は淑女教育を母親から受けて来たカーヤであっても、中々の研鑽が見られる礼儀作法を身に付けていた。動作はあくまで緩やかで嫋(たお)やかに、しかし影に滲(にじ)む際は人知れず香が燃え尽きるように静かに。

だが、そんな彼女が今日はエーリヒにぶら下がるのではなく、負(お)ぶわれて来たのは何があったのか。

仕事ではないだろう。カーヤは二人が帰還から最低でも一〇日は生を謳歌(おうか)するため、仕事をしないと聞かされていたから。

ジークフリートも、同様の休暇期間にやらかしたのだ。

自分の趣味の物を勝手に押しつけず、一緒に決めようとしてくれた姿勢を薬草医は内心では法悦を覚えるほどに喜んだが、金額と現実からなる冷や水をぶちまけられると冷静にならざるを得ない。

今も自分を冷静にさせるため、敢えて怒りを沸々と表層化させているのだが、目の前に自分より憔悴(しょうすい)した人間がいると素に戻ってしまう。

「疲労ですか？　お仕事、じゃないですよね。あっ、もしかして、何か揉(も)め事(ごと)が……」

「あー、うん、いえ、そういうのでもないのですわ。何と言うべきか。感じたことのない疲れ方のせいで、上手(うま)く言語化できないんですのよ」

「感じたことのない疲労？」

やや考え倦(あぐ)ねた後、マルギットは秘めておくのも不義理かと思い、乙女の会話を再び繰り広げることにした。

既に一度、お互いに赤裸々な恋の話をしているのだ。恥の一つ二つ重ねたとして、お互いに酒の席で揶揄(からか)い合う話の種以上にはなり得まい。

「雰囲気から察してますけど、お二人は、まだですわよね？」

「まだ？」

それに、友人として種族は違えど、参考になるかもしれない。

だからマルギットは、口に出すと色々な媒体で規制を食らいそうな発言を恥じらったのか、代わりに手真似(てまね)をしてみせた。

まぁ、それはそれで、かなりの媒体にてモザイク処理がされるような代物ではあったが。

純粋培養でおぼこいカーヤなれど、流石に一年近く冒険者が出入りする界隈(かいわい)を見聞きしていれば、その意味を聞かされることもあったのだろう。

脳が仕草を咀嚼(そしゃく)して意味を嚥下(えんげ)した瞬間、乙女の顔が真っ赤に染まった。

「まっままま、まだも何も！　わたっ、わたしっ、ディーくん……には……!!」

「はいはい、分かってますわよ。青くて酸っぱくて、逆にちょっと胸焼けしてきましたわお姉さん」

必死に両手を胸の前で振って否定する薬草医を狩人は揶揄って微笑(ほほえ)んだ。

「えっ、も、もしかして」

頬と耳に妙な熱さを感じ、心拍が高まっていることを自覚しつつもカーヤは、枕に頬を埋(うず)めて気怠(けだる)げに笑っているマルギットの意図を察する。

かなりお上品に表現するなら華を散らした。

直截に言えばヤッたという告白だろう。

「なっ、なな、なんっ、なんで急に……!?」

「何でも何も、私そろそろ一九でしてよ。一切興味がない方が、逆に不健全では?」

純情で自分の恋を執着だと断じるような乙女には、その腕弛るい姿の真相が刺激的過ぎたのだろうか。顔を手で覆って、自分の寝台を貸している友人を直視することさえ恥ずかしく感じてしまった。

そのまんま事後を目撃した訳ではないにしても、この体が重そうな様子が〝行為〟によってもたらされたと想像するだけで、脳味噌が沸騰しそうになるのだ。

なまじっか親しいのが良くない。顔も姿も知っているから、光景が勝手に想像されてしまうから。

「それにあの子、変に悩んでいたし、これは私も下手すると長生きが難しいかと思って、ちょっと一世一代の大舞台に臨んでみましたの。一応、あの魔宮の中で何度か餓死も覚悟したくらいですしね」

聞かれもしないのに子細を語り始めてしまうマルギット。しかし、カーヤが顔を覆う右手の指をちらっと動かして、片目を出してしまったのは何故なのか。

「男も女も、未練を残して死にたくはないでしょう? だから、勇気づけるのと同時に、自分も勇気づけようと思ったんですの。今際の際で吐く反吐に、未練が少ない生き方をするに越したことはないですし」

　余程余裕がない限り、思春期の乙女に反応するなと言うのが無理な話であったろうか。

「で、では、ま、マルギットさんから……」

「ええ、そうですわ。でも、ご覧の有様でしてね」

「いっ、痛かった……ですか？　それでそんなことに」

　本来ならば早々に話題を変えるか、破廉恥だと窘めるべきと分かっていても唇と舌が滑っていく。今や年上以上に意味深な先達となった友人の感想を求めてしまうのは、明らかに清楚とも貞淑とも離れた行いであるにも拘わらず。

「いえ、それがまぁ、不思議とまったく。私、蜘蛛人ですから、亜人種の中でも割と特殊な交接器の持ち主なもので」

　蜘蛛人は亜人種の中でも明確な異形であり、下肢が四肢を持つ人類とは全く異なる構造をしている。

　故に乙女を散らす際の痛みなどに関しては、ヒト種たるカーヤと同じく語ることは不可能だ。

　あまり明け透けに語るのは美しくないので暈かして語るが、楚々と隠された女性の部分はヒト種と厳密には構造は異なるものの、色を交わす歓喜は同じであるとだけ明言しよう。

「ただね……一晩で七回もすると、ちょっと」

「なっ、七!?」

唐突に飛び出してきた凄(すさ)まじい数字にカーヤは叫んだ。

彼女も母から皆伝を授かる領域にはないにせよ医者だ。医術書を読み帝国で一般的な人類の構造は大まかに把握しており――三重帝国では解剖学は非常に盛んである――ヒト種(メンシュ)の営みがどういうものかも、医術的観点において認識していた。

それ故、ヒト種(メンシュ)が恒常的に発情することによって、季節に捕らわれぬ持続的な繁殖にて数を増やす種族であることも当然ながら知っていた。

他ならぬ我が身のことだ。毎月訪ねてくる鬱陶しい訪問者によって、自分の体の構造は嫌でも理解させられる。

しかし、先の偉大なる医療者、古代南内海の医神とも称された人物が取った統計によると、一般的なヒト種(メンシュ)が一度の行為で及ぶ回数は日に二から四回とされる。

彼(か)の偉大なる〝スケベ野郎〟なる異名も持つ医者への毀誉褒貶(きよほうへん)はさておき、体力的な問題で普通はそこまで回数をこなせない。

しかも、お互い純潔とあれば尚更(なおさら)だろう。

「いやー、もうえっらいことなりましたわ。最初は良かったですわよ？　うん、お姉さんが教えてあげるって感じで、耳年増(みみどしま)で良かったなーとか暢気(のんき)してましたわ」

「お、教えてあげる……」

「緊張を押し隠して、頑張って〝やっとだなぁ〟なんて感慨に浸れたのは、二度目までしたわねー」

「そ、その時点で二度!?」

もう乙女の手は顔を隠していなかった。膝に添えられて長衣（ローブ）を握りしめ、姿勢は心持ち前のめりだ。

「でも、エーリヒの緊張が解けたからか、反撃に転じられて、そこからもうあれよあれよですわ。もー色んなことをしたしされたしで、終わる頃には私は何回昇ったか分かりませんし、体はガックガクだしで」

そして、期待に応えんとでも言わんばかりに狩人の口も、赤裸々かつ滑らかに言葉を吐き出していく。

真実を彼女が知ることはないが、エーリヒは若い体に精神が引っ張られて〝結構な無駄遣い〟をしたことがあった。

元々、交歓によって悦（よろこ）びを得る行為は、専らお互いへの愛情やその時の情念、後は慣れと器用さによって成り立つ。

ああ、そう〈器用〉で判定ができてしまうのだ。

その上で、あの金髪は十代の最も色々と複雑な時期、仕事の忙しさや、前世でとっくに乗り越えた筈（はず）の葛藤を買い物で解消していた。

閨事（ねやごと）において、アレは正しく〈寵児（スケールIX）〉の怪物なのだ。しかも、衝動の解消に色々な特性を取っていたのがマルギットに災いした。

感覚を研ぎ澄ませた蜘蛛人（アラクネ）が喜悦に跳ね回る様は、さぞかし男の琴線を擽（くすぐ）ったことであろう。

「まぁ、どっちかというと待ち伏せ型の狩りをしてきた種族なので、持続力は微妙な方でしてよ？　でも、五日間は無補給で伏せながら獲物を待ってきた私が、なんかこう今までの人生で、一度も意識したことのない筋肉を痙攣させられるって、よっぽどなんじゃないかなって」

「ほ、ほへぇ……」

「特に腹筋が今もギシギシしてて……目の前がチカッとしたと思ったら、お腹が波打つから筋肉に負荷がかかったようで、体が重いのなんの。疲労感がまるで抜けませんわ」

「ほぉぉ……」

「それが心地好くあるのも不思議ですわね。でも、寝台が凄いことになってしまったので、もーコソコソ始末するのが大変で」

「ふぁぁ……」

一言毎に上擦った感嘆の息を上げる薬草医。実に思春期の乙女らしい光景によって、物騒な会話の空気は拭い去られ、代わりにジークフリートが帰宅した際、初めて見る幼馴染みの知らない顔だけが残ったという…………。

【Tips】実際に房事を一種の〈交渉技能〉として採用しているTRPGもある。時には、それで小銭をせびっていた女に刺し殺されることで、冒険が終わることも珍しくはないのだが……。

ジークフリートは自分の額から一滴の汗が滴るのを、唇に雫が触れたことで自覚した。

一角の男になった自信は昨冬の冒険によって強固な物になり、単なる自惚れではない自覚として身についていたが、どうしても恐怖を感じることはある。

ギラつく気配を放つ無頼漢がミッシリと詰め込まれている、この界隈でも一等ヤバそうなうらぶれた酒場の中では、鉄火場を潜って培った肝も縮みかける。

彼はまだ、その辺りちょっと初心なのだ。

黒い大烏賊亭の中でジークフリートは、仕事仲間と認めつつあったエーリヒに「何て所に連れ込んでくれやがんだ」と心の中で叫んだ。

確かに言った。何でもすると。必要であるならば、どんな場所にも身を投げ込んで冒険を成すのが憧れた姿だからだ。

しかし、これはちょっと違うんじゃないかと思うのだ。

こんな札付きの、人間を殺すのに何の躊躇いも覚えなそうな連中の塒に、約束もせずぶらっと立ち寄るのなんて。

若き冒険者は、場所の空気が無視できたならばエーリヒの胸ぐらを摑み上げていただろう。

組織に負けないだけの人脈を作る。そう言ったのに、なんだってこんな地の果ての中でも、恐ろしく煮詰まってしまった血の臭いがする場所に頭を突っ込まねばならぬのか。

道理はいい。一々懇切丁寧に解説されるのは、子供に噛んで含めているようで些かカンに障るが「誰も小突きたいと思えない強さを得る」との理屈は分かるから。

ジークフリートとしては一個人で偉大な冒険を成し遂げた元ネタの如く、独立独歩に憧れはするものの、カーヤと共にあると決めた時点で選択肢として捨てていた。

その上で、自分達が使い勝手の良いように使い捨てられぬ力を身に付けるのは、直ぐには無理であることくらい分かる。

であるならば、手っ取り早いのは政治的な後ろ盾を得るか、誰からも手出しされないような〝集団の長〟になるか。

前者を嫌って悪巧みを始めているのだから、必然的に回答は後者となる。

氏族を作る気はないにしても、何らかの緩い連帯を彼等は欲した。

そのため、エーリヒが案を相談した後で先達に助言を貰いに行こうと宣って、ジークフリートを連れ込んだのが黒い大烏賊亭である。

鼻にツンと来る饐えた安酒の臭い。屯している冒険者達のガラは恐ろしく悪く、方々で短刀を研いでいたり鏃を磨いていたりと、酒場全体の治安が最悪だ。

むしろ酔っ払って管を巻いていたりしない分、空気が帯びる剣呑さは、落伍者の吹き溜まりに近い金の牡鹿亭の比にならぬ。

「おお、無事だったか。暫く音沙汰がなかったもので、どうしていたかと噂していたところだぞ」

何より恐ろしいのは、酒場の最奥で座っている一人の巨鬼だ。

ジークフリートは、同種族内において二m半あっても〝チビ〟と形容される種族に会うのは今日が初めてのことである。

鋼から削り出されたかのような、ただ長椅子に座しているだけで、見る者の股ぐらが縮み上がるような圧を放つ美人。青い肌が蠟燭の光に照らされて放つ艶は、ジークフリートの愛槍でも貫けぬと直感する硬さに麗しさが同居し、毛先が乱れてはいるが見苦しくないよう整えた赤銅色の髪が武に混じった洒脱さを演出する。

かつてあった、倦んで疲れ切った怠惰な臭いはない。気怠げな雰囲気と薄い隈は残っているが、より武人として錬磨され、錆を落としきった巨鬼の威圧は、数個大きな仕事を熟した程度の初心者をビビらせるには十分過ぎた。

「ま、卿が死ぬ様など想像出来ぬ故、誰も身を案じてはいなかったがな」

だろう？　と問われ、酒場の冒険者共が品の悪い笑い声、そして親しげな野次を飛ばした。

彼等に屈託なく笑いかけられているのが、同じ鍋の粥を啜って一緒に魔宮に一冬閉じ込められた同期であることへの理解がジークフリートには上手くできぬ。

「時候の挨拶すらせず、新年の挨拶にも随分と遅れて申し訳ありません。何分、仕事に追われておりましたので」

直視されるだけで、どうしてか「ごめんなさい」なんて言いたくなる物憂げな美人に対し、何故同期がそつなく応対できるのか。何時もの薄い笑みを更に胡散臭い爽やかさに変えて、優雅に礼をして都会言葉を使う様は相変わらず気色悪い。

何と言うか怪しいのだ、この金髪が慇懃に振る舞っていると。背後に何か大きな、とてつもなく遠大でおっかない何かが潜んでいるような空気が滲んで。

その実、自分と同じで冒険にしか興味がない、ある意味において頭の悪い子供でしかないというのに。

「ほぉ、また磨きがかかったと思ったら、遠征だったか。して、如何様な手柄首だった？」

「古い古い、澱のような恨みに引導を渡してきただけです」

「よくない、よくないぞ卿。その謙遜は人を勘違いさせる。せめて剣にて討った者を讃えてやってくれ。然もなくば、此の身の価値も落ちるというものよ」

巨鬼の発言にジークフリートはギョッとした。

今何と言ったのか。文脈的に、この女傑が金髪に負けたかのように聞こえたのだが。

「一冬かけた大冒険でした。いやぁ、斬り死にではなく、餓死の恐怖に脅えることになるとは思いませんでしたよ。本当に」

「ああ、兵糧攻めか。あれは確かに敵わん。我等も兵站を断たれると途端に苦しいからな。この見てくれに外れぬ大食らい揃い故、故地にあった頃の戦陣で飢えた時は酷い物なのだ。敵陣に突っ込んで軍馬を奪い取り、肉の補給をしに行くくらいだからな」

大笑した後、恐ろしげな美貌の巨鬼は、大きく開いた膝に頬杖を突いて、姿勢をぐっと落としジークフリートと目線を合わせてくる。

鬼種特有の金色をした瞳が爛々と煌めく様は、まるで斬り付けられているかのようだ。反射的に英雄志願者の重心が落ちた。膝を軽く撓め、腰に重心を置いた槍の構えに。今日は相談に来るだけの予定なので、匕首一つ帯びていないというのに。

「いーい戦士だ。名は？」

「いっ……イルフュートのジークフリート……です」

笑顔とは本来、肉食獣が牙を剝く仕草である。外連味溢れる表現がするりと受け容れられてしまうほど、巨鬼の戦士が同族に比べても長い牙を見せ付ける笑みは、攻撃態勢に入った獣と相対するに等しい雰囲気を放つ。

思わず、ジークフリートは慣れもしない丁寧な言葉を使った。近頃、周りの連中が揃いも揃って宮廷語をしゃべるせいで、習わぬ経を覚えてしまったのだろう。

「そうか。此の身はガルガンテュワ部族、不羈の位を預かるロランスだ。以後、昵懇にな」

「は、はい」

どうやら若き英雄志願者は、巨鬼のお眼鏡に適ったようだ。これが倦んで、配下がたまに連れてくる美味しそうな獲物を啄んでいる時期であったなら、数分後に中庭でジークフリートは悲鳴を上げていたことだろう。

「戦陣にて轡(くつわ)を並べるに値する者を見つけたようで重畳だ。ま、我々巨鬼は馬に乗る文化はない訳だが」

慣用句を笑いに昇華しつつ、連れてこられた戦士の値踏みを終えた巨鬼は止まり木(カウンター)の向こう側で、億劫(おっくう)そうに給仕をしている店主へ顎をしゃくってみせた。

酒を寄越(よこ)せとの合図だ。

「で、だ。態々(わざわざ)訪ねて来てくれたのは、此の身の無聊(ぶりょう)を慰めてくれるためではなかろう？」

「ご賢察、流石(さすが)です」

「一指し舞う雰囲気でもなさそうだからな。荒事の都合か？　人手がいるなら出すが」

無論、相応の報酬は求めるがと含意を込めて、店主が運んできた酒をロランスはエーリヒ達に注(つ)いだ。寸法は普通の大瓶のはずであるのに、彼女が持っていると小さな薬瓶のように見えてしまう。

しかしながら、注がれる量はヒト種(メンシュ)基準でも多い。

「うっ……」

ジークフリートは酒杯から立ち上るキツい酒精に一瞬咽(む)せた。彼は帝国人相応に酒精に耐性があるが、こうも強い酒は好みではないというよりも、初めて相対するものだった。

エーリヒは特に躊躇いもせず、ちびっと一口飲んで唸(うな)る。

「ん……美味(うま)いですね。離島圏の杜松果(としょうか)酒ですか」

「此の身も最近は鈍った体を叩(たた)き直すべく、仕事に励んでいるからな。羽振りがよくなったので、少しはマシな酒を入れるよう、この襤褸(ぼろ)酒場に金を落としている。おかげで珍しい物も入ってくるようになった」

　客が金を払って店主に店の品質を上げさせるのは妙に思えるやもしれぬが、金のある道楽者の趣向として特段珍しいことでもない。設備投資に一枚噛んで、一種の宣伝戦略として店に自分の名前を冠させる文化は、遙(はる)か神代より続いているのだから。

　ロランスの場合、設備投資ではなく店主に直接資金を渡し、店に並べる酒の品質を向上させたようだが、これはこれで酔狂人には似合いのやり口であった。

「お、おま、よく飲めるなコレ。臭いの時点でキッツい……」

「余程の酒好きでもなきゃ生(き)で飲む物じゃないよ、実際。私も二口以上はいいかな。割り材に水をいただけますか？」

「ん？　ああ、そうか、ヒト種(メンシュ)には癖が強かったか。許せ、時たま、卿が此の身より巨大で強靭(きょうじん)に思えることがあるのでな！」

　笑う巨鬼に金髪は首を竦(すく)め、散切(ざんぎ)りは呑(の)まないで良かったと酒杯を置いた。

　少なくともジークフリートは自分の限界を弁(わきま)えている。ヨーナス・バルトリンデンを討ち取った時に散々呑まされ、次の日は桶(おけ)を抱えて、何処(どこ)の誰にも届かない謝罪を意味もなく重ねたものだ。

　カーヤにも呆(あき)れられ、酔い覚ましに処方してくれた煎じ薬の苦さ以上に苦い思い出は忘れられぬ。

「この酒と同じくらい、ツンとくる状態でして。なのでそれに備えるべく、先達の知恵を賜ろうかと」

「ほう？　此の身に出せる物など、剣くらいのものだが」

「ですが、御身を含め、総勢数十の手勢。それを率いるに至った手法を私は知りたくて参ったのです」

金髪の言葉に巨鬼は意外そうな顔をして、瓶から直接酒を呷（あお）った。それから、この酒精が駄目そうだったジークフリートの杯を自然な仕草で取り上げ、代わりに飲んでやる。

「うーん……氏族を作りたい、のか？」

「厳密には違いますね。聖者フィデリオ殿のような、武威によって触れるのは拙（まず）いと思わせる領域に一朝一夕ではなれぬので、伝手（つて）とコネ、そして握った情報の札によって優位に立てればいいので、金も権力も欲してはいません」

それが冒険の一助となるなら、やぶさかではないですが。などと宣うエーリヒは、たった一口で酔う訳もなかろうに、この場の誰より酔っていた。

冒険者という有り様に。

「ですので、マルスハイム有数の氏族を打ち立て、揺るがぬ地盤を作った御身の経験から助言を頂戴できぬかと」

「助言、助言か……」

後輩にして自分を打倒して酔いを覚まさせた男――尚（なお）、本人は頑（かたく）なに、あの一戦は負けだったと譲らない――から頼られてむず痒い心地を覚えてはいるのだろうが、巨鬼は悩んでうんと首を傾けた。

「……なんか、知らんうちに、できてたとしか」

「そりゃねぇぜ姐さん!?」

あまりにもあまりな物言いに、ロランスの副官格にして古参冒険者、番頭役として経理も熟している犬鬼が叫んだ。

「俺が訪ねてった時のこと、覚えてねぇんですかい!?」

「いや、無論覚えているのだが、うん、あの時は酔ってたもので……半分、ノリと勢い、あとその場の空気だったというか……」

「ひっでぇ!?」

男女が逆なら、痴話喧嘩と勘違いされそうなやり取りにケヴィンは相当打ちのめされたのだろう。酒の質は良くなれど、長年の油汚れが埃と一緒に張り付いたままである店の床に膝を突いた。

「え、じゃ、じゃあ、姐さん、もしかして俺の時も……」

震えるような声で自分を指さすのは、ケヴィンと同じく古株のエッボだ。

ロランスは回答を避けたかったのか、目を逸らしたが、むしろ露骨なまでに全てを物語っていた。

「い、いや、待て！　落ち着け！　此の身は、ちゃんとお前達を大事に想ってるぞ!?　た

だ、今の形になった理由が思い出せぬというか、そもそもなんで氏族になったんだったか曖昧で……!!」

　続々と泣き崩れる配下に慌てて釈明する巨鬼。彼女の手によって鍛え上げられた、むくつけき冒険者が心折れてむせび泣く姿は、部外者からすれば「何？　この……何？」と感想に困る光景であった。

「結成式とかもしてないし、何か知らんうちにここが定宿になってたのもある！　だから、なんか知らんうちにできてたという感じで……!!」

　体長三mを上回る巨鬼がオロオロしながら配下の間を慰撫して回る姿は、正直に言って目線を合わせるべく体を屈めていることも相まって実に滑稽である。

　エーリヒは酒杯の蒸留酒を水で割りながら一口嘗めて、こりゃ参考になるようでならんなと思った。

　まぁ、もの凄くざっくり言うとロランスの人徳。それに尽きる回答であったからだ。

　倦んで酒に溺れた巨鬼は退廃的な雰囲気もあって、さぞ冒険者という生き方に疲れた男達の心をガッシリ摑んだのだろう。

　それこそ、押しも押されもせぬ大氏族を成し、一応は組合から〝不逞氏族〟との烙印を押されない程度の真っ当さを保ちながら。

「なぁ、俺らコレ、帰った方がよくねぇか……？」

「いやー、逆にこの空気の中抜け出す方が不義理だろ。というか君、ここで席立つ勇気あるか？」

居心地が悪い部外者二人。問いかけに応えた金髪の言葉に、ジークフリートは悩んだ。言われてみれば、中座していいか悩む空気だ。

場の物々しさに面食らい、巨鬼の美に圧倒され、最後の訳の分からぬ場が醸し出す雰囲気に呑まれたジークフリートは、最も聞こうと考えていた質問を忘れてしまう。

この絶不賛一時的狂気に陥っている集団と、如何にして接点を持ったのかと問うことを。

だが、こうなっては今更聞きづらいのもあって、意識に上らぬ。

仲間の乙女達が桃色の会話を繰り広げている中で、男衆は大変に微妙な空気をひたすらに耐えるのであった…………。

【Tips】会社と違って緩い連帯である冒険者の繫がりは、本当に何か知らんができていた、という現象が珍しくもない。

乱れた場面を正気に戻すことができない場合、かなり簡単な解決法がある。

強引に宴に持ち込んで、とりあえず全員酒でぶっ潰す豪腕解決だ。

そのせいで、黒い大烏賊亭は散々な有様になっていた。

潰れている探索者達が野戦病院もかくやに倒れ、乱痴気騒ぎが嫌になったのか、稼ぎ時でもあろうに女給は逃げて片付けがされず、店主もどうにでもなれと言わんばかりに商品の酒を呷って寝ている。

　この場で起きているのは、流れ弾に当たっては堪るかと隅っこで気配を消していた私とジークフリート、そしてロランス氏の三人だけとなっていた。

「ひっく」

　しかし、さしものロランス氏も氏族全員を慰めて、同時に酒で潰すとなれば酒量が尋常の内に収まらなかったのだろう。すっかり泥酔しているらしく、定位置の座席に体を深く沈めて、顔は紅潮し爽やかな青に変わっていた。

「あー……今、何時だ……？」

「日暮れの鐘が鳴って、随分になります」

「おお、そうか……半日近く呑んだか……」

　挨拶に来た時は、ちょっと安心したんだよな。最初に会った時から、かなり酒を抜いたからか恐ろしく濃かった隈は薄くなり、肌色もよくなっていたので、本当に武人として健全な生活に戻ったのだと一目で分かったから。

　服は相変わらず、寸法さえ合っていればいいと言わんばかりの質素さだが、跳ね放題だった髪は整えられて――一度、私が業を煮やして切らせて貰ったことがある――気怠げな雰囲気は抜けずとも、かなり垢抜けた感じに戻っていたのに。

　途中で取っ組み合いやドツキ合いで配下と物理的会話をなさっていたので、泥酔も相まって酷い様だ。

「すまんな……助言らしい助言もできず……」

「いえいえ、得る物は多かったと思います」

実際、参考にはなった。

せこせこ人脈を築こうとせずとも、人は圧倒的な武威と美の前には跪かざるを得ないのだ。

それこそロランス氏は倦んだままでさえ、仕事に疲れた無頼漢共を惹き付けて氏族を構成するまでに至った。彼女自身が何もしておらず、普段通りに過ごしているだけで。

これは、とても参考になる。

前世も今生も、私の周りは良くも悪くも社会的規範に則り、表面上は秩序だった組織だけが存在していた。

最早社名も思い出せない前世の会社には、普通に就職活動をして入ったし、アグリッピナ氏にも勧誘されて仕えたこともあって、済し崩し的に成立する組織というものを知らなかったのだ。

数多の卓を囲んだ古巣も、先達が纏まりと活動の場を作るため、態々アパートに部屋を借りて成立させた物。離脱は自然消滅的にする人物も多かったが、参加自体は自分の意志を明確にして、会費も納めていたからな。

ジークフリートには組もうと私から誘ったこともあって、なる程、こういうのもあるのかと知れただけで大収穫だ。

冒険者はその日暮らしで、漠然とした憧れと現実の間で揺らいでいる人間も多い。彼等を惹き付けるナニカさえあれば、小賢しいことをしないでも〝数の力〟を得ることはできる訳だ。

「しかし、久しいな、この感覚も……酩酊して眠気を覚えるのは、久方ぶりだ。ひっく」

ロランス氏は髪を掻き上げながら、自嘲気に笑ってしゃっくりを溢す。手は一瞬、中身が残っている瓶に伸びようとしたが、微かな逡巡の後に水差しを取った。

「飢えを、誤魔化すため、呑んだものだ……脳が、酒精で、濁れば……ひっく、多少は、武への渇望を……忘れられた」

半分ほどを呷った後、残った物をジャバジャバ頭から被っている姿の退廃的な美しさを見せ付けられれば、酔い潰れた無頼達が惹かれるのも分かる。

自分を圧倒的に上回る強さを持つ人物が、それで尚至らぬと生に倦んでいる様は、憧れると同時に支えたいなんて欲求が湧いても不思議ではない。

なるほど、こりゃ前世で生活は破綻してるが、腕前は確かなバンドマンがモテる訳だわ。

「身を、焦がす熱に、酒精の熱は、とおく及ばぬ……が、芥子粒程度には誤魔化せた……そして、堕ちたと実感でき、鈍らならと、諦められた……」

滴る雫をざっと拭い、それでも拭いきれぬ濃厚な酒の臭いを残して巨鬼の戦士は立ち上がった。言葉が音節毎に区切らねばならないほど呂律が怪しくなろうと、重心の移動や体幹には一切の乱れがない。

短期間にどれだけ仕上げてきたのやら。こりゃ前に中庭で一手交わした時のように、舐(な)めプに近い魔法縛りだと普通に負けそうだな。

……この人が、絶対に勝てないと思って逃げたローレン氏って、どんだけの怪物なのだろう。改めておっかなくなってきたぞ。

「だが……もう、だめ、だな……熱を思い出せば……燃えて、燃えて、全てを出し切った後……斬り死に……したくて……仕方なくなる……」

酒に浸った思考に任せ、彼女は巨鬼が生来的に抱える飢えを吐露してくれた。

我々ヒト種(メンシュ)が喉の渇きや腹が飢える辛(つら)さに耐えられぬように、彼女達には身を焦がす戦いによってのみでしか満たせぬ闘争欲求がある。

他の人類が持つ暴力による優位性で悦に入ることや、承認欲求を満たす〝手段〟としての暴力嗜好(しこう)ではない。

正しく三大欲求の上に立つ、ある種破滅的な願いが巨鬼を常に動かすのだ。

達人の域に至れば至るほど、欲は耐え難く、同時に満たし難くなるという。

「うむ、あらためて、分かる……戦いだ、戦い、なのだ……勝利、では、ない。ひっく」

巨鬼が求めるのはあくまで闘争。勝利や死といった、我々にとっては大事な結論そのものが付属品に過ぎない。

身を焦がし、魂を削る戦だけが彼女達の本能的な飢えを満たせる甘露であり、果てに勝利を欲するのか、戦場に果てるかは個人の趣向。同じ酒でも麦酒がよいか、蒸留酒を好むか程度の違いでしかないのだろう。

「此の身は……熱烈に、全てを出し切り、満足し、斬り死にしたい……ふふ、我が部族では、ちと変わり者、扱いされような……」

億劫そうな足運びなれど歩方に乱れはなく、私では持ち上げるだけで精一杯であろう椅子の脇に放り出してあった二対の剣を彼女は難なく拾い上げる。そして、帯革に指を引っ掛けて肩からぶら下げると、また牙を剝いて笑った。

「そう、熱、熱だ……浮かれて、いねば、生きておられぬ……当てられて、余人が浮かされるような熱……それが、組織の……肝要やも、しれん」

言われて腑に落ちた。

世の中には、この人私がほっといたら駄目なヤツじゃんと思う人間を量産して、国を建てた人間が何人もいるだろうに。

前漢の高祖こと劉邦は、ロランス氏とは大分違うけれど構図は似ている。

人を惹き付ける要素。そして、この人と枕を並べて死にたいと思わせる魅力。

難しいね。言うは易く行うは難しの典型だ。

その手の人間が持つ固有の凄みは、演出しようとして手に入る物ではない。正しく持って生まれた才覚なのだから。

「だが、エーリヒよ、卿は……此の身に、また、火を付けた……才覚は、あると思うぞ……」

巨鬼は酒で濁りに濁った体を引き摺って階段へと足を運ぶ。さしもの彼女も、これだけ痛飲した後では氏族員の面倒を見てやる余裕はなかったようだ。

「飢えと、熱……それを思い出させれば……人は、動くのだろう……ふふふ、ひっく」

階段が巨鬼の重さに軋みを上げる。その悲鳴は、巨鬼が抱える本能の叫びに似ているような気がした。

「ま、気張ると、いい……いざと、ならば、我が剣は、卿の……そうさな、卿の腕前を損なわせぬためならば、いつでも抜こう……火を付けた……責任を、とってもらいたい……ものだ」

尾を引く嗄れた笑いを引き連れて、巨鬼は寝室へ続く道へと消えていった。

「「ぷはぁ……」」

二人揃って、やっとこ脱力し椅子に体を投げ出すことができた。

ただの酔っ払いには放てぬ圧に長く晒されすぎた。戦ではないと脳が分かっていても、体が緊張して心臓によくなかったやね。

「今日は帰ろうか」

「そーだな……」

友人を有力な氏族に顔つなぎさせ、助言を得る。有意な時間であったが、疲れたな。私達が呑んだ量など大した物ではないが、場の空気に当てられて酷く体が怠い。

うーん、そうか、魅力、魅力だな。

人を絶対的に惹き付ける魅力。

覚えはある。小物やチンピラに拘(こだわ)って冒険に障るのを嫌った時、私は〈交渉〉系の構築を伸ばした。ただの無頼漢ではなく、街に腰を据える際の強さにも直結する技能を欲して探した時、一つの高級特性があったのだ。

〈絶対の威風(カリスマ)〉。

国を建てるに値する英雄達が持っていたであろう特性は、〈光輝の器〉によって熟練度を大いに嵩(かさ)ましされた私であっても、ちょっと手が出せない高級特性だった。直接戦闘力の方に重きを置いて――この界隈(かいわい)、いつ神話級の化物とぶつかるか分からんからな――結局断念したが、考える時が来たのかもしれない。

昨冬の奮戦もあって熟練度の蓄えも増えたし、一部界隈で土豪が絡んでいる難事への金糸雀(カナリア)として放たれた私達が、あろうことか生還したことで威名が伝わったのか〈光輝の器〉によってもたらされたオマケも大きい。

ただ、それでも〈絶対の威風〉には、ちと足りぬ。

何せ、これ一個持ってればある程度生きていけるような高級特性。一種の奥義めいたそれは、特性の取得効率を考慮すれば強いには強いが、演出(フレーバー)を超えさせようとすると、構築にも運用にも難儀する。

得てして、こういった技能は安い特性五個分くらいの熟練度を平気で要求してくるからな。無策で取得したら逆に最終出力が落ちるような代物だ。採用には細心の注意が求められる。

しかしながら、現実的な必要性を加味すれば、十分に費用対効果に見合うようになってくると悩ましい。

これの廉価版を取得しているおかげで、前提特性を満たしていると世界が判断したのか幾らか割り引かれてはいるけれど、それでも貯蓄を全部吐き出すのは勇気がいるものだ。

その点、溜まったらドバッと吐き出す決断力のあるジークフリートが少しだけ羨ましかった。

「明後日あたり、また挨拶回りしようか」

「えぇー……？　俺、今日みたいなのもう嫌だぜ……？」

「あー、ちょっと薬とかあるから、確かに君は対策してないと怖いかな」

「薬!?　お前、マジでどんな付き合いしてきたんだよ！　そりゃ新人界隈で何してるか分からんヤベー奴扱いされるわ！」

「はっ!?　ちょっと待って！　私そんな風に思われてた訳!?　至極真っ当に冒険者しようとしていただけなんですが!?」

お互いを小突き合いながら、有意義な夜の名残を引き連れて、夜風が静かに吹き抜けて行く通りを歩いた………。


【Tips】巨鬼の闘争への飢えは三大欲求の上にあり、文献によっては吸血種が抱える温き血への飢えに勝るとも劣らぬとされる。

そもそもの氏族という枠組みの複雑さに唸らされた二日後、私はまたもや、できれば秘密のままにしておきたかった秘密兵器に手を染めていた。

「まぁ……元気そうねぇ……手足にぃ、欠けもないようで何より……」

バルドゥル氏族の長、ナンナ・バルドゥル・スノッリソンだ。

「御警告の通りでしたよ。真っ向から踏み潰して生還してきましたけど」

「あぁ、やっぱりぃ、胡乱な依頼だったのねぇ……会館の顧客がぁ、微妙そうな顔をする訳だわぁ……」

今日も変わらず、骨に皮が張り付いたように痩せ細った――なのに豊満なところがそのままなのは、何の効果であろうか――聴講生崩れは、私であれば一吸いしただけで昏倒しそうな魔法薬を燻らせていた。

これもあって、今回はジークフリートの同行を諦めている。

カーヤ嬢が首を縦に振らなかったのだ。

〈隔離結界〉によって煙は誤魔化せるけれど、魔法薬の怖さを知る彼女は、それだけでは不安だとして相方を連れ出すことを許してくれなかった。

自分の腕前では、脳に深く関わる薬はまだ完全な解毒ができないので、危険に陥る可能性を最低限にしたかったのだろう。

だから、私一人で来た。

マルギットもお休みだ。昨日の夜、またちょっと〝仲良く〟したからか、朝起きられなかったので、そっとしておいた。唇を重ねる前に復讐戦とか何とか言ってたけど、最初の時に納得行かない何かがあったのだろうか。

とはいえ、色事は当事者同時でも秘めておくが華たる物もあるので、深くは探らないでおいた。

「それでぇ？　家に何の御用かしらぁ……」

水煙草の吸い口を弄びながら笑うナンナに、私も煙管から一服吐き出して本題を切り出した。

「政治的圧力に弄ばれない方法を模索中なのですが、助言をいただけないかなと」

最早、化粧でもしているのではないかと思う濃い隈に縁取られた目が、意外そうに丸くなるのを見て、不覚ながら可愛いと感じてしまったのは何故だろうか。

本来の意味で童貞を切ったせいで感性が体に引っ張られているのか？　これはいかんな、意識して思考を冷静にさせねば。色に狂って破滅など、まるで笑えぬ。

「助言ねぇ……それってつまりぃ……政治的な仕事で、使い潰されたくないってことよねぇ……？」

「端的に言うとそうですね」

「あー……また割と難しい話ねぇ……」

ナンナは私が忌み杉の魔宮に踏み入る原因となった依頼が、小粒な貴族を相手にしている仲介を通した依頼であること。そして、解決するべき問題があったゼーウファー荘の領主、フロームバッハ子爵が社交のため帝都に行っていることも知っている。

つまるところ、私が抱えている問題が政治的な要素を多分に含んでいることをご理解いただけてる訳だ。

必然、私の悩みの種が如何にして芽を出したかの前提をご存じとあれば、もっと別の思考法による考えが期待できる。

「一番簡単なのはぁ、重宝されて使い潰したくないと思われるだけの太客を作ることかしらぁ……」

ややあって水煙草の煙と一緒に吐き出されたのは、思いの外堅実な物だった。

バルドゥル氏族が違法薬物を取り扱って尚も存在を許容されているのは、表向きの商売でも裏向きの商売でもマルスハイムに必要だからである。

薬の需要が低かった時代など何処にもなく、同時に逃避先である違法薬物が穏当である方が治安はよくなる。

酒という歴史有る逃避先を禁止した結果、アメリカの裏社会がどうなったかを鑑みれば明白だろう。特に規制が行き届いていない時代ともあれば、妥協は尚更必要となる。

回答としてバルドゥル氏族の存在自体が助言の妥当性を担保しているとなれば、頷くほかない真っ当な提案であった。

「幾つかぁ……綺麗な仕事だけ取り扱ってるぅ……仲介を紹介しましょうかぁ……？　親帝国派でぇ、寝返った土豪とかぁ……外からの派遣組が使ってるのがあるからぁ……まぁ……謀略からは遠いわよぉ……」

ああ、仲介、その手があったな。

自分で依頼を吟味するのは大変だ。仕事に取りかかる前に陰謀がないかの下調べや、依頼人の背景まで探っていては時間が掛かりすぎて、熟せる絶対数が減ってしまう。

その分、信頼できる仲介からの依頼を受けていれば、依頼元への印象も稼げて、最初から臭い仕事を弾けるのはよい。

ナンナは私が急所を握っていることを重々承知していることもあって、下手な相手を紹介するまい。

私が持っている札は、単なる強請り集りでの種ではない。かつての恩師、しかも現状を知ったら本気でキレるか泣くかして突撃してくる、ナンナでは絶対に勝てない変態を手紙一枚で召喚できるのだ。この弱みを知って尚も下手を打つほど愚かだったら、彼女は今の椅子に座っていないだろう。

「この地の果てにもぉ……探せばいるのよねぇ……高貴たる、その意味を哲学する暇人がぁ……」

西の最辺境、エンデエルデことマルスハイムには三種類の貴族がいる。

一つはマルスハイム伯の直参家臣、二つ目は旧土豪勢力、そして三つ目は行政府からの派遣組。

流石の古い血統と言えどマルスハイム伯の縁者たる貴族、及び彼に寝返りを打った土豪だけで全土を統治するには人手が足りぬ。そのため、最低限の行政能力を維持するため余所の領地から、土地換えなどで派遣されてきた貴族がいる。

彼等は、この治安が悪く開拓し切れていない土地への派遣を完全な左遷として疎んでいることもあるが——三河から土地換えされた徳川さんと同じ気分だろう——中には帝国のため、真っ当に領地経営をしようとする高潔の士も少ないながら存在した。

彼等の意志に呼応し、辺境をより良い土地に、民が安心して暮らせる土地にするべく助力する地場の有力者もおり、そういった人々からの依頼を纏める仲介が何組かあり、ナンナは彼等への紹介状を書いてくれると約した。

「ほらぁ、この間、冬の仕度で薬を運んだのがあるでしょぉ……？　ああいったぁ、配下に優しい貴族様とだけ仕事をしてるぅ……マルスハイム出身の仲介がいるのよぉ……」

なら安心だな。勿論、私自身が顔を見て調べはするけれど、この調子だと本当に要らぬ猜疑を捨てて挑める太客を作れそうだ。

有用な依頼主を斡旋して貰う代価。それは即ち沈黙。

つまるところ、これまで通り、いや更に固くライゼニッツ卿には黙っていてくれとの懇願だ。

よし、要素が揃って来た。弱みを握って有力者から仕事を奪う訳でもなく、私の印象を良くして政治的な重みを持たせることもできる。正に一石二鳥じゃないか。

「その分、報酬はお気持ちよぉ……？　相場よりぃ、二割かぁ、三割は安いわぁ……払い渋りとかは、されないけどねぇ……」

「構いません。私は楽しく、そして後顧の憂いなく冒険できるだけで満足なので」

変わってるわねぇ、なんて目で見られたって構わない。

私は真、ただそれだけを愛して冒険者をやっているのだから。

名声、金、人脈、全て心躍る冒険のため必要とあらば使う消費財であって、目的ではないのだ。

「……少しぃ、欲を出していいかしらぁ……？」

「何か？」

満足している私を見て思うところがあったのだろう。彼女は一つ断ってから、頼み事をしてきた。

相変わらず用意はされるものの、主賓も客も手を付けることのない料理が冷めていくだけの卓に一つの薬包が放られた。

「これは？」

「……今年の明けくらいからぁ、出回り始めた薬物よぉ……」

眉根に皺(しわ)が寄るのを止められなかった。

薬物、またか。向こうでも紀元前から延々とあった悪習だが、魔法が絡む世界だと性質が尚悪い。

この町は〝望む夢を見せる〟などといった、ただでさえ悪質な薬に汚染されているというのに、お代わりまで用意するこたぁなかろうよ。

苛立ちながら薬包を手にして開けば、中に入っている物を見て驚いた。

錠剤だ。

扁平な円筒型の薬は、こっちに来てから目にすることは希だ。ライン三重帝国の薬学における薬は専ら粉末か煎じ薬、そして携行用に丸めた丸薬だからだ。

しかし、この黒い錠剤は薬品にデンプンか何かを混ぜて成形し、飴のように切って作った物だろう。魔導院でも一般的には使われない、最新の技術の結晶。

魔導の気配は感じない。製造工程において魔法が使われているかはさておき、これ自体は純然たる化学反応、とどのつまり世界の構造上普通の代物だ。

「何の薬ですか」

「幻覚、陶酔、一種の法悦に似た錯覚、時間感覚の欠如に性格の変容……脳に強く作用する薬ねぇ……」

えーと、何だっけ、これらの効能があるヤバい薬。何か知ってるぞ。

「使い方は単純でぇ、舌下に入れてゆっくり溶かしてぇ、唾液と混ぜて取り込む……半日くらいは効果が続くわぁ……」

ＬＳＤか！　思い出した!!

歴史の長い麻薬の一つで、アルカロイド系の幻覚剤。紅天狗茸などに含まれ、神秘体験を得る宗教儀式にも使われてきた。

それが化学的に合成できるようになって、二〇世紀末から娯楽用薬物として濫用され社会的な問題になっていたっけか。

あんだって、んなモンが持ち運びが簡単な形で出回る!?　恐ろしく高度な化学によって生み出される産物だっただろう!?　効果が似てるだけで別物かもしれないけど、それでも大概だぞ!!

「ま、粗悪品ねぇ……頭蓋の地獄を広げるのに役だってもぉ……慰めてはくれないわぁ……」

あ、試したんですね、一応。スゲーな、流石自分で試してから薬を流通させる多義的なガンギマリ勢……。

「魂やぁ、精神の秘奥には触れていない……ただの薬ねぇ……エレフシナの瞳、なんて大仰な名前してるけどぉ……単なる幻覚剤よぉ……くっだらない」

触れることも悍ましい薬を突き返すと、彼女は珍しく吐き捨てるように言って、手の中で燃やした。

脳内に広大な哲学的地獄を飼っているナンナにとって、この薬は何ら救いをもたらしはしなかったのだろう。

「私はぁ……これを認めない……不愉快極まるわぁ……感覚器を狂わせてぇ……誤謬の真

理を拓(ひら)かせるなんてぇ……」

神を持つことができなかった認識論者は、生きて行くこと自体が辛(つら)かろう。理性と観念に鍛えられた演繹(えんえき)の鋤(すき)にて脳を耕し続けた末にあるのは、果てのない地獄であろうに。

デカルトが世に行き渡らせた福音を学んでいれば、彼女に救いの一つも与えられただろうか。

「全く以(もっ)て……不出来の極み……副作用も……効果もまちまち……離脱症状も結構キツいわぁ……けどぉ……安価なのよねぇ……」

「安価、ですか」

「一粒、一五アスだそうよぉ……手売りの価格でねぇ……」

はぁ？　一五アス？　マジかよ、子供の小遣いでも買えてしまうではないか。違法薬物がしていていい値段じゃねぇぞ。

たしかにＬＳＤは前世でも一回数千円くらいの価格で取引されていたはずだし、物価が製造費用を鑑みて一概に前世と比べられないにしても安すぎる。貧民の食事数日分で買えてしまうのは、流石に拙(まず)かろう。

「それじゃあ利益は出ないのでは……」

「常套(じょうとう)手段よぉ……最初は安くぅ……顧客が増えてから値をつり上げる……そしてぇ、既存の薬を値段で駆逐してぇ……乗っ取るっていうねぇ……」

ああ、くそ、何て悪辣な。そういうやり口もあるのか。お天道様に恥じない生き方をして来て、薬物なんぞ映画の中で摂取されている光景しか見たことのない人間には、到底思いつけないやり口だ。

　言われてみれば、この手法に言及した作品を読んだこともあったな。とはいえ、中世の初期から盛期、果ては近代までの概念が入り乱れるファンタジー世界でやるか普通。

「家(うち)で鼻薬を嗅がせてるぅ……貴族とか衛兵の方にも取り込みに掛かってるみたいだからぁ……そっちの駆逐には手を付けてるわぁ……ただぁ……」

「製造拠点や売人を潰す手が足りぬ、と」

「話が早くて助かるわぁ……」

　バルドゥル氏族は私に護衛を外注する程度には、直接戦闘力に自信がない。虎の子の魔法使いは、伝令役のウズを除いて薬物製造や縄張りの鎮護で動かせず、一人でも失えば勢力が削(そ)がれる。

　また、薬物改造によって筋骨隆々の前衛役を何人か〝製造〟してはいるようだが、それも一流相手には心許(こころもと)なかろう。

　フィデリオ氏は勿論、仲が良いとは言いがたいハイルブロン一家の主戦力ですら相手になるまい。雑言を吐いた敵の舌だけを槍(やり)で貫く馬肢人(ツェンタオア)のマンフレートや、ただでさえ分厚い牛躰人(アウズフムラ)の頭蓋を殴り潰す頭目と比べれば、ガタついた雨戸くらいの心許なさである。

　それこそ一般人(モータル)相手には強力だが、ニンジャには容易(たやす)く吹っ飛ばされる量産品くらいの戦力か。

「まだ調べてる段階だからぁ……特にアテはないんだけどぉ……お願いすることになるかもねぇ……」

本拠たるこの邸宅の守りを考えれば、外部に抽出できる戦力に限りがあるため、大規模な出入り(蹴撃)には私を使いたい、ね。

たしかに、術式の性質上ナンナは屋外戦や強襲には向かないだろうからな。密閉された室内で準備万端待ち構えたならば、邸宅全体が殺し間(キルゾーン)になる煙に魔法を込め、正気を蝕(むしば)む初見殺しと分からん殺しで格上でも狩れそうだが、自分から突っ込んでいくとなると不安もあろう。

いいとも。多少なりとも愛着を抱いた街だ。最悪がより最悪に塗りつぶされていくのを座視するより、悪徳に目を瞑(つぶ)って協力しよう。

利益(WINWIN)は山分けで行きましょう。

ま、世の中で言われてるそれって、大抵言い出した側が七：三くらいで得してるもんだけどね………。

【Tips】人間の認識は全て知覚による経験から発生するのではなく、イデアの源泉を秘めたる理性にあるとデカルトは求めたが、神すら有限の世界において認識論の成立は極めて困難である。

「義だよ、少年」

ぱぁんと快音を上げて、大きな寝台の敷き布が晴れ渡る朝の中を舞った。

広げれば自分より大きな布を勢いよく伸ばし、しかし全く地面に触れさせることなく洗い皺を払ったのは、ただ腕の大きな一振り。

聖者フィデリオは生傷だらけの体を押して、初春の陽気も麗らかな子猫の転た寝亭、その中庭にて洗濯に励みながら金の髪に優しく語りかけた。

「悪徳に耽る者は逃げ散り、然らずんば義を掲げる者は立てり」

「陽導神礼賛章編。箴言。えーと……二……いや、三、いややっぱり二章……」

相談を持ちかけて返ってきた言葉が、引用であると察した金の髪は記憶を浚い、少し躓いた。足下で石鹸と水を入れた洗い桶で洗濯物を踏んでいるから、思考が一緒に滑ったのではなく、単に経文なんぞ読まなくなって久しいからだ。

「二章三節。続く言葉は、義の勲は和なるべし、義の結ぶ果てに永久の平穏ありき」

「本職相手に引用では勝てませんね」

「ま、これでも説法は得意な方だからね。僕は宣教よりも、神の教えの斯くあるべしと立った口だけど」

エーリヒが冒険に出ている間、聖者もまた冒険を重ねていた。水仕事のために捲った襯衣の腕、子供の胴より太く鍛え抜かれた鋼のような腕には、蚯蚓腫れが隠し包丁のように交差して刻まれている。

左の掌には貫通した傷跡が二つ並んでいることからして、巨大な獣の相手をし、仲間を庇って負った傷のようだ。

常人ならば四肢がもげているような大怪我を負おうと、陽導神の敬虔な信徒にとって、温かな神の恵みを寝床に賜ることより大事ではない。

そして、我が身を以て熱心な後進に教えを授けることも〝冒険から帰った翌日〟だったとして、億劫に感じることではなかった。

「同じく韋編に義は永久なる太陽、翳ることあれど消えることなし。そう詠われている」

為政者に使い潰されるのに否を唱えるには、如何にするべきかという問いかけに聖者は朗らかかつ、決断的に断言した。

偏に自分の義を見せ付けるべしと。

意訳すると、何事も暴力で解決するのが一番だとなるのが、金髪に引き攣った笑顔を作らせてしまうのだが。

実際にやった男の言葉故に重い。

フィデリオは己を思い通りにしようとする不逞の輩を撥ね除けた際、何があってもしてはならぬ愚行に手を染めた氏族を叩き潰した。世にフィデリオの一夜潰しと伝わる伝説に一切の虚飾はなく、総身を鎧で固めた陽導神の武僧はあらゆる悪徳を物理的に粉砕しているのだ。

そして、冒険者間の私闘を禁じている行政府に対して、自ら罰金を叩き付けに行って

――比喩表現ではなく、彼は門前に陥没する勢いで投げつけている――大見得を切って見せた。

　これで文句ねぇだろ。力を以てしてそう言われたら、もう黙るしかない。

　以降、彼はこの町の誰もが〝絶対に怒らせてはならない人物〟であると認めている。

「大事なのは自分に恥じない義を定め、従うことだ。僕がこの世に生まれ落ちて以降、恥じていることは一つしかない」

　騎乗槍を徒で扱う人類の域からはみ出した双腕が、敷き布を扱う様は堂に入りすぎていて、この様だけ見ていれば人のいい宿屋の若旦那でしかない。

「あの馬鹿共がシャイマーに何かする前に、皆殺しにしておかなかった甘さだ」

　しかし、穏やかな陽の光を思わせる笑顔で斯様なことを言われると、物干し竿に洗濯物を吊していても、全く牧歌的ではない。

　寒さを追い払い、作物を育てる太陽。しかしながら、時に大地を乾かして割り、熱によって命を奪う苛烈な二面性が、正しく彼の神の信徒であると得心せざるを得ない姿だ。

「若い時分は僕も性善説なんて信じていたからね。僕自身が強くあれば、きっと冷静になって悪さをしないなんて、夢みたいなことを考えていた」

「……結果が、百人斬りですか」

「いやだなぁ、僕が始末したのは、ほんの三〇人ほどさ。後はみんなとの協同戦果だし、全部足しても一〇〇はいかないよ。精々八〇かそこらだったかな」

まったく、あのヘボ詩人は何時も話を盛ると毒突く聖者に対し、金髪は四人だけの一党で八〇人以上を倒して、そこにたかがとか精々なんて副詞を添えないで欲しかった。

「ただ、あの時ほど練武神の箴言が身に染みたことはなかったね。自衛は最大の美徳にして、自由と正義を成す第一の堡塁……」

「えー、練武神闘争論……序文？」

「あたり。正確には序文、二節だ」

洗い桶でエーリヒが踏み洗いしたシーツを受け取ったフィデリオは、後輩が神の教えを学んでいることに満足しつつ、また一振りで敷き布の皺と水気を振り払った。

これだけ綺麗に水気が振り払われていたならば、まだ勢いの弱い初春の陽光でも昼頃には心地好く乾くことだろう。

「まぁ、人の身で言えることは、この洗濯と同じ。汚れそうな場所には近づかず、触れぬよう振る舞うことだ」

繊細な扱いによって土で汚すことなく乾していく様は、彼の生き方を体現しているかの如くある。

悪徳に触れず、叩き潰し、一の戦果で以て満天下に知らしめる。

フィデリオが自分を良いように利用されぬよう身に付けた処世の術は、恐ろしく難易度が高いが理想の一つではあった。

エーリヒも不逞氏族に絡まれた時、選んだ手段だったたから。

　しかしながら、相手がお上となると些(いささ)か分が悪い。政府が手を出せない個人など、一体どこの背中に鬼が浮かび上がる最強生物か。

「民草のためになる依頼だけを吟味するんだ。嗅覚を磨き、情報を教えてくれる伝手(つて)を持つ」

　冒険者のA(アー)・B(ベー)・C(ツェー)。生き残ることがAとすれば、選別して道を過たぬようにするのがBであろう。

「選(よ)り好みするんじゃない。自分が掲げた義に従い、殉じる。利益は度外視って形になってしまうけどね。徹底するのも難しい。正確な情報を得るにはお金もいるから、どんどんと利益は薄まっていくよ」

「そこはまぁ、私も構いません。ケチな小銭のために、苦心してようやくなれた冒険者を辞めたくはないですし」

　金はあると便利だが、金髪はそこに全く頓着しない。大事なのは金という媒介を経て得られる道具や経験、そして省ける面倒。

　全ては冒険のための消費財であるとの理解は、前世から徹底された理念だ。

　良い宿屋に泊まるより、上等な酒を呷(あお)るより、一本でも多くの気付け薬(アウェイクポーション)やMPを捻出する魔晶石を重んじる。準英雄級になっても冒険者の酒場で廐(うまや)を借りて藁(わら)に包(くる)まり、少しでも上等な魔法の武器を買うべく麦粥(むぎがゆ)を啜(すす)る。

　全身に纏(まと)った装備を金額にすれば、平民から貴族になれるような巨費を蕩尽(とうじん)して尚(なお)も欲するのは、未知への挑戦や大敵との死闘。

冒険者個々人が掲げる目標(アガリ)は様々だろうが、大金を抱えたまま死ぬような馬鹿は新人(ニュービー)にもいない。

金なんぞ、冒険さえ仕果たして帰れば勝手に付いてくる物。利益の最大化に腐心するPL(プレイヤー)もいるが、やはり最終的な出力の前には些事(さじ)に過ぎぬ。

「ならいいんだ。たまにそこら辺をはき違えて、銀貨数枚多く稼ぐためだけに引き返せないことをする新人も多いからね」

次の敷き布を受け取って皺を払う姿は、この洗い立ての白い布のように綺麗でいられるよう努めなさいと教えられているかのようだった。

主人の命令で暗夜にて短刀を振るったこともあるエーリヒには、些か眩(まぶ)しすぎる。

「……ふと思ったんだけど、君、仲間はできたみたいだけど同じ下級冒険者との付き合いがないようだね？」

「え？　ああ、はい、言われてみれば」

ふと、思うところがあったのかフィデリオが話題を切り替えた。一応は弟子とも言える後輩に、直球で友達少ないの？　と言ったに等しいことを彼は気付いているのだろうか。

「なら、横の繋(つな)がりも大事だと教えておこう。意外と馬鹿にしたものじゃないよ、同年代の同業者が緩い連帯で持ち込む情報というのも」

エーリヒの人付き合いは、恐ろしく偏っている。

これは帝都時代から顕著で、虚飾の都にてできた同年代の友人は——御年四〇少しの吸血種（ヴァンピーレ）は、精神年齢的に十代と計上する——たったの二人。今も付き合いがある人間を丸っと含めても、何と五指で足りてしまうのだ。

挙げ句の果てに、その指の一本は、つい先日別の数え方をしなければいけない間柄になったところ。

これは友達が少ないと煽（あお）られても何の文句も言えぬ。

子猫の転た寝亭を塒（ねぐら）に定めたこともあるが、最初期はマルギットと二人で過ごし、あとの仕事もジークフリート達（たち）と面子（メンツ）が固定だったのが大きい。一番響いているのは、悪徳氏族連中とやり合ったせいで、真偽定かなる噂（うわさ）が出回ったからだろう。

その上でヨーナス・バルトリンデン討伐なる大偉業だ。同じ時期に冒険者になっていたり、年頃が近い程度の理由では話しかけられぬ。

また、これは本人がすっかり忘れていることだが〝舐（な）められてはイカン〟と漂流者協定団から喧嘩（けんか）を売られたときに〈滲（にじ）む威風〉などの特性を取り、常時近づきがたい威厳が滲み始めている。

常駐型（パッシブ）の特性は扱いが悩ましい。虎が猫喫茶で働けないように、エーリヒの剣気は名声も相まって初心者達に気軽な誘いかけを封じていた。

「あ、コイツ俺達と人生の芸風が違う」と一目で分かる有様では、同業の知り合いなど増えようもない。

「社交……ですねぇ」

「そう、社交だよ。家は確かにマルスハイム一番の宿屋だ。食事は美味いし、何より女将が美人」

けれど、世界を狭いままにせず色々見てくるといい。さらりと嫁自慢しながら、聖者は後進の背中を軽く押した。

実際の所、そういった人付き合いや情報網の構築は、全てヘンゼルに任せている事実をおくびにも出さず………。

【Tips】名誉点が高いのは、良いことばかりとも言い難い。人によっては、それだけで第一印象や対応が全く変わってくるのだから。

白くなだらかな背中が月の光になぞられていく様は、夜の砂浜を思わせ惚れ惚れとしてしまう。

鍛え上げられた筋肉が皮膚の下で薄く隆起し、少女的な愛らしさのある曲線の下で纏まっている。弓を引く要となる背の筋肉から腰の流れ、そして蜘蛛の下肢に繋がる腹の継ぎ目は酷く蠱惑的だ。

砂絵を描くような優しさで肌を撫で上げれば、きっと柔らかくて心地好いのだろう。

ただ、流石に今日、これ以上ちょっかいをかけるのは止めておこう。

この膝琴めいて美しい背は、奇襲を食らった経験が家族からの扱き以外で殆どないから、楽器よりも敏感なのだ。撫で上げれば可愛らしい声が聞けるだろうが、翌朝は顔を合わせてくれないかもしれない。

ついさっき、枕でぶん殴られたところだしね。全く腕に力がはいってなかったけど。

いやー、体が若いと難儀するわ。頭の悪い買い物をしたこともあって、一回火が付くと中々押さえが効かん。

前世のアレコレがあやふやだから忘れがちだし、自瀆で無駄撃ちするくらいなら剣の鍛錬に体力を費やしていたので、最も多感な時期の感覚が分からんのだ。

とはいえ、八回は頑張りすぎたかな。

マルギットの反応が良すぎるのと、挑むように掛かってくるのも悪いよね、なんて責任転嫁しつつ裸身に毛布をかけてやった。

春先の夜は、まだ冷える。特に基礎体温が低い蜘蛛人にはきつかろう。睦言の熱が失せる前に、小さな相方をそっと包んだ。

起き上がって煙管を取りだし、魔法で着火するついでに〈清払〉も体と寝台にかけておく。

窓を開けて、煙をふぅと一息。細い煙が夜気に溶けて、月の光に滲んでゆく。

いつの間にか解けていた髪に月光が照り返して、白髪になったように錯覚した。今も丁寧に伸ばしているそれに夜陰神の神体が投げかける光は優しいが……重い。

「あーあ、遂(つい)に汚れてしまったわね」

いや、光が俄(にわか)に重みを得るなどといった、基底現実の法則が変容を来したのではない。

「また人の頭に」

ウルスラが具現化して、私の頭に腰掛けてきたのだ。

「というか、汚れたって何？」

「純潔って、思いの外大事なものでしてよ？　無垢(むく)な子供は漏れなくそうですもの」

「また極端だなぁ」

視界で足がブラブラして、踵(かかと)が睫(まつげ)を掠(かす)めていく。当たらないと分かっているので反射的な瞬きをしないですんでいるが、初見だったら結構な恐怖体験ではなかろうか。

私は慣れているから良いけれど、妖精(アールヴ)特有の性癖にケチが付いたことで眼球破裂未遂を繰り返させる拷問は酷いと思う。

「ま、貴方(あなた)自身は何も変わってないので、わたくしは許しますけどー」

「はいはい、ありがと」

「競争相手が減ったともとれますしね」

そういえば、成人の一五を過ぎてから妖精(アールヴ)のちょっかいが減り、姿を現すことも希(まれ)になったと思ったが、マルギットと想(おも)いを交わして以降、益々(ますます)妖精(アールヴ)を目にする機会が減った気がする。

恐らく、年齢と同じく純潔が妖精(アールヴ)にとっては大事なことなのだろう。昔は起きる度に勘弁してくれよと言いたくなる悪戯に塗れてきたが、いざなくなると微かな寂寥を覚えるのは何故なのやら。

「しかし、人の世は大変ね」

「そんな他人事みたいに……」

「文字通り人のこと、ですし。実際、妖精にはよく分からない価値観ね」

瞼から額に足が移り、人のデコを踏み台にするという凄まじいシツレイをかましながら、夜闇の妖精は夜空に舞う。オオミズアオの如き翅が燐光を放ち、濃い蜂蜜色の肌と緋色の目、そして白い髪が優美に弧を描いた。

「ああ、何もなくても夜空はこんなに美しいのに。闇の中は、これだけ暖かいのに」

春の夜に踊る妖精は、妖しくも美しい。正に夜の闇が童女の姿を取って舞い踊り、誘惑している。

「ねー、よるのかぜはー、あびるだけでーきもちーのにねー」

いつの間にやら円弧の光は二色に増えていた。青白い燐光に緑の光が混じり、穏やかで気の抜けた声が重なる。

「ロロットまで……」

「だってー、ずーっとむつかしーかおしてるしー」

「一冬もほったらかされてしまったものねぇ」

手を繋いで気の向くままに踊る妖精は、正しく世俗の枷に捕らわれぬ自由な存在だ。生命の相は定命より更に上、概念的な領域に至り、自然現象が人格を持って好き勝手、自儘(じまま)に跳ね回っているのと等しい。

だとしたら、この悟るに悟れぬ、この世で唯一汲(く)めど尽きぬ感情という資源に縛られた人間のことは、真に理解できまい。

なればこそ、彼女達は子供を攫(さら)って、自分達の領域にて同類に変じさせるのだ。

「仕方がなかっただろう？　あれは私だって大変だったし、助けて貰(もら)えるなら助けて貰ったさ。日が、いや月が悪かった」

　ロロット達の力さえ借りられれば、即日とは言わないが三日もあれば、あの遠大にも程がある迷宮を攻略できたろうに。

「最近、そんなのばかりよね。まるで、ナニカが悪戯してるみたい。窮地の場にいれば、もっと助けてあげられるし、妖精(アールヴ)の愉(たの)しさを教えられるのに」

「いとぐるまをー、回してる子たち、なんか付き合い悪いよねー」

「そういえば、あの子達、珍しくエーリヒに悪戯する集まりには顔を出さなかったわね。裏でコソコソなにかやってるのかしら」

　糸車？　嫌な意匠(モチーフ)だな。南内海の衰えたる神群で、運命だか宿命だかを司(つかさど)ってる神格が、そんな神器を持っていた気がするぞ。

　人の定めを縒(よ)る概念の具現じゃないか。妖精(アールヴ)は各種の神格に権能が触れているような個体も珍しくないし——正に、眼前の二人がそうだ——何かしらの因縁を感じる。

己の幸運（リアルラック）に全く自信がない私の懸念を余所（よそ）に、空中にて繰り広げられる妖精（アールヴ）の演舞は勢いを増していく。燐光は丸く、輪を描き、見入っていると瞳が溶け出してしまいそうな得も言えぬ感情を励起した。

これは郷愁か？　懐かしい、知らないはずなのに懐かしい匂いがする。

私が生まれた頃には既に廃れきった、ダイヤル式のテレビや蓋が一体化したラムネの瓶、綺麗（きれい）に舗装されていた田舎にはなかった畦道（あぜみち）や、漫画の中でしか見たことのない看板が傾（かし）いだ駄菓子屋。

そういった部類の郷愁。

いつの間にやら、妖精（アールヴ）達は輪を背に手を伸ばしていた。

招くように、癒やすように、片手同士を繋いで、三人で円を描こうと呼んでいる。

不思議な確信がある。彼女達の小さな手に指を伸ばせば、空など飛べるはずがない我が身であっても、中庭に墜落することなく虚空を踏みしめて踊れるだろうという。

「だから、浮世は大変よ。少し、踊っていきません？」

「そーそー、たいへんになってぇ、いやになっちゃったらどーするー？」

窓縁に添えた肘が微動した。誘いかけに体が無意識に応えようとしている。

きっと、それは素晴らしいのだろう。

きっと、そうすれば美しいのだろう。

きっと、何の柵（しがらみ）もないのだろう。

ああ、だが、私に予定はないのだ。

今のところ、キャラ紙を返上したいと思ったことはないさ。色々と煩わされたり、考えることが多くとも。

むしろ、この煩わしさも冒険者たる生き方の楽しみだ。

小さく、煙草（たばこ）の煙を輪っかの向こうに伸ばしてやった。

すると、円弧の向こうから童女や少年のキーキー声が聞こえ、妖精（アールヴ）二人の舞踊によって作られた光の輪は消えた。

きっと、向こうで待ち構える無垢な妖精（アールヴ）達には、体の疲労を癒やす煙草の煙がお気に召さなかったのだろう。

コイツは無邪気な子供の極北にある存在だからなぁ。

「あら、残念」

「あーん、じょーおーさまはー、疲れた大人はー、こういうのに弱いっていってたのにー」

やっぱりか。相変わらず油断ならん妖精（アールヴ）共だな。暫（しばら）く妖精（アールヴ）の某がなんて取引が持ちかけられなかったので、二人以外は完全に飽きたと思っていたけど、まだ根強い愛好家が他にもいたとは。

「地に足を付けてなら、何時（いつ）でも踊るよ」

「ま、こうなるだろうって思ってましたけどね」

「えー？　ウルスラちゃんがいいだしたんじゃー」

「はいはい、言わぬが華、言わぬが華」

仲良く追いかけっこし始めた妖精(アールヴ)に、精々大人に見えるよう笑ってみせる。

暫くは大人しくしているつもりだが、いざ必要になったら助けを乞うさ。

さて、私が自分に課し、同時に元師匠から言い付けられた縛りを何時まで守れることやら…………。

【Tips】人は育てば育つほど、なくした物に郷愁を抱く生き物である。そして、幼き頃にのみ見える妖精(アールヴ)とは、その集合体のようなものだ。

青年期

十六歳の春

味方トループ

人類が分業制を先鋭化させることで文明を発展させてきたように、冒険者の一党もまた得手とする技能に特化することで強さを増す。しかし、体は一つしかなく、時系列が同じだが別のシーンに同時参加することができないとなれば、手足のように扱え、情報共有が可能なNPCを雇用する技能に頼ることもあるだろう。

　昼間っからいい歳こいた大人が酒に耽溺し、得物を手元に置いている現場に立ちこめる雰囲気を末法だなぁと感じるのは、さて前世の何が影響しているのだろうか。

「あぁん……？」

「ツキガクル場所ジャネッゾオラ!!」

「ンッダゴラァ！　ンノ用ッダゴラァ!!」

　のみならず書き下そうと思ったら、どう字を当てたらいいか悩む怒号を上げられると、益々末法雰囲気が強くなる。

　まぁ、彼等のそれは卑語や俗語の類いではなく、訛りが酷い上に外国の単語を交ぜてくるから上手く聞き取れないだけで、別に聞かされたからと言って失禁するようなことはないのだけど。

　威嚇効果があるのは認めるがね。ジークフリートはちょっと腰が退けてるし。君、こんなのよりもっと見た目ヤベーのと殺し合いしてきたばっかりだろう。アレの五分の一程も脅威じゃないんだから、もうちょっと堂々としようよ。

「えー、どーも。フランツさんはいらっしゃいますかね？　依頼を受けて参りました、冒険者のエーリヒです」

　さて、先達達から知恵を授かって暫く。我々は助言の通り真っ当な依頼に励んでいた。

　つまるところ、依頼主が実際合法で違法行為に手を染めていない案件かつ、弱きを助け強きを挫く系の仕事だ。

「ンッナヤツァイネッゾゴラ!!」

酷い巻き舌だし、半鼻音が耳障りで何語か良く分からん。同じヒト種の言葉か、これが。抑揚と強調がデタラメすぎて聞いてられんな。

この異様な発声は、西方の訛りで帝国語が崩れまくってるのかね。いや、それとも緑青海の半島辺りか？　くそ、なまじっか言語の根っこが同じなせいか、文法だけ分かるから尚のこと分かりづらいぞ。

ただ、何となくそんなヤツはいないと言われている感じだ。

「でしたらフランツィスクスさん？　いや、フランシス？　フランソワ？　あ、もしかしてフェレンツェさん？」

帝国語は表音文字による言語であり、同じ綴りでも異国語の発声法則において読み方が違うことは珍しくないため、とりあえず思い当たる類似名を全部挙げてみた。

「ツメッテンノカテメゴラ！　ツケンシャノヨージネッヨ!!」

あー、もー、唾を飛ばすな、顔が近い、何言ってのか分からん。あと臭い。歯ぁ磨いてないし、碌に風呂もはいっとらんなコイツら。

「あー、何かもう面倒臭くなってきたぞ。要る？　この手続き。絶対拗れるよコレ」

「おい！　諦めるなよ！　お前が諦めたら色々終わりだろ！　俺、そんなの読めないぞ!!」

とはいえね、多義的に言葉が通じてるか怪しいとなれば、面倒臭くもなるだろうさ。

昔から言うじゃない。何事も暴力で解決するのが一番だって。

然りとて、今日は行政絡みの仕事なので、そうもいかんのだけどね。

「えー、とりあえず法に則って申し上げます。フランツさんが東目抜き通りのマヌエルさんと締結した家屋取引に強迫、及び詐話が含まれているという異議申立を徴税監督官たるシモン・フォン・アルムホルト氏が簡易裁判によって認定したため」

言葉は最後まで続けられなかった。

何を思ったか酒場中の破落戸がヤッパを抜いたからだ。

あー、やっぱなるよね、こう。

「ツシネ……アバッ!?」

「口が臭い。退け」

私は目の前で凄まじく無礼なことに唾を吐き散らしながら恫喝していた馬鹿の顎を、身長差を活かして——誠に不本意ながら——下から掌底でカチ上げた。

飛び散る前歯と弾ける血の玉を半歩前に進むことで回避する。視界の端っこを掠めた赤黒い塊は、舌の先っちょかな。

「えー、代理人として公正な冒険者同業者組合への依頼に基づきー」

顎を跳ね上げられて無防備になった延髄に裏拳を見舞って、意識を物理的に刈り取ったついでに何の臆面もなく腰にぶら下げられていた短刀を拝借する。帯革に挟んでいるそれは、柄を逆手に握って前進するだけで抜けるので実に丁度良いところにあった。

凄く助かる。仕事中だけど穏当に行った時のことを考えて、実は非武装できているんだよね、我々。

ほら、その方が綺麗な印象作りにいいじゃない。最初から荒事前提で完全武装していたら、相手によっては気分も悪いだろうし。

いや、うん、この手の輩だと真っ当に言うこと聞く道理もないので、それでよかったかもしれないけど。硬軟織り交ぜた交渉ってのは難しいモンがあるなぁ。

「ちょっ、テメ、エーリヒ！　やっぱこうなるのかよ!!」

「家屋権利書の返還、ないしは公定算出価格の差額をマヌエル氏に支払うことを、ここに勧告するものでありー」

「眠たい僧侶の読経か!!　ちったぁやる気ある声出せや!!」

とか言いつつ、ジークフリートも戦闘になると対応が早いから助かるね。私が暴に走ると同時、手近にあった椅子を蹴りつけて、腰だめに短刀を構えようとしていた無頼を一人無力化している。

ついでに、キッチリ顎を蹴り抜いて気絶させる仕事の丁寧さに乾杯。トドメを刺しておかないと危ないことを、忌み杉の魔宮で骨の髄まで学んだ結果が出ている。

「本件の通告日から三日以内に申立への反訴、ないしは承認の意志表示がない限りー」

右手で短刀を閃かせ、長剣を振りかぶっている男の横をすれ違い様に撫で切りにする。通告書を読み上げる口は止めず、切っ先で脇の下に通っている筋を断った。

「マルスハイム辺境伯の御名(みな)において、有形力の行使、および強制執行を許可するものとする」

よし、終わり。これでもう文句ないだろ。

今まで長々読み上げていたのは、地上げ被害によって家屋を不当に取り上げられた人への救済事業に基づく依頼書だ。ライン三重帝国の徴税は民間から雇われた請負人ではなく、しっかりした税務官が担当している。

この場合、不動産売買に関する納税報告に合わせて異議申立がされたため、帝国人らしく真面目で様式を守ることに忠実な官吏が、不誠実な取引の糾弾に掛かった訳だ。

我が祖国ながら、税務関係の法整備が行き届いていて惚れ惚れ(ほれぼれ)するね。中世ヨーロッパにて金貸しや犯罪者と並ぶほど嫌われた徴税請負人に丸投げ(アウトソーシング)するのではなく、国家が正しく書面に基づいて租税を計算し、搾り取れば搾り取るだけ偉いってなやり口じゃないのが素敵過ぎる。

そして、取り立ての合法性を担保するため、態々(わざわざ)こうやって令状まで発行してくれるのだ。正義の味方をやるにあたって、これだけ心強い物もない。

なんつったって後から自力救済が云々(うんぬん)で叱られないのだ。物理的交渉(ハードネゴシエーション)を念頭に置いて依頼に挑む必要がある冒険者にとって、これは正しく錦の御旗(みはた)って訳だ。

その場で素直に呑(の)んで署名捺印(なついん)したなら、それはそれでヨシ。現場で反攻されたら、今のように取り押さえてしまってもヨシ。署名してから反故(ほご)にしたら懲罰的依頼が下るので、飯の種が増えてヨシ。

私にヨシ、政府にヨシ、騙された人にヨシの三方得である。

片手で書類を畳みながら、横薙ぎに振るわれる戦槌をしゃがんで回避。空ぶったそれは、店の柱を一本へし折り損ねて止まる。

お、大失敗したな。ありがてぇと自動成功に近い気軽さで膝裏に短刀を突き込み、機動力を削ぐ。ついでもって、転倒してくる後頭部を借りた得物の柄で迎え入れ、万有引力の力を借りて打擲。

ん？　今ちょっと手応えが拙かったかもしれん。強く殴りすぎた。頭蓋が割れてなきゃいいんだが。

地上げをやって金を稼ぐクズが何人か神々の膝元で裁かれようが私の良心は痛まないけれど、生きていた方が貰える小銭が増えるからな。

「お前なー！　コレ、普通に取り立てやるだけでも金変わんねぇんだろ!?　意味、あんの……かっと!!」

「グベェア!?」

文句を言いながらもジークフリートは、そこら辺に投げ捨ててあった箒で破落戸の喉を突いて無慈悲にたたき伏せた。戦うべきだと分かった時、人体急所を破壊することに躊躇いのない戦友の心強さよ。

しかし、あの地獄突きキツそうだな。下手すると筋を斬られるより痛いんじゃないか？

「意味はある！　立派な、公権力の……妨害!!　突き出せばお駄賃が出るぞ!!」

「割にっ、合わねぇよ!!」

小剣を抜いた男に肉薄し肩口に短刀を深々と埋設させる私と、下方から垂直に振り上げて対手の籠手を打ち捨てて手槍を払うジークフリート。

これで二人合わせて六人倒した。

いや、にしても冒険者でも本職のヤクザ者でもない小悪党の割りに粘るな。もう三分の一くらい倒してるのに戦意が萎えてないって何？

経験則的に、この手の半端な悪漢共は三人か四人倒せば戦意が萎える物なのだが。

「治安もっ、向上！　誰も、損しない!!」

「殺し合いっ、まで、する仕事かぁ!?」

戦闘は都合一二人倒すまで続いた。これによって、酒場の中で立っているのは私達だけで、意識を保っている人間は止まり木の向こうで縮こまっていた店主と、隅っこで脅えている女給が一人だけ。

「あれっ、エーリヒ！　数が合わねぇ！　入った時は一五人……」

「グワーッ!!」

最後に、店の裏手から響く悲鳴。

独唱ではない。三重奏だ。

「うん、これで数は合ったな」

「お、おう……」

念の為、立ち上がっても反攻できないよう武器を放り投げたり蹴飛ばしたりしながら裏手に回ると、中々に凄まじい光景が広がっていた。

一人は窒息しない程度に首を縄で括られて、抜け出せずに藻掻いている。恐らく逃走時にくくり罠に引っかかって締め上げられたのだろう。

もう一人が地面でトリモチに絡められ、汚いわらび餅めいた有様で転がっている。

そして、最後の一人は背後から飛びかかった勢いをそのままに、地面に顔面を叩き付けられたようだ。顔面が半分ほど地面に埋没しているという、実に凄惨な有様で気絶していた。

「杜撰でしてよ。三人も逃がすなんて」

我が愛らしい幼馴染みの登場だ。首に飛びついてくる我等が一党の斥候は、念の為に逃げ出す者達を捕らえるべく、最初から裏口に布陣して罠を張っていたのである。

「思ったより気合いが入っていてね。あと、この文書思ったより長い」

「もう読み上げる前に、目と鼻が痒くなる魔法を使った方がよくなかったか……?」

あのだねジークフリート、確かに効率的だし、私も途中から面倒になったけれど、ライン三重帝国はあくまで法治国家なのだよ。民草に公開されていないだけで各種法典があって、行政からの依頼もそれらに則って発行されているのだ。

つまり、依頼を受けた我々は、実態はともあれ書いてある通りにせにゃならん。

私本人がこの手続き要る？　と愚痴ったのは揺るがない事実なれど、文句を言うのと執行に際して無精するのとでは違うのだ。

　そして、どっかの共産主義に失敗した挙げ句、大分裂した国じゃないんだから、民間人まで巻き込んで悪漢を全員ネギトロにすることを〝解決〟と表現するのは許されない。

「いいかい？　私はコレを読んだ。法の執行において完全かつ無欠に正義の立場に立った。そして、代執行を瑕疵なく果たした。その手続きこそが必要なんだ。だから、こういった仕事は琥珀以上になってからじゃないと貰えないんだ」

「か、なんだって？」

「瑕疵。つまり手落ちのないこと」

　そういう難しい言葉使うからチンピラがキレるんじゃねぇの？　とご尤もなことを言われてしまったが、書いてあるんだから仕方ないだろ。

「さてと」

　カーヤ嬢謹製、個人をほぼ完全に無力化するトリモチを除去薬をかけて取り除き、裏口の三人も無力化して捕縛。

　思っていたより反攻してくる者の人数が多いので、途中で縄が足りないのではないかと心配になったけれど、ギリギリ足りて何より。

　暗器で拘束を断ち切って逃げられぬよう、下穿き一枚にヒン剝いてから並べ、さて問題のフランツさんは誰かしらと首を捻る。

「御店主」

「はっ、ハイ！」

「代執行が正当な物であった証明のため、立ち会った第三者としての署名を頂きたいのですがよろしいですかね？　何、後で脅される心配はありませんよ。コイツら全員、監獄行きですから」

　お札(令状)を持っている、つまり徴税監査官の代理人たる我々に先制攻撃で、しかも殺意を以(もっ)て反攻したとなれば良くて鉱山行き、担当者の機嫌が悪かったら普通に処刑。

　二度と誰にも迷惑をかけられなくなるってことさ。

「よ、よろこんで……」

「あと、フランツという名前に覚えは？」

　唐突な戦闘に脅えて引っ込んでいた、鼠鬼(ジエンキンス)の店主に止まり木を覗(のぞ)き込みながら問うた。どうやら店を与太者共の塒(ねぐら)にされていただけで、彼自身は悪徳から遠かったらしく、特に抵抗なく頷(うなず)いてくれる。

「ふ、フランツは知りませんが、ま、真ん中あたりで倒れてるヒト種(メンシュ)が、そんな感じの名前だったかと……」

「この髭面(ひげづら)ですかね？」

「アッハイ、ソイツです」

　訛(なま)りが酷(ひど)いせいで確実ではないですが。そう謝る店主なれど、アタリが付いただけで十分だ。引き剝がした服の中から推定フランツ氏の物を探れば、雑多なガラクタやゴミに中身の少ない財布と交じって鍵が出てくる。

見覚えがあるか聞いてみれば、この酒場の上階に併設された宿の物だそうだ。

話が早くて助かる。何処（どこ）か遠くに別のヤサがあって、そこに保管しているとかだったら拠点強襲の仕事が増えるところだ。

四人でたった二五リブラの仕事とすると、既に過重労働めいているのだから、話が複雑にならんでくれて助かる。

「どうしたエーリヒ」

階段に一歩目を掛けた直後、動きを止めた私にジークフリートが声を掛ける。

「……これ、家捜しって合法なんかね？　強制執行の範疇（はんちゅう）に入るとは思うんだけど」

「知るか！　さっさと行け!!　んな細けぇことで文句付けられたら、俺が逆に怒鳴ってやらぁ!!」

友人の責任は取ってやるとの心強い言葉を背に受けて、私は鍵を弾（はじ）きながら階段を昇った………。

【Tips】ライン三重帝国において危険が伴うが公正な手続きが必要な職責に際し、権限を持つ者が有形力の行使を外部委託することは珍しくない。

これは治安維持を騎士階級が担い、配下の衛兵が警察機構であるため、実効力のある法手続きの執行者が常に足りないためである。

さて、無頼漢を衛兵に突き出したのは昼前。諸々の諸手続を終えて、行政府の人から依頼完遂のお札を貰えたのが、昼飯にはちと遅い時間になってしまった。

今食べると夕飯が入らなくなる。然りとて育ち盛りの十代四人が、仕事を終えた後の空きっ腹を抱えて我慢できる道理もなし。

我々は遅い昼食を卓一杯に並べていた。

「いやー、行政府最高！」

ジークフリートの手首が高速回転だ。

ま、分かるけどね。税務局は帝国でも強い権限を持っている部署なので裁量権が強いのか、詮議の時間をかけることなく犯罪者を引き渡した報酬を、先払いでたんまりくれたのだ。

おかげで二五リブラの地味な仕事が、あっと言う間に四〇リブラの太っ腹な仕事に変わる。脅しに屈さざるを得なかった善良な商売人が――事前に面会して下調べもした――物件を取り戻せて、政府は権威を示し、我々冒険者は懐が温かくなる。

いやはや、良い仕事であった。

全ては先達が繋げてくださったコネクションと情報のおかげである。

誠、縁とは大切にしなければいけないものだ。

「ディーくん、こんなに食べられるの？」

「イケるイケる！　重労働で腹減ってるからな！」

　卓の上にはカーヤ嬢が心配するとおり、ずらりと大量の料理が並んでいた。

　帝国人として欠かせない黒パンを主食に据え、それを美味(おい)しく頂くための脂気が強い腸詰め(ヴルスト)と玉菜の漬物(ザワークラウト)、ちょっと贅沢(ぜいたく)に鰊(にしん)の燻製(くんせい)に野菜の煮物など、冒険者としては豪勢な内容で彩られている。

　しかし、四人揃(そろ)っていることから分かるだろうが、ここは私の定宿である子猫の転(うた)た寝(ね)亭ではない。

　食事も帝国風と離島圏の風情が香る宿と違って、ここのは極地圏に近い北東の円弧半島風の味付けがされており、黒パンには一切小麦が混じっていないので非常に酸っぱく――その分、かなり安価だが――燻製鰊や牛酪と良く合う。

　全て、北海を越えて此方(こちら)に流れてきた〝銀雪の狼(おおかみ)酒房〟の店主が拘(こだわ)り、現地の味をできるだけ再現した物だ。

　馴鹿(となかい)の肉や新鮮な鮭(さけ)など手に入らない物も多いそうだが、異国情緒は十分に感じるし、腹には溜(た)まるので満足感は強い。

　ここ暫(しば)く、我々は新人冒険者が集まり、雰囲気も良いと受付の女史勢から評判である、この酒房を溜まり場にしていた。

　地盤が固まったのだから、そろそろ社交に手を出すことにしたのである。

ジークフリートも人付き合いが少ないのはよろしくないと直ぐに理解してくれたので、なるたけお上品な人達と顔を合わせるべく、銀雪の狼酒房が選定された。

　まぁ、最初は亭主のジョン氏から「琥珀が顔を出す店じゃない」と素気なく退店を促されてしまったのだけど、一年経ってないから殆ど新人と言い張って交渉したところ何とか容れてもらえた。

　彼は新人冒険者に思い入れがあるからか、値段は良心的で設備も良いけれど、規律には厳しい。黒くうねる癖のある髪や、それと繋がるほど伸ばされた豊かな髭。その間で、寒さがキツい地域特有の彫りが深い顔は、まだ三〇も過ぎていなかろうに随分と苦労したらしく、眉間の皺が癖になって二回り以上は年を取っているように見えてしまう。

　また、元は荒事の経験も豊富であったのだろう。そこまで寒くならないマルスハイムには過剰と思える巨大な暖炉、その飾り棚に置かれた一対の剣と斧は、飾っておくのが不釣り合いなほど幾重もの実用による痕跡が刻まれている。

　根深い雪が支配する北で生き抜いてきた、男の生き様が形になったたって感じだ。

　ともかく、琥珀なので食事の値段は二割増しにされてしまっているものの、我々はこの酒場を集合場所にして仕事を順調に熟すことで、少しずつ界隈に顔が売れてきた。

　元々〝金の髪のエーリヒ〟なんて二つ名が囁かれるようになっていたけれど、無粋な介入が全くできぬ子猫の転た寝亭に引き籠もっていたことや、ジークフリートも早々に家を手に入れていたこともあって、冒険者になった時期が近い人達にやっとこ私達がどういう人間かを本当の意味で知って貰えた感じだな。

ジョン氏も琥珀の階級章をぶら下げてまで、態々やって来た私達が腕っ節はさておき冒険者としては未熟なことを理解して、色々と教えを授けてくれているので本当に助かっている。

後は友好的な人付き合いを重ねられれば理想的だ。冒険者の中だけで出回る噂やらを流してくれる人脈が増えたならば、より臨機応変に、かつ下準備に割く時間を減らすことができるのだから。

ジークフリートが豪快に手づかみでパンを千切り、色々塗ったり乗せたりする食いっぷりに乗せられて、私も肉叉や切り分ける短刀が能く動く。値段と量を理想的に釣り合わせていることもあって、純粋な味でいえば女将さんが作る食事の方が好みだけど、育ち盛りの若い冒険者には嬉しい物量だろうな。

「しっかし、何かこー、最初の稼ぎが凄かったからか、琥珀でもこんなもんかって思っちまうよな」

戦友が言うとおり、ここ数日でナンナ曰く綺麗な仲介から紹介して貰った仕事は、どれもドサ回りめいて華がない。

三日前は区画再整備にあたって、立ち退き勧告が出ている建物に居座って小銭をせしめようとする小粒な悪党を小突いてきた。元いた住人が地主が建て直す建物に喜んで移ったのを良いことに〝転居してきた〟と言い張って、立ち退き料を強請ろうとしていたのだ。

二日前は酒場が良からぬ連中の溜まり場になっていると嘆く店主に頼まれ、用心棒として赴き、連中が狼藉を働いた瞬間に制圧する名目通りの仕事だった。案の定、売上げの良い店を自分で荒らして、後で用心棒に収まろうなんて画策していたヤクザ未満のクズ共だったので〝とても丁寧に説得〟してマルスハイム自体から立ち去らせている。

そして今日は、地上げの被害に不服申立をした地主と行政府の代理人。

どれもこれも二〇から三〇リブラと、一件あたりの報酬は煤黒と比べものにならないものの、高度な柔軟性と暴力の裏打ちを要求される難易度の高い内容揃い。

ヨーナス・バルトリンデンの生け捕り報酬や、アグリッピナ氏に手記を買い取って貰ったウン百ドラクマもの金を前にした後だと、どうにも小銭めいているのは事実だ。

「それに、本当にこれ冒険者の仕事かって気がすんだが」

「煤黒時代を思い出せよ君。ドブ浚いや下水道の点検が冒険か？」

「そうだよね、あの頃に比べたら、何だか冒険者してる感じがするよディーくん。人のためにもなってるし」

「……それもそうか。あと、ジークフリートと呼べ。頼むから、人前だから」

甘酸っぱいやり取りを前にしているとほっこりして忘れるが、冒険とはただ口を開けて待っていれば飛び込んでくる物ではないのだ。

昨冬我々が放り込まれた〝忌み杉の魔宮〟も物語の導入めいており、本来ならば我々はフィデリオ氏のような英雄級の冒険者に助けを求めるか、死を以て異変を報せる金糸雀じみた立ち位置だった。

何の因果か立ち向かえるだけの地力と装備があった奇跡によって、冒険が成り立ってしまったものの、あの規模の魔宮は普通にしていればぶち当たらない。

それにフィデリオ氏は自分から戦うに値する獲物を探し、十全に準備を重ねてから自ら冒険に赴いているし、ロランス氏は闘争が向こうからやって来る営業形態を作って仕事を取っている。

先輩達は皆、努力の末に今の形に落ち着いているのだ。

ならば初心者(ニュービー)冒険者がつまらない仕事を重ねるのは当たり前。名前を聞いて尋常の冒険者ならば頓死する他ない高難易度依頼が持ち込まれる訳でもないのだから、洞窟でゴブリンなりをぶん殴って冒険者Lvと名誉点を稼いでから、邪眼の蛇(バジリスク)やら剣を抱えた竜(ドレイク)をドツキに行くのが定石ってものだ。

何事も手順が大事。世界を救う偉業の斡旋(あっせん)を欲するならば、着実に信頼を得て行くべし。この感じで行けば私達はぽっと出の一発屋ではなく、安心安全確実な冒険者との評判も広がろう。

そして、義に従えば真っ当な大事件が向こうから来てくれるかもしれないし、自分から殴りかかりに行く機会も来る。

むしろ、キャラ作直後はこういうのが楽しいのだよ。

「ま、五〇アスで半日駆けずり回るよりマシだわな。午前と午後に仕事を無理矢理詰め込んで、鍛錬する時間が足りねぇなんてこともねぇし」

「そうですわね。宿代が足りないなんて悩んで、碌(ろく)に休養が取れず体を壊す冒険者も少なくない中、寝床に困ってないだけ私達は恵まれてましてよ」

「マルギットの言うとおりだ。明日は予定通りお休みにして、今日の帰りにでも都合の良い依頼がないか組合を通して……」

　明日、ちゃんとした依頼にありつけないと寝床を追い出されるなんて状態では、自分の錬磨もままならない。装備も良くならず、悪化する心情を回復しようと浪費が癖になり、装備が更新できないどころか、また日銭に困る。

　この悪循環で心折れた英雄志願者が、過去どのくらいいたか考えて心を痛ませていると、ふと選択的な足音を耳が拾った。

　少し視界を動かせば、不思議と私達の周りだけ空いていた卓の間を潜(くぐ)って一人の冒険者が近寄ってくる。

　大柄な牛躰人(アウズフムラ)だ。体毛は黒く艶があり、角に欠けもない健康そうな彼は、そのまま牛の頭が太い首の上に据わっているような種族だけあって、ヒト種(メンシュ)の私には男性であることは分かっても幼長の区別がつかん。

　目が牛と違って左右に寄りきらず、正面向きに配置されているので人類っぽさは強いのだけど、長い口吻(マズル)や大きな鼻、そして足の蹄(ひづめ)が人外感を助長している。こうも外見が違う種族だと中々に判別が厳しいのである。

確実なのは体表に傷が少ないことと、雰囲気から香る未成熟さによって老齢ではないということくらいか。

蹄鉄を打った蹄で甲高く床を鳴らし、決断的な歩みで我々に近づいてくる姿は些か緊張しているようだが〈滲む威風〉を越えて向かってくるあたり、肝は据わっているらしい。

季節が春なのもあって、近くの荘園から出てきた新人だろうか。

一瞬、寸法が合っておらずはち切れそうな古着の襯衣の襟から覗いたのは、首飾りや護符ではなく冒険者の組合章。煤の色に塗られたそれを見て、後輩であると漸く確信できた。

「アンタが金の髪か？」

「そうだが。ご覧のとおり遅い昼食中だ。何用かな？」

「驚いた、こんなチビがかよ。まさか、本当に詩の通りたぁ」

牛躰人は二m近い体軀を聳やかし、見せ付けるように私の隣に立った。挨拶もなく、上から睨め付けて品定めしてくるとは、少し失礼な後輩だな。

若干上擦った声は、まだ若い。声変わりは終わっているようだが、ハイルブロン一家の頭領ステファノと違って、響くような重さがない。牛躰人としては成人したばかりという推測は当たったようだ。

「そりゃナリで髪にばっか触れられるわな。こりゃ剣より機織り機の方が似合いじゃねぇか？」

訂正。少し失礼が凄く失礼に格上げだ。

　三重帝国は多種族国家だけあって男女の権利がかなり等しいが――アグリッピナ氏が伯爵夫人ではなく、伯爵になったように――肉体と精神が持つ特性は無視できぬため、男向きの仕事と女向きの仕事は分かれている。

　そして、彼が言った機織りは専ら女性の仕事だ。

　つまるところ、この新人は挨拶もしないで、私を女みたいなヤツだなと馬鹿にしてきたのである。

　相手が相手なら即手打ちだぞ。私は一介の冒険者だから、そこまでしないけどね。

「オイ、テメェ、人が飯食ってる時に何のつもりだ」

　さて、どうしてやるべきか一瞬逡巡(しゅんじゅん)している間に、とろくさい私を置き去りにジークフリートがキレた。もう少し勢いが強ければ椅子が吹き飛ぶ勢いで立ち上がり、かなりの身長差がある牛躰人(アウズフムラ)へと突っかかっていくではないか。

「相応の礼儀ってモンがあんだろ、ゴラ。何色だテメェ」

「……ってこたぁ、コッチが幸運のジークフリートか。なるほど、確かに運が良さそうだな」

　刹那、空気が軋(きし)んだ。物理的な意味ではなく、剣士として磨かれた直感が感じ取る空気の変化。

　ジークフリートの殺気が爆発的に膨れ上がったのだ。

　まー、そりゃ堪忍袋の緒もブチ切れるわな。

今日初めて面を合わせた相手から、運だけの男なんて評価されたら。

睨め上げて無礼な新人を威圧していた戦友の手が閃き、手近にあった肉叉に伸びる。木製ではあるものの、十分に尖ったそれは正しく使えば十分な刺突武器と呼べよう。

「ジーク」

「っ……!?」

なので、私もすっと立ち上がり、彼の肘を叩くように攻撃の起こりを潰す。かなりの力が込められていたので、正確な位置を抑えていなければ制止は叶わなかったろう。

相応に鍛えているつもりだけど、やはり純前衛と押し合いしたら見劣りするようになったか、私も。

「加減しろ。君ならそれでも十分に人を殺せるんだぞ」

「っだよ！　テメェも馬鹿にされてんだぞ！　何で俺を止めるんだ!!」

一歩後ろに下がった牛躰人は、遅れて理解したのだろう。私が止めていなかったら、死なないにしても大変な目に遭っていたことに。

殺気の向きからして、狙ったのは目かな？　ここばかりは鍛えようがないし、どんな人類でも無防備だからな。

「ジークフリート、君が私のために怒ってくれるのは嬉しい」

「……はっ!?　だ、誰がテメェのためなんぞに……」

胸ぐらを掴み上げて抗議してくる友人に笑ってみせれば、何を言っているか悟ってくれたのだろう。

まず私が馬鹿にされたことに怒って立ち上がり、そこから自分まで馬鹿にされて、やっと彼は実力行使に移ったときたら、色々感じざるを得ないでしょう。

いやー、いい戦友を持ったもんだ。

顔が真っ赤になり、否定の意を込めて襟首を掴んだ手で突き飛ばされる前に、一歩引いて回避。

はいはい、素敵なツンデレをご馳走様。こういうのは男がやっても可愛いもんだよな。

「だがね、戦友。ここで暴れたらジョン氏に迷惑がかかる」

店の奥で油断なく此方を見張っていた店主を指し示せば、実際彼は凄まじい形相で私達を睨んでいるではないか。鉄火場慣れした戦友も、古強者の威迫を目にすればヤバい状況に陥りかけていたことを理解する。

「ヤッべ……」

あの人は力量を隠すのが上手いようなので、どれだけ強いのかは分からない。しかし、風格も相まって容易い相手ではなかろう。

何より、折角評判が良い酒房兼宿屋の出入りが許されたのに、一〇日も経たずに出禁を食らうのは拙かろうよ。

そして、これが一番大事なこと。

「それに、順番って物がある。列の先頭は私だ」

先に喧嘩を売られたのは私なのだ。横取りしないで貰いたい。

「チッ……しゃーねーな……」

「屋上……じゃなくて、中庭に行こう。そこでなら怒られない」

返事を待つことなく、銀雪の狼酒房の中庭に出る。他の宿屋と同じく、洗濯物が青空に躍るそこは共有空間となっており、自己鍛錬や生活費節約のために自炊している冒険者が何人かいた。

「さてと、私の風貌に文句があるようだから、直接に語らおうか」

手近に転がっていた薪に目当てを付け、つま先を差し込んで跳ね上げる。寸法は短刀より若干長く、片手剣と呼ぶには足りぬ半端さだが使えないこともない。

「抜きたまえよ、偶蹄目。臆面もなく私の前に剣をぶら下げて現れたんだ。飾りではあるまい？」

追ってきた牛躰人に、空中で掴まえた薪を突きつける。

舐められっぱなしじゃ格好が付かないからね。そして、私達は冒険者。舌鋒で斬り合って優劣を決める官僚ではなく、刃で語らう無頼漢だ。

「それとも立派なのは口だけか？　ナリで私を嘲るというなら、君こそ牛鋤でも引っ張ってる方が似合いだぞ」

されど、煽ったら煽られるの原則を忘れちゃいかん。

「テメェ……!!」

「いいから抜きたまえよ。機織りが似合いの手に収まってるちんけな薪が、そんなに怖いかい？」

売り言葉に買い言葉。私が付けた高値に彼は大層納得したらしく、ぶら下げていた長剣を抜き放った。

造りは雑で研ぎも荒い剣なれど、ヒト種（メンシュ）なら余程の力自慢でもなくば両手でやっと振るえるような長い刀身が、長駆に見合った膂力（りょりょく）によって片手で構えられる。

うーん、迫力はあるけどなってないな。片手で持つなら半身になるか、空いてる左を支えに刺突の構えを取ればいいものを。

何処（どこ）を突いても斬ってもご自由にって誘われてる感じすらしてきた。

「抜かせたのは、テメェだからな小（ち）っこいの！」

「安心したまえよ、でっかいの。当たらなきゃどんな名剣でもないと同じだ。遠慮せず、ほら」

右半身で牛躰人（アウズフムラ）に相対し、体の陰で薪をブラブラ弄ぶ。ついでに左手で手招きしてやれば、若さに見合った激情を持つ彼は素直に突っ込んでくる。

何の捻（ひね）りもない振り下ろしの一撃。我流の剣だな。

つとと優しく薪で刃を横にいなせば、鼻先を掠（かす）めて力加減を誤った刃先が地面に埋まった。返す刀で手首を優しく撫（な）でてやる。

「っ……!?」

「真剣なら筋を断った。二度と剣を握れない」

「畜生が!!」

負けを認めず、跳ね上げられる刃を潜って回避し、脛を軽く小突いてやる。痛みに怯んで上体が下がったので、そのまま薪を垂直に振り上げて顎を迎え撃った。

「ごっ……!?」

「顎の骨が両断されたよ。舌ごと逝ったね。多分、死ぬまで粥だけの生活だ」

「ぶぁぁぁぁ!!」

怒りのままに飛んで来る反撃を一つずつ潰し、指導を兼ねて指摘してやることにした。

彼、ちょっと悪い癖が身についてるな。恵まれた体型に驕って技がない。

大抵の相手はヒト種の大人より二回り以上大きな体と、その長い腕による広い間合い、更に射程を伸ばす長い剣で勝ててきただろうが……ケーニヒスシュトゥールの自警団基準では赤点だ。

ランベルト氏ならば、型が成ってなければ零から数え直しをさせられる、地獄の百本打ち込み――実際は平気で千本近く振らされる――を申しつけるところだけど、私はもうちょっと優しくいこう。

「振りが大きいし、踏み込みが足りない。半端に伸ばした肘を断って欲しいのかい?」

種族特性に頼ったゴリ押しも強いには強いが、本物の強者は生まれ持った体格差くらい余裕でひっくり返してくる。身のこなし一つで懐に潜られれば、巨体は大きな的にしかならないものだ。

「喉を晒すのは感心しない。苦しくないそうだが、即死だよ」

　また、剣に振り回されているのが惜しい。

　物理的な重さを扱いきれていないのではなく、剣にだけ意識を割き過ぎだ。

「はい、弾かれたら直ぐ拾う。実戦だと悠長に待ってくれないぞ」

　剣士の武器とは、剣を担う自らの五体全て。だのに彼は左手を空けて尚、掴みかかりもしないし、蹴りを放ちもしない。

　斬り伏せようと躍起になるあまり、折角の巨体が活かせていないのが勿体なくて仕方なかった。

　強引に鍔迫り合いに持ち込めれば、重量差で押し潰すことができるガタイなのだから、それを十全に使わないなんて。

　体格に恵まれなかった私から言わせれば犯罪級の浪費だ。折角持てる者だけの特権があるのだし、考えて使えば多少の力量差なんぞ簡単に蹴散らせるものを。

「遊ぶなエーリヒ！　テメェさっきから左足全然使ってねぇぞ！」

「バラすなジークフリート！　軸足を縛ってるだけだ!!」

「あーあ、言っちゃいましたわねぇ。エーリヒなりに考えてやっていたでしょうに」

　チッ、戦友、ちょっとネタばらしが早いぞ。まだ溜めの段階だってのに。

　そう、ジークフリートが言う通り、実は今まで左足を地面にべったり貼り付けて、最初に立っていた場所から全く動かしていないのだ。私は右でも左でも軸にして動けるけれど、生来右利きなのもあって軸足は専ら左。

これを縛って戦っていたのは、単に煽りや遊びでではない。

「くそっ、くそぉぉぉぉ!!」

が、しかし、遊ばれていることを自覚して破れかぶれになったのか、今までで一番良い一撃が飛んで来た。入り身の上段に構えて、体当たりするような突撃。剣が当たるか体が当たるか、どちらが先か微妙とも言える斬撃。

剣を鉄の棒きれとしてぶん回すのではなく、刃物として確実に斬り殺せる一撃だ。

「いいね」

ここで初めて左足が地から離れる。跳躍するのではなく、紙一枚の幅で蹴り上げ地面を横滑りするように移動。袈裟懸け(けさが)の斬撃を潜り(くぐ)抜けて、すれ違い様に腹を強く打ち据えた。

真面(まとも)な武器なし、防具なし、移動まで制限をしていたら普通に斬り殺される。やっと、そう思える良い一撃が来てくれた。

「ぐぶっ……!?」

幼長の別さえ分からぬ相手なれど、構造は我々ヒト種(メンシュ)とそう変わらぬ。抜き胴は本来横っ腹を撫で切りにしていくものだが、刃など付いていない薪なので、肋骨(ろっこつ)に守られていない胃を下から突き上げる形で放り込んだのだ。

今までは露骨な隙を指摘してきただけだが、本当に良い一撃には応えるとも。

「うん、今のなら当たれば着込み諸共(もろとも)に胴を両断できたと思う」

ただ戦争で藁(わら)のように死んでいく雑兵に期待される、一人一殺ではいかん。古来より一：一交換(テンポアド)は効率が悪いと言われている。冒険者は少数精鋭で敵の巣窟に斬り込んで大立ち回り(ハック&スラッシュ)するのがお約束なのだから、前衛が一人しか道連れにできないのではお話にならぬ。

「だが、その斬り方では相手も破れかぶれになった時、相打ちになるし、避(よ)けられたら死ぬよ。冒険は常に行きて帰りしだ」

腹を抱えて嘔吐(おうと)感に堪えている牛躰人(アウズフムラ)の前にしゃがみ込み、手を差し伸べる。

「才能、なんて安っぽい言葉は使わない。気合いが入っていてよかった。本気で心が沸いた時こそ、腹が括(くく)れるかが問われる」

原因は何だっていい。煽った相手から煽り返された挙げ句、どうしようもなくボコられた末の激発であろうが、心底より吹き上がる激情に体が付いてくるならば、適性があると言って差し支えないはずだ。

「君は冒険者に向いてる」

「向いて……る？」

「ああ。まぁ、もうちょっと体で振ることを覚える所からだけどね。筋力と腕力に頼りすぎだ。剣じゃなくて棒きれの振り方だよ、それじゃ」

呆然(ぼうぜん)と差し出される手を取って、私より定規一本分――精神衛生のため、何㎝とは明記しない――は高い上背の彼を人体の構造と体重移動、そして体捌きだけを利用して立ち上がらせてやる。

剣の道を極めたり、などとのぼせ上がったことは言わないけれど、頑張ればこれくらいは目を瞑ってもできるようになると証明するように。

「さて、改めて自己紹介だ。私はケーニヒスシュトゥール、ヨハネスの四子エーリヒ。君は？」

「エタン……ベルトリのエヴラールの……末子……」

「そうか、覚えたよベルトリのエタン」

よし、分からせ完了。相手が自分よりタッパが上の相手に使って良い言葉だったか記憶が曖昧だが、まぁいいだろ。

「さ、飯の続きだ。もういいだろ？　ジークフリート」

腹の一撃が入るまでは、私が終わったら自分もボッコボコにしてやる心算だったのか、ご丁寧に酒場から自分の愛槍に近い長さの長柄雑巾を持って来ていたジークフリートに笑いかける。

どうしてもやりたいなら止めないけど、琥珀が煤黒にする可愛がりは十分じゃないかしらね。

「あー……もー……仕方ねぇな。ここまで格好悪くノされた相手を、追加でぶん殴るほど趣味悪くねぇよ」

そうそう。ベルトリといったら、ここから結構北に行った所の地方都市だ。田舎から出て来たばかりの新人がはせ回ったくらいで、一々血圧上げてちゃ血管が何本あっても足りんよ。

実は最近、開き直って武器にしている節はあるけど、ナリだけだと私達は舐められやすいんだから。

「でも、飯が冷めたぞ、クソ。冷えた腸詰めなんて冒瀆だ」

「そうだな、そこは温めなおして貰おう……っと」

仲間の肩を抱いて食事を再開しようとしたところ、手を摑まれた。

気配は察知していたけれど、暇そうに観戦していたマルギットが止めなかったので敵意はないと分かっていたが……。

「まだ用かな？　エタン」

「エーリヒ……いや、エーリヒさん、いいや、師匠！」

「……はい？」

振り返れば、ボチボチ積み重ねてきた人生で初めて浴びる類いの視線が、牛躰人の目から発せられていた。

今まで相対した相手から色々な感情を向けられてきた。親愛、無関心、憎悪に畏怖や殺意など様々だが、ケーニヒスシュトゥールに帰省した時、子供達に魔法を披露した時に近い輝きは初めて見る。

畏敬混じりの尊敬……？

「俺を、俺をどうか舎弟にしてやってください!!」

彼は何を言っているのだろう。師匠？　舎弟？　まだ琥珀で、至らぬところだらけの私が？　まだ手前の面倒すら一人で見切れていないんですが？

手を握る力は凄まじく、首を縦に振るまで離してくれそうにない程の熱意が伝わってくる。

ええ……？　何？　ナンデ？

助けを求めて見回してみれば、マルギットは「あーあ」と言わんばかりに肩を竦め、ジークフリートは呆れたように溜息を吐く。

いや、ちょっと、どうすんだよ。この展開は予想外なんだが…………？

【Tips】春は新人が増える季節だ。一人で活躍の場が多い街まで登ってきて、そこから冒険者の仲間や師匠を探そうとする者も少なくない。丁度時期がよく、出身地から巣立てる相方に誰もが恵まれる訳ではないのだ。

フィデリオ氏は私に同年代とも仲良くしろと仰った。

至極その通りだと納得するし、横の繋がりを作ることができたら、とても便利であるので納得する。

今のところ、仕事は四人で十分回るし、むしろ下手に階級が違う人間を誘う方が、依頼主に交渉しなければならないことが増えるため、お付き合いのある知人くらいの関係を深めたかった。

「腕で振るなー、腹で振れー。刃は押すか引くかせんと斬れないからなー」

決して、ロランス氏のように自分の剣技を頼りに徒党を組みたかったのではない。

「「「はい!!」」」

しかしながら、牛躰人(アウズフムラ)の新人冒険者、エタンに妙な惚(ほ)れ込み方をされて以降、何故(なぜ)か私は後輩冒険者の面倒を見ていた。

その数、何と四人。まだ銀雪の狼(おおかみ)酒房を溜まり場にしてから季節も変わってないのに。

金や物資面での世話をしているのではない。ジョン氏に初心者冒険者の基礎を教わりに来た身でもあるというのに、何だって私が彼等(ら)に稽古を付けて、冒険者の心得を説いているのか。

これが分からない。

本当に、あっと言う間に膨らんだのだ。

一緒に飯でも食わせてやって、一回帰れば頭も冷えるかなと思っていたが、エタンの熱意は残念ながら暖かいままだったようで、何と彼は私達が次に銀雪の狼酒房に集まるまで、仕事の時以外ずっと待っていたという。

彼がジョン氏に次はいつ来るのかとしつこく聞いたせいもあって、無情にも「何とかしないと出禁にするぞ」と脅されて、私は妥協した。

もう熱意溢(あふ)れる年少者を――驚くことに、あの体軀(たいく)で一二歳だという。何よりも種族差を実感した――洗脳、もとい〈言いくるめ〉で追い返すのが億劫(おっくう)になったし、ジョン氏から言われたことにも得心が行ってしまったからだ。

覚えた基礎を人に教えることによって、もっと自分の土台が固まる。尤(もっと)もらしい指導を受けて、逆に〈言いくるめ〉を食らった私は、まだ立派な冒険者になったと胸を張って言えない有様なのに弟子を得てしまった。

そこからは雪崩式だ。

エタンに基礎の基礎たる剣の握り方から指導していたところ、小鬼(ゴブリン)のカーステンが自分にも教えてくれと縋(すが)ってきた。牛躰人(アウズフムラ)の新人が私に揉(も)まれた光景を見て、是非に指導して欲しいと言うのだ。

自分のような小型種族が剣を持って栄達するのは無理。彼は昨年の冬からマルスハイムで冒険者になったが、弱気になるようなできごとでもあったのだろう。

だが、牛躰人(アウズフムラ)をヒト種(メンシュ)が圧倒する光景に感銘を受けて「種族を理由に諦めるのは惰弱だ！」と目覚めたなんて熱心に説かれたら、断るに断れんよ。

ここで無下にしたら、私マジで酷(ひど)いヤツじゃん。自分で自分が嫌になるわ。

二人目が増えたら三人目もあっと言う間。

しかし、人狼(ヴァラヴォルフ)のマチューはエタンと同様、気恥ずかしいことに詩に詠(うた)われ始めた私を一目見てやるべく訪ねて来た口で、動機と同じくして細面の私を笑った。

そこでエタンは過去の自分を嫌でも思わせる無礼な態度にブチギレ、殴り合いが始まる。まぁ、店の中で騒ぐなと凄まじい剣気を放ち始めたジョン氏を慮（おもんぱか）り、私が両者を一撃で沈めて手打ちにしたのだけども。

何があったかも分からないまま気絶させられたマチューであったが、彼は私に倒されたことに納得がいかなかったのか、即座に第二回戦と相成る。気付けのため中庭に引き摺（ず）り出して、水ぶっ掛けて起こしたばかりなのに元気なものだ。

牛躰人（アウズフムラ）と人狼（ヴァラヴォルフ）、共に人類の中では大柄な種族同士のドツキ合いは、見ていて迫力があり中々に面白かった。流石（さすが）に新人同士で真剣を使わせると大怪我（おおけが）をしかねないので、格闘での対戦ではあったが、これはプロレスとかがあったらド派手で興行的に盛り上がったのではと、要らぬ商売欲が湧く一時であったね。

お行儀がよくなった猛牛と人狼（ヴァラヴォルフ）が並んで剣を振るっていることからして、結果を詳細に語る必要はあるまい。

四人目となるヒト種（メンシュ）の名はマルタン。近所の荘園（しょうえん）から流れてきた農民の小倅（こせがれ）という、何処（どこ）か親しみを感じる背景の持ち主だ。

長男が家を継いだことで住む場所がなくなった彼は、荘園で別の仕事をするよりも一旗揚げるべくマルスハイムに来た口で、この境遇がジークフリートの同情を買ったのか、戦友から言われて教えることにした。

大柄な割りに引っ込み思案で、大都市に登ってきて登録したまではいいものの、仲間を探し倦ねていた彼が一念発起し、中庭で鍛錬をしていた我々に声を掛けるのに必要な勇気は如何程だったか。

ともあれ、私は熱に浮かされたのか、思いの外熱心に後進達の面倒を見るようになった。戦闘の基礎ができていた——あと、種族差から教えられる技術が少なかった——ディートリヒとは違った感覚に、今も苦戦中である。

「エタン、まだ力任せだ。そんな振り方をするようなら戦槌に持ち替えろ」

「すみません！」

現在は、最も基本的な剣技を仕込んでいる途中だ。中段からの振り下ろし、両袈裟、それと突き。高度なことは、この基本を重ねて剣を振るう感覚を覚えてから。

誰だって、一番最初には癖のない物を触れさせておくべきだ。然もなくば、最初に参考にした構築が技巧派過ぎて本質を見失うことがある。

ああ、遠く世界を離れてしまったが、彼は元気だろうか。とあるシステムにおいて、何を思ったか初回プレイなのに先輩からの入れ知恵によって、最高効率で敵の火力を〝最終的な出目から減らす〟なんてやり口を仕込まれてしまった後輩達。

アレのせいで、最後までそのＴＲＰＧの本質が何かズレて伝わってしまったような気がしてならなかったんだよな。

なので、その教訓を糧に、私はできる限り灰汁がない手法から教えている。

まぁ、アレはアレで強かったから、別に間違いじゃないんだけどね……。

田舎から出て来た四人は皆、自警団の選抜に漏れたか、自らの肉体に任せた我流仕込みの剣術で悪い癖が付いていたので、基礎から仕込み直しなのが中々に難儀だな。

「マチュー、君は足と腕の踏み込みが二拍もズレてる。それじゃ、人狼(ヴァラヴォルフ)の持ち味である下半身の強さが全く活(い)きないぞ」

「さーせん!!」

それと、私は授かった〝祝福〟によって剣技を磨いたこともあって、割と感覚的に処理してきていた所が多いので、逆に基本中の基本を教えるのが難しいんだ。

アレだよ、自転車の乗り方を口頭で教えるような難しさがある。

自警団に入って以降、私にとって剣を振るうのは呼吸に等しく身に馴染(なじ)んだ行為であったため、改めて俯瞰(ふかん)すると「……正面打ちは正面打ちでは？」なんて迷路めいた思考に迷い込み、夜中にうっかり宇宙のことを考えてしまったような心地にさせられた。

「カーステン、君はもっと強く踏み込め。私と同じで小柄なんだ。もっと間合いに踏み込まないと斬れないぞ。身軽なんだから、踏み込みを大きく取れ」

「っす!!」

一度は覚えがないだろうか。ふと、寝床で天井を見ている時に寝そべる姿勢、息の仕方、腕の置き場から舌の位置が気になって眠れなくなることに。

私は私という機能を十全に発揮することはできるが、その構造を正しく理解しているのであろうかと不安を覚える。

果たして他ならぬ我が身だというのに、やっていることの言語化ができなくてどうするのかと。

これもまた哲学であろう。剣の哲学だ。

斬り込むとは、回避するとは、そうかゲッ……いや、剣とはなんて具合に。

「マルタン！　身を捨てるつもりで振れ！　剣を体から離しすぎだ！　腰どころか全身が退けてるぞ！」

「ごっ、ごめんなさい!!」

剣術をキメ過ぎて相方からSAN値的な心配をされてしまったが、むしろそれが私の精度を上げた。元々私は理詰めで戦術を立て、殺し合いにおいても如何に自分が有利になり、相手が不利になるかを大前提に置いて体を動かす。

そう、人の嫌がることは進んでやりましょうの精神。

自らの性能を言語化できるよう解体していくことによって、私は自分自身の弱点を具に理解し、この場面に陥ったら詰みになると把握できた。

元から〝何となく〟でやれていたことが、理論だてて説明できることの安心感よ！

おかげで〈絶対の威風〉を取得した後の道筋が、より明確になった。

教えることによって、自分を深く知ることができる。ジョン氏はいい助言をくれた。

最初は「いや、面倒くさい……」とか思ってすみませんでした。

冒険に直結しないことでも冒険に活かせる。これは私の発想を豊かにし、また最愛の妹、世界で一番可愛いエリザに誓った、格好好い冒険者になるという理想の解像度すらも上げてくれたのだ。

あまりに自己完結した思考なので、全て詳らかにしてジョン氏に熟々と感謝を述べた後で土下座しても、ドン引きされるだけなのでやりはしないが、会う度に内心で感謝している。

思考は自我の基礎。彼のアリストテレスは、理性とは言語化された思考から発すると説いた。私はデカルトよりこっちの方がしっくりくるほど、今回の一件が勉強になった。

それに、何やかんやでフィデリオ氏から提案された、同年代の下級冒険者との繋がりを作って行くという目標にも合致はしている。

いや、何か知らんけど慕ってくれた彼等以外からは、河岸を銀雪の狼酒房に移してからも若干遠巻きにされているのだ。

何と言うか、既に友好ができあがってしまっている既存の集団に入って行けてないというか、ヨーナス・バルトリンデンを討った名声が一歩引かせてしまっているというか。

そのせいで色々頑張ってはいるが、未だこっちに来て友達と呼べる間柄の人間は、ジークフリートとカーヤ嬢以外増えていない。

何でだろうね？

首を傾げて考えを重ねても、我が脳の細胞網は明確な回答を捻り出せない。

残ったのは剣。偏に剣。大体の問題は全てを斬り伏せる刃の下では無に帰すとの哲学のみであった…………。

【Tips】絡むＮＰＣが増えすぎるとシナリオが無限に複雑化し、話が遠大になりすぎるため賢明なＧＭはキャラの数を可能な限り絞るが、現実では向こうから関係を持とうとする人物が存在するため、小規模でこぢんまりと纏まったまま世界を救えるような規模の個人になることは困難である。

エタンは牛躰人の冒険者である。今年の春から冒険者になった、嘘偽りのないピカピカの新人冒険者だ。

しかし、腕っ節には自信があった。地元のベルトリでは小作農の子供で、一〇で成人する牛躰人にしては遅い独り立ちをした理由が、牛躰人の中でも恵まれた体軀にあったからだ。

これは思い込みではなく、頑丈な牛か馬でもなければ到底牽けない馬鍬を一人で牽ける彼は、地主から重宝がられて中々荘を離れられなかったのだ。

頼られていると言うよりも、農耕用に飼われている牛より扱いが簡単で、耕作以外にも使えるから良いように働かされるのを嫌った若人が、他人より秀でた力を頼りに地元を出奔するのは、動機にせよ構図にせよ理解が難しい物ではなかろう。

エタンの父母は既にない。彼が成人する前に流行病で逝ってしまった。

エタンに友はない。幼き頃、体格差を自覚せず振るった戯れの暴力によって、ヒト種(メンシュ)の子供の腕を折って以来遠巻きにされている。

エタンが責任を負うべき物はない。地主は成人するまで育ててくれたとも言えるが、七つの頃からほぼ休みなしで一際辛(つら)い重労働をやってきたのだから、飯代以上の奉公は十分に済ませている。

故に男一匹、剣を頼りに生きて行こうとした。実に格好好いじゃないか。年若く、無学な彼は吟遊詩人が残していった物語に容易(たやす)く感化され、冒険者の生き方を選んだ。

しかし、上手(うま)く行かない。低い階級の内は、彼自慢の怪力が活躍する場など荷役の日雇いくらいで、憧れた華々しさとは無縁だ。

その上、賃金も劣悪。春にマルスハイムに来て、数日で彼は飢えを覚えることになる。偏に物価が違う。食料にかけては自給自足ができている荘園にあった彼は、労働環境は悪いものの食事だけはキッチリ腹一杯出されていたのだから。

稼ぎはよくて一日五〇アス程度。これで牛躰人(アウズフムラ)の腹が一杯になる世の中なら、エンデエルデなどと揶揄(やゆ)される街に流民街などありはするまい。

本当は詩に詠われるような英雄などいないのでは。斯様(かよう)な考えが頭を支配するに至った彼は、組合の正面、アードリアン恩賜広場の長椅子で項垂(うなだ)れていた時、一曲の詩を耳にする。

何処かから聞きかじったらしい旋律は拙いとしか言えぬが、年頃も近い冒険者が特級の勲(いさお)を掲げる英雄詩は、物足りぬと鳴く腹や現実に疲れてきた精神に凄(すさ)まじく刺さる。

軽い飢餓から腹が過剰に蠕動(ぜんどう)する以外の理由で熱を得た彼は、英雄を一目見たくなった。衝動に突き動かされるがまま、彼の人が最近現れるようになったと聞く酒場を訪ね、愕然(がくぜん)とする。

銀雪の狼(おおかみ)酒房、奥まった席を占領する一団にて、一人異様な気配を放つ人物がいたのだ。

下町の冒険者が溜(た)まるような酒場には不釣り合いな雰囲気。服は継ぎ当てもある平民が着ている古着そのものなれど、中身は荘園に税を受け取りに来る代官よりも高貴に感じる。ぴんと伸びた背筋や姿勢は座っているのに一切の油断がなく、食事を切り分ける手付きは気品に溢(あふ)れ所作の一つ一つに音が全くない。

背中の中程で緩く括(くく)った髪は貴族の令嬢でさえ恥じ入ってしまいそうな程に艶やかで、白皙(はくせき)の顔にて輝く仔猫目色(キトンブルー)の瞳も相まって女性的でさえある。

しかしながら、笑いと共に食事をする姿からは、嫋(たお)やかさなど一切感じられぬ。敵意を感じ取った次の瞬間には、大粒の瞳が眇(すが)められて殺気に染まる様が容易に想像できた。

〈滲(にじ)む威風〉によって引き起こされる、意図せぬ雰囲気の変容。多くの者がコレに当てられ、声を掛けることすらできなかった。

しかし、軽度の栄養失調によって冷静な判断力を失っていたエタンは、常に淡く放たれた剣気を無視できた。

できてしまった。

過程と結果は、既に示された通りである。

だのに本人にさして自覚がなく——恒常的な特性は自覚を与えないことも珍しくない——気楽に接してくれる同期が増えぬ、などと宣うのだ。

貴重なエーリヒの休日に鍛錬を付けてもらい、昼飯まで奢ってもらっている身分ながら、エタンはこの人も大概だなと呆れざるを得ない。

きっと、犬に狼の気持ちが分からないように、彼には普通の冒険者の気持ちが分からないのだろう。

事実として、ジークフリートを始め食ってかかられた面々の方が異常なのだ。

外見に不釣り合いな異様とも言える威圧感。田舎では滅多にお目にかかれない洗練された行儀作法に楚々とした発声や抑揚の宮廷語。

そして何よりも、今やマルスハイムで知らぬ者のいないヨーナス・バルトリンデンを討った名声。あの大悪党が都市中を引きずり回されて公開拷問に処された上、悶死した催し物を一度でも見に行った人物ならば。四肢の腱を断たれて獄に繋がれて尚も凶暴さを失わなかった悪徳の騎士を見たことがあったならば、討ち果たした人物が尋常の域にないことは想像力に乏しくても分かろうものだ。

そして、その偉業をあまり自覚していない――というより、処刑にすら行かなかったので、エーリヒは完全に忘れている――自分達の師に、凄まじい勘違いを指摘しないだけの優しさが後輩達にはあった。

ここで露骨に言ってしまっては、まるで空気が読めないと煽っているようではないか。

「さて、食べ終わったら湯浴みに行こうか」

「風呂、ですかい？」

不相応なまでに大量の食事を供してくれるエーリヒにカーステンが首を傾げた。風呂など贅沢品だ。それに外見など冒険者にとっては然程大事でもないのではなかろうか。

「もう中庭の井戸で汗は拭いやしたけど」

エタンも同意すれば、金髪はやんわりと優しい調子で後進の誤りを訂正する。

「ナリは大事だよ、君達。英雄詩に垢まみれで汚い服を着て、ガラの悪い英雄なんているかい？」

四人の煤黒達は、お互いの顔を見合わせ、言われてみればなるほどと納得した。

たしかにどんな英雄であろうとも、身なりの綺麗さや格好良さを強調されることはあれど、小汚いと描写されるのは希だ。流浪の隠者めいた英雄が時折、襤褸を纏っていると言われるくらいで、臭くて汚いのはいつだって悪役と相場が決まっている。

「恩賜浴場は、たったの五アスなんだ。今日の五アスを惜しんで、明日の五〇アスを取り損なっては勿体ないよ」

　実体験を交えてエーリヒは身なりの大事さを説いた。

　華美に飾れと言っている訳ではないのだ。できれば三日に一度、可能なら毎日風呂に通って体を清潔に保ち、汚れていない衣服を身に纏うだけで依頼人からの評価は大きく変わる。

　中身で勝負などと言う言葉もあるが、それは最低限の外見を繕ってからの話に過ぎない。少なくとも汚れきった服装で、態度も悪い冒険者から好印象を受ける者はいるまい。そして、評価がよくないと昇格も遅れ、良い仕事は回ってこないものなのだ。

「香を焚きしめろとまでは言わない。けれど、汗臭くなくて、髪が粘っこくなく、無精髭を剃り落とすだけで印象はグッと変わる。上手く行けば気に入られて、ご指名の依頼が来ることだってあるんだ」

　金の髪は、一度面倒を見ると決めたら実に懇切丁寧であった。冒険者として栄達するための最短経路も合理的に教えてくれる。仕事の取り方や、いざ有形力の行使が必要になった時のことは勿論だが、人が人を相手に仕事するに至って最も大事なことを忘れさせぬ。

「初対面の印象は見た目が八割、態度が二割。中身が優れていると見せたいなら、先ずは外箱からだよ」

　これを完全に無視し、それで尚も昇格したいならば他人に真似できぬ技術や、圧倒的な才能が要る。

そして、万人に真似しろなどと言うのは、最早教導ではなく価値観の汚染だ。

「私はそれで食事をご馳走になったこともあるし、飴玉やら色々貰ったり、報酬に色を付けて貰ったこともある。損はしないと約束するよ」

「マジっすか」

「大マジさ。身綺麗な姿で挨拶の一つも優雅にしてみせれば、依頼人の見る目も甘くなる。今度、簡単な宮廷語を教えるよ。貴方を尊重しています、なんて具合に言葉と態度で示すだけなら無料だ。費用対効果は最高だよ」

現に、宮廷語で語りかけられているだけで、何となく大事にされているように感じるだろう？　と問われると、新人四人は確かにそう思った。

些か慇懃に過ぎるきらいはあるが、エーリヒが後輩達に使っている宮廷語は少しだけ抑揚を俗語に近づけており、単語も俗っぽくして親しみを持ちやすくしている。

「礼節は鎖帷子と同じ物。身に付けているだけで、最低限身を守れる。高貴な人に無礼な口を聞いて手打ちにされたくはないだろう？」

だから礼儀は大事であると説く金の髪に、英雄を志す者達は賛意を示す。

しかしながら、粗末な肉叉と短刀を使っているのに一切食器と触れあう音を立てず、食べ物が唇を汚すこともない食べ方に追いつけるような気はしなかった。

椅子を引いて座る、立ち上がる、簡単な所作にも雑音が一切伴わない様は、見る者に彼がどのような世界で生きてきたのかを想像させる。

　だが、当人が農家の四男坊で私塾にも行ったことがないと強弁すると、一瞬各々の脳が理解を拒むのは如何(いかん)ともし難い。

「それと、人によっては女性を口説くのにも……」

　真面目な話に一つまみの冗談を乗せて、笑わせてやろうとしていたエーリヒの手が止まる。

　人好きのする笑顔が冷え切り、無意識に握っていた食事用の短刀に〝気〟が通る。

　この肋肉(あばら)に張り付いた肉を刮(こそ)ぐのにも難儀する鈍(なまく)らであっても、確実に人を殺せるだろうとの脅威を感じ取った四人は固まった。

「ぴぃっ!?」

　そして、その気配は新たに酒場を訪ねてきた人物にも届いたのだろう。

　頭巾で頭を隠した長衣の怪しい人物は、入り口の柱に縋(すが)り付いて脅(おび)えていた。

　同席している者達には分からないだろうが、エーリヒは魔導の気配を感じ取ったのだ。

「……金の髪」

「失礼しました。つい」

　酒場にて発散された緊張は、卓の範囲に収まらなかったのだろう。殺し合いの気配に敏感な数人が驚いて立ち上がったり杯を取り落としたりして、エーリヒは店主のジョンに叱られた。

　しかし〝空を飛ぶ〟ような高度な魔法の残滓(ざんし)を感じてしまえば、警戒するなという方が無理もあろう。

既知の波長を撒(ま)き散らして入店したのは、バルドゥル氏族の魔法使いの中でも、使番として方々に走り回されているウズなのだから。

貴重な基幹要員たる彼女が供も連れず一人で飛んで来るなど、余程の急事でなければあり得まい。

過去、エーリヒ達に絡んで酷(ひど)い目に遭ったウズは――顔面を擂(す)り下ろしたのはマルギットだが――心的外傷が痛むのを堪(こら)え、子鹿めいた足取りでどうにかこうにか卓へと辿(たど)り着く。

それを迎え入れるのは、何処(どこ)からか取りだした手巾で以(もっ)て、汚れてもいなかろうに口を拭って居住まいを正す金の髪。ただの作法一つに過ぎぬと言うのに、私の礼に足るだけの物を見せてくれるのだろうなと、形なき剣で斬りかかっているかのような圧がある。

「御火急で？」

「は、はいぃ……か、可能なら、直(す)ぐにお返事をと……」

魔法使いが懐から取りだしたのは、丁寧に認(したた)められて蝋印(ろういん)で封をされた手紙だ。

隣に座っていたエタンには、溶けた蝋を固める印章の意匠が見える。

目玉を咥(くわ)えた鴉(からす)。それが悪名高きバルドゥル氏族の印であることくらいは、この春から冒険者になった人間でも知っていた。

家(うち)の師匠にはそんな所から丁重にお手紙でお話が来るのかと驚いている配下を余所(よそ)に、

エーリヒは手紙を開けると、文字を寸刻みにするような丁寧さで以て迂遠（うえん）で分かりづらい本朝式の本文を解読した。

「……一刻後にお訪ねいたします」

「しょ、承知しました……」

逃げるように去って行く魔法使いを見送ったエーリヒは、億劫（おっくう）そうに手紙を握り潰して懐に放り込むと、決断的に立ち上がる。

「すまない、急用ができた。支払いはこれで済ませておいてくれ」

音も立てず、何処から取りだしたかも分からない所作の中で掌（てのひら）に握られていた銀貨が五枚、机の上に積まれた。

他言無用。何も見なかったことにして、飯が終わったら風呂に行ってこい。

こう言われているのだと察した四人は、油っぽい汗を垂らしながら頷（うなず）いた…………。

【Tips】礼儀がなっていない。君主制国家において、上が下を無礼打ちにする最も手軽な口実は、第三者による擁護がなければ証明も難しいため屢々（しばしば）濫用される。

休日なのもあって全員の予定が立たなかったのだが、氏族間でワチャワチャやる際の間口は一党の皆から一任されているため、バルドゥル氏族の館を訪ねる身支度は直ぐに済んだ。

まぁ、ロランス組とかにジークフリートを紹介に回った際、そんな胡乱(うろん)な連中と付き合いたくないと言われ、私も同じ気持ちだったのでやむなく単身で向かっただけではあるのだけど。

仲介を通して貴族からの依頼を受けるなら、ちっとは身綺麗にしておくべきかと買った、平服より上等な、しかし冒険者の分を超えすぎない襯衣(シャツ)と脚絆(きゃはん)に着替え、ピカピカに磨いた長靴を履き、帯革に〝送り狼(シュッツヴォルフ)〟をぶら下げて訪ねたバルドゥル氏族の塒(ねぐら)は、扉を潜(くぐ)る前から酷く剣呑(けんのん)な空気を放っていた。

まるで、館の主(あるじ)の怒気を媒介する触媒の如(ごと)く。

「……こりゃ穏やかじゃないな」

嫌な予感に、態々(わざわざ)整えてきた髪が乱れるのも構わず頭を掻(か)いた。

扉を潜れば案の定、ヤバい雰囲気が邸宅内部に充満しているではないか。

しかも、比喩表現ではなく物理的に。

足下に垂れた極彩色の煙は、幽霊屋敷で焚かれる煙幕の如く膝下に揺蕩(たゆた)っており、当てられた氏族の冒険者が何人か昏倒(こんとう)し、虹色の泡を吐いている。

しかも、透明な泡が光の加減によって虹色に見えるのではなく、本当に原色そのままの虹色なもんで滅茶苦茶(めちゃくちゃ)気持ち悪い。

アレ、命に関わらないのか？　特に救護されてないあたり、別状はないようだが不穏過ぎて廊下に転がしておくべきじゃないと思うんだけど。置物扱いであったら、館の主の感性より先に正気が問われそうだぞ。

　まぁ、脳を麻薬で弄ることによって基底現実を完全に軽視している狂人の巣窟なので、正気を疑うのは毎度のことではあるが……。

「せ、せせ、先生がお待ちですぅ……」

「どうも」

　大事にしている弟子までがこの脅えようと来たら、相当お冠だな。堪忍袋の緒が切れているのを通り越して、底が抜けてマジでどうしようもないのだろう。

　客間の扉がウズの手によって開かれると、同時に扉全体からぶわりと虹色に泡立つ煙が盛大に吹き出してくる。〈隔離結界〉を包むように展開しており、大気を〝漉して〟呼吸しているので害はないはずなのだが、思わず顔を覆ってしまった。

「……いらっしゃぁい」

　さて、頭の病院に行けと言われたら、ちゃんと虹色をした薬を処方されていると逆ギレするのは何のネタであっただろうか。

「僭越ですが、ここまで怒気と魔力を発散するのは如何な物かと」

　障壁のおかげで煙たくはないはずだが、視覚効果的に体が咽せそうになるので目の前の煙を払いながら席に向かう。礼儀もへったくれもないが、怒りの表現としてここまでの物はなかろう。

　アグリッピナ氏を魔導院の玄関で出迎えたライゼニッツ卿の冷気とは比べものにならな

いが、常人なら失神する程の怒りの発散という演出は確実に受け取ったからね。

普段からナンナが築いた夢の失敗作に溺れているウズでさえ昏倒するって、どんな薬を煽(あお)ってるんだか。

「それくらい、怒りが収まらないのよぉ……」

部屋に滞留する煙の濃度を上げる勢いで吐き出された呼気に乗って、一枚の紙が飛んで来た。

いや、それは紙なのだろうか。形状と薄さは正しく紙としか言い様がないのだが、こんな〝水晶のように光り、向こうが透けて見える紙〟なんて、形状や特性が同じでも普通の紙と呼ぶことはできまい。

何処その魔導師(マギア)が物質精製の魔法を披露するため、変わった水晶の彫刻を出現させることがあると聞いたけど、その親戚かな？

「……何です？」

よくよく観察すれば、葉書より少し小さいくらいの紙には切り取り線が刻まれており、切手くらいの大きさに分割できるようになっている。

しかし、これで手紙の送料を支払う訳ではなかろう。見た目は綺麗(きれい)だし、如何(いか)にも魔法って感じで子供が喜びそうではあるものの、蠟印の代わりとは思えぬ。

ナンナがこれだけの怒りを見せるということは……真逆、薬か？　これが？

「色々呼び名があるようだわぁ……水晶の血、氷の吐息……それと、魔女の愛撫(キュケオン)」

うわ、やっぱり麻薬かよ。触っちゃったじゃないか。

比喩表現ではなく汚い物を触ったので、机の上に放り投げておいた。後でちゃんと手を洗わねば。

「……一回一枚、みたいに切り分けて使う感じですかね？」

「そうよぉ……見たことが……？」

「ないですが、想像はつきますよ。効果は？」

再び煙と共に反吐でも混じっているのではないかと錯覚する勢いで、怨嗟の籠もった説明が艶の失せてひび割れた唇から漏れた。

「幻覚と陶酔は、エレフシナの瞳と同じよぉ……だけど……更に眠気が失せて、万能感すら感じるほどに頭が冴えた〝つもり〟になるみたいねぇ……オマケに空腹のような不快感ですら快楽に変換されるわぁ……」

「……それは凄いですね」

「凄い物ですか……!!」

再び波濤もかくやの煙が吐き出され、無形の竜となり部屋の中を荒れた。

いかん、滅茶苦茶出力が高い。結界を侵食されているようで、恒常化した隔離結界が強い悲鳴を上げ、消費魔力が激増した。

「効果時間はぁ……ほんの二刻か三刻ぽっち……！　酷い譫妄、神経の萎縮、離脱症状が酷すぎてあっと言う間に廃人よぉ……!?」

「分かりました！　分かりましたから抑えて!!　魔導具が壊れる!!」

結界は魔導具が基点と誤魔化しているので、設定を守りながら制止したのだが、今なんか凄いことを言われた気がする。

覚醒剤(シャブ)じゃねぇか!!　覚醒剤とＬＳＤの多重効果(カクテル)って何の地獄だ!?　そりゃどっちもアルカロイド系だけども、幻覚と酷い妄想、ついでに身体的不快感まで付与とか、簡易無敵の人製造機かよ!!

「私が目指しているのはぁ……！　恒久的な苦痛からの解放……!!　感覚器に捕らわれた、路傍の石と変わらぬ精神からの解脱!!　こんな、こんな……正気を質に感情を前借りするようなのはぁ……！　失敗作ですらないわぁ……!!」

あまりにも厄い薬物の製造に私も義憤を覚えはするが、ナンナのそれは方向性が大分違って普通に怖い。

そう言えば、昔は全ての人類が長命種(メトシエラ)のように、老いにも飢えにも悩まされないような完璧な生き物にする薬品を作ろうと魔導師(マギア)を志し、その途上で色覚異常を治療するべく脳の構造を学んだ結果〝知覚と認識の壁〟にぶち当たり、絶望して心が折れたんだっけか。

彼(か)の方法序説を認めたデカルトですら、心身合一の問題は解決できていない。

外的刺激によって快不快が引き起こされ、肉体が肉体を成し精神が内包されている以上、精神の内部感覚を外在する事象として斬り捨てることは不可能だ。痛い物はどうあっても痛いし、心地好(よ)い物はどうあっても心地好い。

人によっては入力される情報にブレはあろうし、出力される感情も異なろうが、人間ってのは結局、外的刺激からの精神的動揺を一切排することはできぬ。

この問題を解決するべく多くの合理主義哲学者が挑んだが、少なくとも前世の時点では明確かつ最終的な回答を誰も得ることができなかった。

強いて言うならば、地球で真に成したのはシッダールタさん、つまり私を此方に送り込んだ未来仏の先輩くらいであろう。

まぁ、その悟りとやらも後世には再翻訳に再翻訳を重ねたせいで意味が分からなくなり、五六億年待つでもしないと――推定未来仏の出勤が、確かそれくらいの未来――普通の人間では、達観と諦念に精神を浸せ、全ての感情は錯覚だ、くらいのふわふわした受け取り方しかできないのだけど。

「ただの脳を破壊して、無理矢理に悦楽を絞り出すだけの薬……！　仮初めの集中、無尽の透き通る悪意……!!　誤謬まみれの法悦……!!　私の失敗作の残骸でさえ、常世の苦しみを浮き彫りにするだけなのに、これは……！　これはっ……!!」

語っている内に感極まったのか、痩せた腕がネットリした髪を掻き乱し、薬が載った卓を蹴り上げる。痩せた骨と皮ばかりが目だつ体からとは信じられぬ破壊力で、厚い板から切り出された天板が蹴り砕かれた。

肉体を強化する薬学に精通しているだけあって、やはり自分も強化済みだったたか。

この人、見た目が良いから払暁派に引っこ抜かれてしまったけど、落日派に進んでいた方が幸福だったんじゃないか……？

「こんなものを、私は認めないっ……!!」

ともあれ、暴れ廻られて話が進まないのも困るので、振り乱される手足を掻い潜り、空気投げの要領で無理矢理椅子に座らせた。

「ふーっ……！　ふーっ……！」

「落ち着きましたか？」

見た目通りに恐ろしく痩せた体は、体術の精度も相まって紙の如く軽かった。投げっぱなしにしたのではなく、諸共に長椅子に崩れたこともあり、顔が近い。

薬の効果か、虹彩が薄暗い照明の下で渦を巻いている。七色の光は泡が湧いては潰えるよう斑に濁って、狂気の輪を作る。

瞳の輪郭が崩れかけており、本能的なナニカが「目を逸らせ」と警鐘を鳴らしている気がした。

その鐘の音は次第にくぐもり、冒瀆的な鼓笛の音色を思わせる様に変容していくが、心を強く持って瞳を見つめ続けていれば、やがて収まった。

蕩け掛かった虹彩の輪が真円を取り戻すのと同じくして。

「……無様をぉ……晒したわねぇ……」

「まぁ、私だって持つだけで神域に至る剣が量産され、剣士の尊厳を甚く傷付けられたら同じようになるでしょう」

拘った物への冒瀆が目の前で形になり、あまつさえ市中に流通しているとあれば、専門家としては正気でいられまい。

投げてねじ伏せるために摑んでいた手を離し、居住まいを正してから元の位置に戻る。振り返って腰を落ち着けるまでに、堕ちた聴講生は常と変わらぬ気怠げさを取り戻していた。

「……呼んだのはぁ……コレを本腰を入れて駆逐しなければならなくなったことよぉ……一欠片一〇アス。紙片纏めて購入なら、一枚オマケ扱いで七〇アス……」

エレフシナの瞳によって開拓された市場を更に〝効果が高い〟薬物で汚染し、裏の経済を完全に破壊しに来ているとナンナは語った。

これは、違法薬物を捌いて利益を得ようとしているのではない。

マルスハイムの正気を破壊しようとしている。

「原料が何かはぁ……まだ分からないけれどぉ……かなり、高度な魔導が用いられているのは確かねぇ……余程粗末で、安価な原料で大量生産できるならまだしもぉ……人件費や流通費用を考えればぁ……元値を割っていてもおかしくないわぁ……」

「利益目的ではない、となると」

「マルスハイムへの戦略的な攻撃……そう見るのが妥当かしらねぇ……安価で山ほど出回っているせいか、売人は碌に情報を持ってなくて、根どころか枝にも辿り着けないのよぉ……」

おいおい、勘弁してくれよ、ここは末期の清朝か？　阿片を大量に出回らせて都市機能を崩壊させようと目論むなんぞ、ファンタジーでやっていいことじゃねぇぞ。

「都市部だけじゃなくてぇ……農荘部でも確認されているみたいだからぁ……貴方の氏族に方々を回って、情報を集めて欲しいんだけどぉ……」

「協力するのはやぶさかではありませ……待ってください、氏族？」

また急に何を言い出すのだろうか、この人は。

私は氏族なんて立ち上げてないぞ。たしかに後輩達の師匠をやって、剣の腕や冒険者とは何たるかを教えちゃいるが、頭目気取って金を巻き上げたりしていないし、仕事の斡旋だって軽い口利きくらいだ。

況してや、まだ琥珀に過ぎないんだぞ。立場的には下級冒険者の域を出ない。専属の後援者みたいなのも抱えていないし、地場への影響力もない。

「貴方がどう思っているか、じゃないのよねぇ……他人がどう思っているか、なのよぉ……」

説明しても返ってきたのは乾いた笑いだけだった。

不朽とまでは言わぬが一〇年以上は語り草となる大捕物を成し遂げ、資金力のある冒険者が配下を四人も増やしたら、端から見れば氏族にしか映らぬと言う。

そして、マルスハイムを根城にする大規模な氏族との繋がりが噂されれば、最早それは私の自己認識なぞ関係なく、金の髪のエーリヒが率いる一党への認識を汚染する。

　ああ、くそ、私の選択は悪手だったのか？　いや、元々人数の力は欲しいと思っていたし、フィデリオ氏の助言は至極真っ当な物だった。

　けれど氏族？　クソ、何てこった。一党を組むのは楽しそうだが、そこまで考えたことはないぞ。

「頭数は、まだまだ増えそうなんでしょぉ……？　なら、開き直った方が、まだ楽まであるわよぉ……」

「……新人から金を巻き上げるつもりはありませんよ」

　しかし、ナンナの言うとおりやもしれない。四人も加わったならば、五人目もあっと言う間だろう。家（うち）は斥候も魔法使いもいる一党なので、大樹の陰だと寄ってくる、欲の皮が突っ張った新人が潜り込むこともあろう。

　ならば、ダラダラとした連帯ではなく、規律を前提とした組織を立ち上げた方がいっそ賢いか？

　アガリは取らず、教えを授け、あくまで現行で知られる氏族とは違う形で纏まる。その上で優秀な冒険者を教導、編成し最適な依頼を片付けることで、少しずつ形作られてきたマルスハイムを思う人々との伝手（つて）を深め、軽々に手を出せぬ力を手に入れる。

　……こっちの世界の、それもマルスハイムの冒険者らしいやり口ではあるものの、何か違うんだよなぁ。

　だが、心躍る冒険を心から望むのであれば、名声を高めるために作ったコネクションを蔑ろにしないよう、代替要員が必要であると理性が囁く。序盤の仕事に困っている時だけ世話になって、出世したらさようならなんてのは、あまりに情がなくて嫌われそうだ。

水清ければ魚棲まず……を私が受け容れられるか、だよな、とどのつまりは。

「人間なんてねぇ、孤高を気取ったって徒党を組まずにいられない生き物なのよぉ……そして、個々が頭蓋の中で飼った地獄で汚し合っててぇ……大抵は悪い方に転ぶわぁ……」

暴れて以降、放置したから水煙草の炭が弱まったのだろうか。ナンナは小さく吸うのを繰り返し、空気を送って火勢を取り戻させようとしながら呟いた。

「何処まで行っても、世界なんてぇ……この薄っぺらい骨の中にしかないのにねぇ……でも、骨の外にある地獄がぁ……また地獄を育むのよぉ……」

人間は一切の干渉を受けずに生きてはいけない。寿命を持たず、飲食を断っても死なない長命種や、温き血さえあれば不朽の吸血種さえ生に倦むのだ。

ちょっと喉が渇いただけで神経が逆立ち、極限の飢えを覚えれば何をしでかすか分からぬ定命ともなれば尚更だ。我々は、ほんの少し気圧の変化が起こっただけで、居所が変わる虫を飼った難儀な生き物。

私は彼女のように、この生き方を地獄だとは思わないけれど、ナンナが地獄だと形容するのを否定もできない。

捉え方次第なんて嘯いたところで、あの薬に脳を浸しても安寧を得られなかった、バルドゥル氏族が長の魂を苦悩から解放できるでもなし。

こんな安っぽい言葉一つで救われるのだとしたら、彼女はここにいなかっただろうから。

「……新人も、少し汚染されてるみたいでねぇ……。現実とぉ、憧れた冒険者の違いにぃ、打ち拉がれる人間が増える時期だからぁ……」

ようよう勢いを取り戻した炭が煙草葉を灼き、煙が管を通して魔法薬の水を通して濾過、いや濃度を増して地獄の中に取り込まれていく。

「ま、たしかに二〇日近くドブ浚いや雑用をやれば、堪え性のない英雄志願は嫌気が差す頃ではありますね……」

「私ゃぁ……彼等をぉ……哀れに思うかしらぁ……？」

偉そうなことは何も言えない。

私は冒険者たる生き方に酔って、この世界そのものに魅せられたから苦を感じていないが、目的もなかったならば心の一つも折れたかもしれん。

優しい父母がいなければ、心を開いてくれた兄弟がいなければ、世界で一番可愛い妹がいなかったならば。

何より、私自身が無力ではなく、何者にでもなれる可能性を福音として賜ったから。

デカい下駄を履かせて貰っている身分としては、人様の哲学的思想に対して高説を垂れる権利があるとは思えない。

努力の結果が担保されているなんて、誰よりも得難い幸福を享受している私にとって、憧れの果てに心が折れた魔導師の姿は、あまりに痛々しい。

故に、返したのは沈黙を乗せた、自分の煙管から吐き出した煙だった。

「狡い男ねぇ……ここでぇ……笑われるかぁ……安い慰めを投げられる方がぁ……感情に任せて思考を止められるっていうのにぃ……」

いかんね、関わりたくもないと思った麻薬密売の元締めであっても、弱っている人を見ると心が嘆いてしまうのは。

してやれることなど、何もありはしないというのに。

「代わりにぃ……一つぅ……試させて貰えるかしらぁ……？」

言って、心折れた元聴講生は、自分が吸っていた水煙草の吸い口を此方に差し伸べてくる。

「私はぁ……これから、氏族の名ではなくぅ……自らの魂が掲げる信念に従って戦うわぁ……」

強い情念が籠もった言葉は重く、空気の反射を越えて個体化した意志が耳からねじ込まれたかのように脳へ投げつけられる。

一切の嘘、妥協を廃した心根を私は見せ付けられているのだ。

「だからぁ、警告しておいてあげるぅ……冒険者として……立つ、意味を……」

一人の人間として譲れない何かを掲げたならば、必ず心の柱と誰かや何かがぶつかる時が来る。

ナンナの場合は、この許されざる薬なのだろう。

彼女も決して善人とは言えない。甘き夢に盲い、薬がなければ尋常の眠りでさえ辛くなるような薬の作り手。方向性は違えど精神を歪める薬物を遠慮なく都市にばら撒いて、己の不確かな夢を回す原動力としている。

だが、彼女の中にある秤でも越えてはならぬ物があったのだろう。

「妥協なき探求の末にはぁ……必ず、大きな壁があるのぉ……それを、越えられるか、どうか……これで、確かめてみたいわぁ……」

「壁、ですか」

「そうよぉ……何事にもねぇ、越えられるか悩むような壁や堀が渡らされているのが人生という地獄……私はぁ、海のように深いそれをぉ、薬匙で埋めようとしている……けれど、貴方はどうかしらぁ……？」

ナンナは問う。このままマルスハイムに留まるというのであれば、必ず何かしらの大きな騒動に発展すると。

逃げるも退くも個人の自由なれど、自由意志に基づいて望まぬ結果を撥ね除けたいと望むのであれば、半端な覚悟の人間は必ずすり潰されていく。

この煙を吸った後の、問いかけに答えられるかで彼女は判断すると言った。

脳の挟間にて無間の広がりを見せる地獄で藻掻く、私には理解できぬ道理で動く人間なりの試金石か。

参ったね、薬は嫌いなんだが。

かといって、彼女が負けたら負けたでえらいことになる。米を啄む雀を害鳥だとして駆除した結果、致命的な虫害によって畑が全滅するようなことになっても笑えない。

ここは、残ると決めた以上、博打を打って損はしない部分かね。

それに、煙として取り込むのなら、ロロットの権能の内だろう。拙くなったら助けて貰おう。

水煙草を受け取り、黒い紅が移った吸い口を暫し眺める。

間接キス、などと甘ったるいことを懸念しているのではない。

単純に、何をどう調合すれば虹色の泡めいた煙がでるのか不思議に思っただけだ。

覚悟を決めて一口吸い、煙を口の中で転がしてみる。

毒々しい見た目に反し、舌触りは柔らかく甘い。まろやかな蜂蜜めいた甘さの後、少しピリッとする肉桂のような刺激。肺に取り入れて細い帯として吐き出せば、薄荷を思わせる後味が口に残る。

まるで複雑な香水を嗅いだよう。

「……？」

特に効果がないなと首を傾げてみると、視界が突如、電波のズレたテレビ画面もかくやに歪んだ。

虹色の煙に巻かれ、見えるのは……。

いつの間にやら、私は見慣れた景色に立っていた。

ああ、ここを知っている。大学時代、明けても暮れてもサイコロを転がし続けた古巣じゃないか。

かつて小さな企業が入っていた一二畳程の空間を、転生したくらいで忘れるものか。家具の配置、誰かが転んでブチ割った壁の石膏ボード、修理するのを面倒くさがって奥側の照明が基部ごと死んでいるのもそのままだ。

人生を通して興じた趣味を先鋭化し、大学を卒業した後も飲みに行ったりＴＲＰＧで遊んだ友人達を作ってくれた場所。

カビ臭く、換気が甘くて無精な大学生の体臭が混じった奇妙な臭い。板張りの上に張った絨毯は、百円均一で買ったタイル式の安物なので酷くチグハグだ。

壁の一面を埋める棚には、現役生やＯＢが寄贈した古今のルールブックがずらりと並び、背が低い三つの卓の上には、片付けられなかったポーンやサイコロが野放図に転がっている。

色も形も統一感がないファイルには、各々違う筆跡でシステムの名前が書かれており、終わった数多の卓で生み出された分身達が大事にしまわれていた。中には後輩達が遊べるよう、懇切丁寧に印刷されたシナリオも入っているのだ。

なんて、なんて懐かしい空気。

その中で、一人の男が大判の本を捲りながら、立て膝に乗せた右手のペンでこめかみを突いている。中肉中背で人の中に埋没して目立たぬ、無面目の男。自由な格好が許されている大学生なのに、一々スーツを着ているのは拘り(こだわ)ではなく、むしろ此方(こちら)の方が何処に出向いても楽だったから。

卓の前に広げているのは、勿論(もちろん)何らかのキャラクターシート。レイアウト的に、ファンタジーではなく現代異能物のそれではなかっただろうか。

付箋まみれのルルブを手に、電卓を叩(たた)きながら効率を計算している男は見間違いようがない。

朝の気怠(けだる)い気分で覗(のぞ)き込む鏡、営業車の車体に映る鏡像、夜闇の窓硝子(ガラス)で飽きるほど顔を合わせた冴(さ)えぬ風貌は、ケーニヒスシュトゥールのエーリヒになる前の私、更待(ふけまち)　朔(さく)ではないか。

髪に白髪が交じらず、死病によって彫り込まれた頰の痩(こ)けもないそれは、健康だった大学生の頃。人生が一番気楽で、楽しかった時期の自分。

ああ、私は鍵を預かっている一人だったから、よくこうやって講義の空きコマに部室を訪れて、どうすればＧＭ(ゲームマスター)や同卓している面子(メンツ)に「お前の数値はおかしい」と文句を言わせてやれるか、ひたすらに考えていたな。

部室を回り、今は遠き愛(いと)おしき数々を触れて巡る。特に思い入れのある、世界の創造主たる剣が被造物に自分達(たち)を使わせたいあまり、内輪揉(も)めの末に砕けた自作自演も甚だしい世界を綴(つづ)ったルールブックに触れた瞬間、ペンが置かれる音に反応して振り返った。

私(朝)が私(エーリヒ)を見ている。笑いながら、片手で弄ぶのは六面体のサイコロが二つ。

おいおい、それは、そのシステムじゃ使わないサイコロだろう？　それくらい覚えているぜ。

ああ、しかし、なるほど。これが私の夢か。

悪い夢じゃないな。何せ、今も目をかっぴらいたまま、この夢を見ているのだから。

寝ても覚めてもだ。社会人になった後、お前は無意味に大量のサイコロを転がしてぇとか、使う予定もないキャラ紙をお披露目してぇと呻(うめ)くハメになるんだぞ。

それがどうだい、不治の病の末、何の因果かもう一枚のキャラ紙を貰えた。しかも、出生こそランダムとはいえ、後は一切の縛りなしなんて、私とじゃれ合ったことがあるＧＭ(ゲームマスター)共が少し考え込む好待遇と来た。

正に夢のままが生き方だ。私は正に、目をかっぴらいたまま、現在進行形で楽しい夢を実現し続けている。

郷愁と諧謔(かいぎゃく)を込めて手を広げ、己を、エーリヒを見せ付ける。

さぁ、どうだい。お前の目から見て、今の私はお眼鏡に適(かな)うかな？　それとも、黙って再構築(リビルド)してこいと罵る不出来なＰＣ(プレイヤーキャラクター)かな？

上から下まで見回して、それから顔を見た男は笑顔を作った。

嫌らしいボス、頭のおかしい数値を弾(はじ)き出す「その手があったか！」なんてコンボを作った同期に驚かされた時に作る表情。

どうやら、過去の自分が失望しない程度には、面白く仕上がっているようだ。

　中々だろうと笑い返してやれば、あの野郎、あろうことか煽って来やがった。

　六面のサイコロ、その一の目を二つ揃えて見せてくるとは。

　酷い挑発もあったもんだ。私は舌打ちを一つ溢し、中指を立てて煽り返す。

　声を上げぬ大笑を響かせて、更待　朔は卓の上にサイコロを放る。

　弾け、転がり、ぶつかり合う心地好い音。

　出目が確定する刹那、瞬きの暗転と同時に意識はバルドゥル氏族の客間に戻っていた。

「で、どぉ……？」

「少し、懐かしかったくらいですかね」

　さて、満足ですかと水煙草を返せば、夢に倦んだ魔法使いは一服煽り、切なそうな儚い煙の筋を吐き出した………。

【Tips】夢を追うのも夢に追われるのも、端から見ると大して変わるものではない。

　虹色の泡めいた煙を生み出す薬は、どのような過程を経て生まれたのか嗜んでいるナンナでさえ定かではない。

　瞑想し、自分の頭蓋に広がる認知の地獄と向き合って、魔導師らしくもない祈りの果てに得た閃きに因る物だったのは確かだ。

　正しく、天啓によって製造された薬だが、これでさえ理想には程遠い。

認知の中に過去の理想、自らの根源的な憧憬を顕現させる薬は、くぐもった鼓笛と泡の幻視を経て脳髄に叩き込まれるが、結局は現状と比較して地獄を開拓するだけの悪夢に過ぎぬ。

人によっては、これでも満足なのだろう。絶対に手に入らない物でも、遠間から眺めていれば満足できる楚々（そそ）とした精神構造の持ち主ならば。

しかし、ナンナはそうではなかった。

苦のない人生を長命種（メトシエラ）に見出（みいだ）し、それでさえ感覚器や魂、時間という主観に縛られていることを知って絶望した。

救いは何処（いずこ）に。精神の安楽は、如何（いか）にすれば得られるのか。

主体性こそが真実と説いたキルケゴールも、実存は本質より先に立つと論じたサルトルも彼女を救うことはできないだろう。

人間は自由という刑に処されている。存在と無、そう題された書籍の中でサルトルが表現した通りの刑に服し、地獄に苛（さいな）まれているのだから。

本質は何か。虚無と断じて諦めることができたならば、楽であったろう。

神々は神話において、自らの良きところをかき集めて人類を作ったとする説もある。

では、この脳に穿（うが）たれた広大な虚空は、一体どうして説明できるのだろう。

類推はできるが認知が不可能な真理が存在するとしたのならば、それは正しく呑（の）むことが許されぬ水のような物だ。

一度知ってしまえば、後は延々乾いていくだけ。

夢に炙られて飢え続ける狂人は、目の前で自らが作り出した強烈な、しかし身体的悪影響や依存性はない薬を呷って呆とした冒険者を眺める。

多くの者は現状の不自由と、薬によって作られる理想の狭間で葛藤し、時には一服で数刻は脳内から帰って来ないこともある。特に現状の自己を病んでいるウズなどは、試した時に二日ばかり意志が帰還を拒み使い物にならなかった。

斯くも人間は不完全で、真理とも理想とも遠い生き物なのだ。

これだけの葛藤を抱えて生きる苦を、頭蓋の内に広げようと思えば永劫に拡大できる地獄を神は何故創り給ふたのか。

さて、この剣士はどれだけ〝自分の理想〟に耐えられるか見物だと見物に入ったナンナなれど、結果は彼女の獄吏を増員しただけに過ぎなかった。

僅か十数秒。脳内での体感時間が如何程か分からないが、金の髪は瞬く間に現実に回帰し、脱力の際に一房溢れた髪を掻き上げてみせる。

「で、どぉ……？」

問うた声が震えていないのは、一種の奇跡であった。

あって良い物なのか。人間が現実に絶望もせず、理想との乖離をまざまざと見せ付けられて折れることもないなど。

だのに、金の髪のエーリヒは、何てこともなさそうに姿勢を正すばかり。

復帰までの時間、効果が抜けた後の態度、全てが物語っている。

この男が狂っていると。

目を開きながら夢を見続けている狂人であると。

「少し、懐かしかったくらいですかね」

事もなげに宣う彼がそうでなくては、ナンナはあまりの惨めさに終わりを欲してしまっただろう。

だから、彼女は自分の認知において、彼を狂人と区分することにした。

そして、この界隈で狂人こそが何時だって偉業を成す。

悪辣なる薬を放逐する手助けになるのは確かだろう。

慰めになるかはさておくとして、眼前の許し難い薬を駆除するべく、堕ちた聴講生は自覚が薄き冒険者に対し可能な限りの支援を約束した…………。


【Tips】神が実存する世界の中で、哲学というちっぽけな剣が精神の平穏にどれだけ寄与するかは未知数である。


「ぶっ殺してやる!!」

椅子を蹴立てる勢いで立ち上がった戦友の目には、あらん限りの怒気がくべられた火が爛々と燃えていた。

まぁ、怒るわな、彼なら。自分達の故郷に近く、塒まで買ってしまった街がより悪辣な薬に汚染されていると報されれば。

ナンナの邸宅を訪ねた翌日、私達はさっそく情報を共有していた。

要らぬ所はかいつまみ、しかし全てを誠実に相談した仲間達の反応は一様に険しい。

私に対してではなく、薬を流通させた者達に怒っていた。

「最悪の薬ですね」

薬草医として、カーヤ嬢は見本として提供した薬を一舐めし、唾と共に吐き捨てるように言った。薬に一家言ある彼女は、たった一度舐めただけで〝氷の吐息〟と呼ばれる薬の悪辣さを理解したのだろう。

「脳を誤作動させて過剰に機能させる類いの薬ですね。薬草でも茸類で似たのがあります。魂の延長たる肉体を蝕み、依存させる最悪の代物ですよ、これ。どんな品性をしていたら思いつくのか、想像もつきません」

カーヤ嬢が毒舌するほどに、新たに出回った薬品は悪辣である。

解毒する薬を飲んでまで、薬品に脳髄まで浸ったナンナの誇大妄想ではないと相方に保証されたので、先のようにジークフリートがブチギレた訳だ。

「で、何処が出所だ」

「まぁ、落ち着け戦友。叩くのは難しいんだ」

「あぁん？」

義憤に駆られて沸騰しているところ申し訳ないのだが、まだぶちまける先がないので差し水を注がせて貰う。

「販元が明らかになってないのでしょう？」

「それもある。けど、これまだ違法じゃないんだ」

「はぁ……？」

実のところ、性質は害悪としか言い様がないのだけれど、この薬品は規制が追いついていないこともあって、使用や所持は疎か、売買も厳密には帝国法の範疇で違法ではなかったりする。

精神に作用する薬は〝禁忌〟に指定されているものの、作用する媒体そのものを指定して規制されているのが現実だ。

これは恐らく、末期の病に冒された貴族に対し、魔導院が緩和治療を施すため敢えて使用の余地を残したからだろう。

故に、全く新しい薬は現状だと何ら法的に違法ではないことになる。

アレだ、前世の合法ハーブみたいなものだ。薬を全部規制するのは民間の薬草医や医者に酷だから、帝国の勤勉な官僚が丁寧な法規制を構築したことを逆手に取られている。

しかしながら、ナンナはマルスハイムの貴族に掛け合い、できるだけ早く違法化するよう働きかけると約束した。

ただ、動きは鈍いだろう。一枚一〇アス――前段階から更に値下げしていやがる――の安い薬は、貴族や真面目な中産階級への浸透は少ないため、却って貴族からの関心を買いづらい。

つまり、下々の者達が小銭使って破滅するだけなら好きにしろよ、なんて他人事のように考えるお偉方も少なくない訳だ。

なので、これを完全に違法にするまでには時間が掛かる。仮にできたとして、私が連想した合法ハーブの如く、微妙に組成を変えて対応されてはイタチごっこにしかならぬため、かなり綿密な打ち合わせが必要になろう。

「だから、まだ潰さない。第一、私達が路地裏を駆けずり回って売人を捕まえたとしても、精々が末端だ。根本的解決には遠いし、相手も警戒し始める」

「じゃあ、見逃せってのかよ！」

「そうは言っていない。こんな物を商うヤツは、どうせ何かしらの前科者か不逞の輩だ。見つけた時に小突くのはいい」

「けど、葉っぱを散らしても木が死なないように……」

「叩くなら根っこのアテを見つけてから、になるね」

賢くて頭の回転が速い幼馴染みの仰る通り、薬の売人なんてのは末端も末端、よくて四次受けや五次受け、下手すると六次受けなんてこともあるという。

こんな木っ端をひっ捕まえて拷も……尋問したとしても、得られるのは小物の名前くらいで根本的解決には至れない。

逆に締め付けすぎて、要らん知恵を発揮し始められる方が始末に困る。

「だから、私達に必要なのは根を叩く時に必要な格と戦力だ」

「格ぅ？　冒険者としての昇級……じゃねぇよな、多分」

「ああ、この街でどれだけ幅を利かせられるかだ」

「待てよ。お前、もしかして氏族を立ち上げようってのか？」

最近の振る舞いから察したのか、ジークフリートは考えの殆ど真ん中を突いてくる。

こういうところ、説明が楽だし、理解して貰えなくて拗れることもないので、本当に私は良い戦友を得たと思うね。

「厳密には氏族にはしない。アガリは求めないし、入会金も取らない。ただ、私が仲介を通して依頼を配分し、同時に情報を取り纏める冒険者の集団を創るだけさ」

「……それを氏族って言うんじゃねぇか？」

「既存の体型とは違うというのが大事なのさ。ロランス氏のように、人徳で付いてきてくれる精鋭だけが欲しい。だから、成長するお膳立てはするけど、組織としての利益を追求しないだけだよ」

既に四人の弟子がいることを鑑みるに、ナンナの言うとおり私達は周囲から〝氏族〟として認識されているだろう。

猫が虎のように振る舞うのは滑稽なれど、虎が猫として振る舞って良いことは何もない。

ならば、虎らしく振る舞って、下手に突かれないようにするのが上策。

ま、弟子を取って育成するというのはTRPGではやらない遊び方だったけれど、現実に冒険者をやるなら〝らしい〟とも言えるからね。そこら辺は自分と折り合いを付けて、浪漫を求めつつ合理的にやらねば損だ。

フィデリオ氏だって私を導いてくれた。なら、先達から受けた恩は後進に返していくのが道理ってもんだ。

「その分、飴は出しつつ鞭は厳しく打つけどね。評価基準が上納金じゃなくなるだけだ」

「……却って厳しそうだな。付いてこられねぇヤツが出るんじゃねぇの？」

「篩はいるさ。君や私の名を借って尊大に振る舞われても困る。そういうのは……」

「端役のやることだわな」

ジークフリートは腕組みしつつ、椅子を軋ませて天井を見上げた。

彼の憧れる英雄は、師事を乞われながらも自分は教えを授けられるような大層な人間ではないと断っていったから、葛藤もあるのだろう。

「あー……でもなー……ジークフリート流剣術とか、創始して遺して欲しかったんだよなぁ、俺」

しかし、想いを馳せるとどうにも残念な事実に行き着く。ジークフリートの名を冠する物は世に多けれど、真に彼の技量を伝える物は伝承の中にしかないのだ。

全て、彼が一党も率いず、弟子も取らなかったが故のことである。

「そういえば、彼の人は最初から最後まで一人で、誰に教えも授けなかったんだっけ」

帝国にも幾つか剣術の流派があり、その源流を神代の英雄に持つ物があった。僭称（せんしょう）に過ぎない流派も混じってはいるが、混じりけのない神話の時代を生きた人間の薫陶を数千年先に遺した大樹もあるのだ。

然（しか）しながら悪竜ファフファナルを討った英傑シグルスは、この世に物語以外の大凡（おおよそ）何も遺さなかった。愛剣〝瘴気祓い（ヴィントスロート）〟すら大河に飲まれた際に散逸し、元ネタとなったシグルスは神性存在以外と愛を交わすことがなかったため、直系の末裔（まつえい）もいない。

また、お互いに一切の手妻を廃した〝純然なる殴り合い〟にて、古き真にして祖なる竜の一体を討った腕前も、謙遜により誰にも伝わらなかった。

これは彼の死が早すぎたこともあるが、世界にとって大きな損失だ。改変された大衆向けの話しか知らないジークフリートであっても、ジークフリート流剣術の不在は認識している。

時に自らの意志によって伝統を断つのは、後世の人間にとって大いなる悪行と言えよう。

「あったら俺、絶対習ってたぜ。技を継いで瘴気祓いも見つけたとあっちゃ、未来永劫詩に残るだろ」

「常人に習得できる技なのかな。肉体だけで竜と一対一（ガチンコ）ができた超人だろう？　平然と人類には真似（まね）できなそうなこと要求してくるかも」

「神代の流派でも、定命に使えるよう易しくしてたのあるじゃん。俺は、それできた野郎がクッソいけ好かなかったから習わなかったけど。あれだよ、何か細ぇ剣使うダセぇヤツ」

「あー、何だっけ、カミュ……カミュー……」

「カミューロ・アグリッパ流。実際アレ斬れんの？」

あー、と補足されたエーリヒがフンワリした記憶を思い出す。神代の英傑カミューロは、片手で長剣の長さと鉈（なた）の三倍もの分厚さを持つ〝石橋崩し〟なる怪物的な剣を携えたが、同時に精妙なる剣技を誇った。

彼の技は尋常の人間には得物が得物だけあって真似すらできぬが、技量だけを刺突剣（レイピア）によって再現する流派を遺している。

その実、極大の得物によって脳筋だと勘違いされがちな高知能（インテリ）ゴリラの高度な技は、貴族好みの剣を使うこともあって現代に脈々と受け継がれている。

「あれね。戦場だと使いづらいヤツ。たしか帝都で見た。かなりの熟練者じゃないと装甲抜けないから、実用性は達人でもないと微妙かな」

ただ、如何（いかん）せん元々が人外の域に天辺（てっぺん）までドップリ漬かった人間の業だけあって、再現度も有用性も酷（ひど）く劣化しており、カミューロの直弟子五人が体系化した技を十分に活（い）かせる者は絶えて久しい。

五体を武器と見做（みな）し、必要とあれば槍（やり）も盾も剣すらも消耗品の如く使い潰す〈戦場刀法〉の実践者には、どうにも華奢（きやしゃ）な印象しか残さなかった。

使いこなせれば剣一本に頼った出力は〈戦場刀法〉の上を行こうが、手間が見合うか非常に微妙な代物。

「ただ、私の剣技って見栄えもへったくれもないから、教えるのは良くても映えないかな。傭兵のソレだし」

「あー……確かに、オメー普通に柄で殴るし蹴りもするし、摑み合いから刺したりもするから流派って感じしねーな」

細面で女性的な顔付きの金髪ながら、彼が扱う剣術は野蛮そのもの。殺しに特化し過ぎて、逆にそれ以外で一切映えない戦場の蛮剣を流派と銘打つのは、皮算用抜きにしてもどうかという話だった。

「話題が逸れすぎたね。取りあえず、私が剣を、君が槍を教えて、ついでに長距離行軍のコツやら色々伝授して、一体感のある集団にするんだ。そうすれば……」

マルギットの援護にエーリヒは嬉しそうに頷いた。

「大規模な遠征とかも、効率的にできそうですわね」

昨冬の忌み杉の魔宮で苦労させられたのは、補給線の細さや、緊急時に備えた後詰めの不在も大きい。人数が増えればそれだけ消耗する物資も増えるが、少人数では運用が難しい馬車などの使用も可能になるだろう。

これだけで活動可能半径はぐっと伸びる。たった四人で炊事や見張りなどを分担して、現地まで長駆乗り込むのは疲労も大きい。見張りを三交代にできるだけで、体力の消耗はぐっと抑えられるだろう。

常に人員を動員する仕度が整っているのであれば、情報を得た際の出陣も楽になる。

実際問題、僅か四人の一党で動いている聖者フィデリオは出陣までに入念な準備を必要とするせいで、冒険は大体季節毎に一回ばかり。荘園から救助の要請が来て救いに行く場合でも、合流と物資の仕度にもたついて出立に三日を要することもあった。

これを鑑みれば、氏族もどきを作ることは必ずしも冒険の足枷にはならない。

むしろ、精鋭の体力を消耗させず、元気なままクライマックスに投射する仕度と見れば十分だろう。

それに、ナンナからの提案は勿論彼女が譲れない物を滲ませた本気ではあったが、裏が全くないでもなかった。

まだ、手足として上手く武力の外注先として使おうなんて魂胆が見えている。

ならば、真っ向から向こうの望みを斜め上に越えて、逆に利用してやるだけだとエーリヒは内心にて嗤った。

「んー……となると、旗揚げだろ？　何か名前要るんじゃね？」

仲間を納得させようと〈説得〉技能の行使に励んでいた金髪だが、サイコロの出目が良かったのか少し乗り気になった戦友からの問いかけに呆気に取られた。

組織の概略と利点、そして欠点を考えるあまり、意識が全く名前に向いていなかったのである。

「……誰かの名前取る？　ジークフリート組みたいに」

「そっ、そこで俺!?　何かヤダぜ!?　お前だろ!?」

「エーリヒ組?　何か響きが間抜けじゃないか?　割と有り触れた名前だし」

「かといって、この四人、全然統一感なくってよ?」

「ですよねぇ……」

看板商売の冒険者であるというのに、肝心要の看板が定まっていないなど笑い話にもなるまい。

分かりやすく、親しみやすく、耳に馴染む上で何を主体に置いた組織かを明示するのは中々に難しい。商店であれば商っている物を後に添えるだけでいいのだが、如何せん冒険者ともなると難しく、ロランス組のように長の名をそのまま冠するか、バルドゥル氏族やハイルブロン一家のように家名を使うかのどちらかが一般的だ。

漂流者協定団は組織の規模から大仰な名前を使っているが、流石に現在最大でも八人くらいの組織で使うには外連が過ぎる。

「な、何か案あったら報告!」

「後回しにすんのかよ……」

「じゃあ君、今すぐ語感が良くて格好いの出てくるか!?」

「えぇっ!?　こういうのは言い出しっぺが考えるもんだろ!?」

悩んだ末、心の中の中学二年生が暴走し掛かったエーリヒは、これはイカンと頭の中に消しゴムを一旦かけて、事態を後回しにすることにした。

何せ、既に〝三重帝国拾遺奇譚局〟なんて胡乱な組織から依頼を外注されているのだ。ここで下手な名前を付けて、後世の中二病患者に餌をやることになっては堪らない。事あるごとにやり玉に挙げられて、実は世界征服を目論む組織の手先だったとか、失われた聖遺物を持っていただのと、冒険譚ではなく陰謀論の主役にされては笑うに笑えん。

かなり強引な話題の打ち切り方だったが、その場の全員が良案を出せなかったので、済し崩し的に全ては後回しにされた………。

【Tips】一党の名を決める際は慎重になるべきだ。然もなくば、リプレイを書く際にシナリオ傾向によっては、ネタに走ったことを悔いることになる。

実戦で役立つ技術には実践が不可欠である。

だが、木剣であろうと高度な技術が応酬する場合、仕手と受手の腕前が卓越していないと危険が大きい。

そのため、指導者が配下に技を見せて教える、見取り稽古が予め行われる。

何事も見本があった方が習得難度が下がるものだ。舞踊や歌を言葉だけで教わるのが難しいように、剣術もまた最良の見本を用意するのが肝要である。

「何時でも良いよ」

「応よ」

二人の冒険者は稽古のため、銀雪の狼酒房にて観客を伴って相対した。

珍しく体を正面気味に取り、肩の高さで木剣を上段に構えたエーリヒからの誘いに、左半身になって担ぐように構えたジークフリートが応える。

エーリヒのそれは、屋根の構えとも呼ばれる帝国で主流の基本形。普段は逆撃を狙うため、下段や脇構えを好む彼だが、見本の提示とあれば癖のない物を選ぶだけの理性があった。

あまり初心者に技巧的な物を教えてはいけない。敢えて打ち込む隙を見え見えにして、二重三重に思考の罠を誘う普段の構えは、攻撃を捌ける技量があるからやっているのだ。基礎も分かっていない初心者が真似をしたならば、単なる隙になるのでよろしくない。

対するジークフリートは憤怒の構え。人が本能的に長柄を振るう原初の姿勢。同じ上段なれど背に切っ先を向ける、バットを構える野球選手を思わせるそれは、特に力を込められるため突破力に優れる攻めの姿勢だ。

正しく構え、踏み込みと斬撃が一致したならば、満身の斬り下ろしは生中な防御諸共に敵を斬り伏せよう。

だが、憤怒の構えは刃を背に負うことにより、力任せな外見に反して防御力にも優れる。愚直に振り下ろされる正面打ちを担いだ刃で止めることもできれば、中途半端な打ち込みであれば、後手に回って叩き落とすこともできるからだ。

「うっぅらぁぁぁぁ!!」

　仕手はジークフリートであった。これが見取り稽古であることを忘れるような凄まじい斬り込みには、本物の剣気が滲んで殺意すら感じ取れる。

　一方でエーリヒは普段から力を込めるために叫ばないこともあって、無言で斬撃を受け止めた。袈裟懸けに振り下ろされる木剣と木剣が打ち合い、本身であれば刃噛みの状態になっていたであろう。

　歯のない木剣で噛み合うのは、打突の瞬間のみだ。

　しかし、エーリヒにとって技を見せるだけなら、この一瞬でこと足りる。

　木剣同士が触れた刹那、自分の剣を体に引き寄せてジークフリートの姿勢を乱しつつ、一歩踏み出して刃噛みを支点に半回転。後背に回り込むと同時、自身の木剣を捨てて右手はジークフリートの柄を握り込み、左手が押し上げられた木剣を握りしめた。

「ぐっ……！」

　真剣であっても、刃は押すか引くかしなければ斬れない。実戦であれば籠手を穿いているので尚更だ。

　剣を介した羽交い締めの体勢になり、膝を刈るように蹴り飛ばせば、英雄志願が握る刃が自分自身を傷付けるように首に当てられる。

　美事な返し技だった。

　剣士であれど有利と見れば武器を進んで捨て、組み技に持ち込んででも斬り倒す。これは血脂や刃毀れで自分の剣が鈍った時にも有効な手段で、この手の搦め手に疎い相手であれば、自分が何をされたか理解する間もなく首を狩られて死ぬこととなろう。

剣技を用いた、いうところの〝分からん殺し〟である。

「チッ……」

降参の合図として黒髪が金髪の肘を叩く。エーリヒは受手の自分は勿論、仕手のジークフリートも少し動きが速すぎたかな？　と思いつつ拘束を解いた。

見取り稽古として披露するならば、もう少し大げさかつ、ゆっくりやった方が良かったかもしれない。

「長剣術の応用。私の師は、首撫でと呼んでいた。軽装で鎧を着ていない時にも、重装で斬り合う時にも有効な技術だよ。特に刃噛みの状態から臨機応変に状況を読まないといけないから、原理を知らないと怖い技だね」

見せるだけではなく、解説も怠らない。基本形が形になってきた後輩四人達に、技量に優れる剣士が如何なる搦め手を用いるかを、実戦で死を以て学習する前に教えようという魂胆である。

「今の場合、むしろ俺が進んで剣を手放した方が返しやすかったか？」

「回り込まれる前に離すのはアリだね。剣を摑まれていたら、体と首の間に籠手をねじ込んで攻撃を止めてから、後ろに倒れ込むとかで組み討ちに持ち込むのがいいかな」

「相手が、この首撫でとやらに拘ったら、腰から短刀抜いて膝ブッ刺してやりゃ簡単かもしれんな」

「そういうこと。返し技にも返し技がある。一見魔法めいた技術でも、利点と弱点があるって訳さ」

講釈と構想を重ねつつ、二人は再び相対し、更に幾度か別の奇策を披露して見せた。

仕手は怪我をする危険が少ないため、専らジークフリートだ。彼はただ、エーリヒから打ち込む場所しか指定されていない。

技を受けた後で原理や怖さが分かるのは、多少なりとも重ねた実戦経験のおかげであろうか。だが、仮想の戦闘で自分の首が飛んだり手首が切り落とされる度に〝やられてから分かる〟のでは遅いと、ひたすらに非才を実感させられるようだった。

寸毫の差が生死を決める戦場において、遅すぎるのだ。一度死を実感してから技を理解するのでは。

「剣に依って立つ者、しかし剣に拘るべからず。目まぐるしく攻守が入れ替わる戦場においては、時に武器を捨てる勇気も大事だという教訓を覚えて欲しい」

間違っても、まだ実戦で試さぬように忠告している金髪の背が、ジークフリートには恐ろしく遠く感じた。

剣では何度斬りかかっても勝てる気が湧かぬ。業腹なれど、実戦を越えて磨いた感性に嘘を吐くほど、彼は愚かでも高慢でもない。

「あー……畜生……」

憧れ、追いかけている英雄ジークフリートには程遠い。豪腕と剣一本で、全ての難事を痛快に片付けていく英雄の背は、遥か高く天にあるかの如し。

「さて、次だ。ジークフリート、槍に持ち替えてくれないか？」

「あ？　おお」

次は槍に相対する際の基本を予定していたので、彼は乞われたままに摸擬槍を取った。歩卒の手槍と寸法を合わせた槍は、新人の鍛錬用に銀雪の狼酒房が善意で中庭に置いている物。数多の新人が弛まぬ鍛錬に用いたからか、かなり草臥れたそれはジークフリートの手の中で異様に馴染む。

暖気のため自身を軸に回転させ、地面を叩いた反動を利用し更に弧を描き、脇の下を通して担ぐように持つ動作は槍が進んで担い手に擦り寄っていくような自然さで一切の危なげがない。

「「「おぉ……」」」

短い演武に後進達は感嘆したが、剣とは違う動きに備えて関節を解しただけのジークフリートには、逆に何が凄いのだと言いたくなる。

この程度、鋤や斧を扱う延長ではないか。刃の位置と重心さえ間違えなければ、むしろ剣より扱いは楽であろう。

何よりも、なまじっか剣より戦えてしまうのが業腹だった。

彼は別に槍を卑下しているのではない。兵器として、集団戦に用いるのであれば数段優れていることは認めている。今までの勲も槍によって重ねてきた物だし、人生で一番大きな自分のためにした買い物も槍だった。

認めはする。認めはするが……理想との乖離ばかりはどうしようもない。

彼は剣に立つ英雄になりたくてイルヒュートを出てきたのだ。実用性は認めるものの、浪漫という一点において、槍は剣に劣っていた。

少年の感性の中で、槍よりも剣の方が格好好い。

何を感傷的なと余人は呆れるやもしれぬが、命をかける仕事に就くなら思い入れは大切なのだ。

闘争心が高まるかどうかが、実力の伯仲した中で生死を分けることも多々あるのだから。

「脚本なしだ。槍の基本的な動きを見せてやって欲しい。剣で槍と戦う不利も」

「あー、いいぞー、怪我すんなよー」

開戦の合図は特になく、エーリヒが体の陰に剣をおく普段の構えに入ったことを確認すると、ジークフリートは容赦ない突きを放った。

右手で握り、左手は導くように添えるだけ。しごき上げて突き出せば、槍の先がしなりによって微動し動きを惑わす。

最初から命を狙いに行く突きは放たぬ。寄せ付けぬよう、足下を狙うねちっこいが、確実に剣士が嫌がる立ち回りは目の前の金髪からの入れ知恵によって育まれた。

「っと……」

当の本人は〝悪い見本〟でも見せようとしたのだろう。定石に従わず、穂先から逃げるように真っ直ぐ後退してみせる。

軽い突きだったこともあって引き戻しも速く、次撃を足から胴体、鎧の弱点となる腰の継ぎ目辺りに向かって突き出し、回避されてもしつこく前進して追い続ける。

大振りはしない。怪物相手であれば槍の遠心力と穂先の質量を活かした薙ぎ払いは有効なれど、一対一の対人戦なら強打はむしろ悪手だ。

槍と槍の戦いなら振り回すのも薙ぎ払うのも立ち位置や、相手の着ている装甲の厚さ如何に応じて有効性が変わるものの、間合いにおいて圧倒的な有利を取る剣と戦う際は、ひたすらに長さを活かして近寄らせぬのが最良。

一発か二発、良い所に入れれば即死させられずとも動きは鈍る。

活劇であれば円弧を描く豪快な横薙ぎによって、ドカンと敵がぶっ飛ぶ様は爽快なれど、実戦を見せるのが目的なので外連はなしだ。

「おっとと」

連続する刺突によって、中庭の壁際に追いやられたエーリヒが手を上げる。

「とまぁ、こんな具合に間合いを怖がって後ろに下がるのはよくない。逃げ場がなくなって詰むし、相手も一歩前に出るだけで間合いに入れる」

「ま、突きにビビる相手はカモだな。俺は届くが向こうは届かねぇ。一方的に殺せる瞬間があるのはいいこった」

「なので、こうする」

　金髪が構えを変えた瞬間、ジークフリートも反応し素早い刺突を放っていた。

　自らの剣を片手で摑（つか）む、ハーフソード。右の順手に持った剣を左手で刃の中程を摑む構えは、超近接戦闘に備えたもの。

　槍の穂先は木剣の鎬（しのぎ）にやんわりいなされて、瞬き一つ前に頭があった虚空を貫通するのみ。

「チィッ……」

　勢いが付いていない槍を横に薙ぐのは難しい。特に力業にも対応しやすいハーフソードをねじ伏せたいならば、余程の体格差か膂力（りょりょく）の差がなければ、押し倒す前に柄を滑るようにして接近される。

　間合いに入られると槍は途端に不利だ。小回りが利かないし、何よりも最大の利点たる長柄が動きの邪魔をする。

　ジークフリートは攻撃ではなく防御を選んだ。右を逆手に持ち替え、槍を逆立てて遮蔽にする。そして、木剣を握った刃先が突き込まれるのに反応して押し返し、体勢は不安定だが右足で蹴り込んだ。

　狙いは腹。鎧を着た相手では打撃にはならないが、重心を崩して拮抗（きっこう）するにはよい場所だ。

　しかし、金髪は読んでいたのだろう。腕を押し下げ、肘で確実に蹴りを止めている。

　片足を上げて乱れた姿勢を潰さんと剣に圧力が掛かったので、ジークフリートはさっさと槍を諦め手を離し、すれ違うように前転してエーリヒと距離を取った。

「うーん、殺ったと思ったんだが……やっぱり君、剣士からすると凄くやりづらいね」

「褒めてんのかソレ……」

間合いを空けるため余分に数度回転した後、勢いを借りて立ち上がったジークフリートなれど、腰に予備武装がないことに気付く。木剣には鞘がないので、ぶら下げていなかったのだ。

「だって、武器を狙っても綺麗に外してくるし、イケるかなって時には牽制で止めてくるから。目がいい……って感じでもないし？」

「あー？　半分カンだよ。何か嫌な感じがすんなと思ったら手ぇ止めて、やれそうだったら突っ込む。そんだけだ」

英雄志願の槍働きは、基礎的な技術を除けば殆どソレだけだ。殺気が向いている位置に軽い圧迫感のようなものを覚え、いよいよ危なくなると首筋が粟立つ。ヨーナス・バルトリンデンからの奇襲に際しても、忌み杉の魔宮での長い戦いでも、彼の命を救ってきたのはいつも本能的な直感。

これればかりは、彼の語彙によって言語化できぬため、秘密でも何でもない。

「あのまま逃げなきゃ、押し倒して組み討ちに入ってたろ。槍じゃ対応のしようがねぇから詰みだ」

「だから、予備兵装での戦闘を踏まえて離脱、ね」

　超人的な勘の良さ、あるいは運の良さにエーリヒは首を鳴らしながら嘆息した。〈神域〉に達した剣技を本気ではないにせよ〝なんとなく〟で捌かれると、世の広さと奥の深さ、そして何より素で絶対成功を出せる運命力が違うのかと壁の高さを実感させられる。

　紅い蛇の目にどんな高Lv冒険者も敵わないように、六ゾロの破壊力も凄まじい。ここぞの場面で必ず奇跡的な出目を出す者はいたが、戯れの戦闘でさえ高精度をたたき出せる構築は凄まじいの一言に尽きた。

　運命。未来仏の権能でさえ隠された情報にされたこの世の摂理は、時に前提さえもひっくり返してくるのだろう。

「クリティカル値を下げるか、サイコロ増やすかは定石っちゃ定石だけども……」

「何か言ったか？」

「何も。ただの愚痴さ」

　苦笑した金髪は、落ちている槍を蹴り上げて拾うと、ジークフリートが掴みやすいように放り投げてやった。

　そして、高度なやり取りを目の当たりにし、これが英雄詩にて省略されるか、上手く詠いきれるものの希なる〝英雄の戦ぶり〟かと目を輝かせる後進を指し示す。

「槍の間合いが持つ恐ろしさを、その身で以て学ばせてやってくれ。何事も」

　あまりに唐突な「今から軽くボコりますね」との宣言に新人達は呆気に取られた。エーリヒも他の槍を取り、剣ほどは使えないが鬱陶しさ程度なら教導できようと暖気で振り回す。

「痛くなければ覚えませぬ、ね。お前、そればっかだとその内マジで背中から刺されるぜ」

「それで死んだら、その程度だったってことさ、私もね」

各々武器を取り給(たま)えと促されて、半数以上がヒト種(メンシュ)など問題にならぬ大柄な体躯(たいく)を持つ新人達が引いた。

先の巧みな戦いをして尚(なお)も、両者共に痣(あざ)の一つもないのだ。間違っても殺されることはないだろう。

「あ、骨は折らないでくれよ」

「わーってら。加減くらいできら。第一、そこのエタンとマチュー相手に本気で振るったら槍の方が折れるわ」

しかしながら、心地好(よ)い結果になることはなかろう。最低でも、打ち込みに慣れて基礎は覚えたなんて鼻っ柱は、根っこからへし折られる。

戦場は二次元ではないのだ。奥行きも上もある。既に実戦を経て磨かれた冒険者の洗礼によって、彼等(ら)が更に錬磨されることだけを純粋に祈って、金の髪のエーリヒは自分の弟子達を笑顔で地獄に蹴り込んだ……………。

【Tips】死を間近に感じるような経験は魂に刻まれ、技術を反射の領域に高める効果を持つ。

私が何かやろうとすると、大抵日和りに恵まれないことが多い。

帝都を出た日も雨だったし、組合証を受け取った次の日も雨だった。

帝国がそういう気候であると言われればそこまでだが、こうも何かする度に雨天だと自分が雨男なんじゃないかと思わされる。

「さて、何処かに運が悪い奴がいるな？」

「いや、オメーだろ絶対」

銀雪の狼　酒房前にて、大外套で雨を遮った私に更に冷や水をぶっ掛けたのは、同じく外套を被った戦友だった。

「……酷くない？」

「だって、前の依頼引いたのもお前だろ。俺らの中で一番運悪いのお前だって」

「えぇー？」

酷い物言いに誰か援護してくれないかと後ろを見れば、マルギットにカーヤ嬢は微妙そうな顔をしていた。

「申し訳ないけど、こればっかりは私も同意しますわよ、エーリヒ。マルスハイムに辿り着くまでに、何度揉め事に巻き込まれたかを鑑みれば、矢が降ってきてない分マシまでありますわ」

「あ、あはは……私からは、特に何も」

くそう、どいつもコイツも……。

「折角、新車のお披露目だってのに」

唇を尖らせながら肩を竦め、折角調達した〝二頭立て馬車〟が雨に濡れているのを悔やむ。誰か一人くらい否定してくれたっていいじゃないか。

愛馬二頭が繋がれているのは、帝国で一般的に見られる幌馬車だ。しかし、拘りの特注品で鋼の車体骨格に補強が施され、巻き金の懸架装置を装備している逸品だ。たまに同行する隊商が使っている安価なそれと違って、構造骨子は貴族の箱馬車と同じなので、腰への責め苦などと呼ばれる乗合馬車とは比べものにならない乗り心地である。

「しかし、思い切ったなお前……これ一〇ドラクマもしたんだろ？」

「遠征を考えたら安いもんさ。ずぶ濡れで天幕立てて、これまたずぶ濡れのパンを食べなくて済む。それに、背嚢は現地まで重いだろう？　君、ゼーウファー荘の帰りに散々愚痴ったじゃないか」

金貨一〇枚もの大枚叩いて買い物をしたのは、偏に冒険のためだ。実家の総収入二年分に近いが、それだけの価値はあると思っている。

直ぐには必要にならない生活雑貨を載せておけば背嚢が軽くでき、現地までの体力が温存できる。また、安定した移動手段を確保できれば、仕事の幅も広がるって寸法だ。

「あのー……」

「なんだいマチュー」

集合時間通りに装備を調えて揃（そろ）っている、感心な後輩達の一人が手を上げた。

人狼（ヴァラヴォルフ）のマチューは、この大雨もあって早くも毛がペタンコになっていた。逆立っていると凜々（りり）しいけど、正しく濡れた犬感があって可哀想（かわいそう）な感じが出ているのが何とはなしに面白かった。

「こんな天候なのにやるんすか？　その、長距離行軍訓練っての」

「当たり前だろう。そうさな……」

他の会員達も、何もこんな天気でと無言で訴えているので、私は人狼（ヴァラヴォルフ）に向かって小銭入れの袋を投げ渡した。

「さて、諸君等にはすまないが、実は訓練というのは嘘（うそ）だ。今投げた袋、実はさるお嬢様の輿入（こしい）れに使われる、最高級の大粒金剛石（ダイヤモンド）を据えた指輪が入っている。勿論（もちろん）、台座は神銀（ミスタリレ）製。三〇の魔導が込められており、身に付ける者を強固に守る、美術的、実用的両面で価格が付けられない代物だ」

「えぇ!?」

「勿論、婚姻のお祝いなので当日までに届かないと意味がない。しかし、実はとある大家の大奥様と競り合ってまで親馬鹿の父が手に入れた逸品だけあって、奥様は諦めがついていない。だから、荒事の得意な我々に護衛と運搬を任せた」

言うまでもなく嘘だ。あの襤褸布を纏めた、最悪スられても問題ないよう格好だけ持っている袋には五〇アスちょっとしか入れていない。

「現地まで早馬でも四日。余裕を見て予定を立てているけど、そんな当日に雨。で、君は濡れるのが嫌だから出発を延期すると？」

「あっ、いや、えっと」

爆弾でも押しつけられたかのように、私の擬装用財布を持ってオタオタしているマチューに笑いかけ、財布を取り上げた。

「安心したまえ、物の喩えだ。中身はただの小銭だよ」

ちょっとした冗談にビビってくれる新人達は初々しくて可愛いねぇ。って、ジークフリート、何で君らまでそんな顔をしてるんだ。

「いや、だって、お前のコトだからマジでありそうだもん」

「流石にそんなデカいヤマなら相談するけど!?」

何だよ、一日に二回もガッカリさせることないだろ!?　どんだけ信用ないんだよ私！

「いや、十分あるね！　昨日の深夜に持ち込まれた話とかで、全員の利益になるとか思ったらお前はやる！」

「そんっ……な、ことは……ない！」

「自分でもちょっと自信ねぇのかよ！　そこはドモるな!!　断言しろ!!」

ぐ、流石戦友、私のことを分かってきてる。

　実際、喩えとして出した案件が、その場で決めねばお流れになり、とんでもない利益と冒険に繋がるなら首を縦に振っちゃったかもしれん。事後承諾は完全に悪習と断じられるけど、冒険と比べてしまうとどうしてもね。

「た、多分、今の例なら一人二〇〇ドラクマは引っ張れる！　これくらいじゃないとやらん!!」

「にひゃっ……」

「ほら！　揺れた！　分かるだろ、ちょっと！」

やーいと指を指して戦友と戯れていると、呆れてマルギットは馬車の荷台に飛び乗ってしまった。阿呆な男の子二人が遊んでいるのに、お姉さんは付き合いきれなかったようだ。

咳払いを一つして、場の空気を入れ換える。この雨で溜まった湿気と同じように、しつこく滞留しているようにも感じるが無視。

「とまぁ、今のは私が今考えただけの喩え話だけども、冒険者の依頼には何時何時までなんて制限があるのも珍しくない」

「そういや、ゼーウファー荘ん時も冬中にって指定されてたよな」

「うん、そういうこと。下級の内でも時間制限のある依頼は多い。つまり、雨だろうが霙だろうが、依頼を一度受けたら歩かにゃならん！」

　しかし、実戦でいきなりやらされたら皆嫌だろうから、ちょっとしたお買い物のついでに慣れておこうってだけのことだ。彼等もマルスハイムに冒険者になるべく流れてきたのが一番長い旅路だったそうなので、道なき道を征(ゆ)く経験を積むのは絶対糧になる。

「ということで、今回は馬車に荷物を預けるけど、全員歩きます。街道から外れて一日で最低一〇里(40km)は進む予定なので、覚悟するように」

「「一〇里も!?」」

新人に交じってジークフリートまでビックリしているのはさておき、我々は現代日本人と違って、徒歩での移動に慣れているため歩くのは問題ない。なんつったって、両親がくれた足以外の移動手段は全部高価だ。諭吉さんが一人いれば自転車を買えるような環境ではないため、平民は何処へ行くにも歩く。とにかく歩く。

なので一日平均三〇㎞くらいの行軍は、街道沿いなら大体いける。運動不足で普段歩かない会社勤めでもあるまいし、毎日鍛えている成人した男性なら、これで音を上げるようであったら基礎訓練からやり直した方が良いくらいである。

しかも、我等は冒険者。鎧櫃(よろいびつ)や得物を担ぎ、日々の道具や食料まで自分で持って動かねばならん。

ついでに依頼先が常に街道が整備された、流通の便がよい街や荘ばかりではない。必然的に、道なき道を完全装備でも迷わず歩けるようにならねば英雄にはなれないのだ。

ちと言っていることがブラックめいているが、そういう仕事なんだから仕方ない。運送業者が長距離運転嫌いなんて言ってたら務まらないのと同じく、荒れ野を征くのが冒険者だ。

「うへー、一〇里も剣担いでかー……腰痛めそー……」

カーステンはヒト種(メンシュ)基準では標準的な剣なれど、小鬼(ゴブリン)である彼にとっては長剣にあたる長さの得物を疎ましそうに見やった。

しかし、これだけは絶対置いていけない。現地調達もできないし、最後に命を懸ける商売道具なのだ。背嚢はともかくとして、身一つで落ち延びるにしても武器を捨てるのは最後の最後である。

「この雨だしなー……いや、でも、確かに実家と近い荘園が野盗に目を付けられたとかだったら、普通に天気選んでられないよなー」

「スゲー真面目だな、お前」

「正義の冒険者って、そういうもんだろ？」

マルタンは酒場の庇(ひさし)から手を出して雨の勢いを確かめつつ、ただの訓練ではなかった時のことを考えて表情を曇らせた。彼は小作農の生まれらしく、実家を楽にしてやって、ついでに同郷の恋人と結婚する資金を作りたくて冒険者になったそうだ。

自分がどんな仕事をするか、想定して動ける彼はきっといい冒険者になるな。

「俺、雨きれぇなんだよなー……」

「何でだよ。人狼(ヴァラヴォルフ)の毛皮は雨にも強いって聞くぞ」

「限度があんだよ。見ろ、今日の毛並み、キマってねぇだろ。折角のイケメンが台無しだ」

「イケ……？」

「せめて揶揄え！　首傾げんな！　肉削いで食うぞ牛野郎！」

「オメー等の顔付き分かんねーんだよ犬！　仕方ねーだろ！　毛が寝てるくらい誤差じゃねぇか!!」

「せめて狼と言え!!」

亜人種組はお互い悪天候にも強い種族であるものの、嫌いな物は嫌いらしく愚痴りあっていたが、喧嘩友達でもあるようで早速小突き合いに発展していた。

うん、ヒト種である私から言わせると、どっちもエタンとマチューである個人の識別はできるが、審美ができんので上手く割って入る言葉が思いつかなかった。

「あー、二人とも、そこら辺にしておけ。これ以上軒先で喧しくしてたらジョン氏に怒られるぞ」

なので、店主の威を借って大人しくさせた。

しかし、二人ともジョン氏の名前を出した瞬間に大人しくなるって、私がいない間に何かやらかしたのか？　威圧感凄いけど理不尽に怒る人ではないので、ちょっとの喧嘩くらいじゃないいな。

まぁいい。私の弟子になって以降、四人で組んで煤黒の仕事をしているのだから、夕飯を囲んだ時に誰かがポロッと漏らすだろう。

行き過ぎた原因で叱られたのだったら、冒険者の先達らしく教えてやるだけのこと。

「では諸君、元気よく行こう。なぁに、本番より楽さ。遠足気分で楽しもう」

これも実戦のための実践。元気よく行こうじゃないか…………。


【Tips】装備を担ぐ分、冒険者として地方に行軍する勝手は、一般人が遠出するそれとは全く違う。


何がそんなに悲しいか分からないが、聞いてるこっちが首を吊りたくなる陰気な旋律を伴って子牛が売られていく歌があったような気がする。

冷蔵技術がない世の中、実際に生きて自分の足で動かした方が〝鮮度〟もいいため、酷く合理的なのだろうが、絵面が可哀想で泣けてくるのだ。

まぁ、我々庶民は肥育された牛なんて高すぎて買えないので、専ら肉と言えば豚か鳥なんだけど。

「あー、何だかなー……」

「やる気出せボケェ!!」

飛矢を盾で弾きながら、愛馬達に当たる軌道の物を切り払っていると凄く憂鬱な気分になった。

これから、詩の通りに依頼で伝手ができた荘園を訪ねて、安価に豚を一頭買いしようとしていたところだから尚更だ。

「いや、この展開何度目かなって。もうGMネタ尽きてきてない？」

「GMってなんだ!?　略号で喋(しゃべ)るな!!」

さて、ご覧の通り我々は絶不賛待ち伏せによる奇襲攻撃を受けている……と、見せかけて、準備万端で殺し間に敢(あ)えて踏み込んでいる最中だった。

道は目的の荘園に通じている細い林道で、地元の人間に使われているのか手入れはそれなり。馬車が一台何とか通れる広さであり、マルスハイムを出て四日間も降り続いた雨の割りに地面は真面(まとも)であった。

まったく、去年は長寝した上に、今年は寝起きが最悪とか豊穣(ほうじょう)神は如何(いかが)なされたのかね。春先にこんだけ雨が降ったら農家が大変じゃないか。風雲神と夫婦喧嘩でもして虫の居所が悪いのか？

何も私の虫の居所まで悪くせんでもいいじゃないの。

今回はただの遠足なのだ。態々(わざわざ)道中表なんて振らせてくれなくていいから、ホント。新人達に行軍を教えて、荘園で豚を買って保存食を作る催しをしたかっただけなんだよ。買うより安上がりで済むのと、息抜き兼外歩きの練習になったらいいなって思っていたのに。

ぶっちゃけ、割るのが面倒くさい豚の貯金箱が出てきても、今の懐具合だと嬉(うれ)しさより煩わしさが勝る。

「だだ、旦那ぁ!?」

「まだ顔出すなー。盾構えてしっかり引き付けろー。追撃戦とか面倒極まるからなー」

敵は装備からして土豪ではなく、近所の小悪党であろう。普段はさも真っ当な民衆ですって面をして、隊商の往き来が盛んになる時期に臨時で野盗もやる兼業者。

得物は槍や斧で一〇人くらい。半数はヒト種で、後は亜人種が色々。統制が取れておらず、勢いに任せて集団で走り掛かって来ているだけなので、専門の軍事教練は受けていなそう。

後衛に狩猟用の半弓や略奪したであろう旧式の弩弓、あと投石紐で足止めしてきてるのが一五人。こっちは猟の経験があるヤツが混じっているようで、木の上に陣取って立体的に攻めて来ているし、射撃の精度もボチボチだ。

しかしながら、我等が水先案内人、マルギットによって来ることが先んじて報されていたら、ただの雑兵集団でしかない。

私は愛馬達の前で突っ立って注目を集め遠隔武器の狙いを引き付け、ジークフリート達は盾を構えて密集陣形で流れ弾を防ぐ。

しかし連中、ちょっとおつむが足りてないのでは？　襲われるかもしれないと思ったから、全員具足をしっかり着込んで――後輩達には鹵獲品を都合した――抜き身の武器持って示威行動をしていたんだけど、殆ど何も考えず突っかかって来やがった。

見たら分かるだろ、喧嘩売って割に合う相手かどうかくらい。武装した五人からの冒険者がついていたら、冷静なら次の獲物を待とうって思わない？

「あー……やる気出ねー……こんなん素人さん相手してるのと大して変わらんぞ……」

「頼むから気合い出せ！　一応命のやり取りだぞ!!」

「ちゃんと囮はしてるだろー。くそ、狙いが雑だから、却ってやりづらい。こらぁ！　ド下手共！　家の愛馬が怪我したらどうしてくれんだ!!」

つってもねぇ、奇襲をかける位置も半端だし、相手を見る目もないし、かといって集団戦が得意かっつったら微妙だしで、何一つ心が躍らないんだよ。

これじゃ功名にはならんね。良いとこ、豚を追加で買い足せるかくらいだな。

「わぁぁぁ!?　刺さった！　盾に！　盾に!!」

「クソがぁ！　イモ引くなよお前ら!!　背ぇ向けたら当たるからな！　踏ん張った方が絶対安全だ！　教えたとおりにやれよ!!」

しかも、勝ちがもう決まってるんだもの。

事前の打ち合わせと練習もあって、幾らか乱れはあるが円盾を亀のように並べる密集陣は、当人達のやる気を反映するように様になっている。盾も戦場で拾った安物だけど、矢玉をしっかり受け止めて新人達の命を護っていた。

奇襲で何人か欠けたならまだしも、脱落者なしなら乱戦に入った瞬間に消化試合だ。まだ四人とも腕前で言えば〈基礎〉くらいだけど、反攻しない相手にしか暴力を振るえない、一山幾らの雑魚と乱戦して負けないように仕込んでいる。

そこにジークフリートが加わっているのだから、逆に負けるとしたら戦列の中央に隕石でも降って来るような理不尽でもなきゃ納得しないぞ。

また、鬱陶しい後列は今にも掃除される。

ほら、始まった。

「ごっぷぇ!?」

七〇歩ほど離れた木の上に陣取っていた鼠人(スチュアーツ)の野盗が、頭から下に落ちて面白おかしい悲鳴を上げた。瞬き一つの後、少し離れた木に登って投石紐を投げていたヒト種(メンシュ)の肩に矢が突き刺さり、受け身も取れず落下していった。

我等が麗しの斥候のご登場(エントリー)だ。

凄い、流石(さすが)は蜘蛛人(スパイダーなガール)。木々の間をしおり糸や脚を駆使して飛び交って、瞬く間に後衛が駆逐されていく。

すれ違い様に首を引き摺(ず)って樹上から叩(たた)き落とす様は、最早(もはや)何らかの交通事故めいていて、少し不憫(ふびん)ですらあった。

しかも、遠くから見ている私でさえ軌跡を追うのがやっとで、音も悲鳴以外立てないとくれば、敵は尚更何が起こっているか分かるまい。気分はちょっとしたホラー映画の被害者側ってところか。

あと十数歩で接敵というところだった前衛は、悲鳴を上げさせるはずだった自分達の背後、つまりは味方が泣き叫んでいることに気を取られて勢いが止まる。

「カーヤ!　今だ」

「うん!　えいっ!!」

　ジークフリートも好機を悟ったのだろう。打ち合わせ通り、馬車の中で流れ矢が当たらぬよう伏せていたカーヤ嬢に合図を送る。

　投擲されたのは、薬液を小分けに保存する褐色の瓶。少し狙いは外れたものの、大凡敵の近くで割れた途端、薄い靄が立ち上る。

　かけ声は可愛らしかったが、威力に愛嬌は一切ないぞ。

「なんっ……げほ!? がっ……」

「ひゅぅっ……めっ、喉……」

「くうっ、空気が……辛い……!?」

〈催涙術式〉の靄だ。風向きによって散らされた靄は、突っ込んで来た敵を取り込んで粘膜という粘膜を掻き毟る。この辛さは〝忌み杉の魔宮〟に追い込まれる原因にもなった、濃密な花粉をも上回る。

「っしゃぁ、突っ込め！　刈り取れ！」

「「「おっ、おぉぉぉぉ!!」」」

　我々は対抗薬を塗布済みなので、範囲妨害に巻き込まれることはない。ヨーナス・バルトリンデン退治でも大活躍した、よく海外のデモ隊にブチ込まれるのと同じ催涙攻撃は効くだろう。

　一回、海外旅行で巻き込まれて味わったことがあるんだよ。あまりの痛さと痒さで、目や鼻なんかではなく〝顔面全体〟が痛み、苦痛に思考が支配されて転倒したことにも気付けない威力は伊達じゃない。

号令に従って盾の列が起き上がり、横一列で足並みを揃えて突貫。痛みに悶える野盗を蹴散らし、ただの一当てで戦闘は終わった。

正直、これを戦闘と言っていいのか限りなく微妙なところだ。

「わぁぁぁぁ!!」

「やめっ、ぎっ……ぎゃぁ!?」

「死ねぇぇぇぇぇ!!」

「おっ、ごぁ……げっ……!!」

あーあー、万が一〈催涙術式〉に耐えて反撃してくる骨のあるヤツがいたりしても、誰か怪我しないよう支援できるよう備えてたんだが、一方的過ぎる。

敵もそうだが、初の殺し合いにエタン達四人まで恐慌状態に陥るとは。初陣って大体こんなもんなのかね。

「おーい、やり過ぎるなー。死体より生きてる方が報酬は高いし、怪我人運ぶより自分で歩かせた方が楽だぞー。聞いてるかー?」

それでも、季節半分かけて教えた甲斐はあったのか、皆ちゃんと斬撃に腰が入っていて刃筋も立てられている点はいいね。基本が骨の髄まで染み込みつつあるようで、半ば力任せな感じはあるが、四人ともしっかり撲殺ではなく斬り殺せている。

お、やっぱりエタンは元の馬力が高いだけあって凄まじいな。咄嗟の防御か、あるいは命乞いなのか前に突き出された野盗の手が、持ち主の首と一緒に吹っ飛んでいった。

だがマチュー、トドメはしっかり刺せといったけど、もうとっくに死んでるぞソレ。彼の産まれた人狼(ヴァラヴォルフ)の一家(パック)は流しの猟師だから命のやり取りも慣れているかと思ったが、流石に人と獣だと違うもんかね。

マルタンとカーステンも、亜人種と比べて非力ながら頑張っている。半分以上はジークフリートが片付けたが、最低でも一人一殺。冒険者の童貞の捨て方という観点では、割と恵まれた方かな。

まぁ、負け戦で先輩勢さえ庇(かば)えないような中、散々に逃げ散るよりいいかと思いつつ、私は脳内で地図を広げて直近の荘を探る。

捕虜は殆ど取れなそうなので、〝軽量化〟して馬車を少しは空けておかねば。

折角の新車だ。薄汚い野盗の血で、生臭い臭いが取れなくなるのは勘弁願いたい………。

【Tips】こういった事態を避けるため、騎士家では罪人の斬首などを子弟に行わせることで血に慣れさせる慣習がある。

とある鄙(ひな)びた荘園の片隅にて、四人の冒険者が呆然(ぼうぜん)と空を見上げていた。

天は彼等(ら)の気持ちなど知ったことかと言わんばかりに蒼(あお)く、数日前に降り注いだ大雨を詫びているかのようだった。

目の前では吊して塩をたっぷり塗り込み、更に金の髪のエーリヒ特製らしい豆や香草を練り合わせた漬けダレを塗り込んだ豚肉が燻製にされている。

態々都市部まで持っていくと高価なので、現地で買い付けから解体、加工までしてしまおうと遠足を企画した本来の目的物だ。

彼等の今日の任務は、火加減を調整し、薄い板金の燻製機が焦げないよう見張ること。

この差配は、正当防衛とはいえ初めての殺人に手を染めた新人達を慮った、先輩二人の気遣いに因るものだ。

さしもの金髪も、人を殺した翌日に腸詰め作らせるなんてお前は悪魔か、と同期から詰られれば手心の一つも加える。

自作の燻製もかくやに、戦うという行為に浸かりきり一般的な倫理観を完全に薄れさせていたことに気付いた頭目が、自分の正気を自問自答しつつ挽肉を作っていることを彼等は知らない。

「なぁ……」

「なんだよ」

人狼の問いに牛躰人が応える。

「俺……人、斬った……んだよな？」

「……みてぇだな。俺も、斬った……っぽい」

同門の会話に小鬼(ゴブリン)の長い耳がひくつき、ヒト種(メンシュ)の新人もじっと手を見る。

「斬った感覚が殆どねぇ……ありゃぁ、ありゃあまるで、実家で豚を捌(さば)いたのと……」

「止(や)めろ!!」

マチューの独り言めいた感想を遮ってしまったのは、エタンもその通りだったからだろう。

彼等も田舎育ちだ。実家を手伝っていれば、保存食作りのために豚や羊、鶏の一匹も捌いたことはある。

正しい斬り方をすれば、手応えは家畜も人も大差ない。その違いは精々、獣は鎧(よろい)を着ていないくらいであろう。

格好好(い)い冒険者に憧れて、業界に入った新人が荒事に触れれば、一度は苛(さいな)まれるこの世の真理。興奮の中、人の命を奪った実感だけが残っているのに、あれだけ洗っても血脂が落ちないような気がした手に何の感触も残らないのが、若い彼等にはひたすら気味が悪かった。

これがいっそ、絞殺した時のような痺(しび)れの一つもあったなら、実感が伴う分理解も易(やす)かったろうに。

エーリヒが教え込んだ剣技。人を斬る技は、殺人の実感を薄れさせんばかりに精度が高かったことが仇(あだ)になろうとは。

「けど、けどよぅ……こうやって、燻製作ってんの見たら、なんか……」

胸ぐらを摑み上げられた人狼の耳は寝ており、髭が萎れている。尻尾にも元気がなく、股の間を出たり入ったりしている。

本物の狼であれば覚えない葛藤は、人類なる自分の思考に捕らわれる哀れな生き物に属してしまった罪業だ。

英雄詩のように劇的でもなければ、況してや悲劇のように悲哀もない。

敵は、ただ悲鳴を上げて死んだ。

それだけのことが、どうしてか辛いのだ。

分かってはいる。そういう仕事だ。むしろ、この四人はエーリヒやジークフリートという、全員束になっても勝てない相手が鍛錬を付けてくれた分、死ぬ覚悟はできていた。いつ何時、抗いようのない理不尽が降りかかるかは、我が身を以て骨身に染みて分かっていたから。

だが、いざ殺す側になると、言葉が上手く結べないのだ。殺される側ではなく、殺す側でいたいから厳しい鍛錬を熟したというのに。

「ったく、まだウジウジやってんのか」

薪の束が放られるのに被って、四人の背後から声が降ってくる。

「ジークフリート……さん」

「片っぽ消えかけてんぞ。何やってんだ。生焼けだったら俺らみんな死ぬぞ。豚肉はヤべぇんだから勘弁してくれ」

「あ、うす、すいやせん……」

シケた顔をした後輩達に半分発破をかけるつもりで来たジークフリートだったが、燃料不足で火が消えかけている燻製機のような勢いで言われると、何だか自分が悪いことをしているような気になった。

どうしたものかと考え倦ねた結果、空を見て黄昏れる背中が何故か増えた。

まだ、陽はこんなにも高いというのに。

暫し非常に重い空気が牧歌的な雰囲気を塗りつぶすように立ちこめたが、ジークフリートは時間がかかったものの話術を組み立て終えたのか、薪の枝を持ち上げて、その節をじっと見つめながら口を開いた。

「剣ってのはだな、本質的に殺すことしかできん道具なんだわ」

棒きれに重ねるのは、夕暮れの中手渡され、今も使っている鹵獲品の剣。

あの時、己はどうやって自分を納得させたのだろうと思索を巡らせつつ、ジークフリートは訥々と語る。

「奪うにせよ守るにせよ、まぁ人を斬ることを目的に仕立てられた、いわゆる人斬り包丁ってヤツだ。たしかに格好好いぜ、コイツは」

後輩達の境遇は自分とは違う。乱戦の末に死に損なった相手に、涙ながらの命乞いをされつつ、きちんと殺した実感を刻み込まれながら童貞を切った経験は、完全に重ねることは不可能である。

「この格好良さは本物だ。詩と一緒だ。曇りなく磨き上げたのを見てたら、心が燃えるような気がする。行軍の時は鬱陶しいけど、ぶら下げる瞬間は重さがスゲぇ頼もしい」

気が付いてみたら殺した彼等と、逆に見せ付けるように死を意識させられた己。果たしてどちらが酷かなどと英雄志願者が比較することはない。

感じ方は各々違う。それくらいの常識は持っているつもりだったから。

むしろ、あの金髪達の方がちょっとおかしいのだ。敵だと思ったなら、瞬間的に「コイツは殺していいヤツなんだな」なんて切り替えられるのは。

それはそれ、これはこれ。言うは易く行うは難しの典型ではないか。これができていたなら、人類が起こしてきた戦争は十分の一以下になっていただろうに。

「けどなぁ、使った結果だけは詩と違ぇんだよな。こえぇし、汚ぇし、格好好くねぇ……けど、これが俺達の憧れた英雄がやってたことなんだってのはたしかなんだよ」

枝を掌で弄び、一回転ごとに例を挙げていく。

野盗、土豪、チンピラ、悪党、怪物や竜、狂した魔種。

どれも誰かが、英雄が殺しておかねば、何処かで無辜の民を殺める存在だ。

「どっかの英雄が先に潰しておいてくれたから、俺らは大人になるまで生きてこられた。でも、珍しくねぇだろ？　荘園が焼かれて孤児んなったなんて話。辺境だとよくあるこったよ。俺ん故郷でも、それで親戚引き取ってる家が幾つかあった」

真の英雄は悲劇を未然に摘む存在だ。

そして、できないことを、何よりやりたくないことを肩代わりする存在である。

何時だか酒を飲みながらグダグダやっていた時、金髪が口にした持論を借用するのは業腹であるが、正鵠を射すぎているので使わざるを得ない。

良いことをしているのに、後輩達が殺人に押し潰される姿を見るよりずっとマシだった。

「殺しちまったモンは、もうどうしようもねぇ。けど、俺らは襲われた側で、連中は紛れもないクソ野郎共だ。其奴らを狩って、いつかどっかで焼かれたかもしれねぇ荘園や隊商を減らしたってことは、認めてやれよ」

「認め……何を……？」

「必死こいて戦った手前をだよ」

言われて、はっとマチューは顔を上げる。

「殺しに慣れろとは言わねぇ。けど、せめて誇れよ。じゃねぇと殺された側も格好付かねぇし。それともお前、あすこで俺らが連中見逃して、どっか余所の一般人が被害に遭った時、今より辛く感じねぇか？」

受け売りの焼き直しは、ジークフリートとしても心地好くはないが、悩みは分かる。もう夜ごととまでは行かないが、時折死人の顔が夢に出るのだ。

今際の際、吐き出される吐息、顔に掛かる血飛沫、命乞いの台詞。

どれ一つ取っても忘れられないし、忘れるつもりもない。

逆に誇るのだ。悪党と果敢に戦った事実は消えぬのだから。

「剣を持って立ったんだ。その意味くらい、考えて自分と折り合いつけな。その上で嫌気が差したら向いてねぇよ。帰って鋤でも握ってろ」

剣に見立てていた枝を燻製の炉にくべて、ゆっくり立ち上がる先輩冒険者。

「剣は何処までいっても剣だ。ちげぇのは、持ってる側がどっちかってことだけ。冒険者に、英雄になりてぇなら剣の友達でいろよ。気味悪がるな。ちゃんと誇れ。そんでもって、抜く度に意味を見直せ」

「いいね、それ」

気配も音もなく被った賛同の声は、調理場から新しい燻製用の腸詰めを運んできたエーリヒのものだった。カーヤが魔法で作った氷を詰めてキンキンに冷やされた箱を抱えていると、イマイチ様にはならないが、同期が後輩に極意を説く姿が嬉しかったのだろうか。表情は朗らかで、足取りは踊るように軽い。

「いいねって、何が？」

「剣は友。冒険者として、無辜の民を救い、悪意を防ぐ同胞。我等を我等たらしめてくれる友人」

道具は突き詰めれば、目的に従って作られた無機物でしかない。

だが、意志ある人間が持てば、別の意味を持つのだ。

「ならば、我等は正しき剣の友であろう。いいの思いついたよ、一党の名前。名乗る度に思い出せる」

「あー、そういや、そんなの話してたな」

自家製の腸詰め(ヴルスト)を燻製機の隣に置いて、中の具合を確認する同期の言葉を聞いて英雄志願は、名乗りをどうするか決めていなかったことを思い出す。

「剣友会。どうだい、格好好いだろう？」

「剣の友であり、剣を持つ冒険者の友、ね。ま、いいんじゃねぇの。じゃ、俺らは剣友会ってことで」

これまた癪(しゃく)ながら、名付けの感性(センス)は悪くない。語感も好いし、短くて分かりやすく、何より勇ましいではないか。

「お前ら文句ねぇか？」

確認として問いかければ、新人四人は顔を見合わせた後、声を揃(そろ)えて是と答えた。

「ありがとうございやす、ジークフリートさん！　いや、ジークフリートの兄ぃ！」

「何か、ぱっと気分が明るくなったぜ……兄貴！」

「はぁ!?　兄ぃ!?　兄貴!?　なんだよ、その呼び方！　何か輩(ヤカラ)みたいじゃねぇ!?」

末っ子であるジークフリートには、その呼び方は妙にくすぐったくて反射的に否定してしまったが、悪い気がしない自分がいるのもまた事実。

どうにか上手く返そうとするも、兄貴兄貴と慕ってくる後輩達(たち)を前に頬がやに下がるのを止められなかった。

「いやー、好い名前を付けられてよかった。金の髪の一党とかじゃ、なんか締まらなかったしね。初の遠征も成功して、時期も縁起も良い。何か揃いの意匠でも考えようか？」

「気がはえーよ馬鹿。それ考えるのも作るのも安くねぇだろ」

「誰か絵心ないかい？　指輪や鎧は無理だけど、外套を留める飾りくらいなら私が自作できるよ。素材に拘らなきゃ殆ど無料だ」

「あのなー……」

斯くして燻製の煙がたなびく中、一つの氏族が人知れず旗揚げを完遂する。

剣の友の会。剣友会。

以降、彼等はこの名の下に剣の誉れを追い、冒険者としての栄誉に渇望して走り続けることとなる。

気高さと飢えから意匠には大狼が採用された。図案は絵心があったカーステンによって描かれ、剣を斜に咥えた狼の図案はエーリヒの感性をいたく刺激したのだろう。荘園にて木材が調達され、直ぐに〈木工彫刻〉によって浮き彫りの外套留めが作られる。

身に帯びる限り、剣の技を高めると同時に正しきとは何たるかを哲学し、理想の冒険者を追い求める酔狂人の群れが生まれたことを、春の澄んだ青空が静かに祝福していた……………。


【Tips】剣を持つ悪人から善人を守れるのは、剣を持った善人のみである。後世に伝わった〝剣友会心得〟より抜粋。

青年期
十六歳の夏

情報屋

GMが罠を演出するため嘘のハンドアウトを配らない限り、情報の正確さは担保されるべきではあるが、シナリオ傾向においては"果たしてこの情報は真か偽か"でPC達が悩むことを醍醐味に据えた物語もあるため、時に重要な情報の裏取りをするNPCが仲間に加わることもある。

有名になるのは覚悟が必要、なんて言葉を残したのは作家だったか歌手だったか。今となっては定かではないが、まことに至言であると言わざるを得ない。

「うーん、どうしたもんだか」

子猫の転た寝亭、その自室にて私は方々から届く書簡を広げて悩んでいた。とがらせた唇の上にはいっちょ前に羽根ペンを挟み、気分は美味しい案件が同時に飛び込んできて悩む重役だ。

いや、実際、剣友会はもう有名企業といって差し支えはないのだろう。

春から夏にかけて、結構な依頼を熟した。新人達と八人で隊商の護衛を難なく熟し、かつての土豪が作った廃城に巣くった野盗を征伐したたし、都市に潜伏していた賞金首も五人ばかし捕まえた。

おかげで剣友会の名は売れ、懇意になった仲介以外から名指しで依頼が届くようになり、参加希望者も増えている。

当然、持ち込まれる諸々と比例して私が考えねばならないことも増えた。

面倒を潰すために面倒を抱えて、同じく面倒だと感じる。

うーん、この社会って構造、ちょっと構築甘くない？　設計要点定める時点でプログラマさん、ちょっと仕事荒いよ？

気を紛らわせる冗談はさておこう。アグリッピナ氏がウビオルム伯になってからの一年と比べたら大分マシだ。あの時は薬やら魔法やらで誤魔化して四徹とかもしたたし、たしか最長で七徹やった。

忙しい自慢は自己管理が欠如していることをひけらかしているだけに過ぎない、なんて斜に構えたことを宣っていた大学生時代の自分を笑ってやりたい。人間、これだけは何があってもやらねばならない仕事が管理能力以上に注ぎ込まれることなんぞ、別段珍しくもないことを知らなかった時分だ。

ただ、今回は一日くらい徹夜を覚悟せにゃならんかな？

「んー、この隊商護衛はエタンの班に任せるか？　カーステンと組ませて、先週来た新人二人と組ませたら煤黒四人でも十分だろ」

依頼の取捨選択、剣友会に来た新人の能力把握、及び持ち込まれた情報の正確性確認。ズルをして〈遠見〉やら色々と魔法を使っても、ちっと手が足りん。私はアグリッピナ氏と違って、全く初見の場所に視界を一瞬で飛ばせる腕はないし、情報秘匿の結界や加護を抜けるだけの出力もないから、入って来る情報を総合的に精査しなきゃならんのが何ともしんどい。

「じゃあ、こっちのお貴族様のご子弟がお忍びで街にでる案内はマチュー……だけじゃ拙いか。マルタンは座学にも熱心で、ちょっと宮廷語が使えるようになったし、こっちにも……いや、でも基礎教導が終わってる面子が足りなくなる」

依頼の文を掻き分けながら、手帳を捲って予定と照らし合わせて動ける人員を計算するのが面倒臭い。今のところ、剣友会で何処に出しても恥ずかしくない戦力は立ち上げ当時の八人で、会員はそこから一〇人増えているけど、現在は篩い分け中なので全員は使えない。

装備貸与やら宿代支援、携行食を自分達で作ることで経費を最低限に抑える待遇に惹かれただけの、半端な連中も混じっているから手放しに全員は使えないんだよな。

まぁ、それでも先週一五人いたのが一〇人まで減ったんだし、多少はイケるか？

「んー……いや、でも売り出し始めた今は評判が肝心。他の真面目な会員が稼いでくれた信頼に傷は付けたくない。となると、やっぱり基幹要員をお守りに付けないと不安が残る……」

いや、ここで妥協して剣友会が他の不逞氏族の如く、数と暴力を頼みに台頭した集団だと思われたくない。

最初の四人が積み重ねた信用と〝頭目二人が琥珀〟であることで、煤黒混じりでも紅玉や琥珀の仕事を融通して貰えているに過ぎない。そうくると、いよいよ以て依頼達成の実績と成功率、そして派遣する人員の質が問われる。

「えー……？　じゃあ、お忍びは私が直に行くか？　マルタン一人じゃ流石になぁ。彼、筋は悪くないんだけど思い切りが足りないし、ヒト種じゃ威圧効果が乏しい……」

そして、誰をやるかだけ決めて終わりではいかん。前世の管理がガバガバ極まる派遣会社じゃあるまいし、前もって仕事がどのような手筈になっているかを依頼人、派遣する配下と調整する意識の統一が必須だ。

「って、あ、そうか、ここで私が依頼に出ると教練を付けられる人員がいない。くっそ、ジークフリートとカーヤ嬢が外に出てるのがな……」

　氏族なんて柄ではないが、師匠をやってるんだ。弟子達の働き方を快適にするため、骨の一つ二つも折るともよ。

　なぁに、人間には二一五本も骨があるんだ。誤差だよ誤差。

「マルギットに調練を代わって貰うか？　いや、でも今やってもらってる浮気調査は極秘なのもあってマルギットじゃないと無理だ。私でもできない。となると……あああああああ」

　ただ、全身複雑骨折級になってくると悩む。本当に悩む。

　せめて、依頼文を全部赤文字にして、嘘（うそ）はないって補強してくれんかね。ハンドアウトに書いておいてくれないと、心の準備ができないから困るんだよ。中盤くらいでパッと裏ハンドアウトを渡されるPL（プレイヤー）の気持ちにもなってくれ、クソGM（ゲームマスター）共。

「くっそー……こっちの依頼の正当性だけでも誰かに裏取り頼みたいんだけど……でも、こないだの情報屋はハズレだったしなー……」

　苦悩に頭を悩まされながら、依頼の束を捲る。

　これがまた面倒なことに、偽の依頼が紛れているのが面倒臭いのだ。

　初夏に一件、今月に入ってからは、もう三件ばかし剣友会の名を貶（おとし）めようとして持ち込まれた偽の依頼があった。

大抵は既得権益や、中規模の元気がある氏族が扶持を奪われた報復だ。

無論、全部きっちりとお返しして〝分からせて〟やったとも。依頼の段階で下調べをして、偽の依頼であると分かって赴けば対処は容易い。地下駐車場に呼び出されても、ガチタン相手と割れていれば、旋回性能で優位を取り延々ケツを掘ってやるか、射突型ブレードをブチ込んでやるかで容易に対処可能なのと一緒。

問題は、その騙して悪いが案件を受ける前に見つけるのが一番の手間ってことだが。全額前金くらいの分かりやすさなら、身構えて死に神を受け止めてやるのだけど。

これがまー始末が悪い。時間は食う割に金にはならないし、弾けた時は安心感より徒労感の方が勝る。さりとて手を抜いたら名誉点がガッツリ削られるので、絶対に安易に流せないのが心労を積み重ねていく。

一件一件なら大した問題ではない。事前に調べる術はあるので、丁寧に聞き込みをして、依頼人の面を拝んでおくだけ。

だが、二〇人近くなった剣友会を運営するとなると、持ち込まれる依頼の母数が変わるため勝手が違いすぎる。

これじゃ冒険者じゃなくて人材派遣会社の社長だよ私。

「あー、駄目だ、疲れた。一旦休もう……外の空気吸お……」

まず依頼文を見て調整して、返事するだけで大変だ。そこから選別して真偽鑑定までやってとなれば、時間が幾らあっても足りん。体があと二つは欲しい。

まぁ、間違いなく仕事する私と配下に訓練する私が組んで、冒険を楽しむ私を謀殺しにかかるだろうけど。

でも、マルギットに諜報役をやって貰うのも実際限界だ。彼女は隠行こそ一流の密偵でも舌を巻く領域にあるが、情報戦にまでは特化していない。忍び込んで盗むのと、噂から照らし合わせて真偽を探るのは違う物なのだ。

穴を埋め、手間を省きたいなら情報屋とのコネクションを作ればいいのでは？　という話になってくるが、今度はまた、その情報屋が信用できる人物かを探るのが難儀極まる。ロランス氏から紹介された情報屋がイマイチ使えなかったので――この手の人物は、割と簡単に金で転ぶことを失念した私の失態でもある――私は今ちょっと人間不信気味だ。

しかも、これは別にロランス氏が私の失脚を狙ったとかではなく〝ロランス氏には〟誠実だった情報屋が、剣友会と金を天秤にかけただけなので、むしろ巨鬼の戦士に謝られて気不味い思いをした。

確かにケジメ案件ではあるんだけど、アホな情報屋の手首から先貰っても嬉しくないんだよな……一アスにもならないし。

それに、ロランス氏は刃向かうことすら躊躇わせられる巨鬼であることや、大氏族を率いているから下手な手出しをされない前提もあったからな。むしろ、幾ら先達からの紹介だからって、胸襟を開きすぎた私の失態だ。

「……ここまで面倒なことだったとは、冒険者が徒党を組むのが」

　昼下がりの中庭に〝送り狼（シュッツヴォルフ）〟を持って出て、うんと伸びをする。

　女将（おかみ）さんは、今頃夕飯の仕込みで厨房（ちゅうぼう）かな。大旦那様は屋上で昼寝している時間帯で、フィデリオ氏は仕入で市場。商人が精力的に移動している夏だけあって、子猫の転た寝亭に人は少なく、中庭には洗濯物と私だけの状態だった。

「これはこれで楽しいが、体が鈍ると困るんだよな」

　運動のため愛剣を抜き、軽く舞う。

　体はこんなに軽いのに、思う通りに動けないのがもどかしかった。

　新人の助けになればと思って福利厚生を篤（あつ）くすれば、集（たか）ろうとする腹も括（くく）れてない半端者が来るし、情報に高値を付けてみても一回でも売れれば上等とクズが寄る。

　何となく、鎌倉の武士が〝庭に生首絶やすな〟の精神を養った気持ちが分かる。

　謀ったら分かるな？　そう語りかける物理的な威圧によって家人を統制する意図もあったのだろう。

　ああ、悩ましや。街のため、大きな冒険のため頑張っているつもりだが、どうしてこうも浅ましい問題を振り払えないのか。

　まだ私がフィデリオ氏のように、絶対に怒らせちゃならん存在として広範に認識されていないせいだろうけど、あの聖者は如何（いか）にして自儘（じまま）な冒険者生活と理想の塒（ねぐら）、そして美人の嫁さんと出会えたのやら。

　前々からだけど、私クズ運引きすぎでは？

しかし、焦るな、落ち着け。巨大企業を出し抜いて、機密を盗み売り払わないと殺されてしまう半分詰んだ状況で、一発逆転しなきゃ生存すらできないキャストじゃないんだ。

冷静に、丁寧に、失敗しなければ後は良くなっていくだけ。

自棄にならず、最善を尽くし続けろ。己の性能を十全に発揮するんだ。

帝国の暑すぎぬ夏の下でも、じんわりと汗ばむほど踊って心を慰める。

そう、落ち着け、刺々しい言葉はいけない。相手が何の目的で私を覗き見ているか知らんが、初対面の人には優雅で優しく。

牙を剝くのは、敵と附票を張る時だけで十分。

剣友会のウリは、落ち着いていて仕事ができる、そこらのチンピラめいた冒険者とはひと味違う集団ってところなのだ。

頭目をしている私の柄が悪かったら、笑い話にもならんだろ。

「そこの人。気配を断って抜き身の剣を持ってる人間の間合いに入るのは、感心しませんよ」

「……ありゃあ？」

礼儀として剣を収め、簡単に抜けないよう柄頭に手をやる。

敵意はなく、武器は抜きませんと表明する一種の礼儀だ。

すると、はためいていた白い敷き布の向こうから、布が人の形になったと錯覚するような滑らかさで人影が現れた。

「ばれてもうた？」

猫頭人だ。背はすらりと伸び、私より少し高い。一七〇㎝くらいだろうか。市井に有り触れた娘装束に隠された部分以外の毛皮は抜けるように白く、金色の瞳がよく映える。鼻と耳の裏側の淡い桃色が愛らしい雰囲気を醸し出しているが、油断してはならない。

愛嬌有るほっそりした、思わず顔周りをこねこねしたくなる欲求に駆られる顔付きなれど〝間合いに入るまで〟私が接近に気付けない手練れだ。

「でも、間合い？　二〇歩は離れとるよ？」

「それくらいは、私にとって一投足の距離なんですよ」

驕りでも何でもなく、今の腕前なら一度の踏み込みで斬り込める。流石に三〇歩以上になると、斬りながらではなく移動に専念する必要があるが、一呼吸で行こうと思えば行ける場所は十分に間合いと呼べるだろう。

「で、何用で私を眺めておいでで？　四半刻は見張っていらっしゃいましたね？」

「あちゃぁ……最初からかぁ……かなわんなぁ、近づき過ぎたみたいやわ」

笑うと目が細くなって、愛らしさの中に妖しさがある。猫頭人はヒト種から見ると老いていても若くても可愛らしいが、こうも美しい人を見るのは初めてだ。気品があるというか、高貴というか。

何物にも囚われない。そんな気位が表情から滲むような余裕を感じる。

そして、訛り(なま)。大きな川港がある中部特有の訛りは、帝都で聞いたことがある。北方や南方の訛りより聞き取りやすいが、独得の雰囲気があって、字面にすれば宮廷語になっても微妙な強調や抑揚に違いを感じる人達(たち)のそれと同じ。

ライン三重帝国の国号にもなったラインの大河、その幾本か有る重要な支流の結節点、有数の商売を担う中心地の言葉は西方だと珍しいな。

「あかんね、自分より敏感なんがおるって忘れたら。でも、ヒト種(メンシュ)ってアレやん？　耳も鼻も鈍いし、逆によう気付いたね？」

真白い猫頭人は、踵(かかと)が長く常につま先立ちになっている脚の形を活(い)かし、跳ねるように間合いを詰めてきた。

「背中から刺されるのが一番怖いので、人の気配には敏感なんですよ。コレを抜いている時は特に」

「あらぁ、なんなん？　刺されるような覚えがあんのん？」

自然な間合いの詰め方だ。察知できないのではなく、全く抵抗を覚えないせいで拒否反応を取りづらい。

まるで凄(すさ)まじく懐っこい猫だ。

「まぁ、こんな物をぶら下げる仕事をしているので、相応に。仇討(かたきう)ちに来られて、恥じる相手は斬ってないつもりですけどね」

「そっち？　あぁー、そうやったね、女給はみぃんな素っ気ないて言うとったもんね。貴族のご令嬢みたいに丁寧にしてくれはるけど、膝にも乗せてくれんて」

「よくお調べで。では、私が誰かはご存じでしょう」

小刻みに情報を出してくるけれど、お前のことをよく知っているなんて脅してくる声音ではないな。完全に怪しいのに、妙に親しみを感じてしまう。

魔法による思考誘導や思念汚染ではない。

いわゆる人徳、彼女自身が持つ固有の空気に飲まれつつあるのだろう。

うん、大丈夫大丈夫、ちゃんと自己俯瞰（ふかん）できてる。ほだされてない。ちゃんと精神抵抗はできているようだな。

恐らく、私が当面の目標として熟練度を貯蓄している〈絶対の威風〉に晒（さら）された人物も、こんな感じで無意識に思考を誘導されてしまうのか。

「にふー、ケーニヒスシュトゥールのエーリヒさん。金の髪のエーリヒさん。石塔斬りのエーリヒさん。あとは、剣友会頭目のエーリヒさんやね。どれで呼ばれるんがええ？」

でも、可愛いなぁ、猫っぽくて。いや、そのまんま猫頭人なんだけど、女将さんとは違う雰囲気だ。今もたまに依頼が来る、猫の君主に侍（はべ）っている猫達とは違う、言葉が通じるからこその空気感。

こういう人を、世間一般の人は〝魔性〟と呼び表すのだろうな。

「ただのエーリヒでお願いします」

「ええのん？　なんか、見た目からおかたーい人やと思っとったわぁ」

距離の詰め方、言葉の間、仕草に雰囲気、顔と顔の間合い、喋る度に動く猫の髭や、視界の端っこを掠める尾っぽの動き。

全てが意図してか無意識かは分からないけど、好意的にとられるよう計算されている。緻密に、執拗に、熱心に。

ここまで人好きのする人間は、帝都社交界でもあまり見なかったな。

いや、あそこでは私が対象にならず、同時に〝気を抜けば死ぬ〟と常時護りを厚く厚く、精神を貴族界隈の人間には一切混ぜ合わせないよう留意していたからだろうか。

世の中には凄い人がいるもんだ。こりゃ簡単に遇える手合いじゃない。

「ご想像通りにしましょうか？　ご令嬢、ご芳名をお伺いしても？」

「やーん、やっぱり堅いなぁ、すっごい宮廷語」

壁作られてるみたいやわぁ、と猫頭人は笑いながら言って、相対するよう前に出る。

「シュネー、そう呼ばれとるよー。よろしゅうねぇ、エーリヒさん」

「何をよろしくするかに依りますね、シュネーさん」

シュネー、雪ね。名前にはあまり使わない単語だ。儚くて、直ぐ消えて、冷たさから死を連想する。どちらかと言えば縁起が悪い言葉なので、余程の皮肉でもなければ率先して子供には付けない名前。

偽名かな？　それとも、文化圏が違う、雪が美しいと感じられる余裕がある地域から流れてきたから？

どうあれ人のことを気配を消して、四半刻近く見張っている事実から怪しいとしか言えない。

「んー、まぁ、そーなるわなぁ、うんうん、分かる分かる。まぁ、あれやよ、自分、ちょっと噂に詳しい人間でしてね？」

情報屋、か。ちと都合（クリティカル）が良すぎるな。信頼できて腕が良いのが剣友会お抱えで欲しかったけれど、時期がよくない。

忙しく、選んでいられない状態を待った？

あるいは、内側に忍び込んで情報を得るべく声を掛けてきた口かも。

少なくとも、ヤサが割れないよう気を付けている私の塒を見つけて、いる時間帯にアタリを付けて見張れるくらいには情報通な訳だ。

全くの偶然で、売り出し中の情報屋が売り込みに来ただけって可能性もあるにはあるけど、それはちょっと自分の運命力を信じすぎかな。

まぁ、何つったって我々、如何にもメインヒロインで御座いって感じで出てきたＮＰＣに裏切られるのに慣れてますので。

コンシューマゲームでも、今時珍しくない展開なんだ。ＴＲＰＧでもやるＧＭ（ゲームマスター）はやるんだよ、ＰＣ（プレイヤーキャラクター）と纏（まと）めてＰＬ（プレイヤー）の心まで折るような話作りを。

最悪の想定は常にしておくべきだ。味方として登場したからと言って、最初から味方とは限らないし、最後まで味方とも限らない。

人間、どこで裏ハンドアウトが生えてくるか分かったもんじゃねぇからなぁ。

「まま、先ずはお試しってことで一つ」

猫頭人の指は細くて長く、短くて抜けづらい毛が密集している。人間で言うと指先、第一関節に肉球があり、掌にも備わっていた。これは足も同じなので、靴を履く文化がないそうだ。

鼻と同じく桃色をした肉球に摘まれているのは、一枚の雑紙。安くはないが羊皮紙と比べれば使い捨てにはできる繊維の紙だ。A4用紙くらいの大きさが折りたたまれており、魔導的な臭いは特にない。

只より高い物はない、ってのが相場ではあるけど、最初の一〇連は無料ってのもよくあるからな。ここは素直に受け取ってみるか。

「……これは本当で?」

「信じるか信じないかは、情報の受手次第やよエーリヒさん。自分ができるんは、集めた限りの情報を、高う買うてくれそーな人んところに持ってって、お幾らかしらって聞くことだけやから。後は、御用伺いで駆けずり回るくらいやね」

思わず目を眇めた私の視線から逃げるように、滑らかな足取りで死角に回るシュネー。中庭の芝生を揺らす音もなく、そのまま勝手口の方へと向かっていく。

「気に入ったら、声かけてーな。正しいかどうか、自分で確かめたい気質やろ？　自分、高巣の虚亭が塒の一個やから、女将さんに声かけてくれたら何時でも行くでー。よろしゅうねー」

わずかに空いた扉ににゅるっと滑り込む姿は、本当に猫めいていてつかみ所がない。

印象を強く与え、能力を相手に評価させる。

営業も上手いな。

しかも、結構私が気にしてて重要な所を擽ってくるじゃないの。

「マルタン以降の新人の名前……そして〝正確な出自〟か」

内容を記憶したので焼き尽くした用紙には、何と剣友会発足以降、参加したいと加わってきた全員の経歴が書かれていた。

名前、種族、故地、冒険者になった目的や、前歴があるものは前職も。

書き添えられた人品への寸評も正確で、実際に〝酷評されている人物〟は、私の鍛錬や剣友会の方針が肌に合わぬと脱会している者ばかりだった。備考欄に感想じゃなくて、しっかりと客観的なことを書かれると困るね、あんなほわほわした態度だってのに。

クソ、滅茶苦茶正確に調べられてて肝が冷えた。私が知っている限りの情報だと、これ全部正解だから性質が悪いな。

一部が本当の嘘ほど見分けるのが難しい物はない。

「相談が要るなぁ……頭イテェー……」

取りあえず、マルギットが浮気調査から戻ったら話をしよう。

くそー、ここ塒にしてるって割れたの早かったな。滅茶苦茶気を遣ってたんだが。直帰しないで尾行を撒く技術を使って――実際、それで何人か怪しいのを捕まえている――偽装したり、常にマルギットが警戒していたというのに。

何処かの私の定宿を知っている、余所の氏族から情報が漏れたか？

ロランス組はそこら辺ガバそうだし、バルドゥル氏族も完璧には遠かろう。

幸いなのは、ジークフリート達を疑う必要がない関係性を築けているってことか。

何にせよ、防諜体制の見直しが要りそうだ。会員達まで徹底するのは至難ではあろうが、やらんよりマシだろ。

「にしても、密偵かー……畜生、確かに一人怪しいなーとは思ってたけど、マージでー……？　あー、貴族が心病んだり、贅沢で自分を癒やす気持ちが分かる日が来るたぁね……」

重い体を引き摺って、部屋に愛剣を置いて出かけることにした。

マルギットが戻るのは夕刻だ。とりあえず、それまで風呂行こう。仕事は後回しだ。

ちょっと緊張を解いておかないとＳＡＮ値をごっそりいかれる。

私は奇貨を得たか毒饅頭を食ったかの微妙な心地を抱え、熱い湯気に慰めて貰うべく、体を引き摺るように街へ出た………。

【Tips】情報屋。冒険者に新しいセッションの導入をもたらしたり、訪れる受動的な危機を報せてくれる定番のシナリオフック。

である。

　しかしながら、誰に許可を得て名乗るでもない仕事なので、信頼できるかどうかはGM(ゲームマスター)が明言するか、自分で確認してからでなければ分からぬ、下手な敵より厄介な存在である。

　仕事から帰ってきた夫に対し、子供の教育に関わる相談をしても「疲れてるんだけど」と素気なくされた妻の気分がちょっと分かる。

「もー……勘弁してくださいまし……」

　街の中に溶け込むため調達した表側は煉瓦(れんが)色、裏側は深い紺色の両面構造になっている外套(がいとう)を脱ぎ捨てながら、マルギットに大きく溜息(ためいき)を吐(つ)かれてしまった。

　ここで、私も大変なんだけど!?　とキレないのが円満のコツってやつなんだろうか。

「ごめんね。そんなにキツかった?」

「待つのは平気なんですのよ。でも、こう、人の汚い所をマジマジと見せ付けられると本当にもう……」

　お疲れであろう相方の外套を受け取り〈清払〉をかけて衣装掛けに預ける。そして、暑い中動き回ったこともあって、ジットリと汗が滲(にじ)んでしまった服を着替えるのを手助けした。

「まぁ、証拠は大体固まりましたわね。浮気相手さんのお名前、懇意にしている連れ込み宿、贈った宝石、それと詳細に記録した一日の行動。これだけあれば、もう言い逃れはできないと思いましてよ」

　バサッと放られる覚書の束は、隠密(おんみつ)にかけてマルスハイム一だと自慢してもいい我が相方が、数日かけてした浮気調査の集大成。

　写真がない時代でも、これだけガッチリ固めれば詰めるのに十分であろう。会った相手、場所、時刻、どこで何食って宿から何刻に出てきたかまで詳(つまび)らかにされれば、どんな詐欺師でも言い訳できまい。

「わぉ、陰口の内容まで……」

「唇を読んで書いたので、五分の一くらいは山勘なんですけどね」

　しかし、こりゃ確かに消耗するわ。蜘蛛人(アラクネ)は獲物を待ち伏せるのに何日粘っても平気な肉体と、ヒト種(メンシュ)とは比べものにならない我慢強さがあるけど、精神的にクる内容では話も違おう。

「何だってこの馬鹿は、結構な商家の入り婿になれたのに愛人なんて作ったのかね？　嫁さんと義父怒らせたら、首が簡単に飛ぶって想像もできないとか、証拠を見ても信じがたいんだけど」

　仲介を通して持ち込まれた浮気調査の依頼は、三代続く新興の大店(おおだな)からの物で、帳簿と金の動きが合わなかったことが発端であった。

　最初、隠居した大旦那の代わりに事業を実質的に取り仕切っていた番頭は、単なる計算のズレか、泥棒でも入ったのではと疑ったらしい。

しかし、調べている間に入り婿の若旦那が営業に行くと出かけたのに、相手先からは来てないなんて言われる事態が多発し、業務上横領の疑いが浮かび上がる。

　さて、若旦那は何に金を使ったのかと当然の疑問を抱いた結果、浮気に辿(たど)り着いて我々が裏取りを頼まれた訳だ。

　まぁ、キレるだろうね、依頼人の番頭さんも。仕事一筋の実父に代わって、娘のように可愛(かわい)がった一粒種の娘さんだそうらしい。この時代に恋愛結婚をする困難さは、誰もが知るところであり、若奥様の労苦も相当だったろう。

　にも拘(かか)わらず、この安っぽい昼ドラみたいな展開。こりゃ血を見ることになるぞ。

「これ纏めて、説明しに行くの嫌だなー……いや、ほんと何で恋愛結婚した婿って立場でこんなことができるんだ？」

「さぁ。お顔は整ってらしたので、何か勘違いなさったんじゃなくって？」

　首を傾(かし)げる私を余所に、マルギットは着替えた上衣の中から、巻き込む形になった髪を引っ張り出す。栗色(くりいろ)の艶がある毛が翻り、一瞬見えたうなじにドキッとする。

「……何？」

「視線がちょっと助平でしたわよ」

　マルギットが悪戯(いたずら)っぽく笑いながら寝台に腰掛ける。さりげなく髪結い紐(ひも)を握らせられたのは、疲れたから癒やしてってことだろうか。

「そんなに露骨だった？」

「相方冥利に尽きると言うべきかしら。嫌じゃないから気にしなくてよくってよ」

梳き櫛を手に同じ寝台に腰掛ければ、相方がごく自然に足の間に体を移す。無防備に頭を預けられ、髪に触れることを当然の権利として享受している私は、結構な贅沢者なので浮気男の気持ちは分からなかった。

どれだけ強い性欲があったら、ここまで破滅的な遊びをする気になるのかね。まるで想像も付かんよ。

「はー、極楽極楽……」

「ふふ、お客様、痒いところはございませんかっと」

「あー、いい……凄くいいですわ」

髪を整えるついでに頭を軽く揉んでさしあげた。ツボを探ってじんわり力を込めると、仕事の名残で固まっていたマルギットが、私の胸で蕩けていく。

「本当にお疲れ様。予定より二日も早く尻尾を摑む……いや、根っこから引っこ抜いてきてくれるなんてね。私の相方は本当に働き者だ」

「うあー……そこ、いいですわ……今は、褒めても、呻き声くらいしか出ませんわよー……」

頭皮から首、肩に掛けて優しく揉みほぐし、筋肉の張りが引いて指が深く潜るまで相方を癒やしてから、髪をいつも通りの二つ括りに整える。

そして、親愛の表明として指から流れ落ちるように逃げてゆく髪に口づけを一つ。

微かに汗ばんだ頭からは、マルギット自身から香る甘い匂いがした。

「しかし、私が仕事している間に情報屋がここまで押しかけてくるなんて。何処で居場所が漏れたのかしら」

「そこは可能性がありすぎて疑うとキリがないね。流石に、聖者のお膝元で馬鹿な真似をするようなことはないだろうけど」

このまま、まったりしてもいいくらいの働きをしてくれたけれど、疲れをおして相談に乗ってくれる幼馴染みは、鉄の草鞋を履き潰すほど探しても見つかるまい。

「尾行はされていないだろうけど、暫くは気を付けようか」

「信頼してくれるのは嬉しいですけど、私を絶対だと過信されるのも困りましてよ？　中庭で貴方に見つけられたのだって、ワザという可能性も消しきれませんもの」

しかも謙虚で油断をしない。なるほど、言われてみれば商売相手が御しやすいかどうか、腕前を確かめるため探りを入れて、敢えて見つけられる程度に隠行していたことも考慮できるのか。

嫌だなぁ、真っ向から殺しに来てくれたら話は早いけど、ジワジワ外堀から来られたら。今、地盤固め中なのもあってそこら辺はモロに弱点だし、できれば突っつかれたくない。

「そうだね……こんどゼーナブさんに相談して、尾行潰しのお守りみたいなのがないか聞いてみようか」

「魔法は何をしてくるか分からなくて怖いですものね。何処かの誰かさんみたいに、剣士だと思ったら実は魔法が使えるなんてこわーい人もいることですし？」

ほんと、彼女の仰る通り。私自身が実は魔法を使えないように装うことを〝初見殺し〟の手札にしているのだから、余人が同じ戦法を使ってこないなんて楽観するのもよろしくない。

ちょっと色々と気を付けねば。

身繕いを終え、人心地付けた私達は悩んでいても仕方がないから——ここで話し合っても結論は出ないし——夕飯を食べるべく銀雪の狼酒房に繰り出した。

剣友会の会員達と仲を深めるべく、日に一度は向こうで食事を取ることにしているのだ。

「……来たか」

少し歩いて酒房の扉を潜ると、お冷やより先に——まぁ、そもそも綺麗な水は有料なんだけど——うんざりしたような店主の声が浴びせ掛けられた。

あれ？　私、なんかジョン氏の機嫌損ねるようなことした？

「ほら、彼です。違うでしょう」

「ん……？　あ、あれ……？」

訝しみながら近づけば、止まり木の席に座っていた初老のヒト種男性が私を見て首を傾げる。

「私の客人ですか？」

「厳密には違うようだがな。お前、夏の初めにハイデウィット荘に行ったか？」

「ハイデウィット？　その時期は私、仲介からの仕事でマウザーの川船を臨検してましたよ。河賊が出たとかで」

　何でまた、逆方向の荘園が話に出てくるんだろう。初夏にやった仕事は幾つかあるが、街の外に長期滞在したのはマウザーの大河に出た河賊を狩る仕事くらいのもので、後はこっちで剣友会立ち上げに精を出していた。

　少なくともマルスハイムから四日も東に行った、アルトハイム管区の荘園なんて寄ったことすらないぞ。

「あ、あのぅ……本当に、金の髪のエーリヒさんですかのぅ……？」

「有り触れた名前なもので、エーリヒなんて男はそこら中にいますが、西方辺境で金の髪などと態々呼ばれているのは私だけでしょうね」

「で、では、隣の蜘蛛人のお方は……」

「ケーニヒスシュトゥールのマルギットですわ。私も、特段珍しい名前ではありませんわね」

　そこまで聞いて、やっと得心が行ったのか老人の顔色が俄に変わる。紅潮していた顔から血の気がサッと引き、一瞬で蒼白になった。

「何なら組合証を見せましょうか？　番号を控えて、組合に報告して頂ければ人相書きと照合できますが」

　彼は相当困惑しているようで、視線が頭から下まで行ったり来たりで定まらぬ。何の用件か知らぬが、丁寧に腰を折って挨拶すれば、彼もまた頭を下げた。心底申し訳なさそうに。帝国に土下座の文化があったなら、地面に額を擦り付けていたであろう角度を腰が描いている。

「もっ、申し訳ねぇ！　ほんっ、本当に申し訳ねぇ!!」

「何が起こったかも分からないのに頭を下げられても困ります。どうか落ち着いてください。御店主、何があったんですか？」

「金の髪のエーリヒを出せと昼から五月蠅くてな。孫娘を手酷く扱われた上、金を払いに来ないと」

「……あぁ？」

　思わず柄の悪い声が出た。

「エーリヒ」

「おっと、すまないマルギット」

　いかんいかん、ちと敏感にならざるを得ないことが昼にあったばかりだから、怒りで殺気がちょっと漏れた。

　堅気さん、それも父上よりお年を召された方にドスのきいた声で威圧するなど、チンピラか私は。

　如何に聞き捨てならないことを聞かされたとしても、もう少し穏やかに尋ねるべきだった。

「そっ、そのですね！　うう、家の荘にも、貴方の詩がとど、届いて、それから、じ、自分を金の髪のエーリヒだと名乗る男が……」

男性の動揺が強くなり、声が震えまくっている。

どうにもいかんね。それはそれ、これはこれ、ちゃんと感情を分けて人と付き合わないと。とばっちりも良い所だろう。

彼を落ち着かせて話を詳しく聞いたところ、どうやら私の偽者があくどいことをしでかしてくれたようだ。

金髪碧眼。帝国では多くはないが希少って程でもない色彩を持つヒト種が荘園を訪れ、自分は詩に名高い金の髪のエーリヒその人だと名乗ったという。

そして、冒険の合間に立ち寄り、ハイデウィット荘に程近い野盗を征伐しに来たと言い、大層歓迎されたそうだ。

その際、このご老体の家で宿を借りた挙げ句、路銀をせびった上にお孫さんに手を出したそうだ。乱暴的な意味ではなく、色っぽい方の意味で。

夏が深まる前に必ず返しに来て、お孫さんを大事にすると言って出て行った、自称金の髪のエーリヒは終ぞ戻って来ず、ブチ切れた彼は態々老体に鞭打ってマルスハイムまで出てきたそうな。

「あー……クソ、やられた」

「もっ、もも、申し訳ねぇ！　ほっ、本当に貴方が悪いと思い込みっ、つつ、つい……」

「つい、で昼間から家の酒場で怒鳴り声を上げられちゃ困るんだがな。俺は何度も否定したんだが」

悪態は男性に向けて吐いたのではなかったが、どうやらそうは受け取って貰えなかったようだ。更にジョン氏の苦情がトドメになったのか、男性はガックリと膝を突いた。

「無理もないでしょう、御店主。詩では姿を伝えるのにも限界があります。金髪に青い目だけじゃ、騙される人も出てくるでしょう」

言うまでもなく英雄詩は口述で詠い上げる物語に過ぎないので、どれだけ丁寧に描写したって限界がある。金髪碧眼に細面というある程度珍しい要素が揃っており、ソレっぽい風貌と装備をして、冒険者らしく振る舞っていたら、私か偽者かを見抜くのは難しかろう。

写真もＤＮＡ鑑定もない世の中では、自分が自分であると証明することさえ大変なのだ。況してや一度も会ったことがない相手であれば、勘違いすることもあろう。

想像で補っていた容姿に合致する詐欺師を本人だと思い込んでしまっても、強く責める気にはなれなかった。

たとえ、溜まり場にしている宿屋で悪い噂が立ちかねないことを大声で叫ばれたとしても。

簡単に信用して金を貸したり宿を提供するのは迂闊とも言えるが、一番悪いのは私を騙って金とお孫さんの純潔を盗んだクソ野郎なのだから。

「それに世の中には、小さい頃に生き別れた息子詐欺なんてのもあるんですから。今回は詐欺の種に単に私が使われた、それだけのことですよ」

　前世みたいに公的な身分証明書が顔写真付きで発行される世界ではないし、本人確認も魔導的、あるいは奇跡を頼る以外では記憶が全ての時代において、他人を騙る詐欺は珍しくも何ともない。

　それに、今回の事件は話を聞く限り、相当手慣れてやがる。かなり〈言いくるめ〉を磨いた詐欺師に違いあるまい。

　方々で噂を仕入れて為人を大雑把に把握し、後は舌先三寸で上手いことやる悪党は、何処にでもいるものだ。

「はぁ……ま、お前が悪い訳ではないのは確かだがな……」

　ジョン氏は波打つ黒い髪を掻いてから、後は勝手にしろと言わんばかりに店の奥に引っ込んでいった。

　これは多分、私の腸が煮えくり返っていて、自分で報復しなければ気が済まんことを気配から察せられてしまったな。

　ったく、ただでさえ考えることが多くて苛ついていたんだ。その上で胸くそ悪い詐欺に人を使うとか、殺されても文句言えないって分かってんのかね。

　どうあれ、怒りをぶつけるべき相手は、萎れてしまって中々立ち上がることもできないご老体ではない。

　私が被害者であるのと同時、彼も詐欺の被害者だ。ここで詰ったところで、生産性は一切ない。

むしろ、口さがない噂好きは、騙された老人に辛く当たる冷血漢とか難癖付けてきかねん。

「どうか落ち着いて。貴方は悪くないし、私も悪くない。さ、お手を」

「あ、へ、へぇ……も、申し訳ねぇ、本当に申し訳が……」

「謝罪は結構ですよ、ご老体。それより、お名前は？」

「あっ、ま、また失礼を……ハイデウィットのギードと申します……」

老人を立ち上がらせて、定位置とは別へ案内する。普段占領している机の辺りには、午前中に稽古を付けてやった剣友会の面々がいたが、かなり厳しい目で老人を睨んでいたので連れて行かない方が良いだろう。

あの感じだと、彼等も私をかなり庇ってくれたようだからな。

いやはや。悪魔の証明とは、能く言ったもんだ。やったことを証明するより、やってないと証明する方が何倍も手間がかかるとは。

ギード氏を座らせて女給さんに水を運んで貰うと、彼は漸く落ち着いたようで震えが止まってくれた。

さて、こっからどうするかで私の度量が問われるな。

「ギードさん、一ドラクマも騙し取られたということは、お家は中々の規模で？」

「へ、へぇ……七代前から地主をしてまして、小作農を抱えております……わしはとっくに隠居しておりまして、現金での積み立ては、孫娘の婚姻衣装にいい絹地をと思って貯めておいたもので……」

表情、仕草、風体に言葉、全てに嘘はなさそうだ。初老故に手の節くれが目立ち始めているが、爪などを見るに労働者階級の手ではない。小作人を取り纏め、地代や物納品で暮らしている〝自分は耕作をしない農民〟の造型。

鞣し革めいた日焼けの残滓が残る顔は、直接作業は行わずとも真面目に現場に赴き続けた結果、傘下の農民と一緒に焼けた痕跡。少なくとも私を詐欺に掛けるため、入念に用意された詐欺の種ではない。

もしそうだったら、私は逆にギード氏にオスカー像をくれてやってもいいぞ。

駆け出しの私だけならまだしも、ここで十何年も冒険者を相手にしているジョン氏まで騙せていたら、大したもんだろうよ。

「ふむ……改めて、その男の風体などを教えていただけますか？」

「えー、背丈は御身より指一本分は高かったですかな……髪は金色でしたが、ちっとばかし雀斑が散った顔をしちょりました」

「私と同じような色合いの金髪でしたか？　長さは？」

あまりの長さから鬱陶しく感じているのは事実だが、妖精二人のご機嫌取りや、切りたいといったら泣き出す妹が愛してくれた髪だけあって、私は色艶にちょっとだけ自信を持っている。

風呂にはマメに入り、櫛は毎日欠かさず、寝癖にも気を遣ってるし、余裕がある時は髪油も塗ってるくらいだ。

乙女が手巾を噛んで羨む、なんて詩に詠われたのだし、馬鹿にしたもんじゃないなと評価するのは思い上がりではなかろう。

「ああ、いえ、全く似てませなんだな、言われてみれば……もっと、こう、暗い色で、長いには長いですが、襟足に触れるくらいでしたし……」

彩度は低く、襟丈の金髪ね。身長や雀斑などの特徴を聞き、更に重要な情報を得た。

「ただ、剣はわしでも美事な拵えだと感じ入りました。手も自警団の若い衆のようなタコやらマメがあったもんで、戦う男の手だと信頼してしまいましてな……」

となると、私を騙り腐った輩は同業者か傭兵、あるいは無頼の類いであろう。本人を炙り出すための条件が揃ってきた。

どっかで詩を聞いて、鏡を見てイケそうだなと不善を抱きでもしたのかね。

まぁ、ギード氏くらいの年齢になれば、英雄詩のイケメン描写は大抵盛られていることくらい百も承知であったろうから、却って説得力があったのやもしれんなぁ。経験の深さを逆手に取るとは、相手も詐欺師としちゃ中々のようだ。

「とても参考になりました。此方はお礼、そして孫娘さんのため、マルスハイムまで赴いた貴方の心意気に」

取りあえず、お話はこんなところで十分だな。

後は、度量を見せておくとしよう。

「えっ!?　い、いや、いただけません！」

老人は握らせられた金貨を押し返そうとしたが、どうかどうかと受け取らせる。

私は、この金貨三枚で名を買いたいのさ。何も言わずに受け取ってくださいな。

「それと、これをお孫さんに」

恐縮すること頻りの彼には申し訳ないが、もう一つお土産を地元に持ってって貰わねばね。

私は〈遠見〉で自分の頭を俯瞰的に見て、切り取って不格好にならなそうな箇所の髪を一束短刀で切り落とす。そして、髪の束を丁寧に括り、自分で刺繍を施した手巾に包む。

「失われた貞節の慰めにもなりはしないでしょうが、貴方が必死に走った証明にはなるでしょう」

「そ、そんな、詩にも詠われるような御髪を……」

「どうか、お持ち帰りください。そして、伝えて頂ければ」

これでギード氏が孫娘のために正しく怒り、自分の失敗を恥じて悔い、私に許された証明には十分だろう。

「必ず、その愚昧の者は私自らが誅伐いたします故」

言い含め、私は老人を送り出した。

「いいんですか？　旦那。盗人に追銭みたいなもんじゃねぇですか」

良い仕事をしたと納得していると、新人を代表してエタンが声をかけてくる。

私は懐から煙管を取り出し、ぷかりと不敵に一服つけて笑ってやった。

「あの人は盗人じゃないから、それは誤用だよエタン。それより、あの感じ入った顔を見たろう？　地場の地主より義理堅い生物を私は知らない。かならずハイデウィットの近隣を通じて、私の名は高まり、実像が売れる。つまり、件の詐欺師のような輩が活躍する土壌を減らせるのさ」

何も私は老人と孫娘を憐れんで、騙し取られた金を補塡したのではない。

これは宣伝広告費ってヤツだ。

騙されていると思っていなかったのもあろうが、態々孫娘の名誉のためにマルスハイムまで老骨に鞭を打ってやってきて、初めて訪れたであろう酒場で激怒して見せた人物だ。義理は必ず果たしてくれよう。

「それにだね、エタン。私はこれでいて怒りっぽくてね」

「は？　旦那が？」

不思議そうに首を傾げるエタンは、私と激昂しやすいとの単語が上手く等号で結べなかったようだ。

そういえば、彼等の前で声を張ることはあっても、怒鳴ったことはなかったな。初めて会った時、喧嘩を売られても私は優雅に煽り返しただけなので、分かりづらいのだろう。

けどねエタン、私はこれでいて結構自分の体面を気にするのだよ。

まだまだ未熟だけど、誇ってくれる友がいて、慕ってくれる家族がいる。

そんな彼等の下に〝金を借りて返さない〟とか〝初花泥棒〟なんて不名誉な噂が届いたら、憤死してしまうくらいには自分って物を大事にしている。

「私を貶めるということは、私の戦友、私の家族、私の大事な人達にも泥を塗るということだ」

故に妥協しない。絶対にだ。

稼ぐのが面倒なのに、いざ使うとなるとごっそり削れる名誉点を軽々に持って行かれて堪るかよ。

「便所の瓶に潜んでいようが探し出してやる」

この名前、父母から貰った大切な名を傷付けた代償は安くないぞ詐欺師め。

私は怒りを笑顔に変換し、煙と共に吐き出した。

「ひぇっ……」

だが、どうやら全てを穏やかに消し去ることはできていなかったらしい。エタンが脅えた声を出して二歩退いた。

今、そんな怖い顔をしているのかね、私は。

「で、報復は結構ですけど、捕まえるアテはあるんですの？　流石の私も、西方辺境全てを駆けずり回って人を探すのは無理でしてよ」

「君の可愛い足を煩わせない方法が幾つかね。あと、丁度良いだろう？」

マルギットからの問いに私は、猫の耳を手真似(てまね)で模した。

人を探す手段は幾つかある。古いコネでも、魔法でも、こちらで作った人脈でも。

しかし、売り物にしている情報の正確さや素早さ、そして何より大事な地獄耳の性能を確かめるには丁度良い試金石だろうよ………。


【Tips】生き別れの息子詐欺。顔写真もなく全てが記憶頼りの時代は、幼少期に何らかの事件で生き別れた子供が帰ってきても、それが当人か確認する手段が少なかったため、上手いこと騙(だま)くらかして財産をくすねる手法が流行(はや)った。有名人へのなりすましも、その類型だ。

いわば中世風オレオレ詐欺である。


令和の時代は犯罪者もやりづらかっただろうと心底思う。

「やめ、止(や)めてくれぇ!!」

そこら中に監視カメラがあるし、大抵の車はドラレコが搭載されており、遠距離交通手段は全て見張られている。警察も優秀なので現場にカメラがなくとも、方々にある個人宅やら商店の監視装置まで総浚(そうざら)いして、早ければ数時間で顔をすっぱ抜いてくると来た。

面が割れぬようにするのが犯罪を暴く難易度を最も上げることなのだから、こっちとは難易度が比べものにならなかったろうな。

「たすっ、助けて！　謝る！　謝るから!!」

「はいはい、動くな動くな、手が滑るだろう」

余程慎重でもない限り何処かしらから顔が割れてしまう、真っ当に暮らしていれば逆に安心できた世の中と違って、人を探す勝手は随分と違う。

一番主流なのは人相書きを使うことだろうか。

ただ、似顔絵ってのはどうしても書き手の手癖や、仕上がった絵で目撃者の印象を上書きしてしまうことがあるため一長一短。どうしたって、どこかで像がぼやける。

「頼む！　お願いだ！　殺さないで!!」

「殺したりなんかしないさ」

これは人海戦術を使っても埋められない溝なので、余程相手が特徴的でもない限り、管区を跨いで逃げた犯罪者を捕まえるのは不可能だと言われる原因の一つだ。

実際、過去に捕まってる阿呆は故郷が恋しくなったか、逃げた先で上手く行かなくて出戻った考えなしが大半だそうだ。

前世で国際的に犯罪者が交換されるようになったのも、ほんの一世紀前くらいからだもんで、遠くに行かれると本当に手詰まりだと分かって貰えるだろうか。

これを乗り越えたいなら魔法か奇跡の頼りが必要なれど、それには専門家の助けがいるし、その専門家が〝失敗していない〟と保証することができぬため、一概に信頼できぬのも厄介だ。魔導的な残滓は時間が経つにつれて薄れるし、手繰ろうとした髪の毛やらが他人の物と取り違えられていたら目も当てられない。

手段は多けれど、絶対に成功するとはいえないのが不完全な人類永遠の悩みなのだろうね。

「詐欺師一人殺して、短気だなんて噂をされたくない」

しかし、まぁ才能がある人間ってのは、何処にでもいる。

幾つかの特徴、目撃された地点、やらかしたこと。これらの情報を与えて報酬を約束しただけで、魔法も奇跡も使わず目的の人物を探し出したりしてくるのだ。

「お湯、温まりましたわよー」

「ありがとう、マルギット」

「助けてくれ！　助けて!!　何するつもりだ、おい!!」

さて、私の前で簀巻きにされている一匹のウジ虫。彼を探してくれとシュネーに頼んでみたところ、たったの五日で居所を摑んできた。

探り方は企業機密だと教えてはくれなかったが――飯の種なので当然だろうけど――近くの人口八〇〇程の街にて、詐欺で稼いだ金で豪遊していたらしい。

なので、怒れる会員を引き連れて、マルスハイムまで拉致って来ました。

いや、いい仕事したよ彼女。何せ本人を元にした人相書きまで描いて、塒まで摑んできたんだもの。調査能力に空恐ろしい物を感じさせられると同時に、仕事がやりやすくて有り難かったね。

「なに、殺しはしないさ。一種の私刑（リンチ）だ」

開催場所はアードリアン恩賜広場、組合の前庭で陽（ひ）は中天。カラッとした晴れでお日柄も大変よろしい。

何だ何だと観衆が集まりつつあるが、これで私が怒られることはない。

なんつったって、ちゃんと根回しして私的制裁の許可を取ってあるのだ。

冒険者は面子（メンツ）商売。それは組合も無関係とは言えず、今有名な冒険者の名を騙（かた）って好き放題する人物が現れたら、当然ながら彼等（ら）もなにがしかの責任を問われる。

なので、自分の恥は自分で雪（すす）ぐし、殺しはしないと書面で約束したならば、多少の馬鹿騒ぎは許容されるのだ。

実際のところ、冒険者同士の私闘が罰金刑しか設定されてないのって、組合が過度な責任を避けるため考えた節があるしね。

冒険者は冒険者自身の責任で決闘し、後で怒られたらお金を払う。体面的にも制度的にも、これくらいの方が手間もなくて良いのだろう。

何だってこう、ライン三重帝国ってのは大国の癖して、微妙なところで夜警国家（ちいさい）をやっちまうのだか。

ということで、今日の催しはあくまで私的制裁なれど、詐欺師の解体祭り（ショー）ではない。

反省して貰う。じっくり、その身に恥を負って。

「よーし、エタン、マチュー、しっかり抑え付けてくれ」

「ヤメロー!!　ヤメロー!!」

五体は満足で帰してやるつもりなので、簀巻きにされていても元気だ。打ち上げられてしまった魚が、どうにか足掻いて水に戻ろうとしているようでもある。

だが、残念ながら、ここは河辺でもなければ潮だまりでもない。逃げようのない俎上なのだよ。

二人に取り押さえられた阿呆の頭に、たっぷりと粉を振りかけ、マルギットが用意してくれたお湯をちょろちょろ注ぐ。

そして、思いっきり泡立てた後に髪の毛を引っ掴めば……まるで、雑草のように簡単に引っこ抜けた。根元から、綺麗に、地肌が丸出しになる勢いで。

「グワーッ!?」

どよめく野次馬の何人かが、無意識にであろうか、帽子や髪に手をやっているのが見えた。

「ひぇっ……」

「エッグぃな……」

「お、おい、あれ抜けたのか……?　もしかして二度と生えてこないとか……?」

「ま、まさかぁ……」

うん、冒険者って仕事は苦労も大きいし、兜被りっぱなしで蒸れるからね。自分の財産の残りが気になる人も多かろうよ。

「おぉー！　凄い！　本当に綺麗に抜けた!!」

「か、カーヤ、お前、なんて無慈悲なモンを……」

「壊すのは直すより簡単、というのは何時の世も変わらないんだよ、ディーくん」

わははは、大量だと喜ぶ私の隣でジークフリートがドン引きしているように、この粉石鹸めいた薬はカーヤ嬢謹製の〝脱毛剤〟である。

何だってそんなものを彼女が作ったのかといえば、ただの文化的儀礼だ。帝国人は、ムダ毛の処理を男女共に行うからな。風呂屋に行けば、垢擦りや按摩と同じく専門の処理屋だっているくらいだ。

元から彼女が持っていた薬を譲って貰ったけれど、使い方はとても簡単。ご覧の通り、粉を掛けた上で人肌のお湯をかけるだけ。

ここが味噌で、ちゃんと粉を浸透させたあと、一定温度のお湯をかける〝手順〟を踏まねば毛が抜けないよう作られている魔法薬なのだ。なので、こうやって毛を引っこ抜いている私にも、抑え付けている二人にも泡が飛び散ろうが何ら悪影響はない。

いやはや、前世でも今生でも、毛は生やすより生えなくする方が簡単って法則は変わらんのだなぁ。

「やめっ、やめてくれ！　頼む！　やめてくれぇぇぇ!!」

「はいはい、こんな物があるから悪いことをするんだ。反省しましょうね」

私がこの詐欺師を使って目論んだのは、一罰百戒。刑罰の基本だ。

しかし、流石に殺すのは人聞きも悪いし、剣が〝軽くなる〟ような気がしたので、満天下で金の髪のエーリヒを騙って悪行をしたらどうなるかを見せ付けるにあたり、頭を捻り出した結論がコレだ。

金髪を使って人を騙したのだから、その金髪を全部引っこ抜いてやる。あれだよ、物を盗む手が悪いと抜かすなら、じゃあ叩き落としてやるってのと同じ論法よ。

こっちは腕と違って生えてくるし、完全生薬由来の魔法薬なので、比べたら菩薩様の慈悲みたいなものであろう。

「安心しろ、私も悪魔じゃない。眉毛は残してやる」

「ウワーッ!!　そういう問題じゃねぇー!!　名を騙ったのはたしかだが、ここまでやるか!?　アンタから直接金を騙し取った訳じゃねぇんだぜ!?」

「口答えの挙げ句に自己弁護だと？　これは反省が足りていませんなぁ」

「グワーッ!?」

因みに、帝国では禿頭というのは体質的な理由でない限り、結構馬鹿にされる。地域によっては坊主頭に剃り上げるのが肉刑の一つに挙げられる程度には、屈辱的な罰になるのだ。

似合う人しか似合わないからな、全剃りって。ヘンゼル氏は綺麗に剃り上げているから格好いいけど、彼の有名な〝禿頭のランペル大僧正〟の如く、異名になってしまうくらいには目立つもの。

しかし、ここで素直に反省してたら毛を毟るだけで許したんだけど、第二段が要りますねこれは。

「ジークフリート、縄を用意しておいてくれ」

「えー……？　マジでやるのか……？」

目の前の光景の凄惨さに脅えているようだが、ここで手を抜いてはいけないんだよ戦友。人の看板使ってあくどいことするヤツは、一人でも手ぬるい対応をしたら後追いが出かねない。

私は犯罪を未然に防ぐためなら、命に関わらない範囲での見せしめ刑は賛成派なんだぜ？

それに、今回は冤罪の可能性はなしだ。私の面を見た瞬間逃げ出そうとしたのは勿論、暴力を介さない尋問によって一から十までゲロさせて、やったこともキチンと事前の情報から外れていない。

なので徹底的にやる。本気で怒った私がどれだけ恐ろしいか、ある程度の間抜けさで笑い話に落とし込みながら地の果てに響かせてやるのだ。

「おー、つるっつるだ。凄いな、ゆで卵みたいだ」

「おい、その喩えやめろ。暫く卵が不味くなりそうだ」

「髪ぃー!!　俺の髪ぃー!?」

仕上げに残ったお湯を掛けて、泡と毛を流せば、見本として飾れるくらいの綺麗さで頭皮だけが残った。剃り上げた後特有の青々とした感じは一切なく、まるで一本一本毛抜きで抜いたような艶ではないか。

いや、改めて凄いなこれ。鶏とかの下拵えに使えるのでは？　産毛も残さず姿焼きとかに利用できるので、ちょっと商品化を相談してみよう。

あ、いや、世に流通させるには、ちと危険か。個人的な恨みで粉末石鹼とかに混ぜられたら、人によっては砒素を呷るより辛い思いをしそうだし。

「よーし、仕上げだ。吊すぞー」

「ほんと容赦ねぇなお前……」

どうあれ、このつるっつる度合いを見せ付けるべく「私は人の名前を使って詐欺をしました」という看板を括り付けて、魔導街灯を使って逆さに吊ってやるのだ。

「君、他人事だと思うなよ。自分の名前で金を借りられて、挙げ句は女性に乱暴狼藉したなんて噂されてみろ。どうだね？」

「あー……まー、そりゃ殺すかもしれんけど、これもういっそひと思いに殺した方が慈悲深いまであるぞ」

勿論、そんなに長時間はやらないけどね。人間が逆さ吊りに耐えられる限界は、二時間かそこらだ。それ以上ともなると血が偏りすぎて重症を負うか、最悪死ぬこともある。

なので、一〇分くらい吊して、反省が足りないようなら、よーく回した上で更に一〇分ほど吊す。体調に気を遣って見守りながら、合間合間に休憩を取らせて、反省するまでじっくりやるぞ。

　こういうのは半端が一番イカンのだ。とある剣道道場の鯉が好きな剣豪も仰っておられる。

　伊達にして返すべし、と。

「殺しちゃ駄目なんだ。印象が殺した側に寄りすぎる。いっそ馬鹿笑いするくらい、滑稽で爽快な目に遭わせてやらないと剣友会の印象が悪くなる」

　むしろ私は、参考にした彼等と比べたら随分優しい方だ。一生体に残る傷でもないし、暫くは頭を隠して慎ましやかに暮らしたら、まだ若いんだから勝手に伸びてくる。

　あとは領邦を一つ二つ離れたら、顔を知っている者もいないのでＳＮＳに貼り付けられた画像の如く半永久的に保存されることもなし。

　これだけ派手にやったなら〝フィデリオの一夜潰し〟程ではなくても、抑止力にはなることだろう。

「俺なら恥のあまり、首掻っ捌いちまうだろうなぁ」

「詐欺なんてやって、セコい金稼いでるヤツには、自裁するような度胸はないさ。気楽に眺めていこうよ、気楽に」

　悲鳴を上げながら逆さ吊りにされている詐欺師に対し、周囲の目に嘲りよりも憐憫の方が目立ったのは少し気になるが――公開拷問の時は、それはもう盛り上がると聞いたのだが――一仕事終えた清々しさの前では些事に過ぎない。

「いい仕事でした」

「ありゃぁ……何時から気付いとったん？」

群衆に紛れるようにして、密かに自分の仕事の果てを見果たしていた猫頭人に声を掛けると、彼女は決まりが悪そうに耳を寝かせながら現れた。

「彼女、まぁまぁやりますわね」

耳元でマルギットが寸評を呟く。我が麗しの斥候曰く、都市の中で埋没し、同時に雲隠れする技能なら自分より上かもしれないと。

さもありなん。彼女は猫頭人。人の身に猫のしなやかさを併せ持った種族だ。飽きっぽいのと気分屋な人が多いので人々は忘れがちだが、彼女達は待ち伏せが苦手なだけで能動的な狩人としては非常に優秀である。

「うぇっ!?　き、気付かんかった……こんな白い、目立つナリなのに」

「夜やと目立って敵わんのですけどねぇ。副頭目さんも、以後よしなにね」

よしな、って何だ？　と首を傾げるジークフリートにカーヤ嬢が教えてやっている微笑ましい光景と、逆さ吊りにされた男が喚きながら私に憎悪の言葉を吐きかけている、何ともチグハグで滑稽な様相を前に、白い猫は器用に尻尾を揺らしながら首を竦めた。

「しかしまぁ、これまた面白いこと思いつきますなぁ」

「血生臭い報復よりは、出し物としてはマシかなと。さて、あと何刻、あの調子で殺してやると喚けるかな？」

「ま、保って四半刻やとちゃいますかね。ほんと、追っかけるのが阿呆臭い小物やったし」

シュネーも呆れる程度に、コイツは小物だ。私の名を騙る以外にも詐欺の前歴が幾つもあり、刺青刑の痕もあったらしい。情報を持って来た時、こんな雑魚を追っかけさせて、何か得る物があるのかと首を傾げられてしまったくらいである。

しかし、この小物具合が丁度良いのさ。

鍋からはみ出るような大魚では、煮付けは中々難しい。

これが巨大な後ろ盾のある組織の末端だったり、貴族の落胤とかで調子に乗ってたなら、私はやり口を変えた。こんな大衆の下に晒して笑いものにするには冒険的過ぎる。

しかしながら、単身かつ小物の詐欺師であったなら、後腐れがないので何をやっても気が楽だ。殺す殺すと喚いているが、その気概も腕前もないことは分かっている。

仮にこの後、頭髪以外は無傷で逃がしたところで、執拗に付け狙ってきて殺すこともできまい。

私が気がかりなのは、彼と同じ年頃と背格好で禿頭の人が、有らぬ疑いをかけられないかくらいなことだな。

まぁ、この年齢で全剃りしているか、生来の禿頭ってのは希なので、そこまで気を遣っていたら何もできないから仕方ないのだけど。

「髭が疼いたもんで声を掛けてみたんやけど、偉大なる猫の祖が言葉には従ってみるもんやねぇ」

そういえば、猫頭人は南内海より南、今はかつての勢いを完全に失った南方大陸は神皇の国から播種した種族だったか。彼の国には今も力を持つ猫の神格がおり、神学者の中には、帝国に根付いた〝猫の君主〟は彼等の親戚や分離した小神格であるとする者もいる。

それくらいに猫頭人はカンが良いのだ。

「自分が九つの生の幾つ目かなんて分かりゃせんけど、ええ徳が積めそうやわ」

そして、独得の死生観や宗教観、更には我々よりも深く、知恵ある猫と交信できるとも聞く。

猫頭人は猫を自分達の同胞であるとし、九つの転生の末に君主となることができると信仰している。これは体系だった信仰ではなく、日本人が何となく茶柱を有り難がり、靴紐が切れるのを忌むような、長く培われた遺伝的な信仰だそうで。

あの〝忌み杉の魔宮〟で猫の君主より賜った団栗が芽吹いたことといい、民間信仰と馬鹿にすることはできない。

何かしら彼の御仁から有用な人材と思われ、運命を操られでもしているのだろうか。

「雇用主として、私はお眼鏡に適ったかかな？」

「いやいや、面白うて上等過ぎるくらいやわ。それより、自分が気に入ってもらえたんかが気になるわぁ」

「誠意は金額で示したつもりさ」

言うと、シュネーは体を小さくひくつかせた。猫頭人特有の笑いだ。この種族は結構無理して帝国語を喋(しゃべ)っているようで、笑う時には声帯を使わない人もいる。シャイマーさんは母語が帝国語なので声も上げるが、大旦那のアドハムさんは似たような忍び笑いをなさっていたな。

「そらそうや。金貨もろて喜ぶ猫はおらんけど、猫頭人には嬉(うれ)しいもんやしね。ほなら、またよろしゅう」

出し物にも私にも満足いったのか、白猫はご機嫌そうに尻尾を立てて見物人の中に紛れていった。

その姿は、形がない白い靄(もや)が、犇(ひし)めく群衆の中に溶けていくかのよう。

「摑(つか)みようのない人ですわねぇ。文字通り猫みたいに」

「そうだね。女将(おかみ)さんとは大分違うけど」

「むしろ、種族としてはあっちの方が普通なんでなくって？」

されども人間は正しく十人十色だ。大雑把な帝国人がいれば、皮肉が嫌いで誠実な離島圏の人間もいるし、色に興味が薄いセーヌ人もいる。

「ちっくしょぉぉぉ!!　殺してやる！　殺してやるぞ!!」

いやぁ、それにしても、正に天網恢々(てんもうかいかい)って感じだな。

阿呆(あほう)の声がアードリアン恩賜広場に染み入る様は、私の溜飲(りゅういん)を取りあえず下げてくれた。

そして、以降、私が認知する限りにおいて、金の髪のエーリヒを騙った詐欺師は現れていない。

重畳重畳。神は天にいまし、猫は塀で欠伸をなさいまし、だな………。

【Tips】九つの生。猫は九つの生を持つ、という故事に基づく種族特有の宗教観。猫の魂は八つの生を経て功徳を積み、徳度が十分に至って大悟すれば、九つ目の生にて神になるという信仰。猫頭人は猫と自分達を形がちょっと違うくらいの同類と思っており、死に際して〝毛皮を着替えてくる〟などと称するように、帝国では珍しく輪廻信仰を持っている。

青年期
十六歳の晩夏

パブリックエネミー
公の敵

剣と魔法のファンタジーでは洞窟に巣くった古の竜、世界の滅びを願う邪教の神、人類を滅ぼすことを悲願とする異種族など、世界そのものに対する大敵を相手にすることも多いが、街や村、小さな共同体に対する敵も地方における重要な脅威だ。自分達のホームを綺麗にしておきたいなら、率先して殴りに行くのが冒険者という生き様であろう。

犬は人につき、猫は家につく。なんて言葉がある。

「旦那、報告にあがりやした」

「ああ、ありがとうマチュー」

いや、相手は人狼種（ヴァラヴォルフ）だ。流石（さすが）にこの表現は失礼かもしれん。

しかし、褒めてくれとばかりに尻尾を振って——彼等のそれは、感情を抑えるのが難しいと伝え聞く——依頼の割符を持ってくる配下を見て、こう思わずにいられなかったのだ。

あの公開処刑から時は少し流れ、カラッとした夏が終わろうとしている。我々も銀雪の狼（おおかみ）酒房に少しずつ馴染（なじ）めてきたようだが、未（いま）だ定位置と定めた奥まった卓に近寄る人間は少ない。

もうちょっと、親しく絡んでくれる同年代の一党とか現れてもいいものなのにね。

「お疲れ様。どうだった？」

「本物の冒険者が出てくるとは思ってなかったみたいで、連中、石を捲（めく）られた虫みてぇに逃げていきましたよ」

人付き合いはさておき、あれから会員数は増えて、つい先日正式な会員が一〇人を越えた。現在の会員数の四倍からが訓練に付いてこられず篩（ふる）い落とされているため、これは結構な快挙であるといえよう。

おかげで仕事も手広くなり、情報の裏取りをシュネーに外注できていることで、我々は知らず知らず汚い仕事を押しつけられているなんてこともなく、真っ当かつ義侠心溢（ぎきょうしんあふ）れる冒険者の氏族として名前が売れ始めた。
呵々と笑う配下は、つい先刻、そんな我等を頼りにした酒屋に赴き〝集り〟をやってい
た一団を追い返す依頼を熟してきたばかりだ。
単純に言って地味な仕事であるが、同時に腕っ節が求められる難しい仕事でもある。
彼の一団は地元では札が付く程ではないが評判の悪い若者の徒党で、ヤクザ者未満、不
良以上という、いわば半グレに近い連中だった。
そんな愚連隊に少し頭が回る馬鹿がいたのか、何を思ったかその家の子息を徒党に取り
込み、あろうことか強請ろうとしたのだ。
よくある手法ではあるものの、家を継げないことが決まっていた彼も――経緯から意志
薄弱さが見て取れる――実家を恐喝しようとする連中に異を唱えられなかったのが何とも
情けない。
見本として飾ってやりたいようなどら息子ながら、いかんせん親子の情は篤いもので、
どうしても斬り捨てられなかった酒屋の旦那は救いの手を冒険者に求めて、我々に依頼が
行き着いた次第だ。
結果はご覧の通り。マチューとエタン、あと強面の会員を二人ばかし見繕って派遣した
ら、殴り合いにもならずに馬鹿息子の〝お友達〟は逃げ去ったという。
素人さん相手なので、何があっても半殺しくらいで済むよう気を付けろと念を押したが、
その必要すらなかったとは。

「何より、旦那の御威光がデカいですよ。連中、俺らの会員章を見て腰抜かしてましたぜ」

「一番は、君達自身が身に付けた武威だよ。まずそっちを誇ってやりたまえ」

「ざっす！」

今や立派な古参となったマチューは、胸で煌めく……などと形容するには質素過ぎる会員章を指して笑った。

この爽やかさを見て、彼がその日暮らしの冒険者だとぱっと見で分かる人間は、そうそういるまい。

頻繁に浴場を訪れていることもあって被毛は艶やかで、鍛え抜かれた胸筋も相まってはち切れんばかりの襯衣は、洗濯が行き届いているので草臥れているが清潔そのもの。たまに床屋にも行っているようで、豊かな頰から鬣にかけての毛は毛先が切り揃えられていて清潔感がある。

姿勢も良く、言葉は下町調ながら歯切れが良くて明瞭。戦闘を生業にする人間が纏う特有の威圧感はあるものの強迫的ではない。

粗なれど野卑に非ずの見本といった感じであろう。

そんな彼の胸には、私が彫った剣食大狼の外套留めが飾りとして留められていた。

外套を留める針に木工細工の飾りを付けただけの簡素な飾り。実戦に出しても問題ないと私達が判断した者達に託したそれは、木目と磨きで金色っぽく見せているだけの鍍金末満の代物であるけれど、こうやって誇られると嬉しいながらむず痒いものだ。

「あ、そうそう、ちゃんと事後のことも警告したろうね？」

「勿論っすよ。あの家から二町以内でその面を見るか、あのどら息子に絡んでいるのを見かけたら腕前を披露することになると、キツくいっときやした」

結構結構。子供の喧嘩じゃないのだ。詰めはしっかりしておかないとね。

その馬鹿共の情報は、もう全員分摑んでいるので脅しとしては十分であろう。故地どころか今の塒、ついでもって親の名前まで握っているとあれば、流石にこれ以上の愚行は押し止められよう。

……多分、きっと、メイビー、そう願いたい。

いかん、何か心配になってきたぞ。阿呆は何やらかすか分からんから阿呆で、絶対勝てない相手に喧嘩売ったり、採算が合わんことしたりしてくるからな。前世の少年犯罪の報道なんぞを聞いていたら、本当に同じ人類の思考なのかと驚いたこともあるし。

私が残業して、ちょっと夜半にお邪魔して一遍シメといた方が良い気がしてきた。

ほら、逆恨みで火付けとかされたら面子に関わるし。いっそ街から追い出すくらいしときゃよかったかな？

くそう、こういう時、チンピラ相手だと野盗と違って、即刻斬って捨てろと言えないのが面倒だ。

死は最終的にして絶対の解決。相手がこれ以上、もう誰にも迷惑をかけられなくなる一点においてあらゆる脅しに勝る。

一応、暇な時間を探して様子見とくか。

「しかし、世の中分かんねぇもんですねぇ」

「何がだい？」

「いや、私塾まで出して貰って、あんだってんなチンピラ共と連もうとしたのやら。家は継げねぇにしたって、街中で幾らでも働き口はあるでしょうに」

ああ、どら息子のことか。確かに流しの猟師家系で、定住するのに難儀したらしいマチューであるなら、彼の境遇には理解が及ばないだろうな。

しかし、世の中にはいるんだよ。己の主観をどうこねくり回しても、共感も理解も及ばない相手というものが。

むしろ、私達はそっち側なんだよ後輩。

好き好んで剣を取り、命のやり取りにおいて戦功ではなく、冒険を成し遂げようとする酔狂者の集団に属していることを忘れてはいけない。

目ぇかっぴらいて夢見ている人間なのだ。自分達も相応に愚かで突拍子もない生物であることを忘れた瞬間、浮世離れしすぎて大変なことになる。

「ま、人それぞれさ。でしょう？」

「あらぁ、またバレてもうた」

「うぉっ!?」

驚くマチューの陰から現れる白い猫。今日も桃色の鼻は艶々しており、しっとりと湿って触り心地が良さそうだった。

私、猫が好きなんだけど、特にあの鼻の手触りが好いんだよね。冷たくて、それでいて指に吸い付くような特有の触り心地。他に喩えようもない触感で、実家の猫の鼻を突いては、お返しに指先を舐められたものだ。

「い、いつのまに……」

「ついさっきだね。入店してくる人の背中にくっつくようにして、死角を縫うように近づいて来たんだ」

「あらー、そこまで分かってまいます？　敵わんなぁ」

人狼の嗅覚まで欺いて、音もなく背中に接近してみせる手腕は相変わらず流石である。

そんな彼女は、今日は何処かに潜り込んでいたのか、娘装束ではなく侍女服を着ていた。

そう、猫で、メイドなのだ。

なんだこのあざとさの塊。私の感性を殺しに来ているとしか思えなかった。

そこら辺、私も調査されていたりするのかね？　斯様な趣味など口にしたこともないので、私以外にこの世の誰も知らんはずなのだが。

マルギットに「これ着てください！」なんて自分で衣装を調達し、頼み込むような倒錯的な行為をしたこともないので、本当に謎だ。ただの偶然にしては、心の致命を貫きすぎていて、平静を保てているか自分の顔面筋にちょっと自信がない。

「くそ、猫頭人は臭いが薄い……」

「にふふ、色々秘訣があるんやで、人狼のお兄さん」

猫で女中で方言娘と設定過積載過ぎるシュネーは踊るような足取りで卓を回り込み、隣に腰を下ろした。

　これは、話がある感じだな。

「マチュー、たまには別の店で飲んでくると良い。新規開拓も楽しいよ」

なので、配下に労いを兼ねて報酬を先払いしておいた。

　断っておくと、ピンはねはしていない。経費を抜いて、完全に参加人数で等分した金額だ。私は冒険者にはなったけれど、派遣会社の社長ではないからね。

「いいんすか？」

「割符を貰えたということは、依頼料の取りっぱぐれはないからね。たてかえておくよ」

「ざっす！」

　報酬を受け取った人狼は、意気揚々と階段を上がっていった。同じ依頼に出ていた面子を迎えて、余所で飲もうと誘いに行ったのだろう。

　この銀雪の狼酒房は女給さんがいるにはいるけど、お楽しみをする店ではないので――ジョン氏が新人に要らぬ散財をさせない気遣い――大人の遊びがしたいなら、余所にいった方が良いのだ。

　可愛らしい異性に声をかけるにしても、流石に同業者だとやりづらい。余所の氏族に絡んでいたり、懇意にしている氏族の敵対氏族の構成者だったりして、思わぬ喧嘩に巻き込まれたくはないからな。

「んー、これで街が一つ静かになったねぇ」

去って行く広い背中を見送る猫頭人の白い尻尾は、ぴんと立ってご機嫌そうだ。

「しかし、あんなお値段で良かったんですか？」

「かめへんよー。小さい頃からあるお店やし、お酒を薄めたりもせぇへんいいとこやから、あんまり揉めて欲しなかったんや」

先の依頼は、かなり繊細な交渉と武威の両立が求められることもあって下っ端には頼めないが、同時に地元への奉仕という側面もあったので、成功報酬は五〇リブラと大した物ではなかった。

斯様な仕事の裏取りに大金を使っていると赤が出て仕方ないのだが、シュネーはたった五リブラで全てを調べて持ってきてくれたのだ。

幾ら相手が裏街道の本職ではなく、市民と悪漢の淡いをふらついている半端者だとしても、私なら二割は貰わないと割に合わないと思う仕事だ。

こんな感じで、彼女は個人的な拘りなのか、マルスハイムの安定に関わる依頼であったならば、割安で情報を提供してくれる。

いっそ、何かを疑ってしまうほど親切に。

「何か飲み物は？」

れるでしょう」

「折角、卓を共にしたのです。一献くらいご馳走せねば、席料がなくてジョン氏にも怒られるでしょう」

「ほな、遠慮なく」

シュネーは羊乳酒を頼んだので、私も葡萄酒を頼んだ。

運ばれてくるまでの間、情報に聡い彼女は私の沈黙と何用で来たのかを問わない雰囲気から、疑念を抱かれていることを感じたのだろう。

卓に上体を預けるように伏せ、耳を二度ひくつかせた後、彼女は訥々と誰に聞かせる訳でもない、独り言めいた調子で言う。

「自分ね、気に入った寝床やないと寝られへん気質なんよね。勿論、お気に入りは幾つもあるよ？　定宿の寝床は最高やし、高いところの屋根も気持ちええから。雨の日ぃやと、雨粒が跳ねる音がええ感じやから、夜陰神のお堂の尖塔がいっちゃんやね」

実に猫らしい好みだ。人類は寝台を好むけれど、獣の流れを汲んだ亜人種は寝床を選ばず眠れる人種が多い。猿から分岐したヒト種が木の上を寝床に選ばないのが、むしろ異例な方であろう。

そのため猫頭人は猫と同じく、浅い眠りを長時間とる傾向にあり、女将さんも屋根の上でお昼寝していらっしゃる姿を見かけるし、他の猫頭人でもよくそんな所で寝ようと思ったなと思う場所で寝そべっている。

「だから、ここが好きやねん。で、寝床が五月蠅うたら落ち着いて寝られへんやろ。だから自分は、なるたけ好きな寝床が綺麗なようにしたいんや」

金色の目を伏せて卓に顎を乗せた姿は、落ち着く場所を見つけた猫とまるで同じで、どこか満足そうだった。ふわと欠伸をひとつして、顎を基点に背中を伸ばす仕草も相まって、思わず頭を撫でたくなった。

「まー、移民やったりする同族の気持ちが、ちょぃ分からんくらい場所に拘ってまうんよね。それこそ、毛皮着替えてもまた、マルスハイムにおりたいなぁって思うくらいなんや」

どうにもマチュー相手に使った喩えが、しっくりと嵌まってしまう。

猫は家につく。シュネーにとって、このマルスハイムこそが家なのか。

「だから、あんま気にせんといて。居着いたもん同士、仲良うしようや」

「……そういう意図なら、歓迎しますよ」

給仕が酒を運んできた。私の葡萄酒はいつも通り水で割らず蜂蜜を一垂らし。シュネーの羊乳酒は、猫頭人が飲みやすいよう底の浅い幅広の器に注がれていた。

動機に得心行きましたと示すため酒杯を差し出せば、そっと縁同士が触れて、木器がぶつかる微かな音。

お互い酒を一口楽しんだ後、彼女は幾枚かの紙を寄越した。

「まぁ、ここに来る前にちょーっと興味深い噂を幾つか手に入れたんやけど、どないする？　新しいお昼寝場所探しついでに仕入れたもんやから、お安くしとくで？」

「二つですか。では、纏めて二五でどうです？」

「えー？　四〇は欲しいなぁ」

「では、四〇で」

良い情報を値切ったりはしないさ。言われるがままの銀貨を差し出せば、彼女は気が抜けたような顔をして、卓上に置かれた大判銀貨と数枚の銀貨を見つめる。

「……なんや張り合いあれへんなぁ」

「私は値札に書いてある物を値札に書いてある通りに買う主義なので」

関西人が全員、値切るのが好きだと思ってはいかん。私も前世じゃそっちの生まれだったが、何処であっても値段交渉なんてしなかった。

価値ある物には、正しく対価を支払わないと落ち着かない性分だから仕方ないだろう。

「もー、三〇でええよ」

「そうですか？　では、遠慮なく」

突っ返された銀貨を財布に戻し、情報の書かれた紙を取る。

一枚目を見て内容を理解した瞬間、眉根に皺が寄るのを止められなかった。

例の違法な薬、その売人達を集めている集積所の一つが詳細に示されていたからだ。

「……大した散歩道ですね？」

「色々な寝心地の良い場所を探しとるからね」

こともなげに言ってくれるが、売人が三〇人以上出入りしている大規模な卸し拠点なんぞ、散歩しているだけで見つかったらバルドゥル氏族も苦労しているまい。

今のところ、派手に売り捌いている売人をとっ捕まえては、碌な情報が絞り出せぬと喘いでいる状態だったというのに。

場所は南、外壁寄りで大ドブとも呼ばれる暗渠化が終わっていない排水路の脇に建つ荒ら屋群の一つ。あの辺りは流民も貧民も出入りする割りに、まだ建物がしっかりしていて商売している人間もいるので、目眩ましには丁度良いのだろう。

詳細な内部図面まではないものの、外観と窓や出入り口を描いてあるだけで十分だ。覚書めいた走り書きで、ここ数日で釘が打たれた箱の持ち込まれた数や、出入りした人数、そして戸が開いた際にちらっと見えた内部に用心棒がいることまで書いてあり、凄まじい親切さに頭が下がる。

連中、上の方が頭が良いのか拠点を頻繁に変えていると聞く。これは明後日、遅くとも四日後には段取りを付けて強襲せねばならぬな。

屋内戦か。あまり訓練はできていないが、カーヤ嬢の〈催涙術式〉や〈閃光と轟音〉の魔法薬を特殊部隊よろしく先行して放り込めば、比較的安全に制圧できそうだな。

問題は三階建てなので、各所の掃討が手間で危険ということだが。

とりあえず、もう少ししたらジークフリートも銀雪の狼酒房に顔を出すだろうから、マルギット達を待って相談するとしよう。

後回しにできる仕事は全て延期し、全力で叩き潰さねば。

沸々と湧き上がる闘争欲求を落ち着けさせつつ、私は二枚目の紙を見てギョッとした。

幾人かの会員が作った〝ツケ払い〟の内訳だったからだ。

「あっ、あの馬鹿共……」

具体的に三人ほど、色々な店でツケを作ってやがった。

まぁ、それ自体は好ましくはないが構わない。剣友会だから斡旋して貰えている仕事の都合で、会員達は他の煤黒のような赤貧生活は送っていないものの、魂の洗濯をしたいならツケの一つ二つは必要になる程度の稼ぎしかない。

問題は、ついこの間、会員章を渡した新人達が、花街にて剣友会の名を借りツケを作ったことだ。

最大で二五リブラ。これは結構な額で、紅玉が護衛仕事を丸一月やっても、生活費を払えば到底届かない金額である。

では、その日暮らしが大半で、次の仕事から生きて帰って来るかも分からぬ冒険者風情に斯様なツケがまかり通ったのは、偏に所属している組織が立派になって来たからに過ぎぬ。

意図してかせずかは知らないものの、貸しにしておいた側が、最悪私に請求すれば良いと判断したのである。

「クッソ……剣友会の威を借るなと散々言い聞かせたのに、この様か」

「まぁ、あんまり怒らんといたってや。荒んだ仕事なんやし、そういうこともあるんちゃう？　賭け事の負けで借金した訳でもないんやし」

名前が書かれていた三人は、向上心もあって素直な人柄の新人だったので、会員章を見せ付けてツケにさせた訳でもないだろう。これは私の思い上がりや、人を見誤ったと思い込みたくない逃避ではなく、シュネーの情報にも書いてある。

店側からツケ払いでもいいと提案したからだと。

然しながら、短慮に過ぎるとしか言えん。貸金業法も出資法もへったくれもない、個人間の貸し付けなのだ。後で利息がどうのこうのと難癖を付けられた上、剣友会への影響力を握る橋頭堡に使われたら堪ったもんじゃない。

これはちょっと、お説教が必要ですね……。

「おお、こわ」

「失礼」

いかん、店の中だというのに怒気を内心に押し止められず、少し剣気として漏らしてしまったか。

ふー、落ち着け、落ち着くんだ私。そりゃ配下はみんな、私と同年代で思春期真っ盛りだ。金の使い方を一回か二回誤ることくらいある。

それに、幸いにも剣友会の立場を使って強請り集りをやった訳じゃない。悪いことではあるけれど、半歩手前くらいだ。

むしろ、これは私達への攻勢とも取れるだろう。

密偵と思しき人物をまだ〝泳がせている〟こともあって、内部事情が漏出し、新人冒険者の懐を攻撃目標にされた可能性が十分にある。

まだ、新人でも気張れば返せるくらいのツケで止まっている内に知ることができて、幸いだったと考える方が精神衛生にはよい。

「何やってんだ馬鹿、表まで殺気漏れてんぞ」

「……ああ、ジークフリート。あれ？　一人？」

「カーヤは何か集中が要る薬作ってるっぽいから、持ち帰りで晩飯買いに来たんだよ」

相変わらず私の戦友は、いい所で訪ねて来てくれる。

会則を定め、できるだけ短い言葉に様々な含意を持たせる必要があるのだ。副頭目として慕われている彼への相談は欠かせまい。

こういう時、マルギットは「貴方の作った組織なんですから、良きように差配しなさいな」って言って、あんまり構ってくれないんだよね。運営とか教育には積極的に手を貸してくれるんだけど、まるで自分の匂いを剣友会に残したくないかのようにあっさりしている。

その分、後輩達から兄ぃと呼ばれて、何故か私より気安く接せられている彼ならば、きっと良い意見をくれることだろう。

「……俺、訪ねてくる時間間違ったかな。スゲー面倒そうな臭いがすんだけど」

「まぁまぁ、そう言わず座りたまえよ。夕飯代は私が持つから」

「やだなぁ……今度はなんだよ。またエタンとマチューが殴り合いでもしたか？　それとも、チビって煽られたカーステンが後輩をボコりでもしたか？　毎度毎度、仲裁なんて俺にさせるなよな、ったく……」

　ジークフリートが着席するのと入れ替わりで、シュネーが意識していないと気付けないような自然さで席を立った。

　察知されていることは分かっているのか、悪戯っぽい仔猫めいた笑みと共に手をひらひらさせているのは、巻き込んでくれるなと言いたいのだろう。

　情報を持って来てくれただけで感謝しているんだ。流石にそこまで君に求めないから安心してくれ。

　ただ、また何かあったら教えて欲しい。

「で、何だよ。ここ暫く街ん中の仕事ばっかりで、偉大って感じの仕事がねぇから内々の揉め事とか嫌なんだが？」

「それはすまないと思っているよ、ジークフリート。でも、街の大事であり、同時に我々の大事だ。我慢して聞いてくれると嬉しい」

　たしかに彼が喜ぶような、生涯の目標とも言える憧憬の根源、悪竜殺しのジークフリートが持っていた〝瘴気祓い〟を探しに行けるような案件は、まだ我々に届いてはいない。

　しかし、この剣友会を大きくするのは偉大なる礎石の一つなんだよ。

事実として、地域密着型の依頼を熟し続けた結果、フィデリオ氏の下には彼にしかできないと見込まれて、大いなる冒険の話が持ち込まれているのだ。

だから一つ、これも冒険のため、そして後進のためと思って一緒に頭を捻ってくれ。

「会則を考えようと思うんだ」

「やっぱり俺向きの話じゃねぇだろ！」

やっぱり、まだ読み書きが十分じゃないにしても、明文化した規則ってのは大事だと思うんだ。既存の氏族は頭目の言葉こそが法とばかりに、その場その場で判断を仰いでいるけれど、集団を純化し一つの目的を掲げたいならば、分かりやすい規則や標語は欠かせない。

我々が、粗野なる冒険者の徒党に落ちぬために。

「ジークフリート、君も頑張って読み書きを覚えてるじゃないか。この間、カーヤ嬢が名前を書くのが上手くなったと褒めてたよ。計算も少し達者になったらしいし」

「えっ？　ま、またぺらぺらと……」

相方の少女に自慢されて嬉しかったのか、言葉はトゲトゲしているが嬉しさと照れが隠し切れていないよ戦友。

いやぁ、いいツンデレが見られた。ツンデレは良い。男でも女でも、空気が悪くならない塩梅ならほっこりできる。

「だから、かっちょ好いのを考えたいから手伝ってくれ。君も詩を良く聞くから、何か知恵もあるだろう」

「いや、聞くのと考えるのは違ぇだろ。そりゃジークフリートの冒険なら暗唱できるけど、詠(うた)えねぇよ俺」

「まぁまぁ。取りあえず三つくらいで短く纏めようか。剣友会会則、第一……えーと、楽しく、かつ英雄的に(エンジョイ&ヒロイック)、とかどう？」

元ネタは楽しく、かつ刺激的(エンジョイ&エキサイティング)なのだが、前世の記憶に引っかかった言葉をそのまま使うと、何故か逆に治安が悪くなりそうなので、少しだけ捻ってみた。

「……何語？」

しかしながら、そのまんま過ぎて戦友には通じなかったらしい。それもそうか、帝国語じゃないもんな。

何か上手い感じで、かつ響きの良い言葉はない物かと、暫く二人で頭を捻りながら会則を考えた………。

【Tips】氏族は概ね(おおむ)冒険者が互助的に始めた組織でもあるため、規則を明確に定めている集団は殆ど(ほとん)ない。実質的に頭目の言葉が法や規則としてまかり通っているのは、秀でた個を基盤にする集団であれば当然の流れとも言えよう。

剣友会の会員達にとって、エーリヒは慕うに十分過ぎ、指導者としても先導者としても尊敬できる人物であった。

　無意味に怒鳴り散らすこともなければ、痛みを以て技術を肉体に刻み込む鍛錬以外で殴られたこともない。大声を上げるのは指示を出す時だけで、怒声らしい怒声を聞いたことがある者は一人もいなかった。

　しかし、この場は違う。銀雪の狼酒房、幾つかある広い部屋を借りて行われている集会には、あらん限りの怒気が満ち満ちていた。

　まだ会員章を受け取れていない新人も、剣気に慣れ始めた会員も脂混じりの重い汗を滲ませ、中央の椅子に座って煙管を燻らせる姿に圧倒されている。

　これは鍛錬の後は笑顔で水を飲むよう勧め、腕前が上達すれば背を叩いて褒めてくれる人物と等号で結ぶのが難しい程だった。

「さて、大きな仕事がある……が、その前に一つ諸君等に話をしなければならない」

　ぷかりと吐き出される煙。それに合わせて指が打ち鳴らされると、ジークフリートとカーヤが大きな一枚の布を隣で広げた。

　麻布には炭で以て文章が三つ書かれているが、読める者は殆どいない。

　しかし、雰囲気から、それがとても大事な物であることだけは分かった。

「かなり古典的な手法だが、俺の背後には、さる偉大な誰それが付いてるんだぞ、なんて脅し文句があるね」

　中々消えない煙草の煙が放つ芳香は、柑橘系の甘酸っぱくてさっぱりした匂いの筈なのだが、彼等には怒りが移り香として籠もったように血の臭いを想起させた。

「安っぽい脅し文句だ。仕事の中で、似たような言葉を聞いたことがある者もいよう」

頭目が言うとおり、手垢が付いたような文句なれど、手垢がつく程度には使いやすい物でもある。本当にその人がケツ持ちをしているかどうか、疑わせただけで威圧効果があるのだから、便利で簡単であろう。

「だが、諸君等が憧れた英雄詩に斯様な文言を使う者が一人でもいたかね？」

問いかけに答える余裕がある会員はいなかったが、古今に英雄は数多いれど、斯様に格好の悪いことを抜かした者はそういまい。

何と言っても、人の威を借りねば脅し一つできぬと抜かしているに等しいのだから。

誇りを持って偉業を成した祖先、教えを授けてくれた師匠を添えて名乗るのとは訳が違う。口上に用いられる際は、それらの人物に連なる一個の人間として誇りを持って挑むとの宣言であり、決して虚仮威しで持ち出すものではないから。

故に英雄たらんと自覚するのに、所属している組織の面子はヤクザ者など比にならぬくらい気を遣う必要があるのだ。

「今日は改めて、それを諸君等に実感して貰うべく、会則を考えたので公表したく思う」

エーリヒは、つとめてゆっくり立ち上がると、抜く手が見えぬ素早さで〝送り狼〟の鞘を払った。

「なぁに、単純だし、三つだけだ。まず一つ、楽しく、かつ英雄的に!!」

切っ先が示したこともあり、字が読めぬ彼等にも何が書いてあるかは分かったはずだ。

「これは、冒険が楽しくなくなり、自分が憧れる英雄に倣って振る舞うことに嫌気が差すようなら、冒険者なんぞ止(や)めてしまえ。そういう戒めだ」

次いで、切っ先が真ん中の文字を示し、再び声が張り上げられる。

「二つ！　威は自らの名を以て成せ！　至極単純！　剣友会の名を理由に人を脅したり〝金を借りたり〟するな！　私達(たち)が憧れた英雄も、そんなことはしなかった！」

この会則に抵触している覚えがあるのか、肩が震えたり体が跳ねたりした者がいたが、全員が頭目の振る舞いに集中しており露見することはなかった。むしろエーリヒは、それを狙って必要以上の気迫を放っていたのやもしれない。

無論、第一に全員がどんな状況でも、この教えを忘れないようにさせたかったのだろうが。

「三つ！　剣に恥じる行いをする勿(なか)れ！　斬って後悔する相手や、後で下らない理由で剣を抜いたと自省せず済むよう、これを腰に帯び、抜く意味を常に哲学せよ！　それができないなら、腕前だけ立派な悪党に過ぎん!!」

最後の教えもまた、剣に憧憬を抱いて立った人間が忘れてはならないことだ。

剣は道具だ。手足の延長になることはあっても、決して手や足が勝手に人を斬ることがないように、自らの中心に据えた以上は抜く意味も斬る意味も弁(わきま)えるべきだ。

さもなくば、研ぎ上げられた剣も、そを振るうべく鍛え抜かれた腕も数多くの後悔を生むこととなろう。

何と言っても、剣がもたらす暴力は大凡が不可逆の破壊を生む。死は勿論、抜刀しただけでも敵意の表明には十分過ぎることもあり、使い時を常に考えねば、冴え冴えとした剣の冷たさは担い手にこそ破滅を運ぶ。

「以上三つだ。今日この一時の後、破った者は破門とする。剣友会であること、剣友会であったことすら名乗るな。腹を斬れと命じるよりは、マシだろう？」

この場の者達は誰も切腹などという奇習（エクストリーム自殺）を知らぬが、相当に苦しい死に様であろうことだけは分かる。

「臆した者、合わぬと思った者が去っても誹ることはない！」

そして、選抜に残っている者達は、これを破ることは剣の友であると任じた自分を穢したのだから、それくらい苦しんで死ぬのに相応しいと言われていることも理解する。

「納得した者は、私に続いて唱和せよ！　沈黙を以て、剣友会を辞去する意志と見做す!!」

冒険者は、なるのは簡単ながら偉業を成すのが何より大変な仕事だ。その覚悟ができない、同意できない者は余所でやると良い。

「一つ！　楽しく、かつ英雄的に!!」

「「「一つ、楽しく、かつ英雄的に!!」」」

「一つ、威は自らの名を以て成せ!!」

「「「一つ！　威は自らの名を以て成せ!!」」」

「一つ！　剣に恥じる行いをする勿れ!!」

「「「一つ、剣に恥じる行いをする勿れ!!」」」

　これは、正しく篩であった。鍛錬が肉体的な、覚悟的な篩であるとするなら、精神と誇りをより分ける箕。会員と認められた者は迷わず追従し、喰らい付いて来ていた新人も過半数が乗った。

　元から分かっていたことなれど、再度実感するのは恐ろしかろう。

　神代の、今や子供を寝かしつける語りや古い詩の英雄が如くあろうとするなど狂気の沙汰に他ならぬことを。

「結構！　改めて、我等は剣の友だ！　以降、この三つを会則とし、厳に守れ！　私も、言いだした以上は殉ずる覚悟である!!」

　そして、場の空気につられて叫んだ訳ではない者達は、金の髪のエーリヒと同じく目をかっぴらいたまま夢を見ることを選んだのだ。

　何も考えなければ無意味に蕩尽される人生に、冒険という意味を見出した者達が、より強く、より固く結びつけられた瞬間である。

「よぉし、では大きな仕事だ！　行政府からのお墨付き！　脳を壊す無法の薬をばら撒いている連中に掣肘を加える!!」

　勢いに任せ、熱を冷めさせてなるものかとエーリヒは大きな仕事を提示した。

薬を卸している拠点の制圧だ。

段取りは上首尾に運び、バルドゥル氏族からの働きかけで行政府からの許可も下り、公からの仕事となっている。

成功報酬は五ドラクマ。生きて捕縛した敵、あるいは流通や製造に関わる重要情報一つにつき特別報酬も約束されていた。

それだけにしくじりが許されない仕事であり、段取りは入念に計画されている。分かりやすいよう図解まで用意した作戦は、迅速かつ前触れのない強襲。

事前にマルギットや、彼女が剣士より斥候に適性がありそうなものを平服で近場に浸透させ、襲撃準備を悟らせぬよう外に見張りがいないかを確認。

いれば排除し、いなければ付近の家を借りて直前まで隠した武装を身に纏(まと)い、正面と裏から一気に叩(たた)く。

一階を制圧したならば、次は上に上に掃き清めるように片付け、情報を秘匿する暇すら与えぬ速攻にて蹂躙(じゅうりん)。単純ながら、練度と意思疎通が図れていなければ困難な作戦。

「夢の狭間(はざま)に揺蕩(たゆた)う薬にて、我等が塒(ねぐら)を穢す者共の目を覚まさせてやる！　マルスハイムで暮らしている家賃だと思え！」

「「「応!!」」」

だが、同時にエーリヒにとっては、見せ札でもある。

当日ではなく事前に通告したのは意識の共有のみならず、決行前の動きで〝何処(どこ)から情報が漏れたか〟が分かる。

既にシュネーに依頼は済ませており、これ以降、怪しげな動きをする会員がいたならば直ぐに報告が上がろう。

さすれば、密偵らしき者の真意のみならず、送り込んだ者を炙り出すことも叶おう。

「さぁ、枕を蹴っ飛ばすぞ！　腹ぁ括れ皆の衆!!」

「「「応!!」」」

格好好い演説をブチ上げた口で、裏では別の手も用意していることに、エーリヒは胃の腑に鉛を飲んだような重さを感じた。

謀った、と言うほどではなかろう。しかし、一抹の不純はある。

やはり物事は全て詩のように上手くは行かないものだ…………。

【Tips】剣友会会則、一つ。楽しく、かつ英雄的に。冒険者とはあくまで英雄たらんと立った者達のことであり、冒険譚の英雄達に倣うよう活動することを会員達に戒める言葉。

急に暇ができるとやることがなくて困る、そんな自分がいることを不意にジークフリートは気付いた。

あの階段から血が滝のように流れる制圧戦の翌日、彼は頭目からも、果ては配下からも休んでくれと乞われて暇を持て余していた。

何も一番槍を頼まれたので気合いを入れすぎ、大怪我をしたとかではない。五体満足、打撲の一つもなく、秋の気配がそろそろと迫り来る空の下に立っている。

屋内戦であるため槍から剣に持ち替えて戦ったため、動きに精彩を欠いて心配されているということでもない。彼は三人斬り、四人捕まえる十分な戦果を挙げた。

いや、むしろ戦いと呼んで良いのか微妙な戦場でもあったのだ。

奇襲の準備を気取られて逆に不意打ちを受けることもなく、窓からカーヤが練った〈閃光と轟音〉や〈催涙術式〉が込められた魔法薬を先んじて放り込んだことにより、最も無防備な突入時に人員が損耗することもなかった。

むしろ、中に居るのは大半が戦闘要員ではなく、事務方や雇われただけの三下であったので当たり前ではあるのだが。

しかし、それでもジークフリートが上手く加減して、斬り死にさせざるを得ない敵が三人もいる修羅場でもあった。

何せ、あの薬を服用して正気も肉体も壊されてしまった敵がいたのだ。痛みを感じることすらできない、無理矢理に仕立てられた死兵を止めるには殺すしかなかった。

ただ、戦闘自体は上首尾に運んだものの、薬がまた彼の邪魔をした。

精製前と思しき粉末状の薬をぶちまけられたのだ。

果たしてそれは自棄を起こした売人が、たまたま手元にあった物を投げつけただけなのか、この薬品が〝粘膜からの摂取〟であれば、舌下で摂取するより効率的に回ることを知って武器に転用したのか、定かではないが一度やれば脳が壊れる薬を引っ被るハメになった。

しかし、幸いにもジークフリートは薬の陶酔にも、一時的な過剰覚醒に神経を焼かれることもなく帰還している。

偏に〈催涙術式〉を運用することが前提の作戦だったので、必ず同時に使われる〈瘴気避け〉の軟膏も塗布していたからだ。

彼の忌み杉の魔宮が散布する、花粉症を患っていない人間でさえ一瞬で発症させる花粉を凌いだ魔法薬は伊達ではなく、彼の粘膜を邪悪な誘いから美事に守ってみせた。

故に彼は幸運にも、通常であれば〝致死量〟と言える悪魔の薬を浴びても目潰し程度の煩わしさを覚えるに止まった……のだが、周りが酷く心配したのだ。

中毒や依存症を起こしている人間の酷さを知っているなら、無理もなかろう。散々なんともないとジークフリートは主張したが、満場一致で大事を取ってゆっくりしろと勝手に決められ、事後処理からハブられてしまったのである。

「マジで何ともないんだが……」

しかしながら、本当に一切の影響を受けていないのだから、当人からすると困惑するばかりだ。

沢山水分を取るように相方から言われて、一度に飲みきれない量の水が入った水差しを渡されたり、急に思い出したのか毒抜きには蒸し風呂が覿面だと金髪から浴場に引っ張っていかれたのにも当惑するが、元気である当人には明日をも知れぬ重病人扱いがどうしても腑に落ちぬ。

なので、風呂に行くと言って家を抜け出してしまった。

「血管に氷をブチ込まれたような怖気(おぞけ)もねぇし、昨日も普通にメッチャ寝たけど、アイツら納得しねぇんだもんなぁ」

あの薬品は脳に強く働きかけることもあり、異常な賦活力や――実際は、疲労を感じる部分が麻痺(まひ)するだけに過ぎないのだが――全身が凍るような爽快感もないし、副作用に付き物の不眠や便秘に悩まされもしなかった。

正に健康。この体を寝床に落ち着けて、天井の木目を数えているのも惜しい。

さりとて行く当てがある訳でもなかった。

家ではカーヤが鬼気迫る表情で、万が一に備えて解毒できる薬を作るべく、親の仇(かたき)のように乳棒ですり鉢を叩いているので落ち着かない。

三日は大人しくしていろと縋(すが)って頼まれた手前、銀雪の狼(おおかみ)酒房にも行きづらい。

また、彼は暇な時間を英雄になるべく鍛錬と依頼に費やし、相方から散財を怒られて以降は完全な小遣い制になったこともあり、飲み歩くようなこともしなかった。

むしろ、たまに新規開拓とか言って方々に出入りしている金髪の方が、彼の感性的には信じられなかった。

馴染(なじ)みの店に顔を出さないのは不義理なような気もするし、一人で一度も入ったことのない酒場の扉を叩くのは少し怖いのだ。

「んー……どうすっかな……」

懐の財布には一リブラと少しだけの小銭が入っている。三日分の小遣いに、風呂代を貰ったので予算はあるが、どうしたものかと街をそぞろに歩きつつジークフリートは悩んだ。

風呂で半日を潰すのは、どうにも老人めいていて気が進まない。何より、一人で黙々と汗を流すのが性に合わなかった。

だが、趣味だった吟遊詩人巡りも気が乗らぬ。

前に一度、ヨーナス・バルトリンデンを討った話を聞いた時、異様な恥ずかしさに駆られて逃げるように広場を去ってしまったからだ。

もし、あの題目が詠われていたと思えば、何とはなしに体が遠ざかってしまう。

言ってしまうと、彼は慕われることにもそうだが、褒められるのに慣れていないのだ。

上に二人も兄弟がいる末弟で、家は赤貧の小作農。父親は疎か、母親にすら抱きしめられたことはなく、覚えているのは枯れ枝のように痩せた祖父に頭を撫でられたことくらい。

そんな彼には、公衆の面前で勇ましく讃えられるのが、ただただ気恥ずかしかったのである。

「あれ？　俺、もしかして行く宛てねぇ？」

風呂も微妙、詩人も嫌、酒場も行けぬとなると選択肢がぱったり途絶えることにジークフリートは愕然とした。

よもや、剣と仕事が失せてしまうと、自分はこうも何もない人間だったのかと。

荘園にいた頃は働きづめで、暇を感じる余裕すらなく、どうにか冒険者になろうと自警団に混じったり支度金を用意するのに必死で、思えば趣味らしい趣味が少年にはなかった。無理もない。大衆が気軽に楽しめる娯楽が乏しい時代なのだ。むしろ、趣味に追いかけられるような前世日本の方が歴史的に見て異常である。

本など一冊で金貨が小鳥の如く飛んでいき、常に何処かで何かしらの公演があるでもなし。かと言って納得はいかずとも、安静にして欲しいと頼まれた手前、街を走って体力錬成に励むのは憚られる。

いよいよ以てやることがないぞと、冒険者になることが生き甲斐だった少年は苦悩した。よもや、念願叶って一角の武勲を立てた後、やることがなくて困るなど夢にも思わなかった。

「ひっ、暇だ。暇ってのは、落ち着かねぇ。どうしよう」

冬眠し損ねた熊のようにうろうろしつつ狼狽える若人。こういった時、人は新しい趣味を見つけるか、閑居を持て余して悪い方に行くかだが、幸いにも彼は根が真面目であった。

「おっ、露店市」

放浪の途中、とある小路で露店が密集している所に出くわした。常設された大きな市場ではなく、帝都の青空市と同じく、割符を買えば一日だけ出店できるような気楽な通りで、家内工業にて作った物を売っている店や、要らない物の処分市、駆け出しの商人が開いている店などが並んでいる。

「そういえば、マルギットが休みの日は市場を巡るのが暇つぶしに一番良いとか言ってたな。何か掘り出し物があることもあるって」

田舎から出て来たジークフリートには、こうも沢山の出店が並んでいる光景すら珍しい。去年は資金繰りに悩んでいたり、急に絡んできた変な金髪に追いつくのに精一杯で、こういった大都市で当たり前の光景に飛び込む時間すらなかったのだ。

「ちょっと冷やかしてみるか」

なので、これも良い機会かと通りに踏み込み、見て回ることにする。思わぬ所に暇潰しが転がっていたことに少年は喜び、普段は興味がない物も具（つぶさ）に観察していった。

「……これ本当に純銀？」

「ホンモノヨー、ニセモノナイヨー、ハントウサン（半島産）ヨー」

片言で喋（しゃべ）る鼠人（スチュアーツ）の古物商が広げる蓙（ござ）には、銀食器と銘打って商品が展示されていたが、どれも明らかに安すぎる。銀製の匙（さじ）が一本五リブラなど聞いたこともない。

実際、それは白鑞（ピューター）、つまるところの錫（すず）合金であって銀と似た偽物であるのだが、銀器など見たこともない少年には真偽も分からぬ。

ただ、流石（さすが）に安価過ぎて本物じゃなさそうだなと、経験則から判断するだけだ。

簡素な彫金が施された中に肖像や髪束などをしまっておける護符（ロケット）が、幼馴染（おさななじ）みに似合うのではと惹かれたけれど、また勝手に買い物をして怒られるのも嫌だったので背を向けた。

それに、偽物だとしても一五リブラは彼のお財布からはみ出ている。値切ったり、小遣いの前借りをしてまで買う物ではないと判断する理性もあった。

「武具も碌なのがねーなー」

「ケチ付けるなら余所行ってくれよアンちゃん」

では少しは審美眼が磨かれつつある武具に目を向けても、どれも鈍らで好奇心がそそられない。旅の途上、野盗を退治した冒険者や地力で撃退した平民の鹵獲品を買い叩いて仕入れられた品ばかりなので、エーリヒが自分の予備に拾っても良いと判断した剣を譲って貰って以降使っているジークフリートには、全く満足できなかった。

「でもオッサン、これ刃毀れヒデぇぜ。こんなんじゃ鋸歯と大差ねぇだろ。斬られたら痛そうだけど、肉で止まっちまうぞ」

彼には目が肥えるだけの土壌がある。同期の〝送り狼〟は模様鍛造の時代がかってはいるが本物の剣鍛冶が鍛造した一品物であるし、今の愛槍を買いに行った工房にも目映い新品が並び、本当に人を斬るだけの道具とは思えぬ美しさを放っていた。彼は十分、良い物とそうでない物を判断できるようになっているのだ。

「そこは自分で研ぐんだよ、若ぇの。今なら三〇リブラにオマケしてやる」

「はぁ!?　この鈍らが三〇!?　暴利にも程があんだろ!?」

「うるせぇ！　これでも鋳溶かすよかマシなんだよ！　そのナリだと新人だろ。だったら、これで十分だろうが」

ヒデぇ商いしてやがると、唾を吐く店主を置いてジークフリートは他の店も見て回った。

立地が立地だけに、どれもこれもガラクタと言って良い品ばかりであるものの、割と自分が楽しんでいることに気が付く若人。

さて、何を思ってこれを売ろうと思ったのか首を傾げる物も、元の持ち主はどうして手放そうとしたのか想像を巡らせるだけで楽しいことに気が付いたのだ。

これならば、街の地理を把握するための散歩で素通りするのではなく、見て回れば良かったのにと後悔するほど。

「お……これ綺麗だな」

「おー、お客さん、お目が高いね」

露店巡りも悪くないなと楽しんでいる中、一つの露店に出くわすジークフリート。成人したばかりと思しきヒト種の少女が営むのは、他愛のない手作りの装飾品を並べる店。

平民が乏しい財布でも身を飾ろうと考えるだけの余裕が帝国にはある。なので、河原に転がっている綺麗な石や、時折遠方からやってくる硝子片や貝殻を加工した物で、豪奢とは呼べぬが素朴な愛らしさを持つ装身具が流通している。

「湖で獲れる人魚の涙で作ったんだよ」

「え？　人魚種って湖にもいんのか？」

その中で彼が目に留めたのは、緑色の玉に穴を開け、紐を通した簡素な首飾りだった。

陽の光を浴びて輝く玉は宝石には及ばないものの、飾りすぎないお洒落さがある。

「いる所にはいるよー。まぁ、これ、硝子の欠片がすり減って丸くなっただけで、神話に出てくる宝石とは別だけどね」

「そりゃそうだ。第一、お話のあれは真珠だろ？」

「通称だよ通称。ただの硝子片って言うより、それだけで洒落っ気があるじゃん」

言われてみればそんなものかと、ジークフリートは首飾りを見て納得した。

輸送の最中、何らかの事故で割れたかして捨てられた瓶の残骸と呼ぶより、ずっと浪漫があって綺麗だ。

何より、相方の好きな若草色をしているのがよかった。

「これ幾ら？」

「贈り物？　なら、五〇アスでいいよー」

本当に人魚の涙が形になった真珠なら、五〇ドラクマだけどね、なんて茶目っ気を見せて笑う少女に気を許したのか、ジークフリートは煤黒だった時、半日駆けずり回ってやっとの額を特に迷わず支払った。

仮に元値がどうだろうと、構わない気持ちだったからだ。

新しい楽しみに気付けたし、これくらいならカーヤも怒りはするまい。

それに、あの優しい幼馴染みは、何やかんやで激怒しつつも反物で服を仕立て、大事に着てくれている。限度さえ弁えれば、幼馴染みが喜んでくれる趣味など最高ではないか。

「そういや、たまに家具とか宝石でも値打ち知らずに売るヤツがいるって聞いたな」

こういった使う当てもない知識の大半は、仕事で金髪と一緒になった時、依頼の内容に紐付けて聞かされる。よくよく思えば、アレも変な知識を貯め込んでいるものだ。

商売の基本は安いところで仕入れて高く売る。冒険者も同じで、命の危険が少ない内に実戦を重ねて価値を上げ、ここぞという土壇場に刃を食い込ませるべく命を張る。構図は何をするにしても変わらないと、したり顔で語っていた横顔をよく覚えていた。

多分、アイツがいたら、あの本物か怪しい銀器っぽい物が何で作られているのかも教えて貰えるのかなとホンワカした気分に浸っているジークフリートであるが、暇を持て余しても武人は武人。

背後に何の断りもなく立たれたら、体が咄嗟に反応する。

「っ……！」

だぶついた袖に仕込んでいた寸鉄を抜きつつ、軽く肩を竦めることで首を守る。同時、軸足の左を基点に素早く半回転し、背後からの奇襲で狙われやすい頭部を素早く動かす。

回転する視界の中、目に映ったのは一人の女性。

種族はヒト種で、歳の頃は三〇手前。ナリは普通に下町をブラついていておかしくない雰囲気ながら、ただ背後に立った訳ではないと彼は察していた。

何故なら、何気なく露店を散策しているように見えて、ジークフリートは気を抜ききって呆けていたのではないからだ。

同じ面を何度も見たら、どんな阿呆でも怪しいと思うだろう。

況してや、一刻近く同じ露店の小路に滞在していたのに店で商品の品定めをするでもなく、離れようとすれば追ってきて、背後に立つなど露骨にも程がある。

相手が普通の婦女であったら、驚かせたことを詫びて終いだが、そうもいかなくなってしまった。

「声を上げたら喉を潰す。人の後をつけてくるってこたぁ、反撃されても文句言えねぇよな？」

左手は襟首を摑み、右手は喉に突きつけ寸鉄で刺激することで抑止と成す。

尾行、あるいは観察してきている相手と把握していなければ、構いもしない普通の身なりをした女性だ。

しかし、ここで叫ばないあたり、何らかの心得はあるのだろう。

「い、いい、いい話を持ってきたのよ。そろそろ薬がキレる頃だろうって」

「あぁん？　薬？」

「きっ、昨日、浴びたと……」

薬、またあの薬の話。

漸く落ち着いてきた神経が、再び苛つくのを感じつつ、あくまで冷静に言葉を咀嚼する。

冒険者になってから、どいつもこいつも難しいことを宣うので、自分までちょっと回りくどい考え方が分かるようになっちまったじゃねぇかと内心で愚痴り、ジークフリートは素早く体を入れ替えて、女性の背後に回りつつ首に腕を回し、小路の脇道へと連れ込んだ。

「悪いが、あんな粉浴びたって何ともねぇんだよ、俺は」

「えっ!? そ、そんな馬鹿なことが……。で、でも、貴方(あなた)は金の髪のエーリヒとは仲が良くないのよね!?」

「大声上げたら喉潰すっつったろ」

「くぅ……」

また素っ頓狂なことを抜かす尾行者が、悪党の一味であることは確定した。

警戒すべきは、複数人で行動していて補佐しあっているかどうか。

部隊を組んでいたら、声をかけて何らかの交渉を仕掛けようとした面子(メンツ)が攫(さら)われたことに慌てて助けに来るだろう。

どうあっても対応できるよう、一番手近な脅威を何時(いつ)でも排除可能な状態にするべく、ジークフリートは女の首、その皮膚の表面が裂けて血の玉が浮く強さで寸鉄を食い込ませる。

「次はねぇ。悪いが、クシャミ一つで首を貫く加減で押しつけてる。唾を飲むのも注意した方が良いぜ」

「わっ、私達(たち)の情報網は、広くて深いのよ……あ、貴方達の関係性くらい、しっかり調べて……」

話を半分聞き流しつつ、冒険者の頭の中で時間が数えられていく。

仮に自分達だったら、仲間が路地裏に連れ込まれてから対応にどれだけかかるか。

少なくとも、交渉が決裂した時や、危害を加えられた時に援護するのに弓手を置くか、呼吸五回分までには辿り着ける位置に人を置く。

「これだけ待っても救助はなし、ね。見捨てられたか、囮にされてるか、どっちだろうな？」

「ちょっ、まっ、まちなさい！　本当は薬も効いてるんでしょ!?　そうじゃなきゃ、急に休みに……」

「何か勘違いしてるところ悪いけどな」

しかし、増援はなく、妨害されることもない。

それだけどうでもいい人員か、あるいは完全に急所を握ったと判断して嘗めて掛かったか。

どっちにせよ良い気分はしねぇわな、そう思いつつジークフリートは腕に力を込めた。寸鉄ではなく、首に巻き付けるよう位置を直した左腕に。

「俺らのそれは、じゃれ合いや気遣いってんだよ。ガチで嫌なら、お前らみたいなの相手する状況で連む訳があるかド阿呆」

「かっ……」

一息に頸動脈を締め上げ、意識を刈り取った。腕の中で緊張した肉体から力が抜けるのまで一切の手加減をせず、更に良く締め上げて昏睡を深めてやる。

こういう時カーヤがいれば、一嗅ぎするだけで二刻は目覚めない薬を持っているので凄く頼りになるのだが。ジークフリートは心強い相方や、双方共に気兼ねなく軽口を叩ける同期の不在に不安を覚える。

一時的な酸欠によって気絶した女が、何かを失敗した時の自分と被ったのだろう。

完全に意識が落ちたことを確認してから手を離し、暫し臨戦態勢のまま待つものの、奪還するべく駆け寄ってくる新手も、余計な事を喋らぬよう口封じに来る刺客もいない。

何の確信があって来たのか分からぬが、よもや一人で差し向けられていたとは。

「俺も舐められたもんだなぁ」

冒険者は夜討ち朝駆け何でもありの商売で、何処で逆恨みされるかも分からぬだけあって、平時でも根っから闘争を忘れることはない。

ジークフリートは、ヨーナス・バルトリンデンの報酬金が入る前、金の牡鹿亭にてエーリヒから「下らない小銭のために殺されるかもしれないよ」と脅されて以降、準備を怠ったことはなかった。

常に最低でも寸鉄は持ち歩き、買い物に使える畳んだ麻袋や短めの縄などを腰袋に入れて生活しているのだ。

胴と腕を別個に括り、腕の間の縄を締め上げる特殊な拘束を施し――こうすることで、関節を外しても縄抜けできなくなる――身を検めると、女の懐からは懐剣や財布、それと〝幾つかの薬包〟が見つかった。

「薬がキレるころ、つってたよな。もしかして、これで俺と、あの馬鹿を仲違いさせたかったのか？」

体に異常は全くないものの、昨日潰しに赴いた薬が大変体によろしくなく、効果が終わると恐ろしく辛いことは彼も承知だ。

なので、あの光景を見た誰かしらが、破滅の第一歩となる偶発的な〝薬の摂取〟が行われたと勘違いしたのかと察する。

これ一つ、目の前に吊すだけで交渉材料に足る依存性。余程の自信があったのやもしれんが、そもそも摂取していないのだから、交渉もへったくれもないのだが。

「さて、コイツどうすっかな。流石に担いでったら目立つよな」

全くの偶然、そう、幸運に過ぎないが情報源を急に手に入れてしまったジークフリートは、思案するべく腕を組んだ。

白昼堂々、両手両足を拘束した人間を運んでいると目立ちすぎる。衛兵に止められて、する必要もない言い訳をするのは避けたいところだ。

「あ、そういや、あすこに前仕事で行った店があったな。頼んだから荷車貸してくれるかも」

仕事によって顔を繋いだ商家が近くにある、名案はこれまた偶然によって浮かび上がった。荷車と筵を借りてくれれば、人間を運搬しているようには見えまい。今は貴族の祭事がどうのこうので警備が厳しかったりもしないので、立哨も一々中身を見せろなどと止めてこないはずだ。

我ながら今日は冴えてるなと自画自賛しつつジークフリートは荷車を借りることに成功し――前の仕事ぶりが良かったので、理由すら聞かず貸してくれた――銀雪の狼酒房に向かうべく小路を出た。

「あ、やべ……でもこれ、出歩いてたことバレっかな……」

ようやく店先が見えてきた所で、一つの問題点に遅れて気が付く。

大人しくしてろと言われたのを無視して、街中をブラついていたことがバレて怒られないかの懸念は、あっさりと見抜かれて色々な人からお叱りを受けることとなる。

しかし、腑に落ちないにしても、頼まれたことを守らなかったのだから仕方がないと、ジークフリートは自ら正座することを選んだ………。

【Tips】薬物汚染の最も恐ろしい点は中毒性でも依存性でもなく、その薬のためなら何でもするようになる価値観の変容である。

思わぬお土産をジークフリートが持って帰ってきてくれたので、漸く身内での問題に詰めを持って行けそうである。

彼が万が一を考えて大人しく風呂に行くなり寝ているなりしてくれなかった反省は、当人が進んで正座して受け容れたのでさておき、私は前からする必要があると思っていた

〝訓練〟を行うことにした。

場所は銀雪の狼酒房……ではなく、迷惑が掛からない、半分放棄されている空き家だ。バルドゥル氏族に多少汚れても構わない部屋があったら使わせて欲しいと前からお願いしていたのだが、遂に日の目を見ることになってしまうとは。

全員入ると些か手狭であるけれど、凝ったことはしないので大丈夫かな。

「さて、諸君、討ち死により恐ろしいことは何だと思う？」

「……死ぬより悪いことなんて、何があるんすか？」

この催しの意図を察しきれていないエタンが素直に答えてくれた。

うん、間違いじゃないよ。キャラ紙を没収されるのは、完全にして完璧に冒険に幕を引かれることだ。主観で生きている生物が認識を喪失するのは、世界の終わりに等しい。

然れど、死が本当に最も悪いことであれば、この世に生き地獄などという言葉は生まれまいて。

「殺して貰えないことだ」

丁度、部屋の真ん中に置いた椅子に括り付けられている、ジークフリート相手に下らない取り込みをやらかそうとした女のように。

「極論を言えば、死は解放だ。どれだけ肉体が苦痛に苛まれようと、神の膝元にて沙汰を受けた後、俗世のそれからは解放される」

刺激は受容する感覚器があるから生ずる物で、正しく死ねれば、それ以上苦痛を感じることはない。

何より恐ろしいのは死に損なうこと、そして殺して貰えないこと。

「神話に良くあるだろう？　永遠に死なぬ様にされ、苦役を課されたり、永劫に満たされない飢えをぶら下げられたりなんて筋書きが」

肉体が朽ちた後も魂が苛まれるあたりが最悪で、我々は昨冬、その好例を見ている。

忌み杉の魔宮に囚われた、薬草医の幽霊。神代も遠く過ぎ去った今では、あれらのように不死者として苛まれ続けるのが最悪の一つであろう。

ライゼニッツ卿のように強大な死霊として復讐を成した後は、スカッと死後の――あれを死んでいると形容するのは複雑な気分だが――余生を満喫できようが、あんな様では、むしろサクッと終わっていた方がずっとずっと楽ではないかと思う。

私はよく、死こそ最終的にして絶対的な解決などと形容するが、死ぬ側にとっても同じであると言える。

「だが、我々にそんな神の領域にある手段は取れないが……死なさずに拷問することはできる訳だ」

生きて虜囚の辱めを受けず。前世の帝国軍が濫用してしまった言葉ながら、今生においては市井の民や一兵卒に浸透している概念。

騎士や貴族なら身代金のために丁重に扱われるが、平民の俘虜など最悪だ。野盗相手では良くて殺され、最悪人買いに売られて違法な人身売買で小銭に変換されてしまう。

もしくは、気に入られて延々と辱められたり拷問されたりしては、捕まる前に自死を選んだ方が賢いと説く道理も理解できよう。

「私にはまるで理解が及ばない世界だが、世の中にはどうにも、他人が苦しんでいる姿に悦を覚える変態がいるようでね。情報を抜き取るため以外にも、拷問を〝趣味〟でやる度し難い生き物がいることを覚えておいてくれ」

こういうのに捕まってしまえば、助けが来る望みがないと絶望することになる。この危険性を鑑みるに、失踪したら探してくれる仲間を作っておくという点で、氏族に入るのって大事だと思えてきた。

少なくとも家なら、報せの一つもなく会員が消えたら全力で探すからね。

全員が重い唾を飲んだ所で、本題に移ろう。

「今日は、そんな拷問の話だ。ジークフリート、こう言われてまず、何を想像する？」

嫌そうな顔をしている戦友に話を振れば、こっちに取りづらい球投げんなと言わんばかりの渋面を作り、暫し考え込む。

「爪……とか？　詩でたまに聞く気がする」

「最適解の一つ、だね。かなり心が強くても耐えられない部位で、しかも死ねないときた。深爪くらい誰だってしたことがあるだろうけど、爪と肉の間に長ーい針が差し込まれるのを想像してみてくれ」

実例を出して言ってみると、会員達が例示の切っ掛けとなったジークフリートにドン引きして、少しだけ間合いを取った。

「なっ、何だお前ら!? 何で俺に退くんだよ! 俺の発想じゃねぇぞ!?」

「そうそう。それにジーク、君が考えているのは……」

「剝ぐだけだよ! それでも想像するだけで指先がもぞもぞするのに、針!? 何食って生きてきたら、そんなことを思いつくんだ!!」

　こればかりは私も知識として知っているだけで、まるで分からんよ。一体どんな精神構造をしていれば思いつくのやら。

「まぁ、基本は耐えられないから、教えても問題なさそうな情報なら遠慮なく流して、拷問されないよう気を付けてくれ。指は我々剣士の命に等しいからね」

　しかし、私達は余所のブラックめいた氏族と違って、真っ当に冒険者をやろうとしているので、何か一つでも情報を吐いたら除籍するような、厳しい戒律は作らないさ。一敗地に塗れようが生きて還って、汚辱を自らの手で雪ぐのが一番だしね。

「ただ、爪責めは今回やらない。汚れるし」

「そっちかよ」

「あと、あれだね、あんまり悲惨なことすると相手にビビられて、投降や捕まるより死んだ方がマシって思われると厄介だから。パッと見無傷なように、何より特大のヘマをやらなきゃ死なない方法を使う」

　言って、私は事前に用意した道具を手に取った。

勿論、特上のスシ……などではない。雅やかな拷問は趣向として面白いかもしれないけれど、相手が飢えきるまで待つ準備が面倒だ。何より、スシが手に入らないし。

なので、代わりに用意いたしましたるは、何の変哲もない木桶。中で冷え切った井戸水がたぷんと揺れている。

近くの共同井戸から汲んできた物で、在庫は五つ用意した。

「さて、このために寝椅子を用意したんだよね」

では、まず気付けに一発。

「ひっ……!?」

「おはよう。いや、時間的にはこんにちは、ですね。お名前をお伺いしても?」

ズタ袋を被せていた女が、唐突な冷たさに驚いて気絶から復帰する。

「だっ、誰!? 何!? あ、あたしを誰だと思ってこんな……」

「はーい、口から出して良いのは質問の答えだけですよ」

まっこと健気で恐ろしさを感じない恫喝を華麗に聞き流し、次の桶を手に取って、少しずつ少しずつズタ袋を濡らすように水をかけ続ける。

すると、水分を吸って重くなった布が張り付いて、口でも鼻でも息ができなくなる上、喉が反射的に蠕動して空気を吐き出し、擬似的な窒息状態に陥るのだ。

たった桶一杯の水で、安全に溺死寸前の水責めができる。準備もさして要らず、布か袋が一枚に拘束具と水入れだけで、大量の水桶や逆さに吊す台が要る大仰な古式の水責めや、腕を摑んで反撃される虞れのある最も原始的な水責めよりも効率的。

ラングレーを塒にした諜報員達がよくやった手法だが、良くできすぎていて、やってる側としても怖い。これが法解釈的に問題なかったって凄まじいよな。

しかも、頭から桶に突っ込む伝統的な手法と違って、肺に入る量が少ないおかげで、加減を誤り殺してしまうこともないと来た。仮に一時的な呼吸停止に陥っても、川で溺れた時と同じ方法で蘇生できる。

「うわ……エグい……」

「あ、あんな量で溺れちまうのか……」

会員達の腰が退けている中、私は淡々と水を掛けては蘇生を繰り返す。

本当は、こんなの趣味ではない。実際、拷問ってやつは苦痛から逃れるため適当な、それこそやっていない情報を吐かれることもあるので、本当は時間を掛けた尋問の方が良い。

しかし、我々には長い間拘禁しておく設備もなければ、尋問の玄人もいないため、どうしても死なない程度の拷問が一番効率的になってしまうのが何とも。

こういう時、精神魔法の類いが使えたら便利なんだけど、普通に難易度が高いんだよな。伊達に魔導院で〝禁忌指定〟されている訳でなく、しくじると術者の精神にも悪影響が出る上、初歩の初歩でも難解すぎてね。

「げひっ……はっ……はひっ……はぁっ……ひっ……」

「お名前は？」

「こっ、こんなっ、ことをして、許され……」

「はーい、お水の追加入りまーす」

一回じゃ、まだ虚勢を張る元気があるか。なら、二回、三回とお口が滑らかになるまで続けるだけだ。

手は止めず、しかし視線は会員達へ。

これは訓練であり、先達からの警告でもある。

これでいて、アグリッピナ氏の下で潜った死線は、何も直接的に剣を交える危険がある物だけじゃない。

薬を盛るなどして拉致し、情報を搾り取る標的にされたこともある。

そして、何とも嘆かわしいことに、こういった行為を遊びでやる奴儕も世の中にはいるのだ。野盗に弄ばれて酷い死に方をした遺体を見たことがある者も、少なくはないだろう。

悪徳と対峙し、打ち払わんとするのであれば、そのやり口を知っておいて損はない。

「貴族に関わる仕事をしたなら、こういった方法で情報を吐かせようとする者も現れるだろうね。だから、投降する時は相手を選ぶこと。そして、万が一捕まったら、吐いて良い情報はさっさと吐いてしまえ。名前とかね」

来ると分かっていれば、ある程度は耐えられるし、対策もできる。結局、我々は痛みに弱いのだから、変に耐えて致命的な破滅を迎える前に上手いことやった方が賢い。

むしろ、必要な情報以外は渡さないよう気を付けるから、素直にお話しして時間稼ぎをしてくれれば、五体満足のまま助け出せる可能性も増すからね。

「だが、それがどうしても叶わない時、何があっても譲れない情報を持っているときは……死に物狂いで戦え。何があっても折れるな。剣士として、鍛えた腕を信じ、最後まで闘争を全うしろ」

しかれども、悲しいことに万能でも全知でもない我々には、抗いようのない理不尽が降りかかることはある。

その時は、悔いがないよう戦い抜くだけだ。

死ねと命じはしない。

「ただ、自分が納得できるようにやれ。後悔を抱えて生きるのは、存外しんどいよ」

覚悟を決められるなら、それでよし。無理なら無理で、また別の所で冒険者をやってもいい。私は可能性を提示し、導くだけで強引に引っ張って行きはしない。

しかし、英雄とは誰かにとって都合が悪い、死んでくれた方が得をする者がいる立場であることも忘れちゃいかんのだよ。

結局、溺死未遂の六回目で女は全ての情報を吐いたが、この薬を流通させるために作られた新しい組織に過ぎず、大したネタは握っていなかった。

ケツ持ちもバルドゥル氏族だと偽られていたようで、彼女は最初、こんなことをしてナンナが黙ってはいないぞと脅したかったのだろう。

相手は実に慎重だ。隠すべき所は確実に偽装して、仮に駒が一個二個囚われようと、核心には辿(たど)り着けないよう準備している。

　こりゃ怪しいヤツを片端から殴っていく脳筋戦法じゃ、街に薬が回る方が早いな。

　しかも、在庫を点在させていることもあって、妖精達(アールヴ)に助力を願っても分かるのは先日強襲した家のような仮拠点だけだろう。

　もしかしたら、敵はマルスハイムを傷物にしようとしているけれど、遠隔地から策謀を巡らせている？

　仮に製造拠点すらこの街にはないとしたら？

　短くも濃密な講義の後、泳がせて情報を得られないかと逃がした女の背を窓から見送っていると、ジークフリートが溜息(ためいき)を吐(つ)きながら隣にやってくる。

「あー、なぁ、会員にはいねぇけど、新人が何人か……」

「抜けたいって？」

「おう……ちと、刺激的過ぎたんじゃねぇか？　いや、よくよく考えたら、俺も今日みたいなことになる一歩手前ではあったんだが」

　やはり、我が戦友は賢くて助かる。

　彼は情報を引き継ぐにあたって、あの薬を吸引して中毒者の仲間入りをさせられた際の危険性、そして〝薬を供給して貰(もら)えないこと〟が拷問に転じると分かっていたのだろう。

　本当に引きが強い。羨ましい限りだ。

「他はみんな、それだけの覚悟があって冒険者をやるっていうんだろ？　むしろ、喜ばしいことじゃないか」

「そうっちゃそうだが」

それに、味方の引きが良いに越したことはない。

何と言っても彼が薬に汚染されている、敵がそう勘違いしていることを知れた時点で、潜り込んでいるかもしれない密偵の所属が何となく分かる。

敵方じゃないな、これは。正確な情報が渡っているなら、ジークフリートが〝魔女の愛撫(キュケオン)〟とやらにハマっていないことは知れたろう。

昨日の状態で症状はなく、こうも早く声を掛けたってことは遅発性の特別調合品を使われた線も消せる。

むしろ、そうだったら昨日の今日で、薬が切れて辛(つら)いだろうなんて交渉を持ちかけては来るまい。

この悪辣なる麻薬の効果時間は、大凡(おおよそ)二刻から三刻(四から六時間)であることはナンナが解析済み。即効性が高いのがウリの一つであるなら、搦め手(からめて)に使うにせよ心配事は一つ減る。

「この程度で腰が退けてちゃ英雄になんてなれないさ。違うかい？」

君だって全くビビってないように見えるけれどと問うてみれば、ジークフリートは溜息をもう一つ重ねた。

「まぁ、俺としちゃ、決意が固まったくらいだけどよ。こんなモン作る野郎、片端から斬り捨てて、二度と現れねぇようにしてやるって」

「なら、いいじゃないか。半端な覚悟でやったら死ぬかもしれない。死ぬ前に引き返すのも、ある意味で勇気さ。剣友会を抜けたい者は好きに抜ければ良い。だけど、私達は闘争を始めてしまったんだよ」

「逃げる気は端からねぇけど、逃げらんねぇって改めて突きつけられんの、何かヤだな俺……」

「君を試した訳じゃないさ、戦友。カンに障ったなら謝る」

そこは気持ちの問題だから、余計なことを言ったと思ったので詫びておく。すると、彼も本当に気分の問題だったようで、謝ることっちゃねぇだろと言ってくれた。

「ただ、今日から基幹要員は厳戒態勢だぜ、ジーク。常に二人一組で動いた方が良い。それと、口から取っても有害なら、信用できる店以外での飲み食いは必ず自分で用意した方が良いな」

「うへぇ……めんどくせー……」

でも、世の中にゃ手に負えねぇってんで毒殺された英雄も多いもんだしなぁ……と鬱陶しそうに呟く彼の背を叩き、今日は早く帰れと言っておいた。

なにせ、さっきから一言も喋ってないカーヤ嬢の殺気が怖いんだよ…………。

【Tips】下手に殺さない方が、より魂を苛むことができると心得ている者は、その身の置き場が暗いほど多い。

青年期
十七歳の秋

シナリオのカット

一日で工程を消化するにはあまりに長くなりすぎるとGMが判断した場合、ミドル戦闘を区切りとしてシナリオを一度区切ることもある。特にシティシナリオなど、ハック&スラッシュよりも考えることが多く、下手をするとPC達の相談でえらく時間を食うことが想定される場合、一話完結予定のシナリオを区切ることもある。監督にして脚本家たるGMは、演者のPC達の終電や寝る時間を考えてやることも仕事の内だ。

一つ年齢を重ね、身内から細やかなお祝いをしてもらった秋を私は焦燥と共に過ごしていた。

簡単に冒険を邪魔されないよう、剣友会を作るという試みは今のところ上手く運んでいると言って差し支えがないが、マルスハイムの屋台骨を軋ませる大事の解決には遠い。

まだ〝魔女の愛撫〟なる悪辣な薬、その黒幕は疎か出所すら摑めていないのだ。

何も進んでいない訳ではないのが、消えかけた熾火の如く精神を炙る。私は納期がある仕事でも先に先に片付けていきたい気質なので、一切進まないよりジリジリとした進捗が続く方が精神衛生に良くない。

あれから拠点を幾つか叩き、卸業者を潰していった結果、この麻薬がマルスハイム市中にて精製されていないこと〝だけ〟は確定した。

軽々に動かすことのできない製造拠点が存在していないのなら、この摑み所のない状態にも納得がいく。そもそも調べていた所に病巣がなかったなど、珍しいことでもあるまい。

問題は、それが分かっても藁の中に落っことした針が見つかる訳ではないこと。

精々、よく探した結果、なくした家の鍵が鞄や懐には確実にないと判明したくらい。可能性を一つ潰しただけで、母数が大きすぎると気休めにもならぬ。

今日行った所を全部、俯いて虱潰しに鍵を探す徒労感を想像したら、膝から崩れ落ちそうになるね。

西方辺境と一口に言っても広いのだ。しかも大きな河川が何本も通っており、平地も多いため工業に適した土地は数えきれず、隠れ蓑にできる人里も膨大。端から端まで調べていくのは、仮に私がマルスハイム伯であったとしても現実的ではない。

しかも、これだけ凝った手口でやってくる連中だ。マルスハイムから離れているけれど、本腰さえ入れれば簡単に割れてしまうような、拠点の隠し方をしてはいるまい。

さりとて、麻薬自体が薄い紙状――最終工程前は粉なので、これも偽装は容易い――という隠しやすい上に軽い物なので、入市の門で引っかかるのを期待するのも望み薄だ。外から入っているなら入り口を見張るのは常套手段なれど、そもそも入って来たことに気付くのが困難とくるとね。

入って来る人間の荷物を一々検めていたら、この雑然とし適当であるが故に栄えている都市の大動脈が締まってしまう。やろうと思えば背嚢の底板、靴の中敷き、果ては服の裏地にまで仕込めるような物を完全に摘発するのは不合理どころではない。

尻尾どころか細い糸を捕捉するのにも手子摺るとは。GM、このシナリオを深夜テンションで書き上げたんじゃなかろうね？　遠大な謎を用意するのは結構だが、行為判定ではないリアル謎解きが難解すぎてPL達が迷子になるのは笑えないぞ。

心が重いと体も重く、吐息まで質量を持つかのようだ。

「仕事の前から景気が悪いなぁ、おい」

「溜息が増えてましてよ」

「煙草の調合も回数が増えましたよね……それだけ消費が早いようですし……」

そして、私が憂えているのを分からぬ仲間達でもなし。

どうにもいかんね、今日は折角、剣友会勢揃(せいぞろ)いでの依頼を受けているのに。

「ああ、ごめん。あれから大きな成果がないものでね。季節の変わり目なのもあって、少し気落ちしてしまったみたいだ」

切り替えて行け。仕事は同時並行で動いているのだ。絶望にも感傷にも幾分か余裕があるだろうよ。行政、バルドゥル氏族、ロランス組にハイルブロン一家など、街の完全な堕落を拒む組織の尽力もあって、動死体(ゾンビ)めいた薬物依存者が街中に溢(あふ)れているでもなし。

階段は一段ずつ登らないと転ぶものだ。愚痴は仕事が終わったあと、酒でも嘗(な)めながら聞いて貰うとしよう。

「しかし、何か街中で完全武装って、ちょっと気が引けるよな」

「斥候装束で衆目の下を歩くのは、たしかに微妙な気分ですわねぇ」

二人の言うとおり、剣友会の代表たる我々四人はマルスハイムの街中にも拘(かか)わらず、完全武装で歩いていた。腰には剣を帯び、具足を実戦さながらに着込んだ姿は悪目立ちしており、確かに居心地が悪い。

同じく武装して仕度している配下を迎えに行くため銀雪の狼(おおかみ)酒房に向かって進んでいるのだが、端から見たら、すわ氏族間抗争でのカチコミか、行政府の出入りかと身構えることであろうよ。

「あはは、ごめんね、ディーくん。私だけ普段通りで」

「だから、ジークフリートと呼べ……カーヤは仕方ねぇだろ、杖(つえ)持つだけなのが当たり前だし」

一人だけ平服に近いのはカーヤ嬢。靴は行軍用の長靴に履き替えているが、普段通りの装いに変化はない。

いや、鎧(よろい)のように大袈裟(おおげさ)ではないので目立たないだけで、彼女も完全武装していた。

まず、右手に収まっている長杖(ちょうじょう)が最初に出会った時から変わっている。

根や枝が絡み合って複雑な色合いを成す、表面に地衣類にも似た菌類を共生させたる杖は〝忌み杉の魔宮〟にて、二人が自分の取り分に選んだ古代杉の枯れざる枝と根によって成る。元々使っていた、本来なら一年で枯れる草を何年も育てた杖に接ぎ木のように縒(よ)り合わせたのだ。

長さはカーヤ嬢の上背に近く伸び、先端が半円を描くよう二股に分かれた姿は、焦点具として一層の強化がされていた。

ただ魔力出力を強化したのではない。より素材への干渉を強め、採集と加工にのみ特化したカーヤ嬢のためだけにある一品だ。

これを持って触れれば、力加減を誤れば中からポキッと折れてしまう、自然薯(ヤマイモ)のような根菜が抵抗もなく抜け、香草は適した乾き方をし、鉱物は砂糖もかくやに溶ける。

装備の躍進もあって我々を助ける薬の出力はいや増し、最近では〝骨折が二週間で癒える〟凄(すさ)まじい薬効の膏薬(こうやく)まで作り出してくるほどだ。

それでもまだ、彼女の理想には遠いようだが。

「それに、薬はちゃんとぶら下げてきてるし、服も一張羅だろ。えー……あー……うん、似合ってる……ぜ」

「そ、そう？　えへへ」

おお、ジークフリート偉い！　照れながらではあるけど褒めた！

「じゃあ、ちょっと、自信持っちゃおうかな……」

相方の少年から褒められた薬草医の装束もまた、刺繍が施された若草色の絹地の長衣。あの購入に際して一悶着あった五ドラクマもした反物を染め直し、手ずから縫い上げた衣装は控えめながら、彼女が気に入っている色なのもあってよく似合っている。

染料に魔法薬を使っているそうなので、可愛らしい外見に反して水と泥を弾き、ある程度は刃にも耐性があるという。代わりに金気を嫌うそうだが、元々彼女は金属製品を身に付けないので、実用性も十分だろう。

しかし、首飾りまで宝石ではなく硝子とは、そこまで徹底しなければならない装備条件ってのも大変そうだ。

どうあれ、これだけキマっているならば具足に剣を帯びた我々や、夜色の装束を纏った斥候と並んでも見劣りすることはあるまい。

さて、装備の更新事情はさておき、今日の仕事は、この格好で郎党を率い商業同業者組合の会館を訪れることであった。

言うまでもなく、襲撃(カチコミ)ではない。一種の展覧会だ。

仲介を通して行政府が地方を枯らさないよう、燃料となる木炭や鉱石類の運送をやらせたがったのだが、これにマルスハイム商業同業者組合が待ったをかけた。

昨夏に一つのお家、地元の名士連にも名を連ねるような大家が傾くような襲撃を受けたせいで、大規模な隊商の派遣を渋っているそうなのだ。

襲われた隊商は、発起人たる大家の家人が主宰し、賛同した個人商家が一二店。各々の家が抱えている専属の護衛や日雇いの人足、そして増強した冒険者の護衛が五〇を越える重装備の上、全体で一五〇人以上の大所帯であったという。

流しの僧や魔法使いも帯同していた隊商は、道も安全な経路を選び、天候を読む優秀な斥候もついていたため誰もが安心していたのだが……帰還予定の初秋を過ぎて尚(なお)、誰一人として帰ってこなかった。

この衝撃的な事態を前にして、組合の中小商人達が足を鈍らせてしまっているそうだ。ヨーナス・バルトリンデンが討たれ、これで交易路も安泰と安心した矢先、斯様(かよう)に万全と思える隊商が未帰還とあれば、二の足を踏むのも理解できるけどね。

商家は大規模だから目立って捕捉されたとか、何らかの天災ではないか、実はヨーナス・バルトリンデンが生きていたのではないかなど、喧々囂々(けんけんごうごう)の大騒ぎで話が纏まらない。

そこで我々、剣友会の出番だ。

現在、剣友会の会員は一六名にまで増え、鹵獲(ろかく)品を修繕した装備ではあるが、きちんと使える物を支給していることもあって下手な傭兵よりも高い集団戦闘力を持つ。

　大群との戦闘を想定し、密集軍を構築する訓練を行っているため、盾の列であろうが槍衾だろうが号令一つで組める素早さは、他の集団ではそうそう真似できまい。

　剣をぶら下げただけの冒険者、個人や拠点を守る術は弁えていても連携ができぬ専属の護衛を〝行政府からの持ち出し〟によって支援するため、怖がらずに隊商を組んで欲しいというのが顧客の願望。

　その願いをガッチリ武装を固め派遣された我々が出張ることで、五〇アスのクソ駄賃に命をかけることもできない半端者とは違うと信頼させる。それが本日のお仕事だ。

　突っ立っているだけで一人頭一〇リブラの儲けになるのだから、割の良い仕事である。

　まぁ、新製品にはお披露目会が付き物。発注するかどうか実物を見て、動いている所を確認してみなければ、商売人共は納得しない。

　ちょっと残暑の暑さに鎧を着て耐えるだけで、地方を健全に保つ交易路が維持されるのならば、滲む汗も我慢しようとも。

　隊商は基本的に往路で荷を売り、復路で商品を仕入れるからな。大規模な隊商が出なくなってしまえば、下手をするとマルスハイムに物が入ってこなくなって物価が崩壊する。

　最大公定価格を定めようが、それだと正規価格では商売が崩壊し、どうせ裏で売買して高値が付けられるので、結局ちゃんとした価格で物は出回らん。こうなると文字通りお飯の食い上げになるので、我々が一肌脱ぐだけの価値はあろう。

前日、私は会員に誰に恥じることもないよう、鎧から剣までピッカピカに磨き上げるよう指示し、風呂にも連れて行って髭から何から一片の瑕疵なく整えさせた。

見栄えがよくて行進が上手なら強いって物でもないけれど、少なくとも「本当に大丈夫かコイツら」なんて頼りなさはなくなる。実力は戦場で初めて輝く物だが、事前に性能を見せ付けるにはこれが一番だ。

どんなに美味しい御菓子屋だって、飾り棚が貧相じゃ客も寄りつかんからね。

「しかし、俺らは冒険者だってのに、これじゃあまるで舞台役者の真似事だわな……」

「おいおい、ジークフリート、君がそれを言うのかい？　大牙折のガティを前に、贔屓の役者を前にしたように駆け寄ったろう」

「あんなん誰だって興奮すんだろ。あの鬣の格好好いこと、胸板の逞しいこと！」

「それと同じさ」

言って、上から下まで指し示して胸元を叩く。

「口酸っぱくして言ってるだろ？　格好好い、理想の冒険者であれと。つまり、多かれ少なかれ、私達は自分で自分の脚本を書いてる役者なのさ」

冒険者、それも百代の先も詩に詠われる英雄になろうなんて酔狂者が、舞台役者に負けるくらいの格好良さじゃ、それこそ役者が足りぬと誹られようぞ。

大見得を切ってやったら、ジークフリートは上を向き唸り、下を向いて歯噛みし、吐き出すように言った。

「くそ、一本取られた。腑に落ちてる自分が気にくわねぇ」

「やった、勝った」

「あーもー、いつまで経っても子供なんですから。ねぇ？」

「私は、ディーくんらしくていいかなって」

　立派な鎧を着て、武器まで持った男二人が勝った負けたとキャッキャしているのが、女衆には受け容れて貰えなかったが、戦友が納得してるなら満足さ。

　それに、システムによってはＰＣのことをキャスト、演者なんて呼び習わしたりもするからね。

　ならば、少し役者の真似事をするくらい、冒険の範疇だろうとも。

「ん……？」

「にー」

　さて、そろそろ銀雪の狼酒房というところで、路地から鳴き声がした。

　猫の声だ。

「おや、いつぞやの錆猫じゃないか」

　まだ煤黒の頃、人間の商品に手を付けてはならぬとする法度を破った猫を捕まえるよう、猫の君主から依頼を受けたことがあった。

　この子は、その時に捕まえた子ではないか。

「にー、にー、にぃー」

「すまんね、これから仕事なんだ」

鳴き声を上げて気を惹こうとするのは、以前に構ってやったことや、食事を振る舞ったことがあるからだろう。しかし、今日は都市内の仕事なので水筒を持ってはいるが、食べ物は何もないのだ。

帝国人は猫を大事にするけれど、流石に仕事にまでは代えられ……。

「にぁう、にぃー」

「……なんだい、嫌に絡むね君」

そっと通り過ぎようとしたならば、錆猫は小路から飛び出して立ちはだかってきてまで鳴くではないか。

構って欲しい動きのそれではないな。脛に体を擦りつけるでもなく、声にはどこか必死さが滲む。

それに、錆猫は無下にすれば事故を招くなどとも呼ばれ、黒猫や白猫に次いで徳が高く畏れられる猫。態々猫の君主が彼を懲らしめようとしたことから、猫達の中で位が低いってこともなさそうだし。

「……ジークフリート。古来、猫の問いかけを無視するなという言葉があるんだけど」

「うちんとこじゃ、新居を建てたら最初に猫に敷居を跨がせろ、だったな」

「猫の伝言を無視すると、不幸が七年続くなんて俗信もありましたわね」

気紛れな猫が撫でてくれと通行を邪魔している風情ではない。むしろ、この錆猫は自分から撫でられにくる気質ではないので、益々何らかの意図を感じる。

「少し余裕を持って出ていたよね？」

「まぁ、頭目格が遅れちゃ格好もつかねぇってんで、四半刻ばかしは」

約三〇分か。それなら、少しは時間的余裕がある。

私達の会話から、雰囲気を察したのであろう。錆猫は尻尾を一度くるりと回してから、さっきいた小路へと走って行く。

付いてこい、そう言いたいのだろう。

「くっ、速い！　四つ足には流石に勝てんぞ!?」

ただ、もうちょっと地べたを走る我々に加減してくれまいか。

家猫の最高時速は長く持続しないとはいえ、時速五〇㎞に近い。人類最速の男より二秒以上速く一〇〇ｍを疾駆する生き物に追っつくのは大変過ぎる。

「だぁっ、こちとら長物と槍もあんだぞ!!」

その上、完全武装なので、どうしたってとろくさいヒト種では追いつけない。時折、一瞬止まって我々が追従してきているか確かめているのだが、これでいよいよ何らかの意図があることが明白になったな。

「げっ!?　壁!?」

そして、ジークフリートが叫んだように、その内に出くわすんじゃないかと思っていた嫌な予感が実現した。

そこら辺に積んであった桶(おけ)を足がかりにして、錆猫が塀をひょいっと跳び越えていったのだ。

高さは大した物ではないが、私の上背より頭一個半はある。鎧(よろい)を着て、武器まで持ってよじ登るとすると大変な高さ。

しかし、これだけ急いでいるということは遠回りをしている余裕もない気がする。

猫の君主に率いられる猫ならば、悪戯(いたずら)で武装している冒険者を走り回らせはするまい。

火急の用事なら、多少は〈運動〉判定を気張る必要もあるか。

「ジークフリート、足場になる！」

「あっ、あれか！　応！」

私は走る速度を増し、先行して体を痛めぬ程度の勢いで壁に背を預け、腰を落とし膝の高さで手を組んだ。

そして、ジークフリートが槍をカーヤ嬢に預けた後、右足を手に乗せたので、勢いよく全身のバネを使って跳ね上げた。

特に数字を数えるでもなく成立した連携は、市街や起伏のある地形を踏破する練習とし、何度もやったからだ。さしもの私もエタンの如(ごと)き巨漢相手に足場をやるのは無理があるが、具足を着込んでいても体格が似ている戦友なら何とかなる。

「二つ足の方々は難儀ですわねっと」

足場を借り勢いよく上体を塀の上に運んだ彼を、マルギットが引っ張り上げる。壁に張り付き、しっかりしている天井ならぶら下がることさえ可能な蜘蛛人(アラクネ)の面目躍如だ。八本の足を持つ彼女には、地べたを駆けずり回るしか能がない二本足が見ていてもどかしくもあるのだろう。

　ああ、くそ、せめて鎧を着てなきゃ三角跳びで行けたんだけどな。格好良さが足りない。私のAGI(アジリティ)もとい〈俊敏〉では忍者への転職は無理だな。

「次、カーヤ嬢！」

「は、はい！　失礼します！」

　杖(つえ)と槍をマルギットが受け取って向こうに運び、私を足場にしてカーヤ嬢がジークフリートの助けも借りて塀を越える。最後に私は、壁から離れて助走距離を稼ぎ、大きく跳んで戦友の手を引っ摑(つか)む。

「ぐぉ、重んも……！」

「文句言うなよ！　これでも華奢(きゃしゃ)な方だぞ私は！」

「煮皮でも全身に鎧着て、剣まで担がれちゃ堪(たま)んねぇよ!!」

　わぁわぁ騒ぎながら塀を越えるのは、我々ヒト種(メンシュ)にとって主動作(メジャーアクション)の消費に近しいが、副動作(マイナーアクション)どころか制限移動程度にもならない錆猫は、待ちくたびれたと言わんばかりに次の路地の前に佇(たたず)んでいる。

　くそ、折角宿を出る前に体を洗ってきたってのに、これじゃ〈清払〉をかけておかないと主要面子(メンツ)が一番ボロボロなんて醜態を晒(さら)すことになるぞ。

区画二つ分ほど、人間が通るような道ではない場所を引きずり回された私達は、遂に塀の上まで歩かされるはめになったのだが、そこで一つ異常を見つけてしまった。

血痕だ。それも多い。

「……軽傷の傷じゃない。それも、この量だと……」

「獣でも鳥でもありませんわね。間違いなく、人類の出血量」

足を止めることなく、錆猫を先頭に慎重に塀を渡っている間、マルギットは足を止めることなく血を指で掬い上げ、匂いを嗅いで舌打ちをした。

「亜人種、それも獣の色が濃い人類ですわね。多分、ネコ科」

一嗅ぎで分かる物かと毎度驚嘆させられるが、ただ風にそよぐ下生えも豊かな草原でさえ人の足跡を見つけ出す狩人だ。何か我々には知覚できぬ独得の癖でもあるのだろう。

「……次の角の向こう、空き地に人の気配……動いてる」

足場となっている塀は殆ど境界の役割しか果たしておらず、マルスハイムの密集した街路において人一人が通るのがやっとという建物の間を走っている。二〇歩ばかし先に丁字の分岐があり、錆猫は左に消えていった。

私のざっくりした脳内地図が正しければ、あそこは乱開発によって生まれた空白地で、四方を建物に囲まれたせいで放置された区画だ。一辺が三〇歩くらいの半端な広さかつ、地権が曖昧なせいでゴミ溜めになった行政の怠慢が形になったような空間。

つまり、飛び込めば一瞬で殆どの攻撃の射程内に入ることとなる。

「行こう。私が先頭、背を頼む戦友」

「ったく……これぜってぇ碌なもんじゃねぇぞ……」

窮屈そうに長柄を立てて走り続けていたジークフリートであるが、小言は言っても否定はしない。

彼とて一年を冒険者として生き延び、琥珀にまでなった男だ。空気から尋常ならざる雰囲気は分かろうもの。

行くべきだと判断した私を後押ししてくれるのは、とても心強い。

「マルギットは上を。折角だ、地形を立体的に使おう」

「畏まりましてよ。連携は？」

「牽制、それと支援優先」

「はいはい、貴方の影が不意に踏まれぬよう、身命を賭しますわ」

そして、幼馴染みにして、少しだけ関係性が深くなった相方も全く迷わないのだから、私は本当に果報者だ。

「カーヤ、お前はへっきりに乗ったままでいろよ。何かあったら薬投げてくれ」

「う、うん。ディーくん、気を付けて」

「ジークフリートと呼べ。それに相応しいよう、頑張ってくらぁ」

友に恵まれた者同士、目線だけで示し合わせて一息に動き始める。

先に行った錆猫が鳴いたのだ。速くしろと急かすように。

角を曲がり全力疾走。死角、盲点となりやすい上は、壁を凄(すさ)まじい速度で這(は)い上がるマルギットに任せて一直線。

ジークフリートは二歩半離れた位置。事前に戦闘陣形を組めているのは、不意打ちを防げていることから、接近はギリギリまで気付かれていない。

狭い建物の狭間(はざま)が切れ、微(かす)かに広がる風景。方々の窓から投げ捨てられたゴミ、風に巻き上げられて迷い込んだだろう衣服が堆(うずたか)く広がる中で、正に惨劇が繰り広げられようとしていた。

足を取られながらも逃げているのは、情報屋のシュネーではないか。左耳に深い切り傷があり、両手で押さえた腹からは大量の出血。

あの位置は拙(まず)い。腸が破れていれば助からぬ場所。

彼女をそんな様に追いやったのは、背に追いすがろうと短刀を振り上げる人物に相違なかろう。総身を隠す服を着込んで頭巾も被(かぶ)っているせいで種族は分からぬが、酷(ひど)く小柄だ。

だが、あれで真っ当な仕事の筈(はず)があるまい。誰何(すいか)もなく斬りかかられようが、一体誰が文句を言えよう。

私は迷わず塀から飛び上がり、虚空にて〝送り狼(シュッツヴォルフ)〟を抜剣。贔屓(ひいき)の情報筋にトドメの一撃を見舞おうとしていた下手人を両断する勢いで躍りかかる。

「っ……!!」

しかし、空中にて激烈な殺気に襲われる。発生源は、刺客の上を取ったと思っていた私よりも更に上。

いかん、跳躍の最中は、慣性によって軌道を変えられない。不意を打とうとして、最も無防備な攻撃の〝起こり〟を狙われた。警戒していたけれど、攻撃に気をやった隙を縫う一員が伏せていたなど。

〈雷光反射〉によって引き延ばされ、間延びした世界にて思考を回す。ここから打てる手は二つ。身を捩って上を向き、不意打ちを迎え撃つ。あるいは、魔法を解禁して虚空にて再度跳躍し強引に軌道の変更を図る。

いや、駄目だ、そのどちらでもシュネーの背に短剣が刺さる方が速い。

「そのまっ!!」

響くは幼馴染みの声。意味を認識した刹那、私はどちらの思考も擲って姿勢を崩さず宙を落ちるが如く駆けた。

マルギットが不意打ちを防いでくれるのなら、私は剣士の役割を全うするのが最上だ。

ぶつかり合う二つの音。

ほんの呼吸一つばかし早かったのは、上空で肉同士がぶつかり合う鈍い音。

二つ目は、鋼が斬り合い軋む音。

初太刀を止められた！　本気の一撃、それも不意打ちのそれを!!

私への警告で外套の刺客は、自分もまた不意打ちされようとしていることに気付いたのだろう。目の前の獲物ではなく、自分自身を保全するべく受けに回ったのだ。

交差するよう掲げられた、両の手に握られる短刀は細身なれど肉厚。寸法は袖口の広い両の袖、前腕に隠せる最大限の長さであろうか。

くそっ、踏み込みが万全にできぬとはいえ、位置熱量と重力による加速を借りることができる斬撃を、こんな半端な得物で止められるとは。

しかも、そのまま強引に押(へ)し斬ってやろうとすれば、刃の交点を軸に押される力まで借りて、前に滑り込むように逃げやがった。

何らかの受け流し、ないしは損害軽減系の技能。本当なら即座に逆撃へ繋(つな)げたかったようだが、威力に負けて逃れるしかなかったと見える。

私も斬撃がぶつかった衝撃を活用し、蜻蛉(とんぼ)を切って着地。衝撃にゴミが舞い散るが、落下の激しさを殺してくれたのでマシだと思おう。

視界の端、併存する思考の一つが横入への横入を咎(とが)めたマルギットの姿を確認する。

空中で揉(も)み合いながら落ちて行っているではないか。

短弓を置いて、専ら得物を解体する目的で振るわれる短剣を手にした狩人と斬り結ぶのは異形の両腕。二人分の重量を受けて尚(なお)も肉体を空中に固定するのは、翅(はね)を広げることで短時間の飛翔(ひしょう)を可能とする笹穂(ささほ)のような太い腹を持つ下肢。

蟷螂人(マンティエダ)だ。顔は不意打ちに反応して見せた刺客と同じく、目深に被った外套のせいで見えないが、若菜色の外骨格や腹から下が昆虫の体。何より、大きな袖から覗(のぞ)く一対の大鎌めいた腕から間違いようがない。

くそっ、こっちじゃ殆ど見かけない種族。セーヌ王国あたり、後は南方の大陸にしかいない人類が何だって西方辺境にいやがる。

「だぁっ、くそっ、狭い!!」

少し遅れてジークフリートが空き地へと突撃してきた。細い塀の上で槍を正面に構え、助走をつけて駆け込んで来る一撃は、自らの攻撃と移動力をそのまま火力に直結させる技……なれど、槍の穂先は空を切った。

両手に短刀を持つ刺客が膝から力を抜いたと思えば、ヒト種ではあり得ぬ速度で〝跳ねて〟跳びのいたのだ。

更にそこから、再び膝を撓めた跳躍の姿勢に隙なく移っている。このまま彼に減速させては一手損。

「ジークフリート、そのまま、私の背後!!」

「応よ!!」

足を止めるのではなく、俄に背後から湧いた気配に対応して貰おう。

「ぬっ……」

「うおっ、でけぇ!?」

塵芥の山を撥ね除けて現れたのは、ゴミに埋もれるように隠れて接近していた巨大な〝蜘蛛人〟であった。

異様な伸びを見せる跳躍からの斬り付けに対応している背後、ジークフリートが槍の間合いで更なる敵を御しているのはマルギットとは似ても似つかぬ巨体。伏せて尚も体高は一m半を下らず、太い脚は女郎蜘蛛ではなく、足高蜘蛛系であろうか。

となると、この矮躯の短刀使いも亜人種。

跳躍しつつ斬り付けてくる影は恐ろしく速く、しかし軽い。

そう、軽いのだ。

左の短刀を防御に回して凌いでくるのもあるが〝軽すぎて〟刃筋が立たん！　この体軀と跳躍力、何より体の重さはヒト種ではない。

短刀を握る指の形からするに、あの蟷螂人や後ろの蜘蛛人と違って獣の血を受け継ぐ人種か。

ええい、何たる構築。鬱陶しいことこの上ないな!!

〈概念破断〉は腰の入った一撃で、全ての力を攻撃に割かねばならない欠点があるため、今の時点で使うのは悪手かと思い受けに回ったが正解だった。あくまで、この切り札は斬撃に装甲点や防御の無視を強いるだけであり、命中判定が成功していなければ発動しない。その上で行動を最遅とする強烈な負の補正が掛かるため、完全に見切った相手以外には使いづらいのだ。

あの刺客、最初から受けられるのを前提に軽い攻撃を放っていた。恐らく、敢えて軽量の身で以て攻撃を受け流させることで、強引に隙を作って一撃を放り込んでくる軽戦士。

足高蜘蛛の刺客と数秒拮抗した後、一歩下がって仕切り直すことを選んだ戦友と背中合わせになる。それと同時、遂に二人分の重みを受け止め兼ねたのか、マルギットと蟷螂人(マンティエダ)が揉み合いつつゴミの山に墜落した。

「マルギット！」

「大事ありませんわ！　それよりカーヤ！　Aの二(アー・ツヴァイ)!!」

支援要請は、呼吸二つの後に凄まじい速度で飛んで来た。

短い符丁は、乱戦時でも薬草医に頼みが確実に届くよう決めた物であり、更に彼女は空き地に降りてきていない。

丁字に塀が交わる四〇歩も先の遠間より〝投石杖(スリングスタッフ)〟を用いて魔法薬の瓶を投じてきたのだ。

彼女の杖(つえ)、その先端が二股に分かれているのは見栄えのためではない。合間に共生した菌類を伸ばさせ、瓶を納める袋を作る空間として確保されているのだ。

杖から飛来し、弾(はじ)けたるは〈矢避(よ)けの障壁〉を張る薬壺(つぼ)。塗布せずとも〝剣友会の会員章〟を基点として障壁を発生させるよう調整された薬は、確実に我々の身を飛来物から守る。

着弾から瞬き一つ遅れ、四本の太矢が障壁に逸(そ)らされ、足首まで埋まるゴミの山を肥やした。

包囲による同時射撃ではない。全く同じ方向から、同時に打ち込まれている。

我々が入って来た隙間と対角にある建物の上に影が一つ。アレに気付いてマルギットは支援を乞うたのだ。

四腕人、文字通り四本の腕を持つ人類種。これぱかりは外套で隠そうが、目深に頭巾を被ろうが誤魔化しようがない。

ええい、情報量が、情報量が多い!! 空き地への突入からほんの数秒、たったの一ラウンド中にどれだけの情報を叩き付けてきやがる!!

「なっ……なん……やの……?」

しかも、遂に限界が来たのかシュネーが崩れてしまったではないか。

護衛目標付き、同数の手練れ相手で——しかも、増援の可能性あり——情報が少ない上、ただただ性能で上を取ってくる種族が多いとか嫌がらせか。

「奇遇ですね、白猫さん」

「エー……リヒ……」

「傷を押さえて、暫時耐えて」

触れあった背中の重心をずらすことで戦友に移動を頼み、シュネーの近くへと躙るように寄っていく。敵は僅かに間合いを取り、遊弋する猛禽類の如く周囲を走ることで隙を作り出さんとしていた。

いつでも庇える場所に位置を取ったが、さぁどうするか。マルギットは未だ蟷螂人と組み討ちの最中……って、おいおい、右の鎌を自分の左手に貫通させ、思いっきり握りしめることで止めてる!?

そりゃ、あれも原理は刃物と同じだから引くか押すかしないと切れないにしても、我が幼馴染みながら何てことを。生体装甲故の荒さで、鋸歯で斬られたような鈍く重い痛みがあるであろうに……。

こりゃ速戦にしなければ拙いな。相方は瞬発的な力こそヒト種に勝るが、残念ながら持久力がない。大型の亜人種相手に相手の右手を潰しながらも、利き手一本の短刀で拘束し続けるのは長く保たんだろう。

となると、大怪我をしているところすまないが、シュネーには今暫く耐えて貰わねば。

「ジークフリート、肉で受けるなよ」

「……毒か」

斬り結んだことで欠けてはいないが、我が愛剣を見れば錆止めに塗っている油の上に別の液体が付着していた。

彼の言う通り毒だ。これで斬り付けられたと思しき猫頭人は、被毛のせいで顔色が分からないものの酷く辛そうであるからして、何らかの致死毒と思われる。

「あっちの蜘蛛人、妙な得物を使いやがる。縄みたいなので穂先を絡め取られかけた」

「鋼線、暗器だね。まったく……錆猫は事故死を運ぶとも聞くけど、こりゃ相当だぞ」

人種不明ながら私と切り結べるだけの傑物一人、相手の気が逸れた瞬間を確実に殺りに来る蟷螂人一人、そしてあの大きなナリが嘘のように不意打ちも格闘も得意な足高蜘蛛の蜘蛛人と同時に武器を四つ操る四腕人。

ついでに猫の導きによって、命を救えと言わんばかりの半死人に近い護衛対象が一人か。こりゃ普通の冒険者なら本当に事故死って状態だぞ。

負けたら死ぬのは勿論、規定時間内に敵を撃退しなければ依頼は失敗。誰ぞかに懇意の情報屋が殺されて、死に際の伝言だけが残るか。

今回のGMは恐ろしくねちっこい。毎度毎度、私は試練神へ祈りを捧げたこともないってのに。

まぁ、いいさ。シーンが戦闘に移ったなら、考えることは一つだ。

後先はあれど、最終的に全員殺せば良いだけである。

「速攻だ。一撃で決着を付ける」

「受け持ちはどっちだ？　頭巾で顔が見えなかったが、あの蜘蛛人、声からして多分女だぜ」

「間合い的に、最初にお誘いをかけた方同士で」

「あいよ。同種相手に浮気は怖いもんな」

「馬鹿言え、あっちの性別なんか分かったもんじゃないぞ」

さて、雰囲気的にそろそろ仕掛けて来るな。それに、私達がどっちを相手取りやすいか思案したように、向こうさんも連携して受け持ちを変えてくるかも。

それとも、どちらか片方に集中するか。

第二ラウンド開始の号砲は、四腕人の弩弓連射に依る物だった。四本の腕を器用に操って、中程から折り曲げることで従来式の弩弓より装填が簡単な東方式弩弓を再装填。太矢を番えるため手数が半分になっても、直ぐに撃つことを優先したのやよし。

だが、見極めが甘い。さっきのは外れたんじゃなくて、カーヤ嬢の魔法で外されたんだ。標的を変えようとも、体を射線にねじ込んでしまえば効果は一緒なんだ。

ここら辺、射程は長くとも直射型武器の辛い所だな。強制的に味方が移動して、そのまま誤爆なんてこともあるのだから。

射線に入ることで対象をねじ曲げ、魔法薬によって矢を逸らさせた私達に刺客が襲いかかる。

短刀使いがジークフリートに、蜘蛛人が私に。それぞれ対角線上で真っ直ぐ向かってくるのは、仮に標的に避けられても攻撃が当たりさえすればいいとの判断だろう。あれだけの腕前なら、勢い余って味方を斬ることもないだろうしな。

最適解ではある。だが、対応は十分に可能。

「案の定！」

「言ってろ!!」

だけど、私達だって一瞬で体を入れ替え、相手を変えるくらいの連携ができるよう鍛錬を積んでるんだよ。

背中を軸に一八〇度反転、互いの体を発射台に使い、息を合わせた踏み出しにより反作用が推進力となる。

「っ……」

敵は動揺しつつも攻撃を続行するか。なるほど、確かにこの位置であればどちらか一方が後背にすり抜けられればシュネーを殺せる。

いや、あの身のこなしなら攫うことも不可能ではないか。四人の誰かが捕まえ、残った三人が死兵となる覚悟をすれば、取り返す手段は少ない。

嫌だな、放っておいても死にそうな状態でもトドメだけは確実に刺そうとする。暗夜で躍ることを専門にしている玄人だ。

たとえ口が利けなくとも、死体が残す情報の怖さを知っているからこその執着か。

この薄く積もったゴミの山、私もジークフリートも足を取られるような状態で走り回れる実力……惜しい。暗闇にこそ映える技なれど、幾らでも華々しい活躍の舞台があろうに、斯様な語ることもできず、また見る者もいない場所でのみ振るわれるとは。

双方共に駆け寄ることにより、元より二〇歩もなかった間合いはあっと言う間に縮んでいく。

そして、弾かれても良く、当たっても良いとばかりに突き込まれる致死の毒が塗られた右の短刀が突き出されるに際し、私は一つズルをした。

相手の無知こそが最強の武器である。魔導の拡散を嫌い、選別と秘匿を良しとする黎明派はそう説いた。

アグリッピナ氏は、その原理に倣って課題を授けてくださったのであり、私に魔法の行使を禁じられたのではない。

バレないよう、ここ一番で使えと仰ったのだ。

「っぁ……!?」

か細い声は少女めいているものの、振るう刃に容赦は加えぬ。脇構えに取り正面をどうぞ突いてこいとばかりに見せ付ける慣れた構えから、渾身の踏み込みにより刃を逆袈裟に斬り上げる。

私より素早く突きを見舞いたかったようだが、ズレた呼吸相手に後の先を読むことなど簡単極まる。

交錯の刹那に刺突はブレ、手甲を掠めて空を切る軌道に入った。

それもこれも〈見えざる手〉にて、刺突の踏み込みを妨害して作り出した隙のおかげ。足を引っ張り、ゴミの中に紛れた紐に足を取られたように見せかけつつ、魔導反応は最小に絞る。さすればカーヤ嬢がばら撒いた魔法薬の残滓に紛れ、教授級の達人でなくば魔法使いが二人いたことに気付きはすまい。

恐ろしい毒の刺突は装甲で弾ける。問題は、手先の操作によって殺さぬよう加減すること。

刺客達はシュネーに永遠の沈黙を課したかったのであろうが、むしろ私達にとっては、その行為が何らかを歌ってくれれば甲斐がある情報を握っている証左に他ならぬ。

なら、高らかに声を上げて貰うため、死なれては困るので四肢の一本でも落とすか。止血を迅速に行えば、仲良くお話をすることもできるはず。

いや、直前で刃を返し、打擲して意識を狩る方がいいかもしれん。これだけの手練れだ。生きて虜囚の辱めを受けてはならぬ。その意味を知って……。

「なっ……!?」

手に、肉を深々と断った感覚。厚い布と動きを損なわない最低限の帷子による護りを抜いて敵手の〝左肘から前腕〟を刃が垂直に割断していた。

こっ、こいつ、命中の直前に体を屈めて狙いをずらし、左手を盾にしやがった!!

そのせいで、打ち据えるつもりで振るった剣が真面に……いや、真面に入りすぎた。腕一本の厚みなど高が知れているが、剣と垂直に添えれば分厚い生身の装甲となり、刃が触れあう瞬間に動かせばいなすことも能う。

理論上の話だ。痛みを感じないか、痛みなど反射の一つと切って捨てる覚悟がなければできない理屈だけの絵空事をやってのけられた。

体が斬り付けられた衝撃でシュネーから遠ざかっているからいいものの、捕らえられない!

魔法を使ってでも追撃するかと逡巡する間もなかった。

「くぉっ!!」

どんな神経でやれたのか分からんが、あろうことか左手を開きにされてぶっ飛んでいる最中だというのに、残った右の短刀を投げつけられた。

回転数は間合い的に最適で、首を逸らしていなければ鎧の隙間を縫って、横回転で飛来する刃が頸動脈を撫で切りにしていたであろう。

わっ、私も左腕以外全部拉げながら戦った覚えはあるが、ここまでするか。シュネーに行ったら行ったで〈見えざる手〉を使った物理障壁の展開も辞さなかったが、自分を狙われるのも心臓に悪い。

畜生、間合いを出られた。となると、戦果確認より仲間の状況を把握せねば。

首を巡らせるより〈遠見〉を使った方が早いし確実であるため——あと、カーヤ嬢の魔力残滓が依然として隠れ蓑になってくれる——俯瞰視点で見下ろせば、基底現実において秒針が僅か五度刻まれるまでの間に全てが同時進行形で動いていた。

マルギットは何をどうしたか分からないが、左手の掌を鎌に貫通させたまま、足を左の鎌の峰に絡ませる形で動きを拘束しているではないか。

これによって空いた右手を活用し、逆手に握った短刀を蟷螂人の顔面に叩き込む、修羅であっても腰が退けそうな戦ぶり。

しかし、敵もさるもので魔法の品なのか暗渠の如く暗い頭巾の中で、硬い物同士が擦れ合う凄まじい音をさせている。

狩人の刃を顎で受け止めているのだ。

私も会ったことのない種族なので分からないのだが、もしかして百足人の如く口腔に大顎でもあるのだろうか。

　ジークフリートは鋼線で武器を絡め取ろうとする戦法を逆手にとって、敢えて紐を巻き付かせた後、麺類を巻く肉叉の如く手繰ることで逆に武器破壊を実行していた。槍の弱点を知っている人間なら、脱いだ上着なんぞで搦め捕られることを一度は考えるだろうから、柔らかい頭をかなり上手く使った形だ。

　あと一手、あと一押し……。

「カーヤ嬢！　A……」

　この際、魔法の余波にシュネーを巻き込むのも辞さぬと〈催涙術式〉による支援を要請しようとした瞬間、狭い空き地へ散らすように何かが投げ込まれた。

　落下点に最も近いのは私。ゴミに埋もれるように艶々と黒い球が落ちると同時、凄まじい勢いで噴き出す白い煙。

「ちぃ！　煙幕か！　窮した……」

「あかん！　吸ったらあかん!!」

　その悲鳴は文字通り、血を吐くような悲鳴だった。血を吐いてでも、伝えねばならない叫びだった。

　シュネーが口の端から血を散らしながら飛ばした警告に対応するのに数拍遅れ、一呼吸吸い込んでしまう。

　ぐわんと視界が揺れる、色彩が滲み、歪み、全身に氷の針を通したように冷え切った感覚が襲いかかる。

しくじった。

これは、ただの煙幕ではない。気化させた〝魔女の愛撫(キュケオン)〟……。

強烈な色覚の混乱、距離感さえ失う凄まじい幻覚に伴う陶酔に意識が飛びかけるが、舌を噛(か)むことで正気を保ち、構えだけは何があっても崩すものかと靄(もや)の中で見た目を取り繕う。

〈隔離結界〉が抜かれる。白い煙が障壁を蝕(むしば)み、僅かに空いた隙間から侵入したのだ。今日は戦闘の予定もないので〈瘴気避(しょうきよ)け〉の魔法薬を塗っていないのが仇(あだ)になったか。塗る暇がなかったのも事実だが、抜かったな。

だが、幸いにもシュネーの警告が間に合い、ジークフリートは鋼線を奪うのを諦めて腕で顔を覆い、マルギットも左手の激痛を覚悟で大きく跳び退(すさ)って範囲から逃れた。

我が一党の斥候が離脱を選んだのは、薬を投げ込んだ〝五人目の敵〟がいることを察し、唯一無防備なカーヤ嬢を守るべく体を空けたかったのだろう。

なら、私がするべきは一つ。

全力で剣気を、近寄らば斬って捨てると殺気を撒き散らす。

普段、私は殺気を努めて放たぬようにしていた。その方が剣筋を読まれづらいからだ。薄く、そして鈍く、絞りに絞り、最後には斬るという意志もなく斬るのが目標であるが、選んでやっていることなら無差別に撒き散らすこともできる。

この乱れた頭で魔法を練ることは叶(かな)わないものの、反射に至るだけ鍛え上げた〈神域(スケールⅨ)〉

の〈戦場刀法〉を見せ付けるのは、昨年交渉に及んで必要かと取得した〈圧倒する微笑〉に依る威圧。

悲しいことにハッタリではあるが、この薬の靄など意に介するものかと誇示することはできたろう。

さぁ、虚仮威しは効かないぞ。戦闘を継続するなら容赦なく斬る。この姿勢を見て、既に重傷者を二人出しているそちらはどうするね？

荒くなろうとする呼吸を押し止め、これ以上薬が体に入らぬよう本能を殴り倒して静かにさせる。筋肉が痙攣しそうになろうが、異様な覚醒効果に伴う幻覚で空間失調を来そうが、構えを解くな。戦う姿勢を見せ付けろ。

ビビって退いてくれさえして、シュネーを助けられれば最低限の勝ちは拾えるのだ。気合いを入れろよ、冒険者。

自我にとっては永劫に等しい、しかし一瞬の薬に悩まされていると、凄まじい業風が建物の間から吹き荒び〝魔女の愛撫〟を拭い去っていく。

空き地どころか、私の頭からも。

「もー!!　なんなのこれぇ!!　さいあくぅ!!」

キンキンと能く響く童女の怒鳴り声。

ああ、ロロットだ。私にしか届いてはいなかろうが、この颶風は彼女の怒声にして赫怒。風の妖精たるロロットが、自らの領分を穢されて激怒しているのだ。名を交わし、一種の〝触覚〟となっている私を通して、汚れを味わってしまった。

「あー！　くさいー!!　もーっ！　もぉぉぉ!!」

どうやら、この薬は妖精（アールヴ）にしても耐え難いようで、緒を締めていなければ兜（かぶと）が吹き飛びそうになる勢いで吹き上がる風は、つむじ風となって全てを攫って拭い去る。

煙と共にゴミが舞い散り、目を開けてもいられない。

「なんでこんなことしちゃうかなぁ！　秋の口はぁ！　お空が高くて一番気分が良いときなのにぃ!!」

正に憤怒。妖精（アールヴ）の怒りは、自我でも他我でもなく権能を侵された際、最も強く発揮されるのだ。

現にロロットは研究のため妖精（アールヴ）を捕らえる特殊極まる檻（おり）に放り込まれ、寝ることしかできない様になって、カビ臭い隠し部屋に何十年と忘れ去られようと露ほども恨みは抱いていなかった。

風は遍在するが、吹き溜（だ）まる物でもあると知る彼女にとって、至極どうでもよい経験だったのだろう。だからウルスラに揶揄（からか）われた時に、お昼寝していただけだと怒るし、囚（とら）われていた間の恨み言など一言たりとて溢（こぼ）しはしなかった。

しかし、これは壮絶だ。元より生命の相が人類と違い、勝手気ままに跳ね回る自然現象に近いといえど、あの大きさで、この破壊力。

もし、この場にいるのが全て敵だったならば、一区画丸ごと捲（めく）れ上がりかねない勢いだ。

「しかもぉ、わたしたちのぉ、愛(めな)し子になんてものをぉ!!」

妖精(アールヴ)の権能は、それが概念的であればあるだけ広範かつ強力になるという。

風、遍(あまね)く場所を吹き抜け、封鎖された部屋であろうと動く物さえあれば必ず発生する現象を司(つかさど)るだけあって、見目の可愛(かわい)らしさと無邪気さに騙(だま)されてはいけないと再認識させられた。

「あーもー！　あーもー！　ゆるさないんだからねぇ!!」

風は気分屋だが、怒りが中々冷めやらぬらしく愛らしい罵声を乗せて風は散っていった。

後に残されるのは、突風にもみくちゃにされて残った五人だけ。

剣友会の四人は健在、シュネーも虫の息だが生きている。

敵は殺せていないが、目標未達(ミッションキル)かつ行動不能に陥る大怪我(おおけが)を一人出したので、搦め手を使ってでも離脱したかったのだろう。

荒れ狂う妖精(アールヴ)の風に飛ばされたか、自ら紛れて逃げたかは分からないが、どうあれ敵は去ったらしい。

「……って、おい、おい、待てよ」

この展開、覚えがあるぞ。

あれだ、長期卓の中幕を思わせるではないか。強敵とぶつかり合い、敵が一人か二人戦闘不能に陥ったら中入りにして、一旦話を切るアレだよ。

「いや、これ、ただの顔見せ(ミドル)か……？」

マジかよ。撤退のために投げ込んだか、支援のために投げ込んだか分からないが、妖精（アールヴ）が割って入って戦闘が終わるような薬を使う相手なんぞ、Lv1ファイターが遭遇して良い展開じゃねぇぞ。

「エーリヒ！　大丈夫でして!?」

呆然（ぼうぜん）としているとマルギットが駆け寄ってくる。あの薬による効果が残っていると勘違いさせてしまったのだろう。ロロットの怒声は、私以外には風の音にしか聞こえなかっただろうから、悪い空気として外に追い払われたなど推察もできまいて。

「何が起こったか分かりませんけど、吸い込んでしまったなら直（す）ぐカーヤに……」

「あ、いや、大丈夫だよ。幸いにも肺には入ってないから」

それよりも相方の方が大変だ。自分の三倍もあろう敵と組み合っていたのに、左の掌以外に怪我はないようだが、それを喜んではいられまい。

人差し指と中指の間を貫通した刺創は、想定していたより深く、半ば〝ひらき〟になりかかっているではないか。

「私よりもマルギットこそ！　ああ、何てことだ……」

「私は大丈夫でしてよ。これくらいなら、カーヤが塞いでくれますわ。それより」

痛々しい掌の傷も全く気にすることなく、マルギットは力なく横たわるシュネーへ歩み寄る。そして、鼻先に指をやり、安心したように嘆息した。

「生きてますわね。虫の息、って感じですけれど。優先度はこっちが高いかしら」

よ、よかった、生きていたか。ぐったりしているのでヒヤッとしたよ。

「カーヤ！　急いでくれ！　ほら、俺が受け止める！」

「うん！」

治療担当も唐突な風を異常に思い空き地に来てくれているので、直ぐに手当はして貰えるだろう。

しかし、四人でも手強いなと思った敵に五人目？

ああ、もう、面倒臭い。考えることをこれ以上増やさないでくれ。最終的に全員斬ればいいことは変わらないが、斬るまでの手間を増殖させんでほしい。

とりあえず、全員酷い有様なので商業同業者組合を訪ねるのは無理そうだな。急な予定変更になって悪いが、エタン達古参衆に会員を率いるよう頼み、詫びを入れてきて貰わねば。

戦闘の終了条件があったということ。そして、強制的に幕を引くためであったのだろうが、投げ込まれた極めて即効性が高く、広範囲に散布できる〝魔女の愛撫〟などという物騒な品が出てきた以上、シュネーも単に藪を突っついて蛇に噛まれたってだけではなさそうだ。

頼んで探り続けて貰っていた、一連の騒動を解決に導ける情報に近づいたが故、ああも手練れの刺客を差し向けられたに違いない。

血に染まった白猫が着ているのは、飾り気のない侍女装束。この前も着ていたが、意匠が少し違うので別の邸宅にでも潜り込んでいたのか。

「カーヤ嬢。助かるかな」

「傷が深い……新しい術式が上手く通るかな……脈が速いし、毒も受けてるかも」

薬草医は作業用の黒曜石製の短刀で傷周りの服を除去すると、容態を見つつ腰の物入れを探る。取りだした薬瓶は栓が抜かれると同時、淡い緑色の半固体をした液体が飛び出し、あろうことかシュネーの傷口から体内に潜り込んでいったではないか。

思わず半歩引いてしまった。彼女が練った薬でなかったら、何らかの攻撃術式かと勘違いする光景だぞ。

「そっ、それは……？」

「ディーくんが、腸が裂けていたら血を止めても死ぬって言ってたから、お腹の中に清払をかける薬を作ってみたんです。ほら、自分で這う藻を原料にしたらいけるかなって」

動く藻っていったら、ミドリムシとかか。

戦場の習いとして、助かる傷と助からない傷を戦友に教えたこともあったけど、まさかそこから対策の薬を作ってくるとは。発想の柔軟さが尋常じゃないぞ、この二人組。普通、それだけの情報で高度な体内洗浄を行える魔法を思いつくか？

「一応、腸の傷に引っ付いて塞ぐ設計にもしているんですけど……」

魔導院でも似たような研究はされていたが、戦場での応急医療ということもあって、もっと荒っぽかった。〈見えざる手〉のような力場を傷口から入れて探った上で〈清払〉

を発動し、洗いすぎないよう気を付けるなど術式の並列発動、及び繊細な加減を要する物なので、少なくとも聴講生では扱えないような内容だったな。

それをまぁ、鞭毛で動く藻の特性を活かし、粘液体めいて活用するなんて。助かる命がある分、素晴らしい技術だと称賛するほかないが、こんな物があると知れたら売ってくれと五月蝿い連中が出てきて別の意味で大変になりそうだ。

「試験のしようもなかったので、本当に内臓が破けていても血を止められるかはどうにも……でも、今までの膏薬や止血帯よりは効くはずです」

「あら、それなら、この左手も存外簡単に治りそうですわね」

マルギットがヒラヒラと振る左手――繋がってる部分が千切れそうなので止めて欲しい――を診察し、難しい顔をするカーヤ嬢。

「血は直ぐに止まりますけど、縫わないといけませんね、これは……指に感覚はありますか？」

「五本ともちゃんと。塞がるのでしたらなんでもいいですわよ。ええ」

「なら、応急的に縛っておいてください。血を止めないと。なんて酷い傷口」

普通に斬られるより何倍も痛かったでしょうと心配そうに問う薬草医に、狩人は闊達に笑って返した。

ヒト種が迎える破瓜のそれよりかは、きっとマシだと思いましてよ、なんて。

下ネタは女性の方が明け透けとは聞くが、一手読み違えたら死ぬ戦場を戦い抜いた直後にはキツすぎやしないかな。

　いや、むしろ、ありありと死の可能性を体感したからこそか。

「なぁ、カーヤ、コイツ安全な場所に運ぶか？」

「えっ!?　あっ、ああっ、あっと！」

　ほら、冗談を言えるくらい元気だと理解させるよりも、恥ずかしがらせちゃったじゃないか。

「しっ、しし、暫くはそっとして様子を見た方が！　おっ、おな、お腹以外にも怪我があるし!!　どっ、毒も調べるから!!」

「おう、分かった。これ、一応腹にも何か巻いといた方がいいか？」

「うっ、うん！　おねっ、お願いするね!?」

　しかもジークフリートには聞こえないように言ったこともあって、ただただカーヤ嬢が赤面してテンパっているだけじゃないの。

「マルギット」

「ふふ、反省。ちょっと、下手打ったら死ぬかもって興奮で口が滑らかになりすぎましたわね」

　面覆いもあって目元以外が見えぬ装いなれど、その眦の辺りさえ紅潮しているのだから、興奮しているのは事実なのだろう。

「相手もいい狩人でしたわ。私も、攻撃に入るまで殺気が読めなかったくらいですもの」

「……君でさえかい？」

「一定の水準に至れば、気配を断つと殆ど無機物に近い領域になれるんですのよ。それが解けるのは、殺意を抱く瞬間くらいですわね。母様は木化け、とか言ってましたっけ」

彼女の母、コラレさんは〝機械的に殺す〟域に至っているため、攻撃に移った瞬間でさえ隠行を維持できたと言うマルギットの言葉に寒気がした。

つまり、最後の五人目、何の殺気も気配もなく麻薬の煙玉を放り込んできたのは、それに近い使い手ってことだから。

参るね、リアクション不可は私もやるけど、やられる側になると心底キツい。

しかも、隠行と暗殺に特化した五人組？　勘弁してくれ、気を抜く暇がなくなるじゃないか。

こりゃ本当に速戦で全てを片付けるか……私達を慌てて殺しても、意味がない状態を作る他ないな。

全ては、錆猫のお導きによって差配されたが、後は私達がどうにかせねばならんとは。

「なぁ、君の主君は、私達に何をさせたいんだい？」

あの惨禍を何処かでやり過ごしたのか、いつの間にやらシュネーの隣に現れて、匂いを嗅いでいる錆猫に問いかけても、返ってきたのは金色の眼差しだけだった………。

【Tips】猫は見ている。そして、見過ごせない悪疫を追うのもまた、猫の役割である。

中幕

中幕

時に気合いの入ったGMは、NPCに愛着を抱いて貰うためにマスターシーンを用意するのみならず、壮大な背景をテキストに記すことがある。各々のPC背景を忘れないようクラウドで共有するような卓では、時に数千文字にわたるNPCの来歴がGMによって用意され、シナリオへの没入感を高めると同時に「どんだけこのキャラ気に入ったんだ……」と自作の推しに対する愛に震撼させられることもある。

まるで、本当に其処(そこ)いらで拾ってきた猫のような気軽さで、ただ雪(シュネー)のようなと名付けられた猫頭人は、名前はあるがそれ以外に何もなかった。

生まれはマルスハイムであるようだが、何処で生まれたかさえ見当もつかず、薄ら暗い路地の片隅でみゃぁみゃあ鳴いていたそうだ。

そんな彼女を助けたのは、貧民窟の中でも〝良識〟という物を持ち合わせている人々だった。

彼等(ら)が住まう場所は〝溝板(どぶいた)通り〟と呼ばれており、文字通り暗渠(あんきょ)化された溝の上にある小さな一区画。常に薄(うっす)らと悪臭が漂う場所には、開発しようにも誰も寄りつかず、荒(あば)ら屋(や)だけが密集している。

無論、暮らしぶりが明るいはずもなし。外の天幕街と然(さ)して変わらぬ吹き溜(だ)まりには、都市戸籍がないどころか、公に故地や父祖の名を名乗れぬような者ばかりが吹き溜まっていたが、それでも赤子の内は少し育った猫と別のつかぬ、白くぽわぽわした塊を見捨てない良心を皆持っていた。

学がないのは当然にしても、帝国語さえ怪しい住民達が――一部は遠い異邦の訛(なま)りが強かった――彼女の見目からできるだけ相応(ふさわ)しい単語を選(よ)って付けたのがシュネーという名である。

彼等は知らなかったのだろう。帝国の一般的な感性において、儚(はかな)く直(す)ぐに消えてしまうか、辛(つら)い冷え込みを運んでくる雪を思わせる名の縁起の悪さを。

余人は笑うやもしれぬが、シュネーはこの名が好きだった。人類という世俗の苦しみに喘(あえ)ぐ身なれど、少し毛皮の形が違う同胞(猫)に付けられる名前と風情が同じではないか。シュレム(悪戯好き)やヒュプシェ(愛し子)、シュヴァルツ(黒)にヴァイス(白)などと個性や見た目などから連想して、人名にするには滑稽な単語を当てられるのは、白猫にとって悪い気分はしなかったのだ。

とても裕福とは言えないし、生活に余裕などと言う言葉を見出(みいだ)すことはできなかったが、彼女は斯様(かよう)な経緯もあって救われ育った。簡単なれど読み書きができる者から言葉も教わり、川港の訛りが強いものの上品な言葉遣いまで仕込んで貰(もら)えたのは、むしろ下手な境遇より恵まれていたといえよう。

ヒト種(メンシュ)よりも多少は傷んだ食べ物にも耐性があり、生の肉でも平気な彼女は同時期に助けられた捨て子の同胞達(たち)――種族はまちまちだ。どんな種でも、捨て子は珍しくない――より成長が早く、どうにか八つの頃には大人と同じように動けるようになった。

猫頭人は長く生きても五〇かそこらが限界なれど、その分、肉体の成熟は早いのだ。

これがまた奇妙なことで、都市の中でも数の多い人類種には猫の幼長が毛艶や大きさくらいでしか判別できぬのと同じで、シュネーの年齢や性別を正確に把握できる者はいなかったこともあり、大人に交じって働くことは難しくなかったという。

何せ、この上背だ。八つといえば早すぎるとして断られることもあるが、二〇だと言い張っても疑われないのは、早く家族に恩を返したかった彼女には好都合であったろう。

彼女を助けた溝板通りの人達は、思うところがあったのか貧しくとも清く暮らしている一団で、区画一つが丸々家族のような共同体だった。

少ない儲(もう)けを分け合って、必要な物は費用を出して賄うような温かい家族達を、シュネーが心から慕い支えたいと願うようになったのは不思議でもあるまい。

みゃぁみゃぁと鳴く以外にも色々できるようになったシュネーは、先(ま)ず街の猫達に倣って盗みではなく猫頭人に向いている仕事をした。狭い所に這(は)い入ったり、虫や鼠(ねずみ)を追い払う仕事は実入りこそ少ないが、誰もやりたがらないので孤児の猫頭人でも働き口が直ぐ見つかる。

人口が密集しており、壁に囲まれているマルスハイムでは、この手の悩みが常にあるのだから、銅貨を放るだけでやってくれるなら有り難いと思う家は絶えない。

そのような仕事をしている中で、白猫は一つのことに気が付く。

はて、どうにも自分は人に気付いて貰いづらい気質らしいと。

人に声を掛ければ「いたのか」などと驚かれ、殆ど正面から近づいても相当接近せねば見つからず、ギョッとした顔をされるのだ。

これは猫頭人が足音を消す肉球を持っていることと、本能的に行われる毛繕いによって匂いが酷(ひど)く薄いこと、そして彼女がしなやかな長い四肢の使い方を無意識に最適化していたからだろう。

この地の果て(エンデエルデ)で一等大きい街の人口は多く、仔猫(こねこ)だったころのシュネーが潰されないよう歩こうと思えばコツが要る。踏み潰されて死なぬよう、ただ当然のこととしてやっていた歩方が元より静かに動ける猫頭人の気配を一層薄くした。

理屈は分からずとも、子供だったシュネーは、これは上手(うま)くやればお金にできるのではないかと思いついた。

別に悪さをしようとか、盗みがどうとかではない。

「ええか、シュネー。どんなちっぽけな物(もん)でもな、みんななにがしか苦労して手に入れとるんや。それを攫(さら)うような生き方をしたらあかんで」

人様の物を盗(と)っちゃなんねぇ。切り株お爺(じい)と呼ばれる右手が手首からないヒト種(メンシュ)の老人が、皆に口を酸っぱくして言っていたから。彼が窃盗の罪によって肉刑に処されたため手がないのだと——一般的に金貨一〇枚以上を盗ると、腕を斬られると言われている——知るのはもっと大人になってからのことではあるが、警告されるまでもなく白猫は空き巣は勿論(もちろん)、巾着切り(スリ)などしようとは思わなかった。

悪いことは悪いことだと、溝板通りに住む、いい大人達にちゃんと教えられていたのだから。

彼等は皆、悔いた大人だった。後からするから後悔というのだが、それを糧に誤りを認識し、身分が落ちても、貧民窟のような場所でも真っ当に生きようとできる人ばかりだった。

「ねぇ、シュネー。言葉はね、怖いのよ。吐き出すことは簡単だけど、絶対に拭えないの。だから、使い方を間違えないでね」

散切りのお姉ぇは、人様の容姿を悪し様に罵ってはならぬと言っていた。当人に聞かせるのも、他人にも聞かせるのもならぬと。それ故に自慢としていた、生まれてから一度も鋏を入れたことのない髪を剃り上げられたから。

「ええか？　喧嘩はやめとけ。下手するとコレや。なくすんは簡単やけど、取り返すんはえろう大変なんやから」

すきっ歯の兄ぃは、暴力はよくないと子供達が喧嘩する度に抜けた前歯を指さして止めさせた。それは腕に自信がある彼が喧嘩に明け暮れた結果、報復として捕まえられ、無理矢理に四本の前歯全てを抜かれたからだ。

「悲しいことに、金で信頼や友情、命は買われへんけど、その逆はできてまうから気ぃつけなあかん。金で買えん物を金に換えてもうたら、二度と戻って来へんからな」

刺青の叔父ぃも、片目の大兄ぃも、三本指の小姉ぇも、悪いことをしたらどうなるか、恥じるのではなく自らを教訓として子供達に教えていた。

そして、こうはなるなと教えの〆へ常に添えるだけの溝板通りの住人は真っ当な人達だったのだ。

世の人は最初から道を過たず生きていく人の方が尊いと宣う。

それは紛うことなき真実なれど、より難しいのは過ちを受け容れることではないかと白猫は考える。罪を形として刻まれて、毎日自分の一部として嫌になるほど見せ付けられてもウンザリせず、自分の行いが〝悪行〟であったと自覚することのなんと難しいことであろうか。

世の中には恥じるどころか、こんな目に遭わされる筋合いはないと開き直ったり、逆恨みをしたりする根っからの悪党も多いと言うのに。

斯様な人達に育てられたこともあって、シュネーは悪徳に決して近づくことはせず、技能を活かした稼ぎの良い仕事を思いつく。

噂を売ることにしたのだ。

情報は売り込み先によっては良い値段が付くと、広場の詩をひっそり聞いていた彼女は分かっていたのだ。

街で囁かれる噂を聞き集め、真偽を確かめた後に読売を打っている記者や取材では物足りなかった詩人に教えてやると、元手ナシで金に代わる。

酒を薄めて売っているなどと、有らぬ噂を立てられて困っていた酒場の無実を証明する証拠を見つけ、読売屋に教えてやったらポンと気前よく銀貨を支払って貰ったのが、情報屋としてシュネーが初めて手にした成功である。

街の風聞を面白おかしく書き立てて銭を稼ぐ読売人も、冒険者や傭兵の偉業を詠う詩人も、ある程度は信頼できる情報を欲しがるものだ。然りとて足を使って稼ぐにも限界があり、他の商売敵に先取りされては売れ行きが落ちるとなれば、正確な情報を集めてくる猫頭人は引く手数多であった。

無論、彼女は散切りのお姉ぇに従って、醜聞には触らないようにした。頭さえ突っ込めれば何処にでも入っていける猫頭人ならば、連れ込み宿を張って貴人の浮気話なんぞを探ることもできたろうが、それは〝良いこと〟ではない。

シュネーは、この町と今の毛皮が気に入っていた。少なくとも昼寝をするのに心地が良い場所が減るようなこと、そして拾ってくれた通りの家族が恥じることだけはするまいと己に課していたからだ。

やってくれたら金貨を出す、そう頼まれても人の悪い噂は探らず、逆に事実無根の噂を晴らしてやる仕事を二年も続けた頃であろうか。

一〇になった彼女が、少しは仕事に自信と張り合いを持てるようになった夏に全ては起こった。

忘れようもない、自分の毛皮の白さに感謝をしたくなるような酷く暑い夏だった。

その夏に、貧民窟の家族達は皆、殺されてしまった。

突如として襲いかかってきた冒険者の一群の手に掛かって。

シュネーが今も生きているのは、単に運が良かったからに他ならない。いや、これを幸運とは呼べまい。

全て、噂を商っていたはずの彼女が与り知らぬ内に起こり、同時に知った時には何もかもが手遅れになっていたのだから。

仕事で街の反対側におり晩も夜風が気持ちいい尖塔の上で寝て帰ったため、昼前にぶらりと溝板通りに帰った白猫は凶刃から逃れられた。

しかし戻った後に残された、酷く家捜しされた家と〝家族だった者達〟が打ち捨てられた通りを見せ付けられ一人生き残るのは、とてもではないが恵まれていると形容できぬ。シュネーはたった一夜の不在で、その全てを失ってしまったのだから。自分の命などより大事な大事な、一番寝心地の良い寝床を。

悲劇の根源を調べるのは、情報屋にとって難しくなかった。いっそ難渋してくれた方が気が紛れてしまうと思うくらい、あっさりと真相は明らかにされてしまう。誰か生きていないかと彷徨った、周りの住人が遠巻きに雨戸の隙間から覗き見ている現場だけで。

原因は酷く単純で、恐ろしくくだらなかった。何処かの情報屋が適当な調べをして、その当時マルスハイムの商人達を脅かしていた〝火付け強盗〟の一味が貧民窟の人々であるなどと誤情報を冒険者に流したのである。

言うまでもなく火付けは大罪であり、どのような身分でも極刑を免れぬ。商家を急ぎ働きで皆殺しにした上、捜査を攪乱するため火まで付けて逃げたとなったら尚更だ。

この件を重く見た行政府は犯人に高額の懸賞金を出す触れを出し、商業同業者組合も事態を重く見て賞金を足すほどであった。

討ち取れれば金三〇は、冒険者達には酷く魅力的であったのだろう。

溝板通りの住人はシュネーも知っていたとおり、子供以外は皆札付き、いわゆる前科持ちで肩身の狭い人達が身を寄せ合っていた。内情を知らなければ、嫌疑を掛けるには十分な過去が、彼等を短慮の末の死に追いやったのだ。

疑うに足る来歴と、情報屋が間違いないと吹き込んだ情報を信じ込んだ冒険者の一党は、碌に話を聞きもせず貧民窟を襲い、動く者は手当たり次第に斬り、証拠になるものを求めて全てをひっくり返していった。

偽の真実を信じた彼等は取りあえず全て殺してしまえば、後から証拠や盗まれた金が見つかって面目が立つと思ったのだろう。

だが、そんな物が出ようはずもない。溝板通りの住人は日々清貧に暮らしており、本当に何もしていないのだ。盗みは疎か、一家皆殺しの上に放火など思いつきもするはずがない。

あったのは精々、夏の内に蓄えて冬の薪代に充てようとしていた、僅かな金くらいのものだろう。

たった一つの嘘。そして、それを信じて己で碌に調べもしなかった愚かさが、白猫から最愛の塒をいとも容易く奪ってしまったのだった。

嘘の情報を流した情報屋は、復讐するまでもなく死んでいた。

幾ら探しても火付けの証拠も奪われた金も出てこないことに焦った冒険者が、その場で溝板通りの住人諸共に殺してしまったのだ。

家族の中に紛れて転がる、見たことがない顔の男の死体と、彼が懐に呑んでいた血塗れの帳面が、いっそ呆気ないまでに全てをシュネーに知らしめる。

最も復讐したかった相手が、次いで復讐すべき相手に殺されていたなど、世の何と無慈悲で不条理なことであろうか。

そして、仮にも人殺しで生計を立てている相手に、シュネーはあまりに儚すぎた。

家族の亡骸を前に〝場に残った痕跡〟から全てを悟った彼女は、最初にそうであったように、にゃぁにゃぁと悲しく泣くことしかできない自分を悔いる。

だが、世は奇縁を結ぶ。白い雪から命より大事な寝床を奪ったのは冒険者だったが、その仇を討ってくれたのも冒険者だったのだから。

「そのままにしておくのは、あまりに忍びないよ。ちゃんと弔ってやらないと」

「……誰……？」

「僕はフィデリオ。アイリアのフィデリオ。冒険者だ」

殺されてしまった家族を前にして泣き続けるシュネーに声を掛けたのは、若かりし日の聖者フィデリオ。まだ一夜漬しの伝説を打ち立てる前で、裾が裂けて襤褸にしか見えぬ僧衣に簡素な槍を担った姿は、ハッキリ言って見窄らしくさえあった。

しかし、高徳故に在野を選んだ僧は、夏場に半日放置され、腐れ始めた亡骸を厭うこともせず背負い、溝板通りの空き地へと運んでいく。

「跳ね返りの同年代が、大仕事だと騒いで出て行ったのに会館に一人も来ないから、何かあったのかと調べていたけど、まさかこんなに酷いことをするなんて」

猫頭人は骨が脆く、大人を運ぶことなどできなかったが、何も言わずとも聖者はそれを理解して手を貸した。

僧が亡骸を一所に集めて整え終えるのに夕刻までかかったが、終わる頃にフィデリオはドロドロになっていた。酷い暑さで吹き出る汗も有るが、血や臓物から腐れ始めて酷い臭いを放つようになった、彼女の家族達だった残骸を背負えば溢れる汚穢を浴びるほかない。

それでも、若き冒険者は一言も、ただの一度も不快さを声にも態度にも表さなかった。遺骸は汚い物ではないと、弔いは生者と死者、どちらのためのものでもあると知るがばかりに。

運ぶ合間、泣き続けるせいで分かりづらくなってしまった、仕事であれば絶対にしないような訥々とした説明をシュネーから聞き、フィデリオは胸を抉られるような心地で答える。

同情も憐憫も、あまりに傲慢であると分かっているが、ただ立ち寄っただけの身であっても酷いの一言では足りぬ事実が現実に横たわっていたから。

そして、それを伝えぬのが不義理を通り越して無情と呼べるのが、ただ清く生き、教えを世に遍く伝え、少しでも良き世を作ろうとしている信徒への試練にしては重い。

さしもの試練神も、こうも救いようのない試練を課しはするまいに。

「残念だけど、お上は真面に捜査をしてはくれないだろう」

マルスハイムの警察能力はお世辞にも高くない。なればこそ冒険者の活躍の余地も多いのだが、捨て置かれる民の側に回れば悲惨だ。

特に今回は、溝板通りの住人が前科持ちばかりだったこともあって、衛兵隊は碌に捜査をしないどころか、訴えを受け容れてくれるかも怪しい。

　この乱行から半日以上過ぎているのに、碌に衛兵が来ていないのがいい証拠だ。通報の一つや二つ、隣の区画から確実にいっているであろうに。

　ただの初心者冒険者が浅知恵と考え足らずで犯した蛮行。労して追おうが金にはならず、上席からの評価が上がるとも思えぬ。

　そして、冒険者同業者組合も――余談なれど、この時、まだマクシーネは組合長補佐であった――触れれば汚れる事案に近寄りたくはないため、率先して解決や弁明に動くことはなかろう。

　事件とは被害者がいて初めて成り立つのだ。

　誰も被害など受けていない。強硬にそう処理して、シュネーを黙らせてしまえば誰の面子(メンツ)も傷つかずに済む。馬鹿をやった新人達は、内々に処分すれば後に突っつかれても面目が立とう。

　死んでも誰も困らない人間が死んだ。誤認故の事後。致し方なし。官僚制の悪癖が、あらん限りに発揮され、溝板通りの住人が死んだことは〝罪にすらならない〟であろう。

　実のところ、こんなこと別に珍しくも何ともないのだ。偽りの依頼に踊らされて無辜(むこ)の民を知らずに斬らされる者もいれば、率先してハズレだったらハズレだった時だと相手を選んで強引なことをする者もいる。

　残念ながら、この時代において人の命と罪は等価ではないし、必ず悪因悪果で結ばれもしない。自らを救う意志を持って立たなければ、何もかも〝なかったこと〟にされて終わる。

「だが、私は冒険者だが陽導神の僧でもある。悪徳に耽る者は逃げ散り、然らずんば義を掲げる者は立てり、そう神は仰せだ」

「……神様は、酷なことを言いはるんやね」

「たしかに、義を立てねば必然的に悪徳を貪った者は逃げるだけだ。全知でも全能でもない我々には、ただただ苦行でもあるだろうね」

陽導神、元は全き善の神でさえ、こう説く構造の世界は正しく苦行だ。泣いて伏しても、余程でなければ人のことは人が解決しろと言っているようなものではないか。

これを自由ととるか、放任ととるかは人によって違おうが、どうあれ為すべきを定めるは人の義務であり権利。

「神話やと、神々は最後の子として、自分達のええとこ少しずつ集めて人間を作ったんやろ？　だとしたら、あんまりやないの。こんなことをする生き物が、ええとこ選ってできたなんて」

人によっては、シュネーの言い様を酷い瀆神であると詰るであろう。だが、僧の中にも世の中が苦痛に溢れている意味や、同じ人間にも種族によって強弱は疎か、生きることが能う時間の差さえあることに疑念を抱く者もいる。

フィデリオもそうだった。盲目的に聖典を暗唱するのではなく、寄付額を誇るのでもなく、信仰を哲学するのを良しとする熱心な教徒。

そうであるが故、世俗の苦しみを残した神の意志に悩む俗人に何も言えぬ。

少なくとも、神々は誰も不幸にならない〝色々あったが、皆末永く幸せに暮らしました〟なんて物語を認めるのではなく、自分で生きるという最も重い責任を誰もが持つ世界を創造なさったのだから。

「そりゃあ、爺様方も兄さん達も姉さん達も、悪いことをした人やった。当人達が何より認めとった。けど、こんなん……こんなん……神様もあんまりやろ……」

熱心に陽導神を信仰するフィデリオではあるが、全てをなくした仔猫のような彼女に説法をする気にはならぬ。消極的に悲劇を許容する、いや絶対に避けられない世界を生んだ夫婦神の意図は遠大すぎて、どれだけ歴史的に偉大な宗教家であっても真理には辿り着けず終いだ。

猫頭人は、生理的に悲嘆で涙を流さない。体がそういう構造ではないからだが、紛れもなくシュネーは泣いていた。世界の不条理に打ち拉がれて、理非は何処にと絶叫している。

ならば、せめて世俗に生きる一個の人間として、フィデリオが役割を果たすことだけが彼女の慰めとなろう。

「陽よ、慈しみ深く苛烈なる我等が厳父よ、夕刻の淡いに我が祈りを聞き届けたまえ」

帝国における葬儀は常に夕暮れ、陽と月が一所にある時刻に始まる。

合一することによって時と生命をも司る夫婦神の逢瀬の瞬間だ。彼等の子たる人の葬送にこれ以上相応しい時間はないだろう。

フィデリオは槍を置き、跪いて街の稜線に被ろうとしている陽に祈った。胸前に押し頂いた右手には錫杖の代わりに聖印を握り、装飾を鳴らす。

左手には、常の備えとして一袋呑んでいた安い香を一握り。香炉もないのに請願に応え、奇跡の火種が皮膚を焼くこともなく掌中の木立瑠璃草、陽導神の眷属たる陽の香草を静かに燃やして甘やかな香りが立ちこめた。

「今、昇る陽のように精一杯生きた者達が御身の前に向かいます。どうか、貴方の永久の御伴侶、月の慈母の胸元を一時お貸しください」

亡骸は皆、陽が没する西へ頭を向けられていた。本式の葬儀であれば顔を整え、愛用品を抱かせ、いくらかの副葬品を用意して火葬台を建てるか墓穴を掘るべきだが、身一つで清貧に生きてきた者達には体だけでこと足りよう。

少なくとも、奇跡の請願が叶っている時点で、陽導神も夜陰神も不敬とは感じていないはずだ。たとえ、他の僧がどう思おうと。

「落日の今、御身が休まれるのと同じく、この者達が暇を得る慈悲を我等に与えたもう。汝が教えの斯くあれかし」

祈りに応え、陽が没すると同時、赤々とした空が濃紺に装いを変える刹那、乱行によって斬り殺された住人の遺骸が一斉に燃え上がった。

それは刹那の出来事であり、陽導神の高位僧のみが希うことを許された葬送の奇跡。他の神を主神と定めた僧であれば、場を整え火葬台を用意しても四半刻は燃え続けるそれが一瞬で成され、痛々しい姿はそれぞれ一握りの灰となった。

「あ……あぁ……みんな……」

「確かに彼等は、不慮の死を遂げた。だが、今やその魂は迷いなく神の御許に導かれた」

二人は知らぬであろうが、とある異なる世界の宗教において、特別に徳が高い魂が昇天するに際し、死後の旅路を免除して態々神が迎えに来ることがあるという。

この光景は正にそれだろう。徳が高い僧が特別に神に祈ったこともあり、粗末な祭礼であろうと、お供え物の一つもなかろうと、相応しいと思えば神々は奇跡を希う声に応える。

しかし、無償の奉仕ではない。かなりの横車を押した請願だ。後にシュネーも知ることとなるが、この代価としてフィデリオは〝十日の不眠不臥〟なる難行を行っていた。

「あとは、君の魂がどうするかだ」

「自分の……？」

「君は復讐したいと泣いていた。その一人はもう、神の御許でそれはもう酷い折檻を受けることになるだろうね」

僧が指さす方を見れば、皆燃えて一握りの白い灰となり――それらが、不思議と夕暮れの風に吹き散らされることはなかった――安息に導かれた住人達の遺骸とは別、癇癪で殺された情報屋の遺体がそのままになっていた。

さしもの僧も、一緒に祈ってやろうとは思えなかったのであろう。

「だが、まだ残っている。下手人共が。恥ずべきことに、僕の同業達が。それをどうするかだ」

どうすべきかと問われ、悲しみと怒りに浸っていた感情は応報せよと、同じく撫で切りにして街の辻に捨ててやりたいと思った。

しかし、シュネーは僧の祈りに導かれて逝った住民の灰を見て、思うところがあったようだ。

「復讐は、勿論やったる。あんな連中、陽の下も月影の下もあるかせてたまるかいな」

「じゃあ……」

力添えを言い出そうとした冒険者の言葉を遮って噂屋、いいや、情報屋のシュネーは自らに相応しい復讐を決意する。

「全てを白日の下に晒してやるんや。一切合切、やった連中も、見逃した連中も、全員に恥じ入り頭ぁ下げさせたる」

誤った風聞、それらを全て打ち砕く。悪しきことを成した冒険者の名と容姿、全てを世に曝け出して何処も歩けないようにさせ、悪徳を面倒だと見過ごすことにした者達も皆、善行を為さなかった罪を突きつけて破滅させる。

知らぬでやったことでは許さない。無知は罪だ。無知であると知らずに、不可逆の手段を軽々に選ぶことも罪だ。

故に罪に相応しい、生きたままの地獄に突き落としてやると、シュネーは〝正しい情報を商う〟ことを自らの生業に定める。

「自分に優しゅうしてくれたみんなは、盗みはあかん、暴力はあかん、陰口はあかん、恥じることをしたらあかんと教えてくれた。そやから、自分の手でなかろうと、誰かの手を借りようと、殺したらきっと悪いことやって叱られる」

　罪を自覚し、二度と犯すまいと反省した人達は、自分への復讐で白猫の手が朱に染まることを悲しむであろう。

　ならば、誰に恥じるでもない行いを以(もつ)てして復讐を成すのだ。

　正しいことを伝え、誤ったことを正す行いを悪と断ずるなら、それこそが悪行であろうよ。

「そうか。殺(つよ)いんだね、君は」

「殺うなんかあらへん。自分はただ、みんなが言(ゆー)てたことに縋(すが)っとるだけや。けど、それでこんなことが起こらんようになるんやったら、次の毛皮に着替える前に褒めて貰(もら)えるような気がしたんや」

　九つの生を信じる猫頭人特有の死生観に陽導神の僧は異論を差し挟まなかった。

　事実、猫の君主は神格のような力を帯びている。偉大なる皇統家の大外套(がいとう)に仕立てられた、厄災のような大狼(たいろう)も微(かす)かながら神威を放っていたとも聞くのだ。

　全ての理非が人の身で分かることもなし。陽導神の教えに沿った教義でなくとも、心から信じて救われるのであれば、フィデリオは五月蠅(うるさ)いことを言いはしない。

宣教とは元より、押しつけることではないのだから。

「せやから、自分は正しい情報を売る。そして、間違った情報、悪い情報をばら撒くヤツを叩き潰したる」

「……そうだね。なら、僕は正しい情報を貰って、悪い情報をばら撒くヤツを叩き潰す冒険者をやるよ」

理想に理想を重ねる言葉に情報屋は笑った。

「なんや、ご公儀が気に食わんやろうことに付き合ってくれるん？」

「公儀より大義だ。君に紹介したい人がいる。同業者組合で頑張っている人でね。白髪が増えると小言のように言われるけど、目を掛けてくれてる人なんだ」

「はは、おもろ。そんなら、いっそ自分とお揃いになるようにしたろか」

このやり方であったならきっと、皆も褒めてくれるだろう。

人生で一番大事な寝床は失われてしまった。永遠に。だが、この町にはまだ昼寝に適した場所が幾らか残っている。

それを護るのだ。汚れた情報に踊らされた結果、死にゆく人達が現れないよう。

「っ……」

不意に意識が覚醒する。夕映えの中に終わった夢の続きを紡ぐように、蠟燭に照らされた部屋の中は淡い赤と暗がりの影が混じり、損得と利害に囚われぬ情報屋が生まれた夜と変わらない。

「あぁ……生きとるんか……」

酷く体が痛く、痛覚を上回る倦怠感が体を包んでいたが、シュネーは生きていることを自覚して、皮肉気に笑った。

どうやらあの後、一つの壺に纏めて空き地に埋め、簡素な碑を建てた家族達が「まだ来るな」と言っているかのようだった。

無意識にうつ伏せに寝ていた体は、自分の物でないかのように重いが、有り難いことに手足も全て揃っていて、胸の拍動は続いている。

刺された場所、傷以外の体を這い回る気持ち悪さ、何よりも差し向けられた刺客からして助からない物と思ったが、よもやよもや生き延びるとは。

夢の内容は、まるで走馬灯にはまだ早いと咎めているかのようではないか。

「はぁー……敵んなぁ……まーだ徳が足りんか」

摑んだ情報が情報だけに、そして全て書き留める余裕がなかったこともあって、生きて情報を伝えられるのは幸いではあるものの、どうにも生き延びてしまったことが億劫に感じられる。

これまで、幾つか正しく処理せねば辺境が終わるような案件を取り扱った覚えはあるが、こうも人の悪意と怨嗟に塗れた物は久しぶりだ。

「恨むで、フィデリオ……」

しかも、後輩と懇意にしてやってくれと頼まれた直後にこれだ。

あの金髪の坊は、見た瞬間にフィデリオと似た空気を感じたが、ここまで試練と悪縁に愛されているとなれば命が九つあっても足りぬような気がしてくる。

しかも、小さく纏まって理想を体現することを選んだ聖者と違い、正しく目的のためなら手段を選ばない気質のようだ。

いや、猫のカンが小さな訂正をいれた。

あれはもしかして、そもそもの目標が違うのではないだろうかと。

然もなくば、率先してシュネーが死にかけるような陰謀を〝たかが琥珀の新参者〟が解決できるよう、組織なんぞを立ち上げてまで強引に関わろうとするまい。

普通ならフィデリオにでも泣き付いて、新人らしく位階に見合った仕事を見繕うだろうに。

また酷い新人を紹介されたものだと、ボロボロの白猫は大きく欠伸を溢して諦める。元より、損な生き方に縋ったのだ。奇矯な変人との付き合いが一つ増えて、一回か二回死にかけたくらいで文句を言っていれば徳を稼ぐこともできなかろう。

上手く起き上がれないので――恐らく、痛みを殺す薬の弊害だろう――首をぐるりと巡らせれば、寝台の脇には水差しと杯に添えて、一つの小さな鐘が置いてあった。

真鍮製のそれには「お目覚め？」と書かれた紙が貼られている。

筆跡からして、あの金髪の坊が気を利かせた物であろう。

「ま、しゃーなしやな……命の恩人やし、お代は勉強しとこか……」

この寝床の質は悪くないが、寝心地が気に入ったとは言えない。

安心して幾つかある昼寝処(どころ)に収まることができるよう、猫らしからぬ勤勉さを発揮するべく、シュネーは鐘を鳴らした…………。

【Tips】何事も暴力で解決するのが一番簡単ではあるが、その暴力の先を間違えた瞬間、貴方達(PC)は冒険者から犯罪者に変わってしまうと心得ねばならぬ。GM(ゲームマスター)が寄越(よこ)す情報が、全て真実だとは限らないのだから。

ヘンダーソンスケール1.0

Ver0.8

【Henderson Scale 1.0】

致命的な脱線によりエンディングに到達不可能になる。

帝国は広大な領土を持つが故、多方面に仮想的と潜在的な戦線を抱える国家であるが、北方は特に危険な領域である。

極地に近い冷え込みを見せる無慈悲な荒海には季節毎（ごと）に氷塊が押し寄せ、遠浅の海岸と峻険（しゅんけん）な岸辺が連なる地形は、大きな港湾の構築を不可能ならしめる。

何せ、帝国が領地内に唯一所有する外洋港湾、シュレスヴィッヒ港は不凍港にも拘（かか）わらず、荒海の海流や氷塊に阻まれ、実質的に短い夏期にしか外洋に出るのが困難なのだ。

しかも、その外洋も大陸北東部の森林帯からせり出した北方半島に蓋をされて、狭隘（きょうあい）な海峡が小島や岩礁帯のせいで航行困難な部分だらけとなれば、大洋と呼ぶにはあまりに狭く、豊かになりようがない。

そして何よりも〝略奪遠征〟の危険が夏至近くの陽（ひ）が如（ごと）く長々と付きまとう。

かつて、いや、今も口（くち）さのない貴族が蛮族と呼んで憚（はばか）らぬ、極地圏や離島圏、そして北方半島圏から押し寄せる者達の存在が帝国北方の海と人々を脅かしていた。

実質、離島圏を除いたそれらの地を帝国語では、上古の言葉を引用して〝暗い島（ニヴルエイヤ）〟と一（ひと）括（くく）りにしてしまうくらい、理解が及ばぬ土地なのだ。

彼（か）の地に住まう者達を何と形容するか、帝国の歴史家達は悩んでいる。

何せ、交易と略奪を〝同時に〟やる連中だ。王を掲げて国を作ることもあれば、他国を侵略して王権を蚕食することもあり、負けたら負けたで潔く解散し、忘れた頃には集合するような人種なので無理もなかろう。

強いて言うなら、略奪遠征を行う者達、つまり北方半島圏に根付いた〝暗い島の民(ニヴルアスク)〟の文化こそが敵であった。

かなり大雑把な分類ではあるが、帝国人は略奪遠征の文化を持つ者達をニヴルアスクと呼び習わす。離島圏及び極地圏、そして離島圏の一部に根ざす者達の精神性は、尚武に溢(あふ)るる帝国人を以てしても理解し難い。

彼等(ら)は種族ごとに分かれることもあれば、帝国の如く人類が乱雑に入り乱れつつ共同体を構成することもあり、いっそ無節操な集団を作り日々の生産活動を行う。

そして、その傍ら、農閑期や漁閑期に生産物の交易を行うと同時、何を思ったか方々での略奪に精を出すのだ。他人の土地で奪った物を更に他人の土地で交易品にしようとする精神は、常人であれば理解できまい。

挙げ句の果てには自分達の暴力性を理解している強者が、自身の武威を〝輸出〟する始末。

それを国家規模、ないしは村落規模で行ってくるので性質が悪いことこの上ない。しかも策源地たる各地に小王や上王がいるにはいるが、あくまで合議制の統括者に過ぎず、略奪遠征自体は勝手気ままに行われていると来た。

そう、あくまで略奪遠征は最低でも村落規模の集団が自主的、かつ文化的に行っている行為であって、制度ではない。何度か略奪遠征を率いる上王が離島圏や半島圏に国家を作り、主権を主張したことはあれど、多くの戦士が独立独歩の気風を持つ。

況してや、帝国と協調路線をとるべく略奪遠征を控えるよう命じた上王が〝怯懦だ〟などと糾弾された末、実の兄弟に討たれた過去からして人生の芸風が違いすぎる。

疎ましく思った三重帝国が首領や上王を何度粉砕しようと、とどのつまり民族をさっくり滅ぼさない限り略奪遠征は潰えない。

歴代の皇帝は、辛うじてながら大洋に通じている航路の安定、及び北の政情を慮ってつづまやかな海軍力を捻出して幾度も治安の維持に乗り出したが、これはかりはどうしようもない。

何処まで行ってもライン三重帝国の陸の国でしかない。

飛び地になるため天領にもしたくないし、況してや現地人を貴族に召し上げようと長く続かぬ――あろうことか、バレないのを良いことに大半が帝国籍の船まで襲った――とあらば、北の航路は諦めようとなるのも無理からぬことであった。

いわば性根、彼の地に生きる全ての人類、その根幹が海賊なのだ。秩序だった官僚制の下に成り立ち、農地に根ざした定住農耕民族が基本たる帝国の人間には、正に蛮族としか適切な形容が思いつくまい。

とはいえ、あの極地に一年も住めば、斯様な民族性が醸造される下地にも多少は理解が及ぶかもしれない。

ライン三重帝国からすると痩せ地と崖しかない、何で人間が生きているのか理解不能などと口汚く罵られる離島圏でさえ肥沃極まる楽園と呼ばれる土地になるほど、ニヴルアスクの土地は貧しい。

夏の日は恐ろしく長いせいで沈まぬことすらあり、反面冬は大地が根まで凍るほど寒い。比較的マシな地域を選って(よ)も耕作可能な面積はないに等しく、冷厳な山々と根深い森が開墾を拒む。

極地圏に至っては、どんな痩せ地でも育つと言われる蕎麦(そば)でさえ——帝国人は大麦の粥(かゆ)を愛するが、何故(なぜ)か蕎麦粥は蛇蝎(だかつ)の如く嫌っている——葉ばかりが立派になって碌(ろく)に食えぬと言う。

斯様な人間が生きることさえ困難な地において、豊かな地を略奪して生計を立てる文化が育まれるのも無理からぬことであろう。

その性質が凝結したような船があった。

喫水を浅くし舳先(へさき)と船尾を同一幅にすることで荒波にも耐えるよう考え抜かれた戦舟(ロングシップ)。積載能力を犠牲に航海能力を高めた、正に戦の為(ため)に作られた船の群れが一つ、北の冷え切った海を進んでいた。

帝国北方に住まう全ての民が恐れる略奪遠征の群れだ。船団は八隻の戦舟、そして四隻の補給船(クナール)から成り、帆走櫂走(かいそう)の両用で凄(すさ)まじい速度で海を征(ゆ)く。

船上にはヒト種(メンシュ)を始め、様々な種族が乗っていた。そして、特徴的なのが船底から垂らされた鎖に連なる、幾つかの大きな木樽(きだる)めいた海底船室を引き摺(ず)っていることであろう。

その船室は、偵察や伏撃を大いに助ける海棲(かいせい)種族のために作られた物で、この船団には十数人の人魚種と海豹人(セルキー)が付き従っている。

船室といっても中に入って過ごすのではなく、専ら水棲(すいせい)種族向けの物品を収める倉庫であり、睡眠時に体を括(くく)り付ける縄を係留することが主用途だ。

そんな彼等は、水中で生きることを本領とするため――海豹人(セルキー)は水陸両対応だが――ヒト種(メンシュ)では何も見通せぬ海の中、何里も先を行く船を見つけることに長(た)けていた。

特に巨大な海豹(あざらし)が二つ足となり、水を弾(はじ)く独得の脂気を帯びた被毛を持つ皮膚が、首の辺りからダランと伸びてまるで長衣のような形となった海豹人(セルキー)は、深く暗い海で狩りを行うこともあって恐ろしく耳が良い。

被服に似た伸びた皮膚のせいで太って見えるものの、毛皮の下にあるヒト種(メンシュ)に似た骨格をうねらせて浮上した一人の個体が、外套(がいとう)めいた皮膚を左の中程から分け、五指ある指を伸ばして船縁(ふなべり)から垂れる紐(ひも)を掴(つか)む。

そして、この海に耐えられる体でなければ三〇も数えぬ内に死に至る荒海に適応した体の重みを感じさせぬ身軽さで甲板に飛び上がった。

「頭！　船が来ます！　四艘(そう)！」

「おお、そうか!!」

戦舟の主帆柱に寄り添っていた、影のように黒い巨体が吠(ほ)える。

特に寒い北の森に住まう、羆(ひぐま)の熊体人(カリスティアン)である。堂々たる体軀(たいく)の重量は六〇〇kgを下ることはなく、身に纏(まと)う鎖で編んだ腰丈の鎖鎧(よろい)は常人であれば持ち運ぶこともできぬであろう。

「船種は!?」

「船足と音の重みからして、商船です！　櫂走しない癖からして帝国籍かと！」

「よぉし!!」

この略奪遠征船団の首魁（しゅかい）、赤毛のオッツォは堂々たる肉体を震わせて笑った。

「征くぞ者共！　全力櫂走よぉい!!」

巨体に見合う声は魔導や奇跡を頼るまでもなく、全ての船に伝わった。乗り込んだむくつけき醜男達（しこおたち）が位置に着き、櫂を取り速度を上げる。

皆、笑っていた。闘争の気配に、何よりも〝めっきり狭くなった〟北の氷海にて暴れられる喜びは格別だ。

奪い、殺し、最後には殺されるのを喜びとするのが彼等の教義であった。華々しく戦死した魂は主神の御座に招かれ、歓待の宴（うたげ）を経た後、異教の神々と戦う尖兵（せんぺい）として永遠の館にて、常世では叶（かな）わぬ接待を受けるとされる。

それ以外の死を迎えた魂は再び凍り付いた獄土、冷たき暗い島（ニヴルエイヤ）に返され産まれ直すとあれば、むしろ華々しく散ることができる戦場は、彼等にとって魂の場所なのであろう。

だが、現世の楽しみは現世の楽しみとして、別個にも捉えられる。敵を殺し、荷を奪い、異性がいれば楽しめるだけ楽しむ。ニヴルアスクにとって、血生臭き略奪遠征は生きる糧であると同時に生の悦楽の結晶。

交易に出る予定で出てきた船団であっても、襲って後腐れのない獲物を見かけたら何でも襲うのが略奪遠征。

帝国籍の船とあれば船員の親戚が乗っているようなこともないので、更に気負わず済むというものだ。

帝国人は陸地の上では凄まじい強さを発揮するが、海においてははっきりいって格が数段劣る。造船技術が未熟なのか、あるいは海運を穏やかな緑の内海にある属国に頼り切っているからか。

どうあれ、北の海に適さぬ帆走だけに航行能力に頼った船を使っている時点でお粗末だ。逞しき腕が手繰る櫂と戦乙女の髪間を抜ける風、そのどちらも活用してこそ真に海で生きることとする信念、そして彼等が信じて止まぬ戦術に敗北の辛酸を馳走され続けたせいで、帝国は海上においては舐められている。

上等な獲物だと音を頼りに散った斥候に導かれ、補給船を置いた船団は追い風と海流を摑んで矢の如く獲物に突貫した。水棲種族の斥候隊が拾った情報は正確で、このままだと真正面からぶつかって反航戦に入れるだろう。

緩く弧を描く水平線の彼方から、少しずつ敵の姿が見え始めた。

帝国の大型帆船だ。ずんぐりとした船体は戦闘を念頭に置いておらず、何処かの穏やかな海で発展した構造なのか高い二本の横帆と縦帆を前後に並べた姿は、居住性と運搬力こそ秀でるが戦に向いた構造ではない。

更に航海術が未熟なこともあって、逆風時に船足が鈍る性質によってニヴルアスクには格好の獲物である。

背は恐ろしく高いが、乗り移る方法は幾らでもあるし、衝角戦を想定していない鈍重な船体はちょっと小突いてやれば直ぐ悲鳴を上げる。大型の帆は操作に時間がかかり、逃げ足が遅い癖して積載量が多いなど、秋の終わりに肥えた豚のような美味しさだ。

「よぉし、帝国旗!!　どっかの身内の鹵獲品じゃねぇな！　殺るぞ！　全速!!」

頭目の吠え声に従い、櫂を振る基準となる太鼓手は、旋律をゆっくりとした二分の二拍子から乱打に変えた。向こうも此方を捕捉したであろうから、逃げられぬよう可能な限りの速さで肉薄するのだ。

「祈れや詠え！　朽ちぬ誇りよ！　死せぬ魂よ！　戦の風に乗りて、誉れの歌を我等が大神と戦神に届けたまえや!!」

号令を受け、各船に乗っていた数人の〝詩人〟と〝祈禱師〟が低く重い主旋律と高く響く声音の詩を重ねて唱える。帝国の神群では考えにくいことだが、詩人が奏上する戦の詩は奇跡の請願となり、祈禱師の唸りと太古の魔法とが重なって船を強く扶ける。

彼の地では魔法と奇跡が同居するのだ。これは偏に戦に捧げられるのであれば、豚の肉であろうと羊の肉であろうと区別せず喜んで受け取る神群の個性と言えよう。

戦場の騒音を引き連れて、帝国の船団は脅えるように舳先をずらす。交戦そのものを避けようとしているようだが、敵にとっては向かい風となる今、速度に勝る戦舟は直ぐに追いついてしまうだろう。

すれば、魔導と奇跡の混声合唱が光る虹の橋で船同士を繋ぎ、白兵戦へと導いてくれる。矢玉も魔法も無粋な物は弾かれて、肉体のぶつかり合いと衝角による命を懸けた突貫だけにそぎ落とされて戦闘は純化していくのだ。

さぁ、いよいよ獲物は目と鼻の先という段に至り、斥候の海棲種族達が一足先に駆けだした。如何に屈強な彼等であれど船底を割ることは叶わないが——そもそも鹵獲して売るため、完全には沈めたくない——舷側の窓に銛を射込んだり、帆を操るため身を乗り出している者を矢で射殺したりして妨害はできる。

敵の気勢を挫いて逃さぬようにするのも斥候の役目。

大きく跳ね上がるため助走として潜行した彼等であったが、戦の興奮によって細かいことに気付くことができなかった。

水面に投げ込まれる幾つかの水音。巨大な瓶が水に落ちた後、彼等はもう何も聞くことができなくなる。

水柱を立てるほどに巨大な爆発が、水中を伝播し十数の斥候を即死せしめたからだ。

「なっ、何だぁ!?」

異変は接敵まで残り数分の距離にまで接近していたオッツォ達にも分かった。

幾らか遅れて、斥候達の死体がぷかりと上がってくる。体中の様々な穴から内臓の残骸を噴き出している凄惨な遺骸が、どのようにして生産されたかまでは理解できまいが。

全ては海中での〝強烈な爆発〟によってもたらされた。水面から幾許か潜ってから炸裂する仕掛けを込められた瓶は、水中にて暴れ廻る種族を戒めるために生まれた。

帝国人はそれを爆雷と呼ぶ。

外殻は接地面を細くし着水後に素早く沈む構造の陶製で、内部には魔導の標が打ち込まれた炸薬が収まっている。信管は投じられた後に一定の深度に達すると、船縁に固定した紐が抜けて弾ける単純な機構によって発動する。

空気よりも強烈に伝播する爆轟、更に瞬きの間に生まれる爆破で空いた穴に海水が一気に戻る現象により、水の中は嵐の時より強烈に掻き乱されるのだ。原理は石打漁のそれだが、有効半径内にて魔法も奇跡の加護もない生き物であれば、海蛇にも似た亜竜でさえ殺す代物。生身の人類では、どうあっても耐えられはせぬ。

「頭ぁ!!　逃げてく船の陰から、戦……舟が……」

「あっ……あぁ……」

また、畳みかけるように事態は進む。逃げ行く商船群に紛れるようにして、三隻の曳航されていた戦舟が解き放たれたのだ。船体表面には防水塗料で強力な〈消音術式〉の術式陣がくまなく刻まれているせいで黒く見え、波濤を蹴立てようと、櫂が強く海を掻き混ぜようと水音一つ立てずに滑る姿は亡霊の如し。

そして、恐ろしげに不吉な黒色をした船が掲げる黒地の帆には、女神の横顔が白く染め抜かれているではないか。

「あれは、あれは、応報の女神達の横顔……」

「ほ、微笑む応報神だ!! ティシポネが先頭で笑っていやがる……」

「さっ、殺戮の女神、あ、あんなの喜んで掲げるヤツは一人しかいない……」

翻る帆布にて微笑む横顔は、美貌の女神の輪郭を形作り、閂を思わせる髪飾りの意匠が何を意味しているか誇示する。

そは半島圏ではフリアエとして伝わる、ライン三重帝国の神群において特に血濡れた女神。死に殺戮を以て報復する応報神の微笑。本元の帝国でさえ、あまりの血生臭さから邪神に近い扱いをされている神だ。

大っぴらに信仰はされておらず、近寄りたいと思う者も少ない。

何故なら、この神に縋る時は〝大事な者を失った時〟だけなのだから。

斯様な女神を意匠にし、嬉々として掲げる狂人は一人しかいない。

一五年前にふらりと北の海に現れ、略奪遠征を見つけては潰して回り、入り江という入り江を血で染め上げ、降伏の証として差し出された上王の冠さえ踏み潰した、一切の損得と妥協が通じぬ気が触れた冒険者。

血濡れ髪、誉れ殺し、戦神に呪われし者。

そして、暗い島の民の間で最も名高き二つ名は〝詩なき剣のエイリーク〟。

ニヴルアスクは敵であっても誉れ高き戦をする者は讃える詩を作る。それが彼等の文化だからだ。戦った相手が大したことがなければ、いつか殺すであろう自分達の名誉も萎むなる謎の心理もあるが、戦士を尊ぶ文化と死生観は勇猛な戦に惜しみない賛辞で応える。

されど、あの殺戮者は目を覆いたくなるような凄惨さと、略奪遠征に参加する者にとっては恐ろしすぎる戦いぶりにより、誰も詩を残そうとしなかった。今や、離島語を当てたその名が忌名となって、誰も子供に付けないくらいに畏怖されている。

血濡れの金髪を振りたくり、戦女神の絵を思わせる細面を鮮血に染めて微笑む様は、全てのニヴルアスクの悪夢。

ヤツは選ばせぬのだ。

降伏か死か、ではない。

恨みのある部族相手でさえしない〝刑死〟を強要するのだ。生きたままの捕縛だけを行い、戦死せねば楽土に行けぬ全ての戦士を震え上がらせる。

今まで、一度の例外もない。どれだけ金を積もうが、彼の船団が恐ろしくなった部族が王の待遇を与えようと提案しようが、あの剣は誰にも容赦しなかった。

そのせいで、北の海は以前と比べて恐ろしく狭くなったのだ。シュレスヴィッヒの半島は勿論、気紛れに半島圏沿岸を遊弋することもあれば、離島圏や極地圏にまで現れたと聞き、今や恐怖のあまり略奪遠征を止めた村さえあるという。

民族の伝統を殺そうとする悪夢が目の前にいる。目で見れば黒塗りの船は遠いが、お互いに前進していることもあって指呼の距離ではないか。最早、転進して引き返す余裕もない。

赤毛のオッツォは、黒い体毛にも拘わらず戦場では大量に殺した敵の血で赤に染まることによって赤毛と呼ばれるようになった歴戦の戦士だが、それでも血濡れとは呼ばれぬ。

血に塗れるとは〝こういうことなのだ〟と体現したエイリークのせいで。

「頭ぁ！　どうします!?」

「ひっ、退けるか!!　突っ込め!!　親族を野郎に殺された連中も多いだろ！　第一、この距離じゃもう逃げようがねぇ!!　やるぞ!!」

士気は瞬く間に萎えていくが、是非もなし。魔法によって向かい風を順風にねじ曲げ進むことができると伝え聞くエイリーク船団に、こうも間合いを詰められては選択肢などあってなきような物。

戦って勝つか、戦死できるよう気張るのみ。

ライン三重帝国においては海賊は皆、例外なく縛り首なのだ。縊死などという服毒の次に怯懦な死に方を強いられては、先祖同輩に一切の申し訳が立たない。

「あの野郎の伝説を、今日終わらせてやる!!」

熊体人の海賊は、決死の覚悟で伝来の大斧を握りしめた…………。

【Tips】略奪遠征。半島圏と極地圏の民族が行う奇習。交易品を売るついでに方々で略奪を行い仕入とし、更に別の場所で売るといった遠征を指し、彼の地の人間はこの遠征にて武勲を上げるのが一番の喜びであると信じている。

痩せた地に生まれ落ちた宿命やもしれぬが、貧しさや不幸が悪徳の免罪符になる道理もない。

「提督！　敵船団、本艦隊を追走せず!!　このまま護衛船団と交戦に入る模様!!」

「そうか、報告ご苦労」

ライン三重帝国においては早晩〝旧式〟になることが約束された、南内海から輸入している大型帆船から成る公営輸送艦隊の総司令官は溜息を吐いた。

初老の猛禽系有翼人である彼は、帝国では半ば冷や飯喰い扱いされている地位なれど、責務には忠実である。彼にとって八隻もの大船団に遭遇しながらも、脱落艦を出さずに済み、無事に責務を務め上げたと報告できるのは大いに喜ばしい。

いや、〝護衛の冒険者〟に殿軍を押しつけ、貴族が文字通り尻に帆を掛けて逃げているだけの有様で責務を務めたと宣うのは傲慢かと、もう飛ぶのも億劫になった老境の提督は自嘲の笑みを波濤に放る。

彼は、あってなきようなライン三重帝国大洋艦隊――専ら皮肉を混ぜて名乗られる――で皇帝に御奉公して三〇年近いが、略奪遠征にやってくるニヴルアスク共から何度辛酸を嘗めさせられたか分からぬほどだ。

初陣は酷い負け戦だった。ラインの大河を遡上してきた賊共と戦って散々に打ち負かされ上官は戦死、同期も半数が死んでいる。

どうにか母なるラインの大河より追い返したと思ったら、今度は北の海で不意に白兵戦を強要され、増援が来るまでに乗員の半数が死亡。自力航行が不可能になって、辛うじて間に合った救援に曳航されて帰る不始末。

幸いにも虜囚の辱めを受けることこそなかったが、海上戦で得た完全な勝利の何と少ないことか。

帝国はただの泡沫(ほうまつ)国家ではない。五〇〇年の歴史を持つ伝統ある大国、ライン三重帝国なのだ。痩せすぎて羊を養うのにも苦労する大地にへばり付く、海賊相手に勝ちきれぬことは正に恥辱としか形容できぬ。

故に幾度も皇帝肝いりの増資がされ、安全な外洋に繋がる運河の建設を模索したり、造船に秀でた属国から艦船の購入をしたりしたものの、長きに渡り略奪遠征の海賊共を根絶できていないのが認めがたい事実であった。

無論、地上戦においてライン三重帝国は、かの小半島の者達(たち)に敗れたことはない。上王が周りの衛星諸国を引き連れて反旗を翻した時は、北の縦深を用いて補給を寸断し、散々に打ち負かして首を何千と海辺に並べてやったことだってある。

しかし、あまりに広い海、そして護(まも)る拠点の散在による距離の塁壁が、勝手気ままに略奪に訪れる者達を決定的な敗北から遠ざけた。

何と言っても、略奪遠征の名目は伊達(だて)ではない。彼等は統治も植民もしないが故、自儘(じまま)に殺してあるだけ奪い、気が向いたら帰っていく。如何に即応性を高めようと、全てを未然に潰すことは不可能だ。

　時には証拠も目撃者も残さないことがある賊に対し、海に親しまぬ帝国は無力であった。魔導師(マギア)の活躍によって遭遇戦で勝利を摑(つか)むことはあっても、防衛という一点において大国をも下す帝国軍という牛刀は、小バエの海賊を打ち払うには重すぎる。

　海岸線全てに要塞を築く財力と人的資源があるならまだしも、速い船足と占領する必要がない戦術目標の軽さに軍では追いつけぬのだ。

　さりとて、あの半島や極地なんぞ占領したところで旨(うま)みも少なく、統治の困難さと費用に圧迫されて反吐(へど)を吐くだけと来れば、尚(なお)のことどうしようもない。産物と租税による経済的利益も、緩衝地帯を減らすに見合うだけの地政学的価値も、統治の重みに不釣り合いなる彼(か)の半島の痩せようが帝国の食指を窘(たしな)める。

　仮に無理を押して占領しようが、略奪遠征なんぞを文化として行っているだけあって、統治難易度は衛星諸国家の中でも指折りに高かろう。そんな所の領地を貰(もら)ったところで、左遷か罰則、どちらが正しいか分かった物ではない。お鉢が回ってくることを嫌った貴族は皆、揃(そろ)って半島の占領に否と言った。

　誰が言ったか、矢鱈(やたら)と網に引っかかる毒魚。

　煮ても焼いても食えない致死の毒魚が、逆にそれを好物とする変わった大魚に貪られている様は、爽快なような業腹なような、修辞学に優れる帝国貴族であっても言語化し辛(づら)い感情を有翼人にもたらした。

「しかし閣下……あれは一体……」

「どうした？　ああ……お前は帝都暮らしの新任だったな。ならば知らぬか」

「はい……」

彼の隣で伝令にやって来た、行儀見習いの扱いに近い新人士官は——騎士家の出で、食い扶持のため海軍に来た三男だった——見栄の都で聞く話とは随分違う光景に驚いているようだった。

あの護衛艦隊は、たったの三隻。船こそ白兵戦に特化した略奪遠征の艦隊と同じ戦舟であるが、実数で言えば半分以下。しかも、その全てが漕ぎ手が一六人だけという小型の戦舟であり、乗組員は一隻あたり僅か二五名。三六人漕ぎの大型船が二隻含まれる敵と比べて、純粋な数でも五分の一未満だろう。

「小職には、正気とは思えませぬ。あのような寡兵で、荒海の蛮族を前に進んで突っ込んでいくなど。あれは、あの冒険者は正気なのですか？」

「愚にも付かん問いだな」

「は？」

「〝海賊吊るしのエーリヒ〟が正気かどうかは、帝都の尺度で語るのは間違いだと言っているのだ」

縦列を敷く船団の先頭、群狼の頭を模した舳先飾りの上に矢玉も恐れず片足を乗せ、前のめりに戦へ突っ込もうとしている冒険者と提督の付き合いは、思い返せば一〇年以上にもなる。

　西の果てから北の果てに流れてきた変人は、凍り付くような荒海の海賊と殴り合う大洋艦隊の人間からしても相当に異質としか言えぬ。

「アレはな、北に住まう全ての民にとって正しいことをしている。農閑期の度にやってくる略奪遠征に脅えずに済み、船の道行きを安んずる姿を英雄と讃える者も多い」

「英雄ですか」

「そう、それも復讐者の英雄だ。貴様、一五年間にどれだけの荘が略奪遠征の被害に遭ってきたか知っているか？」

　当時はまだ涎を垂らしていたであろう、ヒト種の新人は知りようもないと首を振った。巨大な官僚帝国たる帝国では北の地の惨状を恥と認識しているのか、大っぴらに喧伝しないこともあり、詳細は北方の貴族でもなければ知らぬも道理だ。

　一体何処の貴族が大声で語ろうか。自分の領地がどれだけ好きに食い荒らされているかなどを。

「年に二〇や三〇ではきかん。ヤツらの戦舟は喫水が浅く、櫂でも漕げる上、漕ぎ手が全員戦闘員を兼ねるなどといった狂気の産物だ。水がある所には何処までも入り込んでくるぞ」

「水……となると、河川網全てですか？」

「そうだ。しかも、あの舟はやろうと思えば人力で〝担いで〟運べる。警戒の薄い入り江から上がり込んで、隣の川に移動して南に溯上することもあった。森に紛れられては、警戒騎の騎竜でも発見は難しい」

「なんと……」

略奪遠征を行うニヴルアスクが恐ろしいのは、戦闘力もあるが異常なまでの浸透能力だ。戦舟は乗り手全てが戦士という異様な効率を誇り、更に洗練された設計によって軽量であるため、一時的に荷を諦めれば戦士達が担いで山越えをすることさえ可能とする。

この機動力を以て(もっ)して領内に浸透し、思うがまま暴れられれば、どれだけの荘が被害に遭うか。想像するだけで平和な帝都暮らしが長かった新任は震え上がった。

「大型船ともなれば、最大で一〇〇人からの蛮族が乗っていて、況(ま)して複数となれば……」

「その半分。四〇か五〇の海賊でも、奇襲されれば普通の荘など一溜(ひとた)まりもあるまい。実際、私は幾つもの焼かれた荘を弔ってきた」

故に彼、かつて〝金の髪のエーリヒ〟と呼ばれ、今や〝海賊吊るし〟あるいは〝詩なき剣のエイリーク〟で知られる青玉の冒険者は復讐者の英雄なのだ。

「だから、アレの配下には略奪遠征で奪われたことのある者しかいない。海賊になることを選んだ連中全てを呪う、呪詛(じゅそ)の塊のような物だ」

エーリヒの配下には復讐者しかいない。親兄弟や子供、友人や恋人に伴侶、大事な者を失った復讐者の群れ。ともあれ海賊は皆吊(つる)されるべきであると、深い憎悪を募らせた者達の坩堝(るつぼ)だ。

僅か三隻の――それでも冒険者が持つには大規模な戦力だが――戦舟と、今回は留守居で不在である二隻の補給船から成る艦隊、総勢三〇〇の復讐者は常に獲物を求めて北の海を徘徊している。

人種も様々だ。帝国人は勿論、離島圏や極地圏、果ては同胞から奪われて復讐鬼になった元ニヴルアスクの者達もいるときた。

休むことなく、弛むことなく、ひたすらに海賊を求めて吊し続ける。

鎮魂として奪った舟を燃し、売り払った金で碑を建てて回る冒険者の一団〝応報神の子等〟は、今や北の護りを代表し、貴族や騎士家よりも尊敬を集めていた。

「それを営々と束ね続け、北方の脅威を狩ることに血道を上げ続けて一五年。帝国の民にとって良き存在だが、正気か狂気かを問えばキリがあるまい」

「壮絶ですね……」

「そうでもしないと、生きていけない連中の拠り所なのだ。彼等が暴れるようになって、被害は随分と減った。海賊共は〝海が狭くなった〟などと抜かしているようだな」

「提督は随分とお詳しいようですが、その冒険者……海賊吊るしと親しいのですか？」

問われ、有翼人の提督は小さく嘴を鳴らした。ヒト種で言えば舌打ちにあたる仕草だ。

親しいか親しくないかで言えば、北の海で活動し、お互いに本拠をシュレスヴィッヒに持つだけあって親交はある。事実、復讐に満足して殺し合いの螺旋から降りた、彼の配下を何人か子飼いとして船にも乗せる程度の付き合いだ。

顔を合わせれば酒杯を交わすこともあるし、此度のように向こうからの要請に応え囮を務めることも多い。

そう、名目としては護衛だが、此度の大洋艦隊は囮に過ぎないのだ。

あの金髪の、いつまで経っても少年のような面をした三十路男は、品のない紙巻き煙草を咥えて嗤いながら頼んできた。この旗に脅えて逃げる者が多いので、めっきりやりづらいから手伝ってくれと。

公には、この戦果は提督の手腕により大洋艦隊が挙げたことにされる。海賊吊るしが受け取る物は、畏怖と略奪品、そして突き出した海賊の懸賞金のみ。

幾ら大成するには酔狂であることが前提の冒険者とは言え、やはり異常としか呼び様がない。

斯様な相手と親しいなどと口にするのは、配下から自分までも正気を疑われそうなので避けたいところであった。

海賊の血に塗れるどころか、頭の天辺までドップリ漬かった上……彼の地の神群から呪われて、大地の上では乙女の膝の上でなければ眠ることができぬ呪いを始め、数々の呪詛を叩き付けられている男だ。

にも拘わらず、あの剣に酔った男は信奉者達を引き連れ、なら四六時中海上にいたらええんやろとか、防具を十全に纏ってはならぬという呪詛に兜を被らなきゃ平気だなと謎の開き直りを見せ、今も戦い続けている。

酒杯を交わす度に善人としか判断のしようがない会話をされるせいで、いっそ血と死に酔い痴れている方が理解も及ぶ気持ち悪さを感じざるを得ない。斯様に不気味な男の内面なんぞ、深く知らぬ方が心の健康には良いだろう。

「ただの仕事を振るだけの、冒険者だ」

「左様ですか……」

「それより、見ろ、接敵するぞ」

有翼人、それも猛禽に属する提督の視界は恐ろしく鋭く、豆粒のように遠くなった艦隊を確実に視認していた。もうじき、エーリヒの船団と略奪遠征の船団が接触する。

「貴様は、航海魔導師の訓練を受けただろう。望遠術式でよく見ておけ。あの舳先で堂々と風を受ける男の面を」

「嚙ったくらいですよ。魔力量が少なくて、師からこの道は諦めろと言われたので、正式には聴講生崩れですから」

自嘲しつつ、新任の士官は腰帯に刺していた短杖に魔力を通し〈遠見〉の術式を起動する。悲しいかな射程は短く、水平線の向こうに辛うじて届くくらいのそれでも、応報神などという縁起の悪い神を帆に掲げた船を具に見ることはできた。

先頭の旗艦〝応報神の寵愛〟号の舳先には提督の言った通り――よくぞ、非魔導依存視力で見えるものだ――矮軀と言って良い小柄な剣士が、大狼の穂先飾りの頭に右足を乗っけて立っている。

装備は帝国風の煮皮鎧(よろい)で、着たまま泳ぐのは至難であるため船上で戦う者が好むような品ではなかった。そして、敵方から矢が霰(あられ)の如(ごと)く射かけられているというのに、全く気にした様子もなく〝兜も被らず〟金髪を風にそよがせて堂々としているではないか。

本当に三十路を過ぎているのかと新人は訝(いぶか)った。闘争の期待に歯を剝(む)いて笑う姿は、精々二〇になったかなっていないかくらいではなかろうか。

しかも、血濡(ぬ)れた異名の数々が嘘(うそ)のように傷一つない。面傷は勿論、腰元まで伸ばして魚の骨のように編み込んだ金糸の髪は、まるで乙女のよう。

沸騰せんばかりの戦意を瞳孔の炉で燃して、爛々(らんらん)と青い仔猫目色(キトンブルー)の瞳が〈遠見〉を通して覗(のぞ)いている新任に何とも言えぬ悍(おぞ)ましさを感じさせた。

あれは、正気ではない。理性こそあれど、常人には理解できない。

否、理解できてしまったら、常人の範疇(はんちゅう)から越えてしまうような……。

「ひっ!?」

不意に剣士の顔がぐるんと天を向き、有り得ないはずだが術式越しに目が合った。

勘違いではない。降り注ぐ矢を片手間に切り払いながら、あの男はわざと唇が読みやすいように大きく動かしている。

やぁ、と。

新任は否定しようとしたが、手まで振られると事実を理解する他なくなる。彼も曲がりなりに魔導の道を嗜(たしな)んだ人間だ。術式に秘匿式や隠匿式を組み込んでおり、簡単に覗き返されぬよう構築していた。

だが、全てを見透かされ、好きに観戦していろとばかりに笑顔を返されれば、どう反応すれば良いか新人士官は窮することとなる。

「アレはな、一種の神話の時代の生き物だと思え」

「は……？　し、神話……？」

「神代の冒険者に倣い、真似事ではなく、そのままをやっているのだ。深く考えるな」

魔導に依存しない猛禽の視力を察知されたこともある提督は、何も言わず後艦橋から降りる。

見ていても仕方がないからだ。あの程度の略奪遠征であれば、制圧まで四半刻とかかるまい。一刻もったら褒めてやっても良いくらいだ。

「次の夏には、北海の主を討つ算段を立てている怪物。真面に付き合えば、こちらの正気が灼かれる」

「ほ、北海の主!?　真なる竜を!?」

反射的に付き従った新任の足が驚愕に止まった。北海の主と言えば、荒れ狂う氷海に塒を持つ、めっきり数を減らしてしまった真なる竜の生き残りではないか。海に住まう竜達の頭目であり、進路自体が潮流になるような大怪物。ライン三重帝国が、シュレスヴィッヒを西回りで大洋に出ることを困難ならしめている要因の一つ。

これを討伐するくらいなら港湾から西に貫通する運河を掘る方がまだマシなどと――尚、

試算時点で国家予算の三〇年分と半世紀の期間が必要となり、廃案にされた——嘯かれる竜に喧嘩を売るのは、正に正気の沙汰ではあるまいて。

「ああ、大真面目にな。周辺諸侯に許可を取り付けているので、周知の事実だ。じきに民草の間でも話題になろうな」

「きょっ、協力の要請ではなく、許可ですか……？」

「そうだ。余波で海が荒れるやもしれぬので、注意しておけだそうだ」

あまりのことに仰天する新任が後艦橋に取り残されていたので、提督は問うた。

来ぬのかと。

彼は一瞬はっとした後、伝説を作ろうという男の戦いを見届けたいとし、後艦橋への残留を希望する。

「殊の外つまらぬ戦いだと思うぞ」

「それでも、見てみたいのです」

「……はぁ、今年もまた、アレの目に灼かれたヤツが出たか。暫し任を解く、好いたようにしろ」

「有り難く存じます、提督！」

「私は船室で休む。発光信号が届くまで起こすな」

そして、その願いは聞き届けられた。

別にここまで戦の波が届く訳でもなし。好きにすれば良いと提督は北の海の常識になりつつある非常識に初めて触れる、帝都っ子を置いて船内へと降りた…………。

【Tips】ライン三重帝国大洋艦隊。北も物理的には大海に通じているから……という、謎の見栄(みえ)で命名された外洋艦隊。南内海から輸入した艦艇を導入してみたり、海に長じる種族を採用してみたりと多種多様な努力を積み重ねているが、悲しいかな左遷地位として盤石の地位を欲しいが儘(まま)にしている。

総艦艇数は戦闘艦だけでも三〇を越えてはいるが、北の護(まも)りには全く足りておらず、近々導入される新機軸の航空艦に海洋護衛戦力としての意義は取って代わられる予定である。

生き延びたとして、その先が楽園(パラダイス)のはずもない。

そんな文言を引用したくなるのは、何のシステムであっただろうか。資料本としての価値は高かったが、たしかゲーム性自体は贔屓目(ひいきめ)にも初心者向けとは言い難かった気がする。

「御報告！　御報告!!」

だが、どうあれこの言葉は真理だ。居づらくなったからと抜け出したとして、同業をやっている以上は似たような困難が付きまとうことを忘れた私が悪い。

何処(どこ)の大地にもクソはへばり付いている。程度の大小こそあれ、とどのつまり人類ってのは、そうできているのだ。たかが西から北に移った程度で、ガラッと空気が変わり、楽しく冒険できるかもなんて楽観したのが悪かった。

「どうだ？」

「四里先に敵艦隊！　数は八！　先導に引っかかったようです!!」

　しかも、次の河岸が下手すると前より血みどろで、クソ野郎共の度し難さが上なんて、中々に輪転神と試練神も趣味が悪いよなぁ。

「そうか。では、各艦に伝達。いつも通りだ」

「承知!!」

　下知を受け取った海鳥種の有翼人が帆柱を蹴り、術式印をくまなく刻んだせいで真っ黒な船体から飛び立っていった。

「さて、喜べ諸君。応報の時だ。久しく略奪遠征の戦士共は腰抜けばかりになったようで、さぞ腹が空（す）いただろう」

　声音を〈声送り〉に乗せて届ければ、それぞれ曳航（えいこう）されている両脇の僚艦から笑い声が波しぶきを越えて届く。

　まったく……一体何だって私は、こんな北の果てで〝海賊吊るし（ヴァイキング・スレイヤー）〟なんぞやっているのやら。

　いや、うん、原因は私だけどさ。あまりにエンデエルデが政治的に焦げ臭くなったから、本格的に冒険者らしくない泥沼に嵌（は）まる前に一段落付け、離脱して再出発しようなんて企画を考えたのは自分に他ならないよ。

ただ、あれはあれで仕方がなかったと思うんだ。陰謀が地方一個巻き込むようなドロッドロした具合になっていて、一度足を突っ込むと余所の地方に遠出できなくなるような気がしたんで、斬首戦術を取って早々に離脱したのだ。

ほら、冒険者になったからには、最終的に世界の一個くらい救ってみたいじゃない？あんまり地域密着型になりすぎると、思い通りいかなくなると懸念して頑張ったんだ。

まぁ、最終的に斬られて文句言えないヤツ――一応、裏取りはちゃんとやった――を順ぐりに夜討ち朝駆けで片っ端から始末するなんていう、戦略的にお粗末極まる脳筋解決だった訳だけど、結果的に〝土豪の激発〟を五年遅らせたんだから大したもんだったと思う。

決して褒められたデキではなかったけどね。

変えようのない事実として土豪の反乱は止めきれなかったし、最終的には帝国の大会戦を押しつける戦略によって粉砕されたけれど、今も熾火の如く残党が燻っているそうだ。手紙のやり取りを欠かしていない古い戦友からは、苦情と愚痴が近況報告に一文も含まれぬことはないくらいに。

ああ、そうだ。ジークフリートとカーヤ嬢は、あの地に残ったのだ。曲がりなりにも故郷であり、錦を飾るならここだと決めていたから。

まぁ、冒険者は所詮寄り合い所帯だし、各々理想があるため道が外れることだってあるさ。私も一緒に行こうと無理は言わず、向こうも引き留めようとはしなかった。

どうあれ、二人ともコッチにまで英雄詩が届いているくらい元気なのが幸い。カーヤ嬢が主題の恋愛詩や――どうやらヘボ詩人殿に捕まったらしい――喜劇調の活劇が主流なので、ジークフリート当人は満足していないようだけどね。

彼、格好好い英雄に憧れて理想を作っていたけど、端から聞いているだけでも面倒見が良すぎるのと、最後まで締まらないのもあって三枚目なんだよな。親しみやすいけれども、風格はないっていうか……。

じゃあお前はどうなんだよと言う話になるのだが、ご覧の通りなので全く人のことを評価できる身分ではないね。

「笑え。飯の時間だ。応報神に馳走を振る舞われたのだからな」

何でか知らん、とは言えぬ。言葉に応えて大笑いをし、殺戮者を殺す殺戮者であることに歓喜を覚える配下に囲まれているのは、間違いなく自分の所業に由来する。

斯くの如く略奪遠征に訪れた北の蛮族相手に喜んで殺し合いをする、冒険者と傭兵の合いの子みたいな連中を率いることになったのも、派手にやり過ぎて半島圏の北欧神話めいた神々に〝呪われた〟のも。

端緒は北に辿り着いて早々、これが今生で初めての海かと潮風を堪能する間もなく略奪に遭った漁荘に出くわしたことだろう。あまりに酸鼻極まる有様に、マルギットと二人で潮騒に耳を傾けるより先に、悲嘆と悲鳴を耳にすることになるとはおもわなんだね。

本当に酷い有様だった。殺せる物は取りあえず殺し、奪える物は片端から奪われた荘には焼けた家と積み重なる骸(むくろ)、そして上手(うま)く隠れられた数人の生き残りと、置き去りにされた一人の海賊だけがいた。

海賊は、まぁ何と言うか頭の悪いことに〝お楽しみ〟をやろうとして反撃され、下腹部を横にざっくりやられて腸が溢(あふ)れていたので、置いていかれたようだ。

そこまではよかろう。ただ、あろうことかヤツは私達に懇願しやがった。

せめて戦って殺してくれと。剣を握って斬られて死なねば、楽土に行けぬなどと宣(のたま)うのだ。

いやぁ、若かったからね、キレたよね。別に今でも大人げなかったなどとは思わないが、そのまま放置して死なせたのを後悔なんぞしていない。

好きなように生きて、好きなように死ぬ。そりゃ大いに結構だ。私も似たような生き方をしてる。むしろ、レベルデザインなど知ったことかと愛想のない現実(GM)が回してる卓で冒険者やっているのだから、人様のことを悪し様(あざま)に罵りようがない。

ただね、堅気さんに迷惑掛けちゃいかんよ。戦いの中にしか生きられないにしても、仁義ややり方ってもんがあるだろう。略奪遠征なんぞしなきゃ食っていけないような土地なのか知らんが、不幸だからって他人を不幸にして飯を食っていい道理もなし。

故に私は北で最初に受ける依頼として、殺された妻の指輪を差し出して復讐(ふくしゅう)を希(こいねが)う男の手を取った。

後は、済(な)し崩(くず)しだ。帝国も冒険者同業者組合も略奪遠征の粉砕を推奨していたし――国家事業めいていても、あくまで野盗扱いなので盟約には触れないそうだ——報復の依頼は山とあったので、名を売るべく目に付く先から潰して回っていたらこんなザマ。

因果だね。柵が嫌になって北に流れたのに、私自身が柵の権化になるとは。

好きなように生きたのだから、理不尽に死ねと告げる立場を選んだのは自分だ。

実際、冒険自体は結構できているのか何とも言い難い。

海賊の砦を落とすのも、群れた略奪遠征を叩き潰すのも、過去の偉大なニヴルアスクが残したという宝を沈没船から引き揚げるのも。全て冒険者らしくあって、否定はしきれないのだけど、理想とはちょっと違うんだよなぁ。

ヒロイックさが足りない。多分、西にいた時よりも大分血生臭かろう。深夜枠でもお見せできないような酸鼻極まる戦場が、反乱も起きていないのに多いなんて聞いてない。

「旦那。海中の露払いは済みました」

「よし、曳航索を解いて貰え」

「承知」

ただ、どうあっても必要な仕事ではあるし、文句は言わないけどね。殺して奪い、そして戦って殺されることに喜びを覚える連中を恐怖に叩き込んでやらねばならぬ。

ここは三年前に晴れて教授に昇進した——定命の最年少教授昇進記録同率一位にして、初の中性人——我が無二の友が故地だ。酷い冬と交易路を整えることすら難儀な北方を安んじるべく魔導師を志し、現実に成し遂げた彼の一助になるのは当然であろう。

「承知！」

荒海を滑るように進む船上で最前線に立ち、我々の登場と〝爆雷〟によって斥候を鏖殺されたことに戸惑っている略奪遠征の艦隊に肉薄する。

ひの、ふの……おお、デカいの二つ、他六つ。そんで、空を飛べる配下からの報告によると奥に補給船四つか。こりゃ食い出があるな。

それに〝観客〟もいるようだし、おじさん少し張り切っちゃおうかな。

覗き見している見慣れない魔力波長に手を振ってやってから、思いきって先陣を切った。

まだ先頭同士の衝突まで一里以上もある中で、虚空から虚空へ飛び移る。半島の大神と戦神を怒らせて〝呪詛〟を浴びた結果、相対的に世界に対して〝ズル〟をしやすくなった私の構築。

単身での〈空間遷移〉によって、敵艦隊先頭に結界も何もかもを乗り越えて単独跳躍をしたのだ。

大仰な演出はない。強いて言うなら、瞬きで目を閉じて開いた次の刹那、何事もなかったかのように場所が入れ替わる詐話めいた素早さ。喩えるならセットアップで敵の後衛に火力特化の前衛がぶつかってくる理不尽さだろう。

露払いは配下の仕事でもあるけれど、余計な被害を出さないために率先して働くのも指揮官の務め。〝応報神の子等〟などと大袈裟な追認を受けるようになったのだから、名前負けだと言われぬよう励まないとね。

「なっ!?」

「何処から!?」

この種を知っている人間は身内以外に殆どいない。

理由は単純だ。目撃した敵は例外なく戦闘不能にして絞首台に送っているか、殺しているからだ。

「ぎゃっ!?」

「手ぇっ!? 手ぇっ!?」

「目がっ、何も見え……」

揺れる海上にて戦う〈船上白兵〉の補正により足運びを乱すことなく、敵のただ中を単身で躍り狂う。狙うのは潰れれば確実に戦闘不能となる目、そして五指。死なない程度に斬り落とし、戦舟の底が血の海に変わるまでに然して時間はかからなかった。

流石に、この程度で苦戦するようじゃ〝海賊吊るし〟なんてやってられんからね。

こいつら性質が悪いんだよ。準英雄級がポコポコ混じっているし、帝国では信じられない気軽さで奇跡を賜るから、どいつもこいつも基礎性能がえげつないんだ。その上で、こんな怪物共を性能でねじ伏せる化物もいるのだから、私自身が化物じみた領域に行かねば今生きていられる訳もなし。

「死ぃ……ねぇっ……!!」

「おっと」

片方の目に若干浅く入ったらしい生き残りが、悪あがきとして突っかかってきたので反射的に術式で回避した。

中々やるな。両目を庇いきれぬと見て、頭を傾け利き目だけ護ったか。大したクソ度胸と判断力だ。

これで海賊でさえなけりゃね。

「なぁっ……すりっ、すり抜け……!?」

定点にて〝出現時間〟をズラして〈空間遷移〉をすれば、敵は私をすり抜けて向こう側に突き抜けたように錯覚するであろう。〝神々の呪い〟によって、この世に私自身の存在が濃く焼き付いてしまったせいで、多少は物理法則さえ違う空間に身を置いても解れて消えずに済むが故の手法。

一種の無敵回避ってやつだな。

これが割と気に入っている。様々な制約を無理矢理課された反動か非常に低燃費で、一ラウンドに回数制限もないときた。呪詛によって心身に様々な制限があるからこそ、世界の内側での行使を許されているけれど、下手すると敵専用技能めいているな。

「残念賞だ」

「わぶっ……!?」

刺突に必死で後先を考えない体を蹴り上げ、北の荒海に返してやる。略奪遠征の戦士達は軽装を好み、膝丈の鎖帷子に重ね着という帝国人からすると薄着過ぎる有様だが、流石に鞘や盾まで背負って泳げはしない。

僅かに海面に浮かび上がろうと努力していたが、じきに波濤の間に消えていった。

溺死では戦死に計上されないようなので、戦乙女のお出迎えはお預けだ。残念残念。

ま、それでも刑死より幾らか格好もつくだろうよ。

「殺して！　頼む！　殺してくれぇ！」

「後でな」

剣から血糊を払い、軽く船上を俯瞰すれば絵図は正しくいつも通り、いっそつまらないくらい順調に進んでいた。

敵は魔法と奇跡の混成なる異常な業により、虹色の橋を船に架けながら連続して白兵要員を送り込んで、船自体は離脱して次に道を空ける戦術のためか単縦陣を取っていた。

その先頭が不意に足を止めたのだ。味方との衝突を避けるべく左右に散って混乱しつつある。

そして、私を見送った配下達が慌てて散けた敵中段に喰らい付く。

遠くで一隻の戦舟が爆ぜた。

旗艦から投ぜられた〝魚雷〟によって、横っ腹にデカい穴を開けられたのだ。

ただ、魚雷といっても二次大戦の頃のように洗練された物じゃない。爆雷と同じく陶製の外殻に水と化合して酸素を噴き出す魔法薬を後端にねじ込み、投棄と同時に推進するだけの玩具めいた代物だ。

玩具と違うのは、先端に爆裂術式を仕込んでいることくらいか。

粗製品の魚雷が持つ有効射程は精々一〇〇mちょいってところで、態々適当な目当てを付けて人が海中に放り込んでいるため精度が高いとは言えぬ。

それでも、白兵を前提とした略奪遠征艦隊には覿面に効いた。海上で矢の応酬や魔法を打ち合う不毛さを知るニヴルアスクは、基本的に向こうから近づいてくるのだ。

後は水中に生まれた真空に巻き込まれないよう気を付ければ、むしろ控えめな火力が船底に良い感じの穴を開けるだけであるため、むしろ都合が良い。

効率的に溺死させられるのだから。

まぁ、生きた捕虜が取れないとか船の鹵獲ができないといった些細な問題はあるが、我々は半分以上非営利団体に近いので問題ない。北の地の安堵と交易路の安泰を願う人々からの支援をどちゃくそ受け取っているので、経済的な利益を第一とする敵と異なり、手弁当で自転車を漕ぐ必要がないのである。

おかげで、一々あそこの艦隊は誰それの縁者だから、などと初期に悩まされた気遣いが今や不要なのが心底有り難い。

好きなように生きて、好きなように死ぬ。この、妙な親しみを帯びる傭兵の言葉は——いや、まてよ？　何でこれが傭兵の言葉だと分かるのだ、私は——最低限、人様に迷惑を掛ける生き方だと自覚し、その上で自分の理不尽な死を許容した人間が吐いたからこそ価値がある。

少なくとも帝国人の感性においては、身勝手としか言えぬ連中にまで適用してやる義理はあるまい。中には善人や本物の戦士も混じっているのかもしれないけれど、それらを探すために此方の兵員を付き合わせて損耗させる必要もなし。

「お、今日は能く当たるな」

略奪遠征の艦艇が初弾に続いて爆ぜた二発、三発目の魚雷で沈んでいく。八隻の艦隊で私の斬り込みによって一隻、魚雷で三隻、合計四隻も失えば統制は当然のように乱れる。帝国の軍じゃ壊滅判定だ。最初の当たりで斯様な損害を出したら、指揮官は逃げ延びても更迭じゃすまんだろうな。

しかし、敵は我々の倫理観では理解できぬ法理に従って動く海賊だ。余程不名誉な死が怖いのか、乱れつつ向かってくるのは大したもの。

では、もうちょっと遊ぶか。

それに景気よくボカボカ沈めておいて何だが、次の夏に企画を立てた〝北海の主討伐〟で、結構な数の艦艇を囮として使い潰す予定があるから、大型船があと一隻か二隻は欲しかったんだよな。

行き掛けの駄賃とばかりに、私は次の敵を指向する術式の光を大型船の上に焚いた。

そして、優秀な配下は勝手に付いてくると信頼して、極短距離の〈空間遷移〉を発動し、旗艦と思しき大型船に降り立つ。

急な乱入に驚いている雑兵を数人半殺しにした所で、思わず耳を押さえたくなるような怒号が轟いた。

「〝詩なき剣のエイリーク〟!!　貴様に大神と彼の長子たる戦神、及び我が父祖の名誉を懸けて決闘を申し込ぉむ!!」

見れば、戦吠えを兼ねた決闘の申し出をしている熊体人がいた。体軀の美事さ、持っている斧に宿る神秘、そして他と比べて外套や兜に派手な飾りがあることからして、この艦隊の頭目であろう。

やった、ツイてる。二分の一でアタリを引くのは久し振りだな。

指揮崩壊させた方が掃除も楽だし、重畳重畳。

「我はペルクナスの子、オッツォ!　戦士の誇りに懸け……」

「ああ、はいはい、受諾する受諾する。我はヨハネスの子、エーリヒ。巻きでいこうじゃないか。これでいて忙しいんだ」

我ながら等閑にも程がある応答ながら――言うまでもなく相当に不敬なので、熊体人が総毛立っている――問いかけられた時点で、もう答えは決まってるような物だし、定型文なのでノッてやるのにも飽いたのだ。

「貴様!　神聖なる決闘を侮辱するか!!」

「もういいだろう、言葉など最早意味を成さないさ」

何せ、大神の名の下に申し出られた一対一の決闘は、向こうの神群が振るう〈決闘請願〉の奇跡に基づく物だからだ。

受ければ、そのまま奇跡によって余人の介入が一切許されず、純粋な個体戦闘力に依る決闘を強いられる。横入を防ぐのはともかくとして、既存のバフやデバフを剝いでくるのは、流石にどうかと思うんだ。

しかも断れば決闘は成立しないにしても、卑怯者に向ける呪詛なのか大幅なデバフが飛んでくるので、もうこれ適当に擦っときゃええやろぐらいのただ強奇跡なのが鬱陶しい。やりようによっては、強大な戦力を一時的に足止めできるのだから、向こうさんも嫌らしいことを考える。

ついでに副次効果なのか、勝った側の要求を断れなくなるとか、凄まじいオマケまでついているのは世界を合法的にねじ曲げる〝奇跡特有のズル〟なのだろうな。

何だって構わんがね。大勢は決しているし、今ここで私が死んだとして略奪遠征の衰退は止まらないよう絵図を描いた。

昔の巨鬼と同じだ。連中は復讐者を作り過ぎた。その怨嗟は北の広い範囲に広まって、応報神の信仰を強める域となれば、誰かが火を放ちさえすれば簡単に燃え上がる。

応報神直々に神託を賜る高位僧が何人も生まれる土壌を作った時点で、もう私の役割は半分くらい〝誰でも良い〟物になってるんだよ。

お前達は、自分の先祖累代に渡って地面に染み込ませ続けた油に焼き尽くされることがもう決まっているのだ。燃え残る物がないよう、燃え殻まで燃してやる。

とはいえ、皮肉だな。格好好い冒険者になろうと立った末の最適解が、極論私でなくとも成り立つ組織を作る有様とは。こりゃ古い戦友に笑われもする。

「恐れるなよ。死ぬ時が来ただけだ」

「ごうるぅぁぁぁぁ!!」

流石は私が暴れ廻ったせいで上王も死に、日和った連中が自粛を呼びかける中でも結成された大船団の長。一五か一六の頃なら抵抗もできずに殺されそうな豪腕だ。縦横無尽に振るわれる斧は颶風の如く逆巻いているのに、甲板にぶつかった反射を器用に返しに使ってくる剛柔一体の業前。

熊体人の人類有数の恵まれた体格のみならず、斧の技量は確かに練り上げられた戦士であるとは認めるが、如何せん化物具合が足りん。

これでいてアグリッピナ氏の乳くらいなら揉めるかなって領域には至ってるんだ。最低限、次なる獲物の真なる竜くらいの怪物度合いでなきゃ、尋常の立ち合いは悪手だよ。

「～～～～～～～～～～～～～～～!!!!」

「なぁっ……!?」

狙ったのは武器破壊。斧頭を掻い繰り、丹塗りの柄を斬り飛ばす。

先祖代々の情念やら神々の祝福やら、後は魔導的な祈禱やらも込められているが、飢えたる〝渇望の剣〟には役者が足りん。

刃が刃を引き寄せる性質を斧の刃が持っており、下手な技巧自慢じゃ何があったか分からない内に相手の土俵に上げられて、一撃で圧死させる理不尽な武器だったようだが、その程度の柵（しがらみ）で数え切れない略奪遠征を斬り捨てながら、未（いま）だ飢（かつ）えている斬りたがりの狂犬がどうこうできるわけないだろ。

「どうした、神威を借りているのが自分だけとでも思ったか？」

三次元を折りたたむような一撃にさえ耐えた魔剣だ。得物に自信を持つのは結構なれど、相手のそれをしっかり見てから挑むべきだったな。

まぁ、私は私で、反撃のコンマ数秒前まで持っていた〝送り狼（シュッツヴォルフ）〟を〈空間遷移〉で鞘に送り返し、飢餓の叫びをさっきから上げ続けていた剣を呼んだから、見抜けなくても未熟だと誹（そし）りはしないが。

基本設計（コンセプト）が初見殺しにして分からん殺しであることは、今も昔も変わっていない数少ない点であるからして。

返す刀で斬り込み、手甲を帯（は）く文化がない剝（む）き出しの右手を前腕部から両断。

「ぐっ……」

更に敵後方に空間を越えて送り出した、送り狼（シュッツヴォルフ）を含む四本の剣で肩と両膝を突き上げさせて、はい終わり。

「わぁぁぁぁぁ!?」

虚空に貼り付けにされるように熊体人（カリスティアン）が悲鳴を上げると、決闘を強いる結界が弾（はじ）けて消えた。

流石(さすが)の身内贔屓(びいき)に定評がある北の神々も、これを負けと認めない訳にはいかなんだようだ。

「貴様っ、貴様ぁぁぁ！　殺せ！　こんなっ、こんな晒(さら)し者(もの)にするなど、戦士としての誇りはないのかぁぁぁぁ!!」

「誇り？　面白い冗談だな」

片手間に剣の群れを回し、固唾を呑(の)んで頭目の戦を見守っていた海賊達(たち)を次々に斬り伏せていく。手順は変わらず、戦闘不能にするだけだ。

しかし、ちとこの〝渇望の剣〟に贅沢(ぜいたく)をさせすぎたな。斬り応えのある敵がいる時は相も変わらず喧(やかま)しいが、ことが終わったらすんと静かになる。以前なら斬れたら何でもいいやとばかりに他の剣で暴れる度に啼(な)いたのに、雑兵ばかりとなったら静かになりやがるのは、その内獲物を選び出しやしないかと心配になる極端さだ。

ちょっとご飯を良い物に変えられた猫の如く、拒否されるようになったら流石に困るんだけどな。

満足したらしい狂犬を送り返し、右膝の切断に使った送り狼(シュッツヴォルフ)を引っこ抜く。

ああ、五月蠅(うるさ)い。戦吠えも五月蠅ければ、負け惜しみと悲鳴も五月蠅い海賊だ。

「応報神が剣を振るって文句を言わないことをしてきたやつが、誇りもクソもあるか。北海の勇士？　荒海の益荒男(ますらお)？　波濤の丈夫？　笑わせる。良い所が水遊びを覚えた野盗の集まりだろうが」

決闘ごっこに付き合っている間に、向こうも三々五々終わりつつあるな。

大型船の帆柱に敵が何人も逆さ吊りにされているのは、マルギットの仕業だろう。しおり糸を使った技を洗練させ、大群を効率的に無力化していく相方の止まらぬ成長に尻を引っぱたかれているような気分だ。

私も遊んでないで、さっさと後掃除をしよう。残り二隻、後退しようとしているが逃すものかよ。後方の補給船も纏めて食ってやる。

「ぐっ……か、覚悟しろエイリーク！　戦に倒れる名誉を我等から奪うというなら、我等の魂は、また北の海に帰り、生まれ出ずる！　その度に貴様を殺すため、何度でも、何度でも我々は帰って来るのだ!!」

「あぁ……？」

また凄い負け惜しみを兼ねた脅しだな。たしか、向こうの神話だと、そういうことになってるんだっけか。

なら、上等だ。

「では、また来い。成長が早い種なら、一〇年もあれば戦場に出られるな？　ということは、その時私は四十路過ぎか」

「なっ……？」

「何度でも来い。来る度に殺してやる。お前達のような賊が痩せ地から湧いて出る限り、その魂が枯れ果てるまで殺し続けよう。五十路になろうが金授年を過ぎようが、略奪を続けるのなら、私は何度だってお前達の前に現れて不名誉な死とやらをくれてやろう」

私は一度、日和った。怯懦からではなく効率……いや、これも言い訳だな。どうあれ、これから厄介なことになると思った西の地を見捨てて逃げたのだ。

だから、二度と妥協しない。絶対に、何処までも、何があっても。

「私も自儘に生きているんだ、理不尽に死ぬ覚悟はしている。これでいて、復讐される側でもある自覚くらいは持っているとも。心待ちにしているぞ」

今は縄目を受けるのを待って、大人しくしていろ。

私の魂の場所は、冒険と殺戮の中だと決めた。

だから、生き方を曲げないというのなら、その内どちらかが死ぬ日が来る。

家は寝床で死ねたら上等って文化なのだ。私の頭を枕に乗せて死なせたくないなら、精々気張ることだな………。

【Tips】応報神。ライン三重帝国、その神群の一柱。死に対して復讐する三姉妹の一柱であり、致命の一撃を入れあった全き善の神の血と全き悪しき神の血が混じり合って生まれたとされる。様々な名で似たような権能を持つ神の名が知られているが、そのあまりの縁起の悪さに率先して信仰する者はいないが、絶えず略奪遠征の危機に晒され続けた北方にて大規模な信仰が華開くこととなった。

「ああ、もう、船の上なのに甘えて」

船倉の中、揺れる吊り寝台の上でうつ伏せに体を預けた膝は、ひんやりと優しい温度を返してくれる。

甘い声と共に微かに乱れた前髪を払う指は、以前と変わらず慈愛に満ちて。

しかし、笑みの弧に歪む目の光が微かに違う。

似ているけども、見守ると言うよりも見張るような目。

咎めている……は、流石に穿ちすぎかな。

ただ、彼女は、私に膝を貸すため乙女のままであることを選び続けているマルギットは
多分、私が日和ったら旅立ちの日に交わした約束を違えず、私を殺してくれるのだろう。

「少し、疲れたよ」

「そうですわね。一日に一二隻は、少し疲れましたわね」

いかんな、心が弱ってる。マルギットが失望の果てに私を狩ることを〝殺してくれる〟なんて形容するようでは、相当疲れているみたいだ。

これじゃあ配下にも支援者にも格好が付かん。

何もかも、私が始めたことだろうに。

とはいえ、北海の主を討つ段取りで結構無理したのが祟ったかな。金や人員はさておくとして、方々への根回しや情報集め、海が荒れた時のことを周辺に警告して回るのに頭を捻ったせいか、一緒に弱音まで絞り出されるなんて。

日課が滞るような準備の大変さに骨を複雑骨折したとはいえ、今の私はちょっと格好悪い。

「北の海が安泰になるのは、何時のことかしらね」

「一五年頑張ってこれだからね……先は長いよ」

こんな姿、教授への昇進試験に指が掛かって「そろそろ兄様を助けてあげられます！」なんて息巻いているエリザには勿論、次の竜殺しにも参加してくれるミカにも見せられん。僧会との取りなしをして、雪の上に慰霊碑や応報神の聖堂を建てる繋ぎをしてくれているセス嬢にも。

やることは大きくなっても、一度日和った引け目か、心が脆いままなのはよろしくないな。折角、上手く行けば歴史に残る大冒険をやろうって時に。

アグリッピナ氏も航空艦の実績稼ぎに丁度良いと助力してくださっているので、単独で北海の主討伐をやるより幾分か楽をできているが、それ以外の面でも活動方針的に妥協できないから悩ましい。

北の海の民がため、そう応報神の横顔を——聖典においては、専ら酷薄にして冷徹そうな美女と形容される——掲げている以上、ここで手は抜けないからなぁ。

大荒れになって津波やらでシュレスヴィッヒ半島や北の入り江が浚われたりしたら、とんでもない被害になる。折角安定し始めた北の航路や人々の生活、そして半島圏での航路開発が滞れば大事だ。

あそこは今、深い喫水が必要な船でも安定して通れるよう、ミカを主任にした西回り海路の開発班が常駐する重要地点。小さな島や岩礁のせいで海流が乱れており、水棲人類の先導がなければ小型船でも難破するような地点を〝削り取って〟整地しようという豪腕っぷりには呆れるが、半世紀以上かけてシュレスヴィッヒ半島を貫通する運河の構築をするよりはマシなのだろう。

親友が故郷を豊かに、安全にするべく夢を叶えて帰ってきたのだから、その錦に泥を塗るようなことはしたくなかった。

それに北海の主を討ち、その眷属たる亜竜を減らすのには、西回り航路開拓の邪魔をされないことが目的に含まれているので、万が一さえ潰しておかないと本当に拙いことになる。

ライン三重帝国は、運河や外洋港に依拠せぬ交易の足として航空艦を作ったものの「いや、これ物運んでたら、どうやっても採算取れんな」と先行量産型が完成してから気付くという特大のガバを見せてくれたおかげで、いよいよ以て北の海を安定させたがったのだ。

うん、大型の飛行機が飛ぶような前世でさえ、結局運送の燃費と効率は船と列車に勝てなかったからね。浪漫だけじゃ船を飛ばす予算は足りないので、量産化で少しだけお得になっても〝商人が誰も買えない〟有様では致し方なし。

今はアグリッピナ氏が魔導炉を推進器に使う海上輸送艦艇の設計主任を兼務している上――全ての公職を辞そうとして失敗したらしい――本格的に航空艦を外交と戦闘に先鋭化

させる計画のおかげで、露払い兼支援の足として助力を得られることになった。

荷物を運べないなら、量産型のテレーズィア級航空外征巡洋艦の戦略的火力をひけらかそうと開き直り遊ばされたのだ。

何やかんやあって目標期限より一〇年は早く量産が終わったが、アグリッピナ氏的には「要素さえ揃えば、西方の掃除にも参加させられたのに……」などとぼやく船は、今や先行量産型五隻全てが大火力の戦術級魔導砲撃を可能とする砲戦仕様に改装され、最高の効率で以て大破壊を降り注ぐ空の悪夢になっている。

これで向こう五〇年くらいは、絶対に帝国に喧嘩を売るなと略奪遠征が大人しくなってくれれば良いのだけど。

そうしたらそうしたで、隠密性の高い国営私掠船とかが増えかねないから嫌なんだけどね……地球ではヴァイキングが大人しくなった後は、三枚舌の畜生国家とか、その国家に皮肉られた無敵艦隊の国とかが盛大に暴れたから、航路が完全に安全であった時代なんて殆ど見当たらないからなぁ。

「終わらない掃き掃除をしている気になってきたよ」

「たまには冒険者らしい仕事もできているんですもの。文句を積み上げたって、竜の鱗は貫けませんわよ？」

「そうだね……贅沢を言いすぎるのも舌に毒だ」

マルギットの腹に縋り付き、心音と呼吸音、そして船体を通して届くさざめきに耳を澄ませた。

荘園を出たばかりの私に胸を張って誇れる有様ではないけれど、まだマシな未来を選べたと思おう。

少なくとも、頑張りに頑張った結果、上手く行けば神代の冒険者と並ぶ〝真なる竜〟を討つ栄誉を手に入れられる地位に至ったのだ。

これで文句を言ったら、あり得た可能性から石を投げられる。

まっこと、世の中は理想通りにはいかんものだ………。

【Tips】詩なき剣のエイリーク。帝国北方から極地圏までを活動範囲とする冒険者。略奪遠征の戦士に異様なまでの執着を見せ、最終的に全員殺すと公言する過激派。信徒でもないのに復讐者を組織したこともあり、応報神からの寵愛が篤く、余所の神群と大勢の祈禱師などから呪われて尚も荒海にて厳然と立つ怪物。近く列聖の内示を受けているようだが、本人は固辞している模様。

そんな彼だが、西の地に何らかの未練を残してきたようで、遠い目で水面の向こうを眺めることが多いことを親しい者は皆知っている。

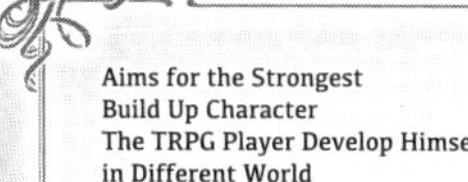

Aims for the Strongest
Build Up Character
The TRPG Player Develop Himself
in Different World
Mr. Henderson
Preach the Gospel

CHARACTER

名前

シュネー

Schnee

種族

Bubastisian

分類

コネクション

特技

瞬発力 スケールⅧ

技能

- 隠行術・都市
- 変装術
- 猫言語

特性

- ねこのはらから
- ねこはおとなく
  そこにある
- 真なる真に立つ者

あとがき

さて、記念すべき一〇冊目なのに九巻上という収まりの悪い数字となり、ついでにギリギリまで詰め込んだせいで、いつもの海外文革かぶれの謝辞どころか、小ネタを語る余裕もないない有様なのですが、一先ず我が人生において、そして初の連載が随分とまたロングキャンペーンになったものだと感じ入っております。

そして、今回はほぼ完全書き下ろし。そう、またなのです、懲りないのでしょうか、この阿呆は。分厚さがとんでもないことになっている上、一冊で終わらせようと思ったら、よもやよもやの上下巻。我がことながら、尺とか調整とかの技量に一切熟練度振れてないなと反省すること頻りですが、Ｗｅｂ版既読者勢に「また知らない話が始まったな……」と楽しんで頂ければ幸甚です。

Ｗｅｂ版では剣友会の発足があっさり終わってしまったので、そこを濃密に書きたくて頑張りました。決して、私がランサネ様に全ケモ白猫娘を描いて貰いたかったから生やした訳ではないのです。イイネ？

何はともあれ、二話構成のミドルキャンペーンをできることになり、次巻に至っては流用箇所ゼロの完全書き下ろしですので、九巻下でお会いできることを祈っております。

【Tips】作者はＴｗｉｔｔｅｒ（ＩＤ：@schuld3157）にて〝ルルブの片隅〟や〝リプレイの外側〟と称して本編で書けなかった設定や小話を不定期に公開している。

細かい指定が無かったので
刺客さんは結構好き勝手
デザインしました

TRPGプレイヤーが異世界で最強ビルドを目指す 9上
～ヘンダーソン氏の福音を～

発　　行　2023年10月25日　初版第一刷発行

著　　者　Schuld

発 行 者　永田勝治

発 行 所　株式会社オーバーラップ
〒141-0031　東京都品川区西五反田 8-1-5

校正・DTP　株式会社鷗来堂

印刷・製本　大日本印刷株式会社

Printed in Japan　ISBN 978-4-8240-0630-1 C0193

オーバーラップ　カスタマーサポート
電話：03-6219-0850 ／受付時間 10:00～18:00（土日祝日をのぞく）

作品のご感想、ファンレターをお待ちしています

あて先：〒141-0031　東京都品川区西五反田 8-1-5 五反田光和ビル4階　ライトノベル編集部
「Schuld」先生係／「ランサネ」先生係

PC、スマホからWEBアンケートに答えてゲット!

★この書籍で使用しているイラストの『無料壁紙』
★さらに図書カード（1000円分）を毎月10名に抽選でプレゼント!

▶https://over-lap.co.jp/824006301
二次元バーコードまたはURLより本書へのアンケートにご協力ください。
オーバーラップ文庫公式HPのトップページからもアクセスいただけます。
※スマートフォンと PC からのアクセスにのみ対応しております。
※サイトへのアクセスや登録時に発生する通信費等はご負担ください。
※中学生以下の方は保護者の方の了承を得てから回答してください。

オーバーラップ文庫公式 HP ▶ https://over-lap.co.jp/lnv/